Verbroken

LINDA JANSMA

Verbroken

DE CRIME COMPAGNIE
CRÈME DE LA CRIME

Dit verhaal is grotendeels ontsproten aan de fantasie van de auteur. Verwijzingen naar werkelijk bestaande mensen, gebeurtenissen, organisaties en plaatsen zijn alleen bedoeld om het verhaal extra authenticiteit te verlenen. Alle andere namen, personages, plaatsen en gebeurtenissen zijn door de auteur bedacht. Elke overeenkomst met de werkelijkheid berust op toeval.

2e druk juli 2015

Omslagontwerp Alexandra de Vries, Studio 100%, www.studio100procent.nl
Boekverzorging Michiel Niesen, Zetproducties, Haarlem
Foto omslag Jasenka Arbenas

ISBN 978 94 6109 1352
NUR 330

Meer informatie over De Crime Compagnie op www.crimecompagnie.nl

ABEER

28-2-1992 ~ 12-3-2006

'I wanted her to feel the pain of our dead soldiers.'

– STEVEN DALE GREEN –

'All that is necessary for the triumph of evil
is that good men do nothing.'

– EDMUND BURKE –

Zweet parelt op haar voorhoofd. Ze kan het niet. Echt niet. Ze mag dan een hacker zijn, maar dit is wel iets anders dan het systeem van een doorsnee bedrijf. Alleen de firewall al; daar is geen doorkomen aan.

Haar vingers zweven boven het toetsenbord, aarzelend; haar hersenen lijken niet in staat de signalen door te geven om haar te laten doen wat er van haar verwacht wordt. En toch moet ze. Ze móét een manier zien te vinden, anders zijn de gevolgen desastreus. Voor een heleboel mensen. Voor Nederland.

De gedachte aan hén dringt zich aan haar op, vertroebelt haar blik als ze zich afvraagt of zij veilig zijn. Want dat is het belangrijkste: als ze hun maar niets meer kunnen aandoen.

Niet aan denken! Ze moet zich concentreren!

Ze knijpt haar handen tot vuisten om het trillen te laten stoppen, ademt even diep in en gaat dan door met de moeilijkste opdracht die ze ooit heeft moeten uitvoeren. Het lijkt allemaal zo onwerkelijk, alsof ze dit niet zelf meemaakt. Hoe is ze hier in vredesnaam in terechtgekomen?

TWAALF DAGEN EERDER

-1-

AMSTERDAM

MEI 2014

Met een venijnige beweging ram ik mijn wijsvinger op de returntoets en grijns. 'Daar,' zeg ik. 'Dacht je nou echt dat ik er niet in zou komen?' Ik laat me achterover tegen de leuning van mijn stoel vallen en vervolg vergenoegd: 'Ha, maar dan ken je Mara de Wolff nog niet.'

Ik vouw mijn handen achter mijn hoofd en staar naar het beeldscherm van de laptop die voor me op het brede bureau staat. Nou ja, een bureau kun je het niet echt noemen; het is een over de hele lengte van de kamer aangebrachte dikke plank aan de muur, waarop alles staat wat ik nodig heb, van computerkasten en laptops tot externe harde schijven en routers aan toe. Het ziet eruit als een enorme bende – overal kabels en beeldschermen, een opengeschroefde laptop, cd-roms, USB-sticks, een iPad, wifi-kaarten, een PSU en diverse andere apparatuur – maar ik weet feilloos waar alles te vinden is als ik het nodig heb.

'*Time to explore*,' mompel ik, terwijl ik een leeg scherm in het Linuxsysteem open en MSFCONSOLE intyp. Na een seconde of tien opent het programma en ontvouwt zich het beginscherm van MetaSploit. Nog wat later weet ik met behulp van een door mijzelf ontwikkeld scanprogramma waar de zwakke plekken in het systeem van mijn cliënt zitten. Niet dat ik nu klaar ben.

Nog lang niet. Ik heb zeker een paar uurtjes nodig om alles te testen en daarna nog mijn rapport te schrijven. Ik glimlach als ik opnieuw een wachtwoord gekraakt heb en ik wil net het volgende commando intypen als mijn mobiel overgaat.

Verstoord kijk ik op. Verdomme. Waarom net nu? Wie het ook is, had ie geen ander moment kunnen kiezen om me te bellen? Ik pak mijn mobiel achter een niet-aangesloten toetsenbord vandaan en kijk op het display. Streepjes. Heel even slaat mijn hart een slag over. Zou hij eindelijk...

Natuurlijk niet! Waarom denk je dat, elke keer als er iemand met een afgeschermd nummer jou belt?

Ik kijk naar rechts, naar de foto's die op het vensterbankje onder het smalle raam staan en voel even een pijnlijke steek. Dan wend ik mijn blik weer af, neem het gesprek aan en breng de mobiel naar mijn oor. 'Mara de Wolff.'

'Mevrouw De Wolff?' klinkt een mannenstem. 'Van Secury-Comp?'

'Dat klopt,' zeg ik.

'Ah, mooi. U spreekt met Richard Moorman van de Dutch Broadcasting Group. Ik heb u laatst gesproken over het testen van ons netwerk.'

Ik moet me even concentreren, maar dan weet ik het weer. 'O ja,' zeg ik. 'Ik heb u een offerte gestuurd.'

'Inderdaad,' reageert Richard Moorman. 'Ik wil daar graag op ingaan. Kunnen we de details nog even persoonlijk doorspreken? Bij mij op kantoor?'

Ik antwoord niet meteen, haal even bedachtzaam mijn hand door mijn haar. Het liefst handel ik zulke dingen via de mail af. Of telefonisch. 'Nou ja,' zeg ik uiteindelijk. 'Als u dat echt wilt, dan kan ik misschien wel even langskomen.'

'Wat dacht u van morgen om elf uur?'

Ik kijk weer naar de foto's op de vensterbank. 'Ja,' zeg ik dan. 'Ja, dat is goed. Ik ben er om elf uur.'

Nadat ik het gesprek heb beëindigd, staar ik even naar het beeldscherm voor me, waarop nog steeds MetaSploit geopend staat en de knipperende cursor geduldig op me wacht. Misschien is het weleens goed dat ik de deur uit moet. Dat kom ik toch al te weinig, sinds…

Niet doen! Dat heeft geen zin.

Ik adem even diep in, recht mijn rug en rol mijn stoel weer naar voren. Als ik opschiet kan ik de tweede fase van deze *pentest* voor het einde van de middag af hebben. En daarna heb ik de hele avond voor mezelf.

Het loopt al tegen zeven uur als ik besluit het voor vandaag voor gezien te houden. Een aantal testen zijn gedaan, ik heb bekeken wat mijn vervolgstappen gaan zijn en nu… nu ben ik zo moe als een hond. Daarnaast knort mijn maag en ik besef dat ik de hele dag nog niets heb gegeten. En dat is dom, weet ik uit ervaring. Een te lage bloedsuiker maakt me kribbig en alhoewel ik helemaal alleen woon en niemand heb waarop ik me kan afreageren, probeer ik dat toch altijd te voorkomen. Vooral omdat ik me er flink beroerd door kan voelen.

Vanuit mijn werkkamer loop ik door de lange gang naar de keuken, waar ik een blik in de koelkast werp en tot de ontdekking kom dat ik vergeten ben boodschappen te doen. Verdomme, net nu ik geen zin heb om naar de supermarkt te lopen. Maar ik moet toch wat eten. Ik denk aan Hassan, van de snackbar op de hoek. Zijn frietjes zijn heerlijk, om over de satésaus nog maar te zwijgen. En ik hoef er niet ver voor, nog geen honderd meter. Goed plan, besluit ik, als mijn maag opnieuw hevig rommelt.

Ik pak mijn sleutels en mijn portemonnee, en ren even later de trappen af. Net als ik de tweede verdieping voorbij ben, gaat achter me de deur van het appartement onder dat van mij open, en steekt Rudi zijn hoofd om de hoek.

'Marrie!' roept hij.

Ik ben inmiddels al een trap lager en even aarzel ik. Zal ik doorlopen en doen of ik niets gehoord heb? Ik heb trek, en Rudi kennende houdt hij me weer een eeuwigheid aan de praat. Maar toch kan ik dat niet. Behalve het feit dat dat niet echt in mijn aard ligt, vind ik hem veel te leuk om hem zomaar te negeren. Net als ik heeft hij weinig vrienden, en is zijn dementerende moeder, die in een verzorgingshuis woont, zijn enige familie. Dat is overigens meer dan ik heb; wat familie betreft ben ik hier helemaal alleen. Niet dat ik om gezelschap verlegen zit, helemaal niet, maar Rudi grijpt alle kansen aan om met iemand een praatje te maken. Vooral met mij.

'Ja?' roep ik terug.

Ik hoor zachte voetstappen op het overloopje en twee tellen later verschijnt Rudi boven aan de trap. Zijn warrige blonde haar steekt alle kanten op en zijn ogen glinsteren vermakelijk als hij op me neerkijkt en zegt: 'Je ziet er mooi uit.'

Bijna schiet ik in de lach. Grapjas. Alsof ik trendy gekleed ben in mijn joggingbroek en T-shirt. Tel daarbij op mijn stugge, rode krullen en mijn van nature nogal bleke gezicht, en je hebt het toonbeeld van een doorsnee zesendertigjarige die te ongezond leeft.

'Is dat alles wat je wilt zeggen?' vraag ik. 'Want ik moet dringend weg.'

'Ik heb een pakje voor je,' zegt hij.

'Een pakje?' echo ik. 'Wat voor pakje?'

'Uit Amerika.'

Met opgetrokken wenkbrauwen staar ik naar boven. 'Hoe komt dat bij jou terecht?' vraag ik.

'Ik kwam de bezorger vanmorgen tegen, beneden, voor de deur.'

'En toen gaf hij mijn pakje aan jou?'

Hij haalt zijn schouders op. 'Ik zei gewoon dat ik je partner was.'

Even weet ik niks te zeggen. Sterker nog, ik weet niet of ik nou boos moet worden of niet.

'Met andere woorden,' zeg ik langzaam, 'je hebt mijn pakje al de hele dag bij jou thuis liggen? Had je het niet even boven kunnen brengen? Misschien zat ik er wel op te wachten!'

'Dat heb ik gedaan,' reageert hij. 'Ik heb op je deur geklopt, maar je deed niet open.'

Ik zwijg, probeer me te herinneren of ik iets gehoord heb, maar het enige wat ik nog weet is dat ik urenlang met die pentest bezig ben geweest. En aangezien ik mijn werk altijd in opperste concentratie uitvoer, zou het best kunnen dat ik Rudi en zijn geklop helemaal niet heb opgemerkt.

'Het is een boek,' merkt hij op.

'Hoe weet jij dat nou,' zeg ik lachend, terwijl ik de trap weer op loop.

'Omdat het uit Amerika komt. Daar koop jij altijd je boeken.'

Ik ruk het pakketje uit zijn hand. 'Niet alleen daar,' werp ik tegen.

'Waar gaat het over?' vraagt Rudi, zonder op mijn opmerking te letten.

'Over netwerkbeveiliging,' zeg ik.

'Cool.'

Ik glimlach. Of het een cool boek is moet nog blijken.

Ik wil net zeggen dat ik weer ga, als Rudi vraagt: 'Wanneer heb je tijd voor mijn computer?' En bij het zien van mijn niet-begrijpende blik: 'Je hebt beloofd hem op te schonen en meer ruimte te maken op de harde schijf.'

Dat is waar ook. Dat had ik hem beloofd. Weken geleden en alleen al daarom kan ik hem niet opnieuw afschepen. 'Donderdag?' stel ik dus voor.

Zijn lach is ronduit voldaan. Natuurlijk, meestal geef ik niet zo snel toe; dat laten mijn werkzaamheden niet toe. Wat zo ongeveer wil zeggen dat ik dagelijks van 's morgens vroeg tot 's avonds laat achter mijn computers zit en vaak gewoon geen tijd heb – of tijd wil maken – voor andere dingen. Maar om eerlijk te zijn heb ik hier wel zin in. Even iets anders dan mijn eigen apparatuur. En even iets anders om tegen te praten dan mezelf.

'Om een uur of drie?' vraagt Rudi. 'Neem ik de middag vrij. Als je dan blijft eten, maak ik wat lekkers.'

'Net als die pizza van de vorige keer zeker?' zeg ik lachend.

'Dat was een vergissing.'

'Zeg dat wel. Een diepvriespizza in de magnetron opwarmen is niet echt verstandig.'

'Marrie, een ver-gis-sing,' herhaalt Rudi.

'O, dus nu ga je hem in de oven zetten?'

Hij snuift. 'Ik ga iets heel speciaals maken. Wacht maar af.'

'Nou, ik ben benieuwd,' zeg ik. 'Maar het is goed. Je ziet me donderdag om drie uur.' En om aan te geven dat het gesprek hiermee is afgelopen, steek ik mijn hand naar hem op en loop de trap weer af, mijn pakketje stevig onder mijn arm geklemd. Als ik bijna beneden ben, draai ik me nog even om en roep: 'En noem me geen Marrie!'

I

AL BAGHDADI, AL-ANBAR, IRAK

OKTOBER 2007

Een fijne motregen daalde neer op de zanderige wegen van het dorp. De hete zomer had vrijwel al het groen doen verdorren en slechts hier en daar was nog een klein stukje grond te zien waarin gras zichtbaar was. Krekels sjirpten. Het namiddaggebed was ruim een uur geleden afgelopen en de moskeegangers waren naar huis gegaan om zich voor te bereiden op de avondmaaltijd, die op deze tweede dag van het Suikerfeest overvloedig zou zijn.

Terwijl gezinnen zich terugtrokken in hun kleine, donkere huizen, klonk in de verte het zachte geronk van een motor. Geen geluid waar de inwoners, als ze het al hoorden, vreemd van opkeken; er reden regelmatig jeeps en andere militaire voertuigen door het dorp. Niemand schonk er dan ook aandacht aan, toen de wagen stapvoets over de smalle weg langs het dorp reed. In de verte doemde de minaret van de Abu Huraira moskee op en de wagen stopte langs de kant van de weg, naast de verdorde stam van een lage palmboom. Het stromende water van de Euphrates-rivier ruiste in de verte, wat op een bepaalde manier lieflijk klonk in de langzaam intredende duisternis. De maan was nog niet op, waardoor de auto – een legergroene NAS Defender – een sinistere uitstraling kreeg.

Zoals hij daar stond, met draaiende motor en piepende ruitenwissers zwiepend over de te droge voorruit, leek het alsof hij ergens op wachtte. Een straathond stak de weg over en verdween in het schemerdonker tussen de huizen links van de weg.

Een vage beweging was nu waar te nemen in de Defender. Heel even maar. Toen trok de auto weer op en vervolgde zijn weg, langs de huizen, waarvan bij sommige de tuin werd ontsierd door bergen zand en puin. Overblijfselen van gevechten tussen Amerikaanse troepen en het Iraakse verzet, die zoals elders in Irak en het nabijgelegen Bagdad nog steeds verhevigden. Net als het sektarisch geweld dat ook meer en meer toenam. De snelheid van de Defender werd opgevoerd, waardoor het zand en het stof achter de auto opwaaiden, ondanks de gestage motregen.

De motor loeide toen de auto enkele honderden meters verderop de moskee voorbijraasde, nog tientallen meters doorreed en toen de weg verliet. Met onverminderde snelheid stuiterde de wagen een voortuin in van een niet al te groot woonhuis, van waaruit schaars licht door een van de ramen naar buiten viel. Er waren mensen binnen, een hele groep, maar dat deerde de bestuurder van de Defender niet. Zonder te remmen stuurde hij de wagen over het kleine gazon en boorde hem even later op volle snelheid door de zwakke voorgevel van het huis. Er klonk glasgerinkel, hout dat versplinterde, voordat de auto tot stilstand kwam.

De stilte die daarna neerdaalde deed onnatuurlijk aan. Alsof de omgeving ontkende wat er zojuist was gebeurd, of het op zijn minst negeerde. Maar het was slechts een kort moment, niet meer dan enkele seconden. Toen klonk er een oorverdovende knal en verlichtte een fontein van vuur de inmiddels volledig donkere hemel.

(Reuters) – IN DE BUURT VAN RAMADI – Majoor Waheed Dulaimi van de Iraakse politie, en vier leden van zijn gezin zijn omgekomen toen hun huis in de stad Baghdadi, ten noordwesten van Ramadi, door een bomauto vernietigd werd. Bij deze aanslag raakten ook nog acht andere mensen gewond.

-2-

AMSTERDAM

Het is tien voor elf als ik van mijn fiets spring voor het hoge pand dat voornamelijk uit glas bestaat. In de mand aan mijn stuur, omwikkeld met allerlei gekleurde nepbloemetjes, zitten twee opgevouwen canvas boodschappentassen en ik vraag me af of het vertrouwd is dat ik die laat zitten. Het is tenslotte wel Amsterdam. Ik kijk achterom naar het anderhalve meter hoge spijlenhek dat om het terrein heen staat en besluit dat ik het erop ga wagen. Wie zou er nou twee oude boodschappentassen willen stelen?

Ik duw mijn fiets in het rek en leg hem vast met een ketting. Zolang ze mijn fiets maar niet jatten vind ik alles best. Ik heb geen auto – niet eens een rijbewijs – dus ik ben volledig afhankelijk van het oude beestje dat inmiddels zijn beste tijd alweer gehad heeft. Maar een nieuwe fiets zou hier zo ongeveer gelijk staan aan het neerleggen van een plastic zak met honderdduizend euro met een briefje erbij: *neem mij mee*. Dus zolang deze niet instort, zal ik erop blijven rijden.

Met op mijn rug de aktetas waarin ik ook mijn laptop heb gepropt, loop ik even later door de schuifdeuren naar binnen en kijk rond. De hal is groot, met hoge ramen en in het midden een brede trap naar boven. Rechts is een enorme balie, waarachter drie vrouwen – of eigenlijk nog meisjes, want ze lijken mij niet ouder dan een jaar of zeventien – de telefoons bedienen. Dus zo ziet een fullmediabedrijf eruit. Niet verkeerd. Ik laat mijn blik nogmaals langs de ramen omhoog gaan en ineens vraag ik me af waarom een betrekkelijk groot mediabedrijf mij wil inhuren om hun netwerk te testen op gaten in hun beveiliging.

Een van de meisjes achter de receptie kijkt naar me en enigszins aarzelend loop ik naar haar toe.

'Kan ik u helpen?' vraagt ze.

'Ik kom voor meneer Moorman,' zeg ik. 'Mara de Wolff. We hebben een afspraak.'

Ze kijkt op een lijst die voor haar ligt en knikt. 'Als u daar even plaatsneemt,' – ze wijst naar een zithoek links in de hal – 'dan meld ik u even aan.'

Ik glimlach haar een bedankje toe en laat me even later op een van de bankjes zakken, vanwaar ik een goed zicht heb op de hele hal. Het is er best druk en even krijg ik het gevoel in een drukke stationshal te zitten en dat benauwt me. Al sinds mijn kinderjaren voel ik me niet prettig in grote menigten en net als ik het ontzettend warm krijg, komt er een man op me af lopen. Hij is gekleed in een donkere broek met daarop een lichtblauw overhemd en een stropdas die op halfelf hangt. Hij ziet dat ik daarnaar kijk en snel schuift hij de knoop van zijn das wat omhoog.

'Sorry,' verontschuldigt hij zich. 'Ik heb een nogal hectische vergadering achter de rug.'

Ik glimlach. 'U zult mij niet horen klagen over een losse stropdas,' zeg ik. 'Ik draag ze zelf toch niet.'

Hij schiet in de lach en steekt vervolgens zijn hand naar me uit. 'Richard Moorman. Mevrouw De Wolff neem ik aan?'

Haastig sta ik op en grijp zijn hand, terwijl ik knik. 'Mara,' zeg ik.

'Loopt u mee?' Moorman maakt een uitnodigend gebaar naar de trap, die we naast elkaar op lopen. Boven nemen we de lift naar de zesde verdieping, waar hij me door een wirwar van gangen leidt en uiteindelijk meetroont door een ruimte waar tientallen werkstations gesitueerd zijn. De meeste ervan zijn bezet en als we langslopen is er niemand die opkijkt.

Aan de andere kant van de ruimte opent Richard Moorman een deur en laat me een met glazen wanden omgeven kantoor binnen. Het ziet er mooi en best luxe uit. Een groot bureau, een lage kast aan de zijkant, een hogere aan de wand ertegenover, en twee potplanten die er nog frisgroen uitzien. Het is er ook lekker koel, wat waarschijnlijk komt door een airco, te zien aan de roosters in het plafond. Waarom ben ík eigenlijk niet iets van filmwetenschappen gaan studeren, in plaats van *computer forensics*? Dan had ik misschien ook wel in zo'n mooi kantoor gezeten, met dito salaris.

Richard Moorman gebaart naar een stoel en terwijl ik ga zitten, loopt hij om het bureau heen om zich daar op de leren bureaustoel te laten zakken. Vervolgens trekt hij een stapeltje papieren naar zich toe en kijkt er even in. Het maakt me nerveus en brengt me terug naar vroeger, toen ik nog solliciteerde naar banen in de computerwereld. Terwijl ik hier niet eens voor een baan kom. Alhoewel, ik zit hier wel vanwege een potentiële opdracht. Het enige verschil is dat hij míj wil inhuren. Dat idee maakt me wat minder gespannen en ik recht mijn rug, net op het moment dat Moorman opkijkt.

'Ik zag op uw website dat u in Amerika hebt gestudeerd.' Het is geen vraag, eerder een constatering.

'Dat klopt,' zeg ik. Ik wist van tevoren al dat hij daarover zou beginnen. Hoe vaak komt het voor dat een doodgewoon huis-tuin-en-keukentype zoals ik haar studie in de Verenigde Staten heeft gedaan? Zelden.

'Hoe kwam dat zo?' vraagt Moorman. 'Maakte u deel uit van een uitwisseling?'

Ik schud mijn hoofd. 'Ik heb van mijn achtste tot mijn vierentwintigste in Massachusetts gewoond. Mijn vader was daar als onderzoeker verbonden aan de Tufts University School of Medicine.'

'Hij is arts?'

'Hij was medisch bioloog.' Ik kijk Moorman met gefronste wenkbrauwen aan en vraag me af waarom hij interesse in mijn vader heeft. Vooral omdat hij al acht jaar dood is. Overleden aan de ziekte waar hij zelf onderzoek naar deed: kanker.

Moorman glimlacht, heeft blijkbaar goed door wat ik zo ongeveer denk. Hij vouwt zijn handen, legt ze voor zich op zijn bureau en zegt dan: 'Het MIT in Cambridge is een van de meest prestigieuze technische universiteiten ter wereld. Ik vroeg me gewoon af hoe u daar terecht bent gekomen.'

'Door mezelf aan te melden,' reageer ik droogjes. 'En aangezien ze nogal onder de indruk waren van mijn zelfontworpen beveiligingssysteem voor ziekenhuisnetwerken, werd ik meteen aangenomen.'

Voor de tweede keer glimlacht Moorman. 'Ik mag wel stellen dat ik dus de juiste persoon heb gevonden om ons netwerk te testen.'

'Dat moet nog blijken,' zeg ik met een lachje. 'Als u na afloop tevreden bent.'

'Felix van Schipluiden was erg te spreken over uw werk,' gaat Moorman verder. 'Prees u de hemel in.'

Ik staar hem aan en denk aan de gezette, goedlachse man die me enkele maanden geleden had ingehuurd om het – vrij kleine – netwerk van zijn farmaceutische groothandel door te lichten. Hij was inderdaad erg content geweest met het resultaat, vooral ook omdat ik een cruciaal beveiligingsprobleem had blootgelegd. 'U kent meneer Van Schipluiden?' vraag ik, eigenlijk overbodig.

Moorman knikt. 'We gaan regelmatig samen golfen. Hij vertelde me dat u een van de besten bent op het gebied van *at-*

tack en *penetration testing*, inclusief *vulnerability assessments*. Al heb ik geen flauw idee wat dat allemaal inhoudt.'

'Moeilijke woorden voor wat ik doe,' zeg ik. 'Zoeken naar kwetsbaarheden in bedrijfsnetwerken.' En omdat ik nu eigenlijk wel ter zake wil komen, vul ik aan: 'Daarvoor ben ik hier, nietwaar?'

'Ja,' beaamt Moorman, terwijl hij weer in de papieren kijkt die voor hem op het bureau liggen. 'Ja, dat klopt.' Dan kijkt hij me doordringend aan en vervolgt: 'Mag ik vragen waarom u dit werk doet? Ik bedoel, iemand met uw capaciteiten kan toch veel méér dan dag in dag uit ethisch hacken?'

'Testen van bedrijfsnetwerken op veiligheidsrisico's,' verbeter ik hem. En dan, zachter: 'Ik heb mijn redenen waarom ik doe wat ik doe, meneer Moorman. En ik ben er tevreden mee.'

Hij zwijgt, alsof hij wacht op een vervolg, maar dat geef ik hem niet. Ik glimlach even kort en vraag: 'Wat is precies de bedoeling?'

Zijn wenkbrauwen schieten omhoog tot twee perfecte boogjes boven zijn vriendelijke ogen.

'Wat wilt u onderzocht hebben?' verduidelijk ik. 'Wilt u een simpele audit, wilt u dat ik kijk of er binnen uw bedrijf sprake is van misbruik van uw netwerk, of wilt u dat ik extern probeer uw systeem binnen te komen? Als u dat laatste wilt, dan raad ik u aan een EVA te laten doen, een external vulnerability assessment. Daarbij krijgt u een volledig beeld van alle mogelijk te misbruiken kwetsbaarheden in uw systeem.'

'Dus ook of er van intern misbruik sprake is? Of staat dat er los van?'

'Ik kan daar eventueel naar kijken, als u dat wilt.' Ik werp hem een vragende blik toe en vervolg: 'Vermoedt u dan een hacker onder uw personeel?'

Hij glimlacht weer. 'Je weet het nooit,' zegt hij. 'Enkele weken geleden hebben we last gehad van een hardnekkig virus in ons systeem, waarvan we de oorsprong niet kennen en dat door onze automatiseringsafdeling niet kan worden herleid. Maar wij kunnen via radio en televisie wél heel Nederland bereiken, wat voor kwaadwillende personen nogal... aantrekkelijk kan zijn. Dat is voor mij dan ook de belangrijkste reden dat ik de boel eens grondig wil laten doorlichten.'

'Virussen worden vaak via e-mail verstuurd,' zeg ik. 'Langs die weg komt de grootste troep je netwerk binnen en voor je het weet heb je problemen.'

'Dat zou kunnen,' zegt hij. 'We maken gebruik van vrij sterke virusscanners, maar ja, er kan altijd iets doorheen glippen. Al hebben we nog nooit problemen van deze omvang gehad.'

'Is het virus verwijderd?' wil ik weten.

'Voor zover ik weet wel. Ons hele netwerk heeft platgelegen, maar op dit moment werkt alles weer naar behoren.'

'Ik zal er voor de zekerheid naar kijken,' zeg ik. 'Als we tenminste besluiten tot een samenwerking,' vul ik aan.

Moorman leunt achterover in zijn stoel. 'Daar kunt u van uitgaan.'

Inwendig juich ik. Dit is een knoeperd van een opdracht die ik ga binnenslepen. Veel werk, maar dat is niet erg. Computers, netwerken en informatiebeveiliging zijn mijn lust en mijn leven. Daar kan ik zeven dagen per week, vierentwintig uur per dag mee bezig zijn. Ik pak mijn tas van de grond, open hem en trek er een paar papieren uit, die ik voor me op het bureau leg. Vervolgens kijk ik op naar Moorman en zeg: 'Ik begrijp dus dat u de boel volledig doorgelicht wilt hebben?'

Moorman knikt. 'Het volledige pakket, zeg maar.'

'Een EVA dus,' preciseer ik. Ik schuif de papieren van elkaar af, spreid ze voor me uit en vervolg: 'Dan wil ik graag nog wat dingen met u doornemen, vooral wat betreft de autorisatie.'

Anderhalf uur later sta ik weer buiten. Met alle vereiste informatie voor het assessment, een *non-disclosure agreement* én een getekende overeenkomst in mijn tas, stuk voor stuk nodig om te kunnen werken met *rootkits*, programma's die ik ga gebruiken en waarmee ik diep in hun systeem kan komen. Heb ik die autorisatie niet, dan kan mijn carrière weleens heel snel afgelopen zijn. Hacken, zelfs als het ethisch is, is nog altijd strafbaar en het is noodzakelijk om jezelf goed in te dekken, zelfs als de opdrachtgever in zekere zin zelf verzocht heeft om gehackt te worden. *Even if you have been fully authorized to conduct a penetration test, double and triple check that you are specifically authorized to utilize a rootkit.* Ik hoor het hem nog zeggen. Michael. Mijn grote voorbeeld, niet alleen op computergebied, maar ook met... met alles eigenlijk. We waren soulmates. Een leven zonder hem kon ik me amper voorstellen. En toch werd ik uiteindelijk gedwongen alleen verder te gaan.

Ik schud de melancholieke gedachten van me af en om niet langer aan vroeger te hoeven denken, zak ik door mijn knieën en haal de ketting van mijn fiets, om even later haastig het terrein af te rijden. In mijn hoofd stormt het. Nog niet eerder kreeg ik een opdracht zoals deze. Meestal zijn het kleinere bedrijven die me inhuren. Tenslotte ben ik ook maar de enige werknemer bij SecuryComp, mijn eigen bedrijf dat ik negen jaar geleden gestart ben. En ik ben er tevreden mee, met de klanten die mij capabel vinden om hun netwerk te testen. Het levert genoeg op om ruim rond te kunnen komen en dat is het belangrijkste. Bovendien vind ik het leuk om te doen. Maar dit... dit is iets heel anders. Uitgebreider. Ingewikkelder. Ik zal er een flinke kluif aan hebben. Niet erg. Het zal ook meer opbrengen, minstens zoveel als mijn vorige drie opdrachten samen. Misschien moet ik meneer Van Schipluiden maar een bosje bloemen sturen, als bedankje dat hij me deze klant bezorgd heeft.

Grinnikend om dat laatste – want natuurlijk ga ik dat niet doen – fiets ik door de Kattenburgerstraat richting de Prins Hendrikkade. Mijn blik valt op de boodschappentassen in het mandje aan mijn stuur. O ja, boodschappen doen, dat moet ik ook nog. Door de euforie van de binnengehaalde opdracht zou ik dat bijna vergeten. Ik trap nog wat harder en schiet vooruit. Ik wil zo snel mogelijk naar huis. Hoe eerder ik mijn huidige opdracht af heb, hoe sneller ik met deze aan de slag kan.

-3-

Die nacht kan ik, zoals wel vaker, niet slapen. Het is warm en benauwd en het enige wat ik de paar uren die ik in mijn bed lig heb gedaan is wisselen van lighouding, maar daar word ik juist nog onrustiger door.

Uiteindelijk laat ik me uit mijn bed glijden, duw de deur naar het smalle balkon open en stap de nacht in. Het is stil in de gemeenschappelijke tuin beneden en terwijl ik met mijn armen op de balustrade leun, kijk ik de diepte in. De kiezels in de tuin van de buurman op de begane grond lichten vaag op in het schijnsel van de maan en ik glimlach. Hoe vaak heb ik hier al niet gestaan? De laatste vijf jaar meestal 's nachts, in mijn eentje, maar daarvoor altijd overdag en altijd met haar. Of met hen beiden. Ik laat mijn ogen door de tuin gaan en zie een paar struiken aan de overkant subtiel bewegen, vergezeld van zacht geritsel en twee oplichtende vlekjes. Kattenogen.

Komen poezen altijd op hun pootjes terecht?

Het kinderstemmetje klinkt helder, alsof het van vlak naast me komt, en met een ruk kijk ik opzij. Niets. Natuurlijk niet. Hoe zou het ook kunnen. Ik knijp heel even mijn ogen dicht, voordat ik met beide handen over mijn gezicht wrijf. Ik ben gewoon moe, ben tot laat bezig geweest met het netjes afwerken van de belangrijkste fasen van de securitytest van mijn huidige opdracht. Het grootste gedeelte heb ik nu gehad en dat is mooi binnen de tijdslimiet die ik met de klant had afgesproken: één week, maximaal tien dagen. Vandaag was de vijfde dag, dus heb ik nog een paar dagen om de boel af te ronden en mijn verslag te schrijven, waarin ik mijn bevindingen toelicht. Maar dat zal niet zoveel problemen geven, omdat ik eigenlijk niets geks heb kunnen vinden, op een enkel verdacht achterdeurtje na, waarvoor ik wat adviezen zal geven om die te dichten.

Na het afronden van de belangrijkste testen won mijn nieuwsgierigheid het van mijn vermoeidheid en omdat de opdracht waaraan ik bezig ben toch bijna is afgerond, was ik alvast begonnen aan die van de Dutch Broadcasting Group. Alles in kaart brengen, beslissen welke stappen ik het beste kan ondernemen om dat netwerk binnen te komen en te testen op welke kwetsbaarheid dan ook.

Ik wrijf in mijn prikkende ogen. Dat laatste, alvast beginnen met die nieuwe opdracht, had ik misschien beter niet kunnen doen. Geruisloos draai ik me om en loop terug mijn slaapkamer in, waar ik weer onder het laken kruip, mijn kussen even opschud en vervolgens ga liggen, met mijn gezicht naar de nog openstaande balkondeur.

Het is de telefoon die me doet wakker schrikken uit een droom die ik niet wil verlaten, maar het geluid houdt onverbiddelijk aan, waardoor ik me met tegenzin omdraai en hem toch maar van het nachtkastje pak. Een blik op mijn wekker zegt me dat het net even over halfzeven is.

'Mara de Wolff,' zeg ik, nog hees van de slaap.

'Met mij,' klinkt het.

Ik ben meteen klaarwakker. Matin! Hoe lang heb ik al niets van hem gehoord? Maanden toch zeker! Het feit dat hij me belt, doet mijn maag samenknijpen. Dat doet hij alleen als hij nieuws heeft. Goed nieuws? Of...

'Ik moet je spreken,' zegt Matin.

'Wat is er dan?' vraag ik, terwijl ik rechtop ga zitten. 'Heb je... heb je hem...'

‘Er zijn nieuwe ontwikkelingen,’ reageert hij ontwijkend. ‘We moeten overleggen.’

‘Waarover?’ wil ik weten.

‘Niet nu, ik wil je persoonlijk spreken.’

‘Wanneer?’

‘Dinsdag.’

Dinsdag?

‘Dan pas?’ zeg ik. ‘Matin, je kunt toch niet van mij verwachten…’

‘Ik ben niet in Nederland,’ onderbreekt hij me. ‘En ik moet nog een paar dingen nagaan. Ik land dinsdagochtend vroeg op Schiphol. Daarna kom ik meteen naar jou, nog voordat ik naar huis ga.’

‘O-oké,’ zeg ik aarzelend.

Hij zwijgt. Op de achtergrond hoor ik geluiden die ik niet kan thuisbrengen. Verkeer, getoeter. Gezang?

‘Matin, alsjeblieft,’ zeg ik zacht. ‘Vertel me op zijn minst hoe het met…’

‘Het gaat goed,’ valt hij me weer in de rede. ‘Dinsdag praten we verder.’

‘Heb je…’ probeer ik nog, maar de kiestoon klinkt al in mijn oor. Opgehangen.

Heel even blijf ik roerloos zitten, maar dan laat ik verbouwereerd de telefoon zakken, terwijl mijn hart onrustig tekeer gaat. Het gaat goed. Dat zei hij. Dat het goed gaat. Waarom vertelt hij niet méér? Waarom laat hij me zo lang in onzekerheid? Ik verbreek de verbinding en toets meteen daarna een nummer. Matins nummer, maar eigenlijk weet ik al dat het niets uithaalt. Zijn mobiel staat uit en het heeft geen zin de voicemail in te spreken. Daar heeft hij nog nooit op gereageerd, dus waarom zou hij dat nu wel doen? Dinsdag, dan hoor ik meer. Over zes dagen. Zes lange dagen.

Ik leg de telefoon terug op het nachtkastje en laat mijn hoofd terug op mijn kussen vallen. Het is nog vroeg en na die korte nacht voel ik me doodmoe. Toch heb ik niet de rust om te blijven liggen en dus sta ik maar op. Door de nog openstaande balkondeur dringt het gezang van een merel naar binnen en heel even blijf ik staan luisteren, terwijl herinneringen aan vijf jaar geleden zich aan me opdringen. Zo'n zelfde ochtend, midden in de zomer. Het was warm, warmer dan nu. In gedachten zie ik de rugtassen staan, in de gang, naast de deur naar het trappenhuis. Gelach, rennende voetstappen, stemmen. Zíjn stem. Voor de laatste keer.

Tranen wellen op en ik sluit mijn ogen om ze terug te dringen. Dit lost niets op. Hoe moeilijk het ook is, ik zal de komende dagen geduld moeten hebben. Meer kan ik niet doen. Ik slik een dikke prop weg, negeer het heldere gezang van de merel en graai een slipje uit de la van mijn dressoir, om vervolgens haastig naar de badkamer te verdwijnen.

Na een lauwe douche voel ik me weer wat beter. Het telefoontje van Matin is al meer dan waar ik op gehoopt had. In de week voor kerst was het laatste contact met hem. Sindsdien hoorde ik niets meer, noch van hem, noch van zijn vrouw Zahra. Tot nu dus.

Ik ril en snel gris ik mijn badjas van het haakje op de badkamerdeur, en trek hem aan. Een blik in de spiegel toont me de wallen onder mijn ogen en zuchtend haal ik een kam door mijn natte, weerbarstige krullen.

Met een grote kom yoghurt loop ik een halfuurtje later mijn werkkamer binnen en zet mijn computers aan. Terwijl ik wacht tot ze zijn opgestart, lepel ik haastig mijn ontbijt naar binnen en ik kan er niets aan doen dat mijn blik – zoals zo vaak – naar de foto's op de vensterbank wordt getrokken en blijft rusten op die van Michael. Hij zou me de huid vol schelden als hij wist dat ik iets at in de buurt van computers. Daar had hij een gruwelijke hekel aan en het was een van de dingen waar we slaande ruzie over konden krijgen. Zijn computers waren heilig voor hem, daarin kon hij aardig doordraaien. En al wist ik dat heel goed, ik kon het nooit laten hem ermee te plagen en expres met iets eetbaars zijn werkruimte binnen te lopen.

Het laatste restje yoghurt krijg ik niet meer weggewerkt en heel even sluit ik mijn ogen, terwijl de vingers van mijn vrije hand automatisch het gouden kruisje om mijn nek zoeken. Ik probeer me zijn stem te herinneren, maar het enige wat ik hoor is het zoemen van de computers die inmiddels zijn opgestart en geduldig wachten tot ik aan het werk ga.

Een beetje melancholiek zet ik de bijna lege kom op het bureau, loop naar de balkondeuren en gooi ze open. Het is prachtig weer en de frisse lucht die de kamer binnenstroomt doet me goed. Het brengt me weer terug in het heden, terug naar dat telefoontje van nog geen uur geleden, en nadat ik een laatste blik heb geslagen op de foto naast die van Michael, adem ik even diep in. Volgende week weet ik meer. Over hen.

Mijn kinderen.

CAMBRIDGE, MASSACHUSETTS, USA

MOUNT AUBURN CEMETERY

JANUARI 2001

Het klopte niet. De maagdelijk witte sneeuw waaruit hoge grafstenen staken met ook daarop een laagje wit, ten opzichte van het diepe donkere gat aan haar voeten. Het gat waarin zojuist de crèmekleurige kist was neergelaten. Op het deksel zat een koperen plaatje met zijn naam: michael simone borghese.

Hij was trots geweest op zijn Italiaanse afkomst. Al woonden zijn voorouders al generaties lang in de Verenigde Staten, iedereen die het maar horen wilde vertelde hij over zijn overovergrootvader die in zijn eentje naar Amerika was vertrokken. En als iemand om zijn tweede naam lachte, wees hij er bloedserieus op dat het in Italië een gerespecteerde jongensnaam was. Simmónie. Zo sprak je het uit. Hoe vaak ze hem niet geplaagd had door hem Simone te noemen, uitgesproken op z'n Nederlands, de taal van het land waar zijzelf geboren was, bijna drieëntwintig jaar geleden.

Nee, het klopte niet. Hij hoorde nog helemaal niet dood te zijn. Een week geleden maakten ze nog plannen. Zij zou over enkele maanden afstuderen aan het MIT, Michael was dat al, een halfjaar geleden. Ze zouden eerst ieder een baan zoeken om hun appartementje te kunnen verruilen voor een huis met een tuin. Daarna zouden ze hun eigen computerbeveiligingsbedrijf gaan beginnen. Dat was Michaels droom. Een eigen bedrijf dat hij samen met haar, sinds een jaar zijn vrouw, runde en dat hun rijk zou maken. Dat laatste had ze niet al te serieus genomen, maar het eerste wel. Er was niets wat ze liever wilde dan samen met haar grote liefde – want dat was hij – te doen wat ze beiden zo graag deden, en waar ze ook goed in waren. Heel goed zelfs.

Ze staarde weer in het donkere gat. Het klopte echt niet. Twee mensen die zo veel van elkaar hielden, hoorden niet nu al uit elkaar gerukt te worden. Settelen, kinderen krijgen, samen oud worden. Zo had het moeten zijn. Dat was hun verwachting geweest, al hadden ze daar nooit zo specifiek bij stilgestaan. Maar in plaats daarvan maakte een dronken chauffeur een einde aan hun dromen en verwachtingen, door op de Longfellow Bridge zijn Range Rover vol in hun oude Chevrolet te boren. Zijzelf had alleen maar een paar gebroken ribben en een hersenschudding gehad, maar Michael was op slag dood geweest. Het nieuwe jaar was nog maar amper een dag oud.

Knerpende sneeuw achter haar deed de herinneringen aan loeiende sirenes, blauwe zwaailichten, het geschreeuw en – vooral – de ijzige stilte vlak na het ongeluk, vervagen en terwijl het pijnlijke gemis van haar soulmate haar hart voor de zoveelste keer leek te doen verschrompelen, keek ze op naar Juda, Michaels beste vriend. Zijn ogen stonden triest, toen hij naast haar kwam staan, en zwijgend liet hij zijn sombere blik van haar naar de kist in het gat gaan. Ze merkte nu pas dat ze alleen waren. Behalve Juda was iedereen die rondom het open graf had gestaan weg; iedereen die als laatste groet een witte roos op de kist had gegooid, was verdwenen. Als een voorspelling hoe haar toekomst eruit zou zien. Hoe ze alleen verder zou moeten. Ze rilde.

'*Come*,' zei Juda, terwijl hij zijn arm om haar heen legde. '*You'll freeze if you stay here*.'

Alsof haar dat wat kon schelen.

-4-

AMSTERDAM

Mijn ogen doen zeer als ik na een paar uur stevig doorwerken achter mijn computers vandaan kom. Het is al ruim na het middaguur en mijn maag knort. Maar het heeft wel zijn vruchten afgeworpen: alle aanvullende testen zijn gedaan. Nu hoef ik alleen nog maar het verslag af te maken en deze opdracht is klaar.

Terwijl ik me uitrek, loop ik door de woonkamer naar het raam en tuur naar de straat beneden. Ik zie een stel kinderen rennen, de voorste met een kleurige bal in zijn handen, en voel een pijnlijke steek in mijn buik. Zij zouden daar nu ook moeten spelen. Met hun vriendjes en vriendinnetjes. Vroeger waren ze te jong om alleen buiten te spelen. Maar nu… nu had het wel gekund. Als ze hier waren geweest.

Ik zie de kinderen door het poortje naar de Theseusstraat verdwijnen en keer me abrupt weg van het raam. Waarom kwel ik mezelf met zulke gedachten? Ze maken me alleen maar verdrietig. Verdrietig en boos. Vooràl boos. Op hém. De man die mijn leven verwoest heeft.

In de keuken trek ik de koelkast open en pak er boter en kaas uit. Staand aan het aanrecht smeer ik twee boterhammen en eet ze ter plekke op. Wat heeft het voor zin om voor mij alleen de tafel te dekken? Ik zou alleen maar voor me uit zitten staren.

Kom op, Mara! Val niet terug in de depressiviteit van een paar jaar geleden!

Het is alsof de stem van Michael me tot de orde roept en haastig werk ik mijn lunch naar binnen, ruim de rommel op en loop terug naar mijn werkkamer. Dat verslag komt morgen wel. Ik wil nu iets doen wat me volledig afleidt en op het moment is de opdracht van de Dutch Broadcasting Group het enige wat daarvoor in aanmerking komt. Ik plof op mijn stoel neer, rol naar het bureau en trek de map met papieren van het bedrijf naar me toe. Maar ik heb amper mijn programma's opgestart, of er klinkt een kort gemiauw en rent een zwart-wit katje heen en weer over mijn beeldscherm, met in haar bek een envelopje. Mijn zelfontworpen meldingsprogramma dat laat weten dat er een e-mail op me wacht. Eigenlijk is het gemaakt voor kinderen, míjn kinderen, maar ik heb het nooit van mijn computer willen verwijderen nadat ze... nadat ze weg waren.

Ik glimlach, terwijl een triest gevoel me overspoelt, en open mijn e-mailprogramma. In de inbox zit één ongelezen bericht, van Rudi, verstuurd vanaf zijn mobiel. Ik klik hem open en lees: Pf3. Nu grijns ik breeduit. Zijn volgende zet in ons partijtje schaak, waar we een poos terug via de mail aan begonnen waren. Hij denkt nog altijd van me te kunnen winnen, terwijl elke partij die we gespeeld hebben, op afstand of via een bord, steevast door hem verloren is. Gelukkig kan hij goed tegen zijn verlies. Heel af en toe heb ik de neiging om hem een partijtje te laten winnen, maar ik weet zeker dat hij dat direct door heeft. En dus doe ik ook nu de zet die het meest logisch is. Ik hoef er niet eens voor op mijn virtuele bord te kijken, typ Pf3, en verzend de mail. Die is zijn paard kwijt. In gedachten zie ik Rudi op het schaakbordje op zijn mobiel mijn zet doorvoeren, een diepe frons in zijn voorhoofd. Hij zal niet blij zijn en ik weet nu al dat ik donderdag niet eerder naar huis zal kunnen dan dat we dat partijtje ter plekke hebben afgemaakt.

Nog even staar ik naar de e-mail in mijn inbox, voordat ik het programma afsluit en me weer op de map naast mijn toetsenbord richt. Het zal een flinke klus worden om het hele systeem van de Dutch Broadcasting Group door te lichten. Niet dat ik ertegen opzie, niet in het minst, behalve misschien tegen het schrijven van het verslag. En dus haak ik mijn vingers in elkaar, laat het kraakbeen even knakken en ga aan de slag.

Het is al vrij laat in de middag als ik iets vreemds ontdek in de papieren die ik van Moorman heb meegekregen. Een van de IP-adressen lijkt niet te passen tussen de andere die op de lijst staan. Het is een uitdraai die waarschijnlijk door Moorman is gemaakt en ik weet bijna zeker dat hij er verder niet meer naar gekeken heeft. Waarom zou hij ook? Naast dat hij waarschijnlijk geen snars snapt van al die cijfers en computertaal, weet hij ook niet of er iets afwijkends aan te zien is.

Even aarzel ik. Zal ik het adres bezoeken? Ik weet dat dat link is. Heel erg link. Als dit IP-adres niet behoort tot het netwerk van de Dutch Broadcasting Group, kan ik enorme problemen krijgen. Want van wie het ook is, diegene heeft geen toestemming gegeven om in zijn computergegevens te neuzen. En dat is wat ik dan doe: ongeoorloofd rondkijken in iemands data. En dat kan variëren van favoriete recepten tot ultrageheime en geclassificeerde informatie. Als ze erachter komen, ben ik de pineut en kan ik zomaar in een cel eindigen.

Aan de andere kant... zulke dingen gebeuren eigenlijk alleen bij handgeschreven lijsten. Een foutje bij het noteren is zo gemaakt, in feite. Maar dit is een geprinte lijst. Hoe kan daar een fout in zitten? Ik leun achterover in mijn stoel en verplaats mijn blik van de lijst naar het beeldscherm voor me. Wat doe ik? Iets of niets? *Whois*, besluit ik. Dat is het meest simpele begin. Ik trek het toetsenbord op mijn schoot, open internet en typ even later in *DomainTools* het IP-adres in.

Whois Record Not Available krijg ik te zien en verbaasd frons ik mijn wenkbrauwen. Wat raar. Waarom zou het niet beschikbaar zijn? Niet dat het me tegenhoudt; als ik wil kom ik er toch wel in. En misschien is het ook wel de bedoeling dat ik erin kom, is dat wat Moorman wil. Ik heb volledig de vrije hand van hem gekregen, moest alles testen wat er te testen viel.

Weifelend schuif ik het toetsenbord terug op mijn bureau en sta op om in de keuken wat te drinken te halen. Misschien gewoon maar eens even kijken, peins ik, terwijl ik met een groot glas cola weer terugloop naar mijn werkkamer. Als ik voorzichtig te werk ga, hoeft niemand iets te merken. Ook niet als ik ergens terechtkom waar ik helemaal niet mag zijn. Het is alleen te hopen dat er niet ergens een gemeen foefje zit dat mijn binnenkomst via een achterdeur verraadt, maar dat verwacht ik niet. Niet bij de Dutch Broadcasting Group.

In drie grote slokken drink ik mijn glas leeg en zet het opzij. Dan schuif ik mijn stoel aan, pak mijn toetsenbord weer en ga aan de slag. Zoals ik al dacht kost het me niet al te veel moeite om de locatie van het IP-adres te vinden, al wordt de route omgeleid via diverse landen en servers. Uiteindelijk staar ik naar mijn beeldscherm en kan ik alleen maar concluderen dat dit wel heel erg raar is. Sterker nog: er klopt geen barst van wat ik zie.

Ik wrijf even door mijn haar en scan de data voor me. *Weird.* Echt heel raar. Eigenlijk zou ik deze test nu moeten afbreken en eerst contact zoeken met Moorman, maar gezien het feit dat het al ruim na halfzeven is, denk ik niet dat hij nog op zijn werk is. Of wel, natuurlijk. Het is een bedrijf waar mensen niet echt van negen tot vijf achter hun bureau zitten. Toch?

Eerlijk gezegd wil ik daar niet aan denken, gebruik de tijd als een excuus om – nog – niet te hoeven bellen, en trek opnieuw mijn toetsenbord naar me toe. Mijn vingers vliegen over de toetsen om de link die ik zojuist gelegd heb helderder te kunnen krijgen. En erg lang duurt dat niet. Na enkele minuten verschijnt er op mijn beeldscherm een inlogscherm dat blijkbaar door een medewerker van de Dutch Broadcasting Group is ingesteld om gegevens op zijn computer te beschermen. Ik laat er een speciaal programma op los en nog geen tien seconden later is het wachtwoord al gekraakt. Geen erg sterke beveiliging, concludeer ik.

Ik browse door een enorm aantal mappen waarin niet veel bijzonders staat, en vraag me al snel af wat in godsnaam de link is tussen dat IP-adres en deze computer. Toch een fout, ergens in het netwerk? Dat moet dan te traceren zijn, of mijn naam is geen Mara de Wolff. Mijn blik valt op een map met een onleesbare naam. Wat is dat voor taal? Ik breng mijn gezicht wat dichter op het beeldscherm en zie het dan meteen. Arabisch. Onmiskenbaar.

Met een snelle beweging zet ik de cursor op de map en klik hem open. Wederom wordt er om een wachtwoord gevraagd. Met opgetrokken wenkbrauwen laat ik mijn vingers boven het toetsenbord zweven en denk na. Zal ik wel verdergaan? Het is blijkbaar niet de bedoeling dat iemand, behalve de gebruiker van deze computer, die map kan openen. Ik heb er ook niets mee te maken, feitelijk.

Of wel?

Moorman had gezegd dat ik volledig vrij was om overal te zoeken naar hiaten in de beveiliging van hun netwerk. Valt dit daar dan ook niet onder? Natuurlijk. Overal is overal. Dus ook in deze computer. Ik grijns van oor tot oor als ik het programma er weer op loslaat om het wachtwoord te kraken. Dit keer kost het meer moeite. Degene die deze map beveiligd heeft weet in ieder geval hoe hij een wachtwoord moet samenstellen. Maar uiteindelijk ben ik erdoor en open de map.

Zoals ik al verwachtte is alles wat erin staat in het Arabisch, een taal die me niet helemaal onbekend is. Door hém. Hoe vaak ik niet naar zijn telefoongesprekken heb geluisterd, of naar zijn geschreeuw als iets niet ging zoals hij wilde. Op den duur leer je het dan wel. Tot op zekere hoogte, want behalve tijdens zijn telefoongesprekken en driftbuien sprak hij geen Arabisch tegen me en bovendien is de taal horen weer iets heel anders dan het lezen. Maar toch herken ik een aantal dingen, die ik voornamelijk heb opgepikt uit zijn boeken die hij altijd liet rondslingeren. En die ik stiekem, als hij er niet was, probeerde te lezen.

Mijn ogen glijden over de lijst met mapjes en uiteindelijk klik ik op een map waaronder إعداد staat. Vrij vertaald: planning. Van wat? vraag ik me af. En meteen daarna: gaat dat me eigenlijk wel aan? Misschien niet, maar gezien het feit dat de gebruiker van deze computer de boel nogal beveiligd heeft, vind ik het op zijn minst vreemd dat alles achter dat wachtwoord in het Arabisch is. Wie is de gebruiker van deze computer? Of beter gezegd, wát is hij? Een Nederlander? Waarschijnlijk. Maar dan wel eentje die tweetalig is. Zou hij het Nederlands niet zo goed beheersen en daarom zijn eigen data in zijn moedertaal opslaan? Dat zou kunnen.

Ik klik op de map en een nieuw scherm ontvouwt zich. Er zitten drie documenten in, waarvan eentje een JPG-afbeelding. Ik open het bestand en zie een plattegrond voor me. Waarvan weet ik niet en eigenlijk interesseert het me ook niet. Mijn achterdocht irriteert me ineens. Wat ben ik nou precies aan het doen? Mijn werk? Duh, nogal ja. Snel sluit ik de afbeelding, klik toch nog even – meer uit eigenwijsheid – op een van de andere documenten en zie na openen dat het een soort stappenplan is. Ik ontwar de woorden 'haven' en 'toegangscode' en 'mei', maar kan er verder geen touw aan vastknopen.

Lichtelijk verward sluit ik het document en staar nog even nadenkend naar het scherm met de in het Arabisch benoemde mappen, die waarschijnlijk niets anders bevatten dan een of ander filmscript. Nee, dan dat IP-adres. Wat moet ik daar nu mee? Bellen naar Moorman en zeggen dat deze rare constructie in zijn netwerk niet echt handig is? Dat kan ik ook in mijn rapport zetten natuurlijk. Verder kan ik er toch niets aan doen; dat is de taak van hun automatiseringsafdeling. Ik kan ze hooguit wat adviezen geven.

Terwijl ik me achterover tegen mijn stoelleuning laat vallen en me even stevig uitrek, zie ik dat er een soort ruis over mijn beeldscherm trekt en het vervolgens helemaal zwart wordt.

-5-

Heel even staar ik verbouwereerd naar mijn lege beeldscherm, maar dan schiet ik overeind. Wat gebeurde er nou? Waarom is alles nu ineens weg? Een virus! Krijg ik nou een virus binnen via dat onbekende IP-adres?

Nee nee nee!

Dat kan helemaal niet, daar is mijn firewall veel te geavanceerd voor! Mijn vingers vliegen over de toetsen, schermen openen en sluiten zich weer, en uiteindelijk kan ik concluderen dat er geen virus mijn computer is binnengedrongen. Maar wat er dan wél gebeurd is weet ik niet. Moorman had het over een virus in hún netwerk. Zou dat dit… Niet waarschijnlijk, maar toch ga ik echt niet eerder met de testen verder voordat ik hem gesproken heb, en zonder aarzelen pak ik mijn telefoon, scrol naar zijn nummer en bel hem op.

De telefoon gaat drie keer over, voordat een klein klikje aangeeft dat de lijn wordt doorgeschakeld, wat ook blijkt te kloppen als ik meteen daarna de stem van een vrouw hoor. De receptioniste, bedenk ik. Tegen beter weten in vraag ik naar Moorman en tot mijn verbazing zegt ze dat ze me zal doorverbinden. Raar. Je zou toch zeggen dat als hij er was, hij zijn telefoon zelf wel beantwoord zou hebben. Maar voordat ik daar een verklaring voor kan bedenken, hoor ik de stem van een man. Het is niet Moorman, maar een jonger iemand. Veel jonger. Hij heeft een licht accent en klinkt enigszins aarzelend.

'Ik zou graag meneer Moorman willen spreken,' zeg ik.

'Die... is er niet,' antwoordt de man. 'Hij is, eh... al naar huis.'

Ach ja, het is al laat. Dat had ik een halfuur eerder ook al bedacht. 'En morgen?' wil ik weten. 'Hoe laat is hij er dan weer?'

Even blijft het stil. 'Dat weet ik niet,' klinkt het dan. 'Meestal al vroeg.'

'Dan bel ik wel terug,' zeg ik.

Ik wil de man net bedanken voor zijn tijd, als hij vraagt: 'Kan ik u misschien helpen?'

Nu val ik even stil. Kan hij dat? Misschien. Maar wil ik het ook? Niet echt. Ik heb geen flauw idee wie er allemaal afweten van de testen die ik in opdracht van Moorman uitvoer. Meestal is het alleen de opdrachtgever om te voorkomen dat personeelsleden die misbruik van het systeem maken gealarmeerd worden. Niet dat interne hackers zo vaak voorkomen, maar je zult er maar eentje in je bedrijf hebben. Vooral bij een bedrijf als de Dutch Broadcasting Group zou spionage voor een concurrent heel reëel kunnen zijn.

'Nee, dank u,' zeg ik. 'Ik moet echt met meneer Moorman zelf spreken.'

'Ik ben van de afdeling automatisering,' klinkt het. 'Zijn er problemen met uw opdracht?'

'Opdracht?'

'Ja,' zegt hij. 'U doet toch de beveiligingstesten?'

Eigenlijk weet ik niet wat ik nu moet zeggen. Blijkbaar weet hij van de pentest die ik uitvoer. Maar wie is hij? Heeft hij zijn naam gezegd? Kan ik me niet meer herinneren. 'Ehm,' zeg ik uiteindelijk. 'Hoe is uw naam ook alweer?'

'Ik ben het hoofd van de automatiseringsafdeling hier,' legt hij uit. 'Als u me vertelt wat er aan de hand is, kan ik u vast wel helpen.'

Ik werp een blik op mijn beeldscherm en zie ineens de postkat weer heen en weer lopen. Ik heb een e-mail. En met dat besef lijkt het alsof ik weer iets helderder kan denken. 'Nee,' zeg ik. 'Laat maar. Het is niet zo belangrijk. Dank u voor uw tijd.' En zonder op zijn antwoord te wachten, verbreek ik de verbinding en blijf ik een aantal seconden roerloos zitten met mijn mobiel in mijn hand. Ik weet niet waarom, maar het korte gesprekje met deze man heeft me kippenvel bezorgd.

Haastig schuif ik mijn telefoon op het bureau. Niet meer aan denken. Morgen bel ik gewoon even naar Moorman en overleg ik met hem wat we gaan doen. En eigenlijk moet ik er nog blij om zijn ook; nu heb ik de hele avond vrij. Misschien is er een goede film op tv.

Met een muisklik open ik mijn mailprogramma en zie dat ik een nieuwe mail van Rudi heb, met een volgende schaakzet. Een domme zet, als je het mij vraagt, maar goed. Ik stuur hem die van mij terug en weet eigenlijk nu al dat er van televisiekijken vanavond niets gaat komen. Rudi is blijkbaar vastbesloten deze partij vandaag nog te beëindigen. Nou dat kan.

Ik krijg gelijk. Rond een uur of tien stuur ik mijn laatste zet, waarmee Rudi schaakmat komt te staan, en blijft het van zijn kant akelig stil. Hij kan goed tegen zijn verlies, dat weet ik inmiddels wel. De stilte duidt er alleen maar op dat hij nu al onze zetten zit te ontleden om te kijken wat hij fout heeft gedaan. Iets wat ik hem gemakkelijk kan vertellen, maar niet doe. In ieder geval niet nu. Ik ben moe en wil eigenlijk nu weleens achter de computer vandaan. En dus wacht ik niet meer op zijn antwoord (het zou zomaar een uur kunnen duren), schuif mijn laptop van me af en loop de woonkamer in. Ik heb het koud en nadat ik mijn televisie heb aangezet, loop ik door naar de verwarming onder het raam en draai de knop een streepje hoger. In de keuken schenk ik een glas wijn in, pak een zak chips uit de kast en nestel me daar even later mee op de bank.

Terwijl ik de zak openscheur, kijk ik naar de tv, waarop een actualiteitenprogramma bezig is. Er worden beelden getoond van Irak waar de djihadistische militie ISIS blijkbaar steeds meer voet aan de grond krijgt. Ik huiver als ik gewapende militairen zie, mannen met doeken voor hun gezicht, geweren in hun hand. Separatisten die het in delen van dat land al voor het zeggen hebben en onwillekeurig denk ik aan hém. Nee, niet onwillekeurig. Irak zal ik altijd met hem in verband brengen. En niet alleen met hem, ook met…

Het geluid van mijn vaste telefoon doet me opkijken en gezien de tijd weet ik ook meteen al wie me belt. Mijn moeder. Ik gooi de geopende zak chips op de tafel en haast me naar mijn werkkamer, waar het basisstation van de telefoon staat.

'Hé mam!' roep ik, terwijl ik weer terugloop en mijn glas wijn van de tafel pak.

'Dag lieverd,' klinkt de warme stem van mijn moeder. 'Hoe gaat het daar bij jou? Ik heb al een poosje niets van je gehoord.'

Beschaamd bedenk ik dat het inderdaad zo is. De laatste keer dat we elkaar spraken was begin april, op mijn verjaardag. Ik voel me schuldig en neem snel een slokje van mijn wijn om de opkomende heimwee naar vroeger een halt toe te roepen.

'Ik heb het erg druk, mam,' zeg ik zacht. 'Dat weet je toch?'

Er klinkt een zucht, niet verwijtend, maar eerder berustend. Dan haar stem weer: 'Is er nog nieuws over Jamil en Isra?'

Bij het horen van hun namen vergeet ik even adem te halen. Ze worden zelden uitgesproken, alhoewel ik ze dagelijks honderden keren tegen mezelf zeg, soms hardop, vaker alleen maar in mijn hoofd.

'Matin heeft gebeld,' zeg ik, alsof dat alles verklaart. 'Vanmorgen.'

Het blijft even stil aan de andere kant, alsof mijn moeder op een vervolg wacht. Als dat niet komt, vraagt ze: 'En?'

Ik hoor de spanning in haar stem en dat doet me pijn, omdat ik weet dat ik haar niets kan vertellen wat ze nog niet weet. 'Hij komt volgende week langs om ergens over te praten.'

‘Heeft hij ze gevonden?’ Nu klinkt het bijna opgetogen.

‘Dat weet ik niet, mam,’ zeg ik, terwijl ik naar het raam loop en een blik werp op de donkere straat beneden. Er rijden een paar auto’s voorbij en ik zie de man die aan de overkant op tweehoog woont terugkomen van een uitlaatrondje met zijn hond en in het trappenhuis verdwijnen. Bij de boom tegenover zijn deur staat nog iemand, maar wie dat is, kan ik niet zien. Waarschijnlijk een van de jongens uit de buurt die op zijn vriendinnetje staat te wachten. Ik draai me weg van het raam en vervolg: ‘Hij zei dat het goed ging. Dinsdag hoor ik meer.’

‘Dat duurt nog lang.’

Zeg dat wel.

‘Bel je meteen als je wat weet?’ vraagt mijn moeder.

‘Natuurlijk.’

Er valt een korte stilte, waarin ik besef hoe erg ik haar eigenlijk mis. Zij was er voor me toen mijn hele wereld instortte. Zij en Juda. Ook toen mijn vader overleed. En toch heb ik haar achtergelaten in Amerika, een beslissing die ik nu nog elke dag betreur.

‘... wel goed?’

Ik schrik op. ‘Wat?’ vraag ik.

‘Of je wel goed eet.’

‘Ja hoor,’ antwoord ik, met een beschaamde blik op de zak chips en het glas wijn in mijn hand.

Ze lacht. ‘Het zal wel,’ zegt ze. ‘Je vergeet dat ik je langer ken dan vandaag.’ En dan: ‘Wanneer kom je weer eens hierheen?’

Het liefst was ik morgen op het vliegtuig gestapt, maar ik weet dat het niet kan. Niet op zo’n korte termijn. ‘Binnenkort,’ mompel ik en ik neem haastig nog een slokje van mijn wijn om zo het dichtgeknepen gevoel in mijn keel te laten verdwijnen.

‘Mariah zou het fijn vinden je weer eens te zien,’ gaat ze verder. ‘Ze mist haar petekind enorm.’

Ik glimlach als ik aan de gezette Mariah denk, mijn moeders beste vriendin. Hoe vaak ze niet op me gepast heeft, met me ging winkelen, me mee naar de bioscoop nam. Ik merk dat ik ook haar heel erg mis en acuut besluit ik om te proberen zo gauw mogelijk een vakantie naar Cambridge te plannen.

'Weet je wat ze vorige week nog zei?' vraagt mijn moeder.

'Nou?' zeg ik. Ik weet nu al dat er een heel verhaal gaat komen, waarmee ze mij zo lang mogelijk aan de telefoon wil houden. Ik ben het gewend en dus laat ik haar begaan. Omdat ik weet dat ze mij net zo mist als ik haar. Terwijl ik luister naar haar heldere stem, draai ik me terug naar het raam en kijk opnieuw naar de lege straat beneden. Bíjna leeg. De man bij de boom staat er nog steeds. En ineens krijg ik het onaangename gevoel dat hij daar niet zomaar staat. Hij staat daar voor mij.

II

BAGDAD, AL-A'AMIRIYAH DISTRICT, IRAK

SEPTEMBER 2008

Ze stond daar, bewegingloos. De bomen waaronder ze al een poosje geleden de schaduw gezocht had, boden nauwelijks bescherming tegen de hitte van de zon, die het asfalt van de weg tussen haar en de Al-Qubaisimoskee liet zinderen in de stilte van de vroege avond. De zwarte *niqab* – een lange zwarte sluier die alleen haar ogen vrijliet – die ze over haar eveneens zwarte gewaad droeg, maakte het er ook niet beter op. Ze keek omhoog naar de smalle minaret vanwaar eerder de *muadhdhin* had opgeroepen tot het middaggebed. Het kon nu niet lang meer duren. Ze richtte haar ogen op de hoge deuren van de moskee, en wachtte.

Hij kwam glimlachend naar buiten, bleef net buiten de deuren staan en wierp een korte blik naar de diepblauwe lucht boven hem, alsof hij daaraan kon aflezen hoe warm het was. Hij zei wat tegen zijn zoon, die vlak achter hem liep, en knikte naar de hoge deuren van de moskee. De zoon – niet veel ouder dan elf – gaf een kort antwoord voordat zijn vader hem een klopje op zijn schouder gaf en ze samen naar links wegliepen.

Ze zag hen gaan. De vader en zijn zoon. Op weg naar huis,

naar de rest van het gezin. Zijn vrouw, de twee dochters en de jongste zoon van nog geen drie jaar oud. Ze moest hen allemaal bij elkaar hebben en ze wist dat dat vrijwel altijd het geval was na het middaggebed, in zijn eigen huis. Daarom had ze hem hier opgewacht, bij de moskee waar hij – als hij kon – vijf keer per dag kwam.

Op een veilige afstand volgde ze de man en zijn zoon. Ze maakten geen haast, liepen in een langzaam tempo de straat uit, sloegen eerst links- en vervolgens rechts af. Vijf minuten later, in een bocht van de weg, verdwenen ze in de tuin van een groot huis.

Aan de overkant van de weg bleef ze staan en staarde naar de grote ramen in de witte muren van de villa waaraan je kon zien dat de man en zijn gezin een hoge maatschappelijke status bekleedde. Ze walgde ervan. Geld en macht, twee dingen die ze haatte tot diep in haar hart.

Nadat ze enkele ogenblikken de tijd had genomen om de omgeving af te speuren, en daarbij geen mens had waargenomen – wat ook zelden het geval was zo vlak na het middaggebed – stak ze de weg over en begaf zich eveneens de tuin in. Ze ging niet naar de deur, maar liep geruisloos langs het huis, tot ze in de grote, nogal kale achtertuin kwam, die uit niet meer bestond dan een verdord grasveld en enkele verdroogde struiken langs de rand. Tegen een van de muren klom langs de gevel een rozenstruik omhoog, die eveneens zijn beste tijd gehad had. Vroeger had ze van rozen gehouden. Vooral van de lichtroze, grote bloemen die een aantal jaren de struik hadden versierd die achter hun huis naast de schuur stond. Ze had hem met liefde verzorgd, tussen de klusjes door die ze altijd voor haar moeder deed. Water halen in de rivier. Naar de markt voor boodschappen. Ze kneep haar handen tot vuisten en dacht aan haar moeder, aan haar prachtige donkere ogen, haar lieve lach.

Verleden tijd! Kwel jezelf niet met zulke herinneringen!

Bewegingloos staarde ze naar de deur die op een kier stond. Binnen hoorde ze zachte geluiden, gerammel van pannen, aardewerk. Een vrouwenstem, gevolgd door kinderstemmen. Voorzichtig kwam ze in beweging en liep onhoorbaar in de richting van het huis, zich concentrerend op de geluiden. Bij de iets geopende deur bleef ze weer staan. De kinderstemmen vervaagden; wat overbleef was een zacht geruis en het getik van hout op hout.

Haar gedachten schoten weer terug naar vroeger, maar niet voor lang. '*Bismi'llah ir-Rahman ir-Rahiem,*' mompelde ze zacht, terwijl ze haar gesluierde hoofd hief en voorzichtig de deur wat verder opentrok. *In naam van God, de Barmhartige.*

Ze glipte naar binnen en kwam in een ruime keuken, waar een vrouw in een bordeauxrood gewaad met een houten schaal in haar handen bij het lage aanrecht stond. Ze zag hoe de vrouw verwonderd opkeek, en ze wist dat het een kwestie van seconden was, voordat ze wat zou zeggen. Zonder te aarzelen stapte ze naar voren, pakte de schaal uit de handen van de vrouw en zette hem op het aanrecht. Meteen daarna trok ze een mes onder haar gewaad vandaan, greep de vrouw bij haar arm en draaide haar een kwartslag, voordat ze met een snelle beweging het mes langs haar keel haalde. Bloed spoot tegen de muur, liep in smalle straaltjes omlaag tot op het aanrecht.

Ze zag de verbaasde blik waarmee de vrouw haar aankeek, terwijl ze haar handen tegen haar keel drukte en langzaam op haar knieën zakte. Ze probeerde iets te zeggen, maar meer dan een gorgelend geluid kwam er niet uit haar mond. Bloed sijpelde tussen haar vingers door, in een vast ritme dat steeds zwakker werd en uiteindelijk helemaal stopte. Toen viel de vrouw opzij en staarde met wijd open ogen omhoog.

Even nog keek ze neer op de dode vrouw, zonder spijt, zonder berouw. Zonder medelijden. Het was lang geleden dat ze die gevoelens voor het laatst had toegelaten. Meedogenloos handelen. Zíj hadden het zover laten komen.

Een zacht geluid achter haar deed haar omkijken. Bij de half openstaande keukendeur stond de jongen. De jongste. Met grote ogen keek hij naar zijn moeder, naar de steeds groter wordende plas bloed onder haar hoofd. Hij zei niets, staarde alleen maar.

Voor haar was dat uitermate gunstig. Ze liep naar hem toe, het bebloede mes in haar hand. Hij keek naar haar op toen ze vlak voor hem stond en aan zijn blik zag ze dat hij het niet begreep. Hij zou het ook nooit begrijpen. Twee jaar geleden had zijn vader zijn lot bezegeld. Meer niet. Zo zat het nu eenmaal in elkaar. Ze legde even kort haar hand tegen zijn wang, terwijl haar gedachten teruggingen naar vroeger. In een flits zag ze het weer voor zich. Kleine lichaampjes badend in het bloed, bijna onherkenbare, gehavende gezichten, kapotte meubels, en Isra...

Isra...

Ze klemde het mes nog wat vaster in haar hand en mompelde een zacht gebed.

Enkele minuten later had ze de jongen en ook de twee dochters in een aangrenzende kamer net zo geruisloos omgebracht als de moeder, en liep ze vervolgens via de gang naar de woonkamer. Er klonken stemmen: de oudste jongen en zijn vader. De laatste twee. Dan was het vervuld. Dan kon ze verder, *insha'Allah*! Ze stapte de kamer in, waar de man en zijn zoon tegelijk naar haar keken. De jongen verbaasd, de man eerst ook, maar zijn blik werd vrijwel direct wantrouwend. Ze wist dat hij het wist. Ze zag de herkenning in zijn ogen. Of verbeeldde ze zich dat maar? Hoe zou hij haar moeten herkennen? Hij had haar nog nooit gezien. Maar toch voelde ze dat hij besefte waarvoor ze kwam.

Hij opende zijn mond om wat te zeggen, maar in een fractie

van een seconde hief ze haar arm en wierp het mes met kracht in zijn borst. Het enige geluid dat hij maakte was een zacht gekreun, toen hij zijn handen in een reflex om het heft sloot en langzaam op zijn knieën zakte, zijn blik onafgebroken op haar gericht. Nu schreeuwde de jongen, hoog en schel, terwijl hij toekeek hoe zijn vader voorover viel. Toen draaide hij zich naar haar toe en nog steeds schreeuwend stormde hij op haar af. Het deed haar niets toen hij zich tegen haar aan wierp en haar met zijn vuisten begon te bewerken. Heel even liet ze hem begaan, zonder dat haar blik die van de vader losliet. Maar toen pakte ze met beide handen het hoofd van de jongen beet, en draaide het met een ruk opzij. Er klonk een zacht gekraak, de jongen hield acuut op met schreeuwen en zakte als een lappenpop aan haar voeten.

De vader probeerde voor de tweede keer iets te zeggen, maar het enige wat er over zijn lippen kwam was opborrelend bloed. Ze liep naar hem toe en liet zich op één knie zakken, terwijl ze hem recht aanstaarde. Ze dacht aan haar, Isra, en klemde haar kiezen op elkaar. Het was bijna volbracht. Voor vandaag. Wat nog restte was zíjn straf. Dat was ook de reden dat ze hem niet meteen had gedood. Hij moest weten waarom.

Tussen de plooien van haar kleding haalde ze een klein flesje tevoorschijn, dat ze over de zacht jammerende man leeggoot. Daarna kwam ze overeind, een pakje lucifers in haar hand geklemd. De ogen van de man werden groot toen hij zag dat ze er eentje afbrak en tussen duim en wijsvinger omhooghield. Hij begon te mompelen, terwijl bloed over zijn kin liep en op de grond druppelde.

Ze keek op hem neer, terwijl de minachting in haar ogen overging in haat. 'Isra,' fluisterde ze tegen hem. 'Ze was pas veertien!' En aan zijn blik zag ze dat hij het zich herinnerde. Hij wilde weer wat zeggen, maar ze streek de lucifer aan, liet hem boven op de man vallen en stapte daarna bij hem weg.

Vrijwel onmiddellijk vatte zijn kleding vlam en terwijl hij reflexmatig over de vloer heen en weer begon te rollen om het vuur te doven, krijste hij als een wild dier.

Onbewogen keek ze toe, voor even. Toen draaide ze zich om en verliet het huis langs dezelfde weg als ze was binnengekomen.

-6-

AMSTERDAM

De halve fles wijn die ik heb leeggedronken nadat ik het telefoongesprek met mijn moeder had beëindigd, is niet goed gevallen. Mijn maag doet pijn en ik ben misselijk. Of komt dat doordat ik het beeld van die man bij de boom maar niet kan loslaten? Toen ik naar bed ging, nu zo'n tweeënhalf uur geleden, was hij weg, maar gek genoeg stelde dat me niet gerust. Het idee dat die man naar mijn appartement had staan kijken, krijg ik maar niet uit mijn hoofd. Terwijl ik dat niet eens zeker weet. Het was alleen maar een gevoel dat ik had.

Ik draai me op mijn andere zij en kreun zacht als een nieuwe pijnscheut door mijn maag trekt. Ik had ook niet zoveel moeten drinken. En al helemaal niet op een zo goed als lege maag. Dat deed ik vroeger toch ook nooit?

Vroeger.

Het lijkt lang geleden dat mijn dagen er heel anders uitzagen dan nu. Veel meer regelmaat. Zelfs met Michael had ik al mijn vaste rituelen, hoewel we allebei vaak op verschillende tijden weg waren. Het liep allemaal gewoon op rolletjes, zonder moeite. Net als later, met de kinderen…

Eigenlijk was het helemaal niet gepland dat ik zwanger werd. Niet op dat moment in ieder geval. Maar het was wel gewenst. Het maakte me blij te weten dat er een klein mensje in me groeide. Trots. Het kon me niet schelen wat het zou worden, een jongen of een meisje, het idee alleen al dat ik straks iets had om voor te zorgen maakte me het gelukkigste wezen op aarde.

Dat bij de eerste echo bleek dat het om een tweeling ging, verraste me niet. Ik had al langer het gevoel gehad dat er binnen in me meer leven zat dan één baby, en de vier armpjes, vier beentjes en twee hoofdjes op de echo waren daar alleen maar een bevestiging van. Twee gezonde baby's waren het. Jamil en Isra. God, wat mis ik ze.

De pijn in mijn maag wordt ondraaglijk en ik besluit op te staan om wat warme melk te drinken en een pijnstiller te nemen.

Ik zwiep mijn benen uit bed en strompel zo ongeveer naar de keuken. Het is niet de eerste keer dat mijn maag opspeelt. Volgens mijn huisarts is het stress en moet ik rustiger aan doen. Me minder zorgen maken, anders – zo voorspelde hij – zou het weleens op een maagzweer kunnen uitdraaien. Maar ja, het is makkelijk gezegd: je minder zorgen maken. Mag hij me eens uitleggen hoe ik dat moet doen.

Nadat ik wat warme melk heb gedronken, trek ik in de badkamer het medicijnkastje open en rommel tussen de doosjes met pillen. Uiteindelijk vind ik de paracetamol, druk er twee uit de strip en slik ze met een paar grote slokken water door. De bittere smaak die in mijn keel achterblijft doet me bijna kokhalzen en snel drink ik er nog een glas water achteraan. Nu maar hopen dat ik nog wat kan slapen.

Terwijl ik de gang oversteek naar mijn slaapkamer, denk ik aan de man bij de boom en na een korte weifeling loop ik naar de woonkamer en gluur tussen de vitrage door. Er is niemand te zien. De straat ligt er volledig verlaten bij. Alle ramen van de appartementen aan de overkant zijn donker, op eentje na. De keuken van de man met zijn hond is fel verlicht door – zo lijkt het – een tl-buis. Soms denk ik weleens dat hij nooit slaapt, al heb ik hem zelden 's nachts bij het raam gezien. Misschien is hij gewoon bang in het donker.

Grinnikend om mijn eigen grapje ga ik terug naar mijn slaapkamer en kruip in bed. De warmte van mijn eigen lichaam is eruit verdwenen en huiverend rol ik me op, met mijn gezicht naar de balkondeur gericht. In een flits zie ik een silhouet achter het gesloten gordijn en heel even denk ik dat het Isra is, die op het balkon staat. Maar net zo snel als het beeld zich aan me opdrong, verdwijnt het weer en besef ik dat het zoals altijd een luchtspiegeling van mijn eigen verlangens is.

Als ik een poos later wakker schrik, schijnt de zon fel door een kier in de gordijnen. Ik heb het gevoel dat het al laat is en als ik met nog slaperige ogen naar mijn wekker kijk, blijkt dat ook inderdaad zo te zijn: het is bijna kwart voor tien.

Met een zucht rol ik me op mijn rug en staar naar het plafond. De maagpijn is gelukkig verdwenen en alleen dat feit al fleurt me op. Ik besluit uitgebreid te douchen en na het ontbijt als eerste Moorman te bellen. Als ik meer weet over die rare constructie, kan ik weer verder met mijn werk. Natuurlijk zou ik het zelf ook kunnen uitvissen, daar draai ik mijn hand niet voor om, maar om te voorkomen dat ik er problemen mee krijg, heb ik liever informatie uit de eerste hand en – eventueel – toestemming om verder te graven.

Een halfuurtje later slenter ik in mijn badjas de keuken binnen. Terwijl ik mijn haren droog met een dikke handdoek, trek ik de koelkast open en besluit om een paar eieren te koken voor op geroosterd brood. En met de handdoek om mijn nek geslagen, ga ik direct aan de slag.

Mijn moeder zou trots zijn, bedenk ik, als ik uiteindelijk aan tafel zit. Ik neem een flinke hap en kom dan tot de conclusie dat ik vergeten ben de krant uit de bus te halen. Terwijl ik juist nu tijd – en zin – heb om hem eens grondig te lezen. Meteen sta ik op om hem van beneden te halen. Zo gebeurd, tenslotte.

Ik denk er anders over als ik vijf minuten later weer naar boven loop. Zes trappen is niet niks, vooral niet om alleen een verrekte krant te kunnen lezen.

'Mara,' klinkt het slaperig achter me, als ik net mijn appartement wil binnengaan.

Ik draai me om en kijk met verbazing naar mijn buurman, Egbert, die in boxershort en hemd nogal bleekjes in zijn deuropening staat. Zijn haren zitten in de war en om zijn voet zit verband, dat er zo te zien op een niet al te professionele manier omheen is gewikkeld.

'Wat is er met jou gebeurd?' vraag ik.

'Van de trap gevallen,' gromt hij. 'Door dat vriendje van je.' En nog voordat ik kan zeggen dat ik helemaal geen vriendje heb: 'Hij liep me zó ondersteboven! Daarzo, bij de trap, toen ik thuiskwam uit de nachtdienst.'

'Ik heb helemaal geen...' begin ik, maar hij laat me niet uitpraten.

'Gelukkig dat dit maar een kort trapje is en geen lange. Ik had mijn nek wel kunnen breken!' Hij kijkt me aan en vervolgt: 'Heb je 'm soms buiten gesmeten na een slechte, eh... je weet wel, dat hij zo'n haast had om weg te komen?'

Als ik niet zo overdonderd was geweest, zou ik in lachen zijn uitgebarsten. Maar in plaats daarvan frons ik mijn voorhoofd en zeg: 'Ik heb helemaal geen vriendje, Egbert.'

'Nou, hij kwam anders wel bij jouw deur vandaan! Alleen wij en jij wonen op de bovenste verdieping, bij wie moet hij anders geweest zijn?'

'Niet bij mij in ieder geval,' zeg ik, lichtelijk geërgerd. 'Misschien was iemand gewoon het verkeerde trappenhuis binnengegaan. Heb je niet gevraagd wat hij hier deed?'

'Terwijl ik onder aan de trap lig zeker,' mompelt Egbert.

Ik reageer niet op zijn klaagzang. Het idee dat er een onbekend iemand – een man, als ik Egbert mag geloven – voor mijn deur heeft gestaan, baart me zorgen. Wie was dat? En hoe is hij binnengekomen?

Stomme vraag. De benedendeur, waarvan alleen de bewoners van ons trappenhuis een sleutel hebben, wordt regelmatig niet goed dichtgedaan. Met het gevolg dat elke idioot hier naar binnen kan lopen.

'Hoe zag ie eruit dan?' probeer ik weer.

Egbert haalt zijn schouders op. 'Niet gezien. Daar ging het te snel voor.' Hij steekt zijn omzwachtelde voet naar voren. 'Ik wilde jou eigenlijk vragen om die gozer te zeggen dat hij wat voorzichtiger moet zijn, maar ja, als jij 'm niet kent...'

'Nee,' zeg ik. 'Ik ken 'm niet. Maar het wijst er wel op dat de benedendeur goed moet worden dichtgedaan.'

'Zal ik anders even de politie bellen?' vraagt Egbert. 'Om te melden dat er hier midden in de nacht een vreemde kerel rondhangt?'

Daar zie ik niet echt het nut van in. Bovendien komen ze dan misschien wel langs en het laatste waar ik behoefte aan heb is een stel smerissen in mijn huis die me het hemd van mijn lijf vragen. Nee, dank je wel. Liever niet.

'Daar zijn we volgens mij een beetje laat mee,' zeg ik. 'Ze kunnen nu toch niets meer doen.' Ik steek mijn krant in de lucht en vervolg: 'Ik wil nu graag verder met mijn ontbijt. En ik neem aan dat jij je bed weer in wilt?'

Hij knikt. 'Ik heb nog één nachtdienst.' En met een blik op zijn voet: 'Als dat lukt.'

Het lijkt me beter daar maar niet op te reageren. Ik duw de deur van mijn appartement open en stap achteruit over de drempel naar binnen, terwijl ik 'Slaap lekker dan maar' mompel.

Met mijn rug tegen de deur staar ik voor me uit, de krant stevig in mijn hand geklemd. Ik deed er dan wel zo luchtig over, maar toch ben ik er niet gerust op. De herinnering aan die man bij de boom dringt zich ineens aan me op. Is hij dezelfde als de man voor mijn deur? En zo ja, wat wil hij dan van me?

-7-

Moorman is er niet, krijg ik te horen als ik naar de Dutch Broadcasting Group bel. Ze hadden hem wel al verwacht, maar volgens de telefoniste is hij waarschijnlijk ergens opgehouden. Dat gebeurt wel vaker, zegt ze en ze belooft me dat ze een notitie voor hem zal neerleggen met het verzoek om mij zo snel mogelijk terug te bellen.

Maar als ik 's middags de trap af loop naar Rudi's appartement, heb ik hem nog steeds niet gesproken. En dat irriteert me. Natuurlijk heb ik de afgelopen uren wel andere dingen kunnen doen, maar toch waren mijn gedachten elke keer bij dat IP-adres en hadden mijn vingers gejeukt om alles daaromheen tot op het laatste virtuele draadje bloot te leggen.

'Ha, daar ben je,' zijn Rudi's eerste woorden als hij de deur voor me opendoet. Hij trekt me nog net niet naar binnen.

'Nou, wat enthousiast,' zeg ik als hij snel voor me uit naar zijn keuken loopt.

'Ben bezig met een ovenschotel,' klinkt het. 'Voor straks.'

'Denk je er dan wel om dat je niet de magnetronstand gebruikt?' adviseer ik.

Hij kijkt op van de snijplank waarop hij een paar stelen prei aan het snijden is. 'Niet leuk, Marrie,' reageert hij.

Nee, daar heeft hij gelijk in. Hij doet zijn best om iets lekkers op tafel te zetten, en dan blijf ik maar steeds doorzeuren over zijn foutje met de pizza. 'Sorry,' zeg ik. 'Ik zal het er niet meer over hebben.'

Het getik van zijn mes op de snijplank vult de stilte. Na een poosje schuift hij de gesneden prei in een schaaltje, en zegt: 'Ik ben bijna klaar. Wil je alvast wat drinken?'

'Graag,' zeg ik. Op de een of andere manier voel ik me ongemakkelijk maar ik weet niet waarom. Waarschijnlijk door mijn opmerking over die magnetron. Waarom moest ik dat nou ook zeggen? Rudi is een beetje wereldvreemd, maar hij is niet dom.

Met een kort glimlachje pak ik het glas rode wijn aan dat hij me voorhoudt. 'Dank je,' zeg ik, terwijl ik toekijk hoe hij weer verdergaat met het snijden van groenten. Af en toe neemt hij ook een slokje van zijn wijn, net als ik.

'Hoe is het op je werk?' vraag ik uiteindelijk, als de stilte me naar de keel vliegt.

Hij haalt zijn schouders op. 'Goed hoor,' zegt hij. 'Niet zo veel dooie mensen momenteel.'

'Hoe dat zo?' vraag ik grinnikend. 'Hebben ze geen zin om dood te gaan, of wat?'

Ook Rudi grijnst nu. 'Stilte voor de storm,' zegt hij. 'Als het straks warmer wordt, heb ik weer genoeg te doen. Dan rij ik door heel Amsterdam en omstreken om ze op te halen.'

Toen ik voor het eerst hoorde over zijn werk – chauffeur op een lijkwagen – had dat me nogal luguber geleken en niet echt de job waarvoor ik zelf in de rij zou staan. Alhoewel ik heel goed wist dat het iets was wat gedaan moest worden. Maar hoe meer Rudi erover vertelde, hoe meer respect ik voor hem en zijn collega's kreeg. En het waren echt niet alleen maar droevige verhalen; soms gebeurden er ontzettend lachwekkende dingen, en de manier waarop hij dat dan vertelde, liet me slap van het lachen op mijn stoel hangen.

'Zo,' zegt hij, nadat hij de laatste aardappelschijfjes op zijn kunstwerk in de ovenschaal heeft geschikt en er wat kaas overheen raspt. 'Dit kan straks zo de oven in.' Hij wast zijn handen grondig en vervolgt: 'Wat wil je eerst doen? Mijn computer, of verklaren wat er nou precies gebeurde tijdens ons laatste partijtje schaak?'

Ik glimlach. 'Laten we eerst je computer maar doen,' zeg ik. 'Daar kom ik tenslotte voor.'

'Niet eens voor mij?'

'Misschien een beetje.'

Hij loopt voor me uit de gang door naar de kamer die ik een verdieping hoger zelf als slaapkamer gebruik, maar die bij hem vol staat met boeken. In kasten, op kasten, in stapels op de grond en rondom zijn computer op het bureau.

'Ik zal even ruimte maken,' zegt hij en hij schuift een paar stapels boeken over aquariumvissen opzij.

'Wat moet je daar nou mee?' vraag ik, terwijl ik de bovenste van de stapel pak. 'Je hebt niet eens een aquarium!'

'Gekregen van een klant.'

Ik staar hem aan.

'Nou ja, van de familie van een klant. Ze wisten niet wat ze ermee aan moesten en anders zouden ze bij het oud papier gaan.'

'Er bestaat ook nog zoiets als de kringloop,' mompel ik en ik leg het boek terug op de stapel.

Rudi reageert er niet op, trekt zijn bureaustoel achteruit en gebaart naar zijn laptop: 'Hier, ga je gang.'

Ik ga zitten en zie meteen het kleine inlogkader op het scherm. 'Wat is je wachtwoord?' vraag ik.

Heel even aarzelt hij. Dan trekt er een blos over zijn wangen als hij 'Marrie' fluistert.

Een krap uurtje later snort Rudi's laptop weer als een gezonde kat. Ik heb een heleboel onnodige rommel opgeruimd, foto's, filmpjes en games extern opgeslagen en van zijn harde schijf gegooid, en daarnaast een paar programma's die hij toch niet gebruikt verwijderd. Het ding is nu weer een stuk sneller, iets wat Rudi erg blij maakt, gezien zijn stralende lach.

'Geweldig!' roept hij uit. 'Hij is weer als nieuw!'

'Hij is ook nieuw,' zeg ik fijntjes. 'Je hebt dat ding pas een paar maanden. Hoe krijg je het voor elkaar om elke keer zoveel troep op je harde schijf te parkeren? Je hebt een externe schijf, gooi daar de dingen op die je écht wilt bewaren, of die belangrijk zijn, dan kun je je harde schijf sparen.'

'Ach, ik weet toch helemaal niet hoe dat allemaal moet,' verdedigt hij zichzelf.

Ik werp hem een schuine blik toe. 'Kom op, Ruud, zó dom ben je nu ook weer niet.'

'Wel een beetje,' zegt hij met een grijns.

Ik besluit er niet meer op te reageren, omdat ik toch wel weet waarom hij zich – op computergebied – dommer voordoet dan hij is. Het is gewoon een excuus om mij uit te nodigen. En zijn wachtwoord is een bevestiging daarvan. Marrie. Het feit alleen al dat hij zijn bijnaam voor mij als beveiliging kiest, vind ik ronduit gênant, maar hem rechtstreeks vertellen dat ik dat liever niet heb, kan ik nou ook weer niet.

'Hoe vaak heb je je wachtwoord inmiddels veranderd?' vraag ik daarom.

'Veranderd?' herhaalt hij. 'Nog nooit. Hoezo?'

'Nou, dat wat je nu gebruikt is niet echt veilig,' leg ik uit. 'Zelfs de meest knullige hacker heeft dat in drie seconden gekraakt.'

Hij staart naar zijn beeldscherm en vervolgens naar mij. 'Serieus?'

Ik knik.

'Maar deze kan ik tenminste onthouden,' zegt hij na een korte stilte.

Ja, allicht!

'Het is toch beter als je een wachtwoord kiest dat niet zo gemakkelijk te raden is,' zeg ik. 'Met wat cijfers en leestekens erin.'

‘Zoals?’

Mijn vingers vliegen over zijn toetsenbord en na enkele seconden zit ik in het scherm waar hij zijn systeemwachtwoord kan wijzigen.

‘Als ik er dan eens gewoon Mara van maak?’ stelt hij voor. ‘Dan is het toch veranderd?’

Zwijgend kijk ik naar hem op.

‘Mara de Wolff?’ probeert hij voorzichtig.

‘Weet je nou niets anders dan mijn naam?’ zeg ik, een klein beetje geïrriteerd. ‘Dat is te gemakkelijk, Ruud! Het moet iets zijn dat ze in ieder geval niet zomaar kunnen raden.’

‘Mijn geboortedatum?’

‘Daar kunnen ze in no time achter komen.’

‘Jouw geboortedatum?’

Ik geef hem een por met mijn elleboog. ‘Even serieus ja,’ zeg ik. Ik typ een reeks cijfers, letters en leestekens en kijk naar hem op. ‘Dit is een wachtwoord dat in ieder geval moeite gaat kosten.’

‘Zeg dat wel,’ mompelt hij, terwijl hij zich naar het beeldscherm buigt en grote ogen opzet. ‘Hoe moet ik dat in jezusnaam onthouden?’

Mijn antwoord is een kort schouderophalen.

‘Mag ik het opschrijven?’ vraagt hij.

‘En dan op je laptop plakken, zeker?’ zeg ik lachend.

Hij schudt zijn hoofd. ‘Nee, ik stop het in mijn portefeuille. Dan denken ze misschien dat het mijn pincode is.’

Ik schiet in de lach en stomp met mijn vuist tegen zijn arm. ‘Idioot!’

‘Ja ja, dat zal wel,’ zegt Rudi. ‘Maar mijn hoofd is geen computer. Dat wachtwoord...’ Hij wijst naar zijn laptop, ‘... zal ik toch echt moeten opschrijven, anders kun je morgenochtend al terugkomen omdat ik er niet meer in kom.’

Nog steeds lachend trek ik een papiertje van het vierkante

blok dat tussen een paar boeken staat, en krabbel het wachtwoord erop. 'Hier,' zeg ik, terwijl ik het hem toesteek. 'Wel goed opbergen dan en niet op je laptop plakken.'

'Nee mam,' mompelt hij braaf. Hij duwt het papiertje in zijn broekzak en vervolgt: 'Ik ga de oven vast aanzetten. Het moet er een uurtje in. Kunnen we ondertussen nog even naar ons spelletje schaak kijken, oké?'

'Ik vind het best,' stem ik toe.

Hij loopt naar de keuken en komt even later terug met de aangebroken fles wijn. 'Hier,' zegt hij. 'Neem deze vast mee naar de woonkamer en schenk jezelf nog wat in. Ik kom er zo aan.'

Met in mijn ene hand de fles en in de andere mijn bijna lege glas begeef ik me door de gang naar de rommelige woonkamer. Daar vul ik mijn glas bij en laat me op de versleten leren bank zakken. Het appartement heeft echt een manneninrichting. Zwarte bank, zwarte meubels, glazen salontafel, gespikkeld zeil op de grond. Maar ondanks dat er overal spullen – en vooral boeken – rondslingeren, is het schoon. Smetteloos schoon kun je wel zeggen. Schoner zelfs dan bij mij thuis.

'Zo.' Rudi pakt de fles met wijn van de tafel en terwijl hij naast me op de bank ploft, schenkt hij zijn glas vol. 'Heb je nog gekeken?'

Vragend trek ik mijn wenkbrauwen op.

'Ons partijtje schaak!' Hij knikt naar het lage tafeltje onder het raam waar zijn exclusieve schaakspel staat uitgestald.

Ik kijk ernaar en zie in één oogopslag dat de opstelling precies is zoals na mijn laatste zet die ik hem via de e-mail had toegestuurd. 'Ik hoef niet te kijken,' zeg ik en ik richt mijn blik weer op hem. 'Ik weet precies hoe de partij verliep.'

Hij snuift. 'Ik had het kunnen weten,' mompelt hij, maar aan de glinstering in zijn ogen zie ik dat hij het vermakelijk vindt. 'Proost,' zegt hij dan, terwijl hij even kort zijn wijnglas heft.

'Proost,' reageer ik en ik doe hetzelfde.

'Wie heeft jou eigenlijk leren schaken?' vraagt hij, nadat we allebei een slok hebben genomen. En zonder op mijn reactie te wachten: 'Je vader?'

Ik glimlach. Mijn vader en schaken. Ja, mijn moeder had hij geschaakt, maar dat was dan ook het enige. 'Nee,' zeg ik uiteindelijk. 'Dat was Michael.'

Zijn naam hangt ineens zwaar en beladen tussen ons in. Rudi weet dat ik ooit, lang geleden, getrouwd ben geweest met Michael, maar hij heeft hem natuurlijk nooit gekend. Michael bleef achter in de grond van Massachusetts, toen ik anderhalf jaar na zijn dood naar Nederland verhuisde.

'Sorry,' klinkt Rudi's stem zacht. 'Ik wilde geen oud zeer oprakelen.'

'Dat doe je niet, hoor,' stel ik hem gerust. 'Het is alweer lang geleden.'

'Ja, maar toch. En dan ook nog eens je kinderen...' Hij kijkt me indringend aan en vraagt: 'Heb je nog wat gehoord?'

Ik schud mijn hoofd. Eigenlijk heb ik geen zin om daarover te praten. Al sinds ik gisteren dat telefoontje van Matin kreeg, loop ik met een knoop in mijn maag. Kruipen de uren voorbij en lijkt het nog een eeuwigheid te duren voordat ik – hopelijk – meer weet.

'Hoe lang geleden is het nu dat...' begint Rudi.

'Bijna vijf jaar,' onderbreek ik hem. 'In juli. De drieëntwintigste om precies te zijn.' *Een dag die begon als alle andere, maar die langzamerhand in een nachtmerrie veranderde. Een nachtmerrie waaruit ik nog steeds niet ontwaakt ben.*

Haastig neem ik een grote slok wijn om mijn bijna op hol slaande gevoelens onder controle te krijgen. Na een tweede slok adem ik even diep in en glimlach naar Rudi, die me inmiddels bezorgd zit op te nemen.

'Gaat het?' vraagt hij.

Ik knik, terwijl ik gedachteloos het gouden kruisje om mijn nek tussen mijn duim en vijsvinger wrijf.

'Van Michael?' vraagt Rudi.

'Ik kreeg het van hem voor mijn verjaardag.'

Hij zwijgt. Ik kijk hem niet aan, maar voel zijn ogen op me gericht. Dan klinkt zijn stem, zacht: 'Als ik je ergens mee kan helpen, moet je het zeggen, hoor.'

'Dat is lief van je,' zeg ik. *Maar er is niets wat je voor mij of mijn kinderen kunt doen.*

'Wil je nog wijn?'

Ik kijk naar mijn glas dat alweer bijna leeg is, en eigenlijk wil ik weigeren. Straks bij het eten zal ik ook wel weer wijn drinken, maar ach, ik hoef alleen maar twee trappen op om thuis te komen. En mijn maag speelt toch wel op, of ik nou veel drink of niet.

'Graag,' zeg ik dus en ik steek hem gretig mijn glas toe.

-8-

Het is al laat als ik de deur van mijn appartement achter me dichtduw. Ik ben een beetje licht in mijn hoofd, maar dat is ook logisch. Het is niet bij drie glazen wijn gebleven.

Nadat we eerst ons laatste partijtje schaak grondig hadden besproken, had Rudi zijn ovenschotel tevoorschijn gehaald en ik kan niet anders zeggen dan dat hij zichzelf overtroffen had. Heel iets anders dan de diepvriespizza's die hij me doorgaans voorzet. We hadden er bijna twee flessen wijn bij leeggedronken en toen ik wegging vroeg ik me af of Rudi nog wel in staat was om zijn bed te vinden.

Van mezelf vond ik dat het wel meeviel. Ik kon nog recht lopen toen ik bij Rudi wegging, en behalve dat lichte in mijn hoofd, voel ik me behoorlijk goed.

Als ik de plafondlamp in de woonkamer aandoe en mijn schoenen uitschop, glimlach ik. Het was toch wel een goed idee geweest om er vanavond even uit te gaan. Al was het niet echt buiten de deur. Nou ja, wel buiten de deur, maar niet buiten de buitendeur, want ik was in feite binnengebleven. Giechelend om mijn eigen gefilosofeer laat ik me op mijn bank neervallen en leg mijn hoofd op de leuning. Mijn blik valt op het gesloten luik van de vlizotrap. Het ding is al jaren niet meer open geweest. Niet meer sinds een jaar nadat ze… nadat ze…

Ik kom overeind, nog steeds met mijn ogen op het luik gericht. Stel nou dat Matin… dat hij… dat ze…

Geef jezelf geen valse hoop, Mara!

Michaels stem. Hij was altijd al de nuchterste van ons twee, wist alles te beredeneren tot het meest belachelijke net zo logisch klonk als de stelling van Pythagoras. Maar toch, wanneer is hoop vals? Als je stellig weet dat je hoop op niets uitdraait? Als je zeker weet dat waarop je hoopt nooit waarheid zal worden? Hoe moet ik dat weten? Elke ochtend als ik opsta hoop ik dat ik op deze dag mijn kinderen eindelijk weer in mijn armen kan sluiten. Dat ik ze na bijna vijf jaar weer kan knuffelen en kan toefluisteren hoeveel ik van ze hou. Ik weet diep vanbinnen dat het niet reëel is, maar ik weet ook dat ik nooit zal stoppen met hopen dat er ooit een dag komt dat het echt gebeurt. Is die hoop dan vals? Misschien.

Ik kom overeind van de bank en loop door de kamer tot vlak onder de vlizotrap. Na even twijfelachtig omhoog te hebben gekeken, pak ik de haak uit de kast en trek vervolgens met een kort rukje het luik open. Daarna klap ik de trap uit en staar naar de opening in het plafond boven me.

We waren blij dat de vlizotrap in dit appartement zat. Toen we het kochten hoorden we dat vroegere huurders de trap hadden geplaatst, met toestemming van de woningbouwvereniging, en dat het ding daar altijd was blijven zitten. En wij hadden er profijt van. Met onze plannen voor gezinsuitbreiding konden we die extra kamer goed gebruiken. Het betekende wel dat we geen opslagplaats hadden, maar een grote kast was daar de ideale oplossing voor. Zoveel troep om op te slaan hadden we niet; het waren alleen de kerstspullen.

Voorzichtig beklim ik de trap, niet alleen omdat ik het ding altijd al een beetje wiebelig heb gevonden, maar meer nog omdat ik bang ben voor wat ik ga aantreffen. O, ik weet heel goed wat er boven allemaal staat. Hún spullen. Hún kleren. Speelgoed, knuffeldieren, leesboekjes, kleurboekjes. Alles. Maar wat gaat het met me doen? Al die herinneringen…

Het is er stoffig, is het eerste wat me opvalt. De lakens die over alle meubels zijn gedrapeerd, zien grijs, en bij de minste aanraking stijgt er een stofwolkje op. Hoe is het mogelijk dat in die paar jaar tijd zich zo veel stof kan verzamelen in een ruimte als deze?

Langzaam loop ik naar een laag dressoir dat tegen de muur tegenover de twee vierkante raampjes staat en trek het laken eraf. De enorme stofwolk bezorgt me een niesbui en als mijn neus na een poosje eindelijk kriebelvrij is, trek ik een van de laden open, waarin een langwerpig pakje ligt, gewikkeld in een dunne handdoek. Voorzichtig til ik het eruit en leg het voor me op het dressoir. Na er even overheen gewreven te hebben sla ik de handdoek open en komt het fotoalbum tevoorschijn. Een jaar na hun verdwijning kon ik het niet meer aan om de ingeplakte foto's, tekeningen en andere werkjes keer op keer te bekijken en te zwelgen in het verdriet dat me dag in dag uit verteerde. Ik moest verder en dat kon alleen maar door een streep te trekken onder bepaalde dingen. En dit, deze kamer, met deze spullen, was daar een van. Ondanks dat het pijn deed, en nog steeds doet, weet ik dat de beslissing de juiste was. Want alleen daardoor kon ik mijn leven weer op orde krijgen, alhoewel er geen dag, geen uur, geen minuut voorbijgaat dat ik niet aan hen denk.

Met kloppend hart sla ik het album open en staar naar het geboortekaartje dat op de eerste bladzijde geplakt is. Twee blauwe en twee roze schoentjes, hangend aan dezelfde kleur lintjes. Hun namen in sierlijke letters op het binnenblad: JAMIL EN ISRA.

Een traan maakt zich los uit mijn ooghoek en loopt langzaam over mijn wang als ik met mijn vingers over de foto wrijf die op de tegenoverliggende bladzijde is geplakt. Mijn kinderen. Ze waren zo klein. Zo teer. Ik was zo blij toen ik hen voor het eerst in mijn armen hield en ze toefluisterde hoeveel ik van hen hield; hun beloofde dat ik ze nooit in de steek zou laten. Hoe heb ik zo kunnen liegen?

De minuten die volgen zijn een reis door het verleden, als ik langzaam, bladzijde na bladzijde, de foto's bekijk die het leven van mijn kinderen beschrijven, vanaf hun geboorte tot de dag dat ik hen voor het laatst zag, bijna zes jaar daarna. En het enige wat ik kan doen is huilen.

Ruim een uur later duw ik resoluut het trapluik weer dicht. Op een gekke manier heeft het bezoek aan de zolderkamer mijn gemoed verlicht. Ik heb het gevoel dat ik er weer even tegen kan, in ieder geval tot het moment dat Matin met meer nieuws komt, al duurt dat nog ruim vier dagen.

In de keuken maak ik een beker warme melk en ik besluit om mijn bed in te duiken zodra ik die heb leeggedronken. Die fles wijn – mijn deel van Rudi's aangebroken voorraad – zit me nog steeds dwars. Misschien was dat het ook wel wat me zo emotioneel maakte. Doorgaans drink ik nooit zo veel. Oké, soms wat meer dan goed voor me is, maar nooit meer dan twee, drie, hooguit vier glazen.

Terwijl ik de hete melk op het aanrecht laat staan om af te koelen, trek ik alvast mijn slaapshirt aan, om vervolgens met de beker tussen mijn handen geklemd naar mijn werkkamer te lopen. Ik verwacht nog altijd een telefoontje van Moorman, maar op mijn mobiel heb ik niets binnengekregen. Ook de nummermelder van de huistelefoon vertelt me dat er niemand gebeld heeft en een beetje geïrriteerd drink ik van mijn warme melk. Het is best vervelend dat ik hem nog steeds niet gesproken heb. Zou die telefoniste het wel hebben doorgegeven? Ik bedoel, als Moorman niet weet dat ik gebeld heb, neemt hij ook geen contact met me op. Waarom zou hij? Maar ergens kan ik me dat niet voorstellen. Het meisje aan de telefoon klonk volkomen capabel.

Ik zet mijn inmiddels lege beker op het bureau, laat mezelf op mijn bureaustoel zakken en trek het toetsenbord van mijn computer op schoot. Eigenlijk zou ik nu mijn bed in moeten gaan, maar het idee aan weer een slapeloze nacht weerhoudt me. Nadat ik op enter heb gedrukt, licht het inlogschermpje op en snel toets ik mijn wachtwoord in. Vervolgens open ik mijn mailprogramma en check of ik berichten heb ontvangen. Het zijn er niet veel, een paar reclamedingen, een verzoek om een offerte, een mail van de sportschool waar ik me ooit heb ingeschreven, maar nog nooit een voet heb binnengezet.

Een rozig gevoel overvalt me en ik bedenk dat ik echt niet zo veel had moeten drinken. Ik knipper met mijn ogen en duw heel even mijn hand tegen mijn voorhoofd. Dan sta ik op, open de balkondeur en stap naar buiten. Het is donker, maar helder, en niet echt koud. Het is te merken dat de zomer eraan zit te komen. Al hou ik toch meer van de winter. De kou, de wind, de regen. Zomers waren fijn met de kinderen, maar nu ik alleen ben, zit ik liever binnen, met alle gordijnen dicht. Helemaal ingegraven zodat ik niets hoef te zien van de wereld daarbuiten, van de sterren en de maan, omdat ik me dan alleen maar afvraag of zíj die ook zien, waar ze ook zijn.

Ook nu is de maan helder en verspreidt hij een melkachtig wit licht door de binnentuin. Een rilling trekt over mijn rug, ondanks de zwoele temperatuur, en met mijn armen om me heen geslagen loop ik terug naar binnen en sluit de deur achter me. Mijn blik valt op het beeldscherm van mijn computer waarop inmiddels de schermbeveiliging is ingeschakeld, en ineens krijg ik het gekke idee om toch nog eens naar dat IP-adres te kijken. Het is al ruim na middernacht; er zit nu vast niemand achter de computers bij de Dutch Broadcasting Group. Oké, er is een kans dat mijn gewroet morgen wordt opgemerkt, maar tegen die tijd heb ik Moorman al gesproken. En met dat excuus in mijn achterhoofd neem ik weer plaats achter mijn toetsenbord en ga aan de slag.

Twee uur later rijd ik met een ruk mijn bureaustoel achteruit en staar geschrokken naar mijn beeldscherm. Er staan diverse vensters open, met codes die een leek niets, maar mij alles zeggen. Het heeft me net iets meer moeite dan anders gekost om tot hier te komen en eerlijk gezegd verbaast dat me niets. Want wat ik voor me zie zou nooit zomaar mogen worden blootgelegd. Maar toch heb ik dat gedaan en diep vanbinnen weet ik dat het nooit de bedoeling kan zijn geweest van… ja, van wie? Moorman? Uitgesloten. Die weet hier niets van. Het moet een medewerker zijn. Iemand met meer dan gemiddelde kennis van computers. Iemand die de weg weet in de inmiddels megagrote wereld van netwerken waaruit computersystemen bestaan en die gebruik weet te maken van zwakke delen in software en systemen. En die ook weet wat ik net ontdekt heb: een gat in de beveiliging van een extern systeem.

Een zero-day leak!

CAMBRIDGE, MASSACHUSETTS, USA

APRIL 2001

'Happy birthday!'

Een grote bos rode rozen werd onder haar neus gehouden, wat haar zowaar deed glimlachen. En glimlachen deed ze de laatste tijd weinig. Ze keek op, recht in het knappe gezicht van Juda, die haar meteen daarna op haar wang kuste.

Hij liet zich naast haar op de bank neerzakken. '*You look sad*,' zei hij. 'En dat op je verjaardag.'

Nu sloeg ze haar ogen neer, keek naar Juda's hand die hij zachtjes boven op de hare had gelegd, en moest moeite doen de tranen die opwelden terug te dringen.

'Je krijgt hem niet terug door te blijven treuren, Mara,' zei hij zacht. Hij probeerde haar blik te vangen, maar ze ontweek hem. Ze wilde niet in zijn ogen kijken, het medelijden niet zien. Hij wist niet wat ze voelde. Absoluut niet. Hoe kon hij ook? Zonder Mike was haar leven niet compleet meer. Er was binnen in haar een leegte ontstaan die minstens de helft van haar ziel had ingenomen. En ze wist niet of die leegte ooit weer gevuld zou worden.

'Ik kan gewoon niet zonder hem,' fluisterde ze, zonder op te kijken.

'Jawel, jawel,' zei Juda. Hij kneep in haar hand en vervolgde: 'De afgelopen drie maanden ben je ook doorgekomen zonder hem. Het heeft alleen tijd nodig.'

Nu keek ze hem wel aan. 'Tijd zonder Mike,' zei ze bitter. 'Dat hoeft voor mij niet.'

Hij schoof wat dichter naar haar toe, sloeg zijn arm om haar schouders en zuchtte. Het was geen ongeduldige zucht, eerder alsof hij heel even tijd wilde rekken om te bedenken wat hij het beste kon zeggen. 'Mike is er altijd, Mara. In de dingen om je heen. In de vogels, de bloemen. De zon. Hij zal er altijd voor je zijn.' Hij trok haar tegen zich aan en legde zijn vrije hand tegen haar borst. 'Daar zit hij. In je hart. En daar zal hij altijd blijven.'

Uit de mond van Juda klonken dit soort platitudes verre van clichématig. Ze vond het lief wat hij zei en op de een of andere manier deed het haar goed. Hij had haar sinds de begrafenis van Mike bijna dagelijks opgezocht, soms maar even, soms wat langer, maar zelfs als ze hem op een van de slechtere dagen afsnauwde, weerhield dat hem er niet van om terug te komen.

'We hebben voor vanavond een tafel gereserveerd,' zei hij na een poosje. En toen ze geen antwoord gaf: 'We missen je, Mara.'

Dat had Lucy, haar beste vriendin, ook al gezegd. Ook zij kwam dagelijks langs, bracht eten dat Mara toch niet opat, en drong erop aan dat ze nodig weer eens naar buiten moest. De sneeuw was allang verdwenen, verdrongen door regen en storm, wat inmiddels ook alweer was vervangen door zacht lenteweer. Ze wist dat Lucy en Juda van alles probeerden om haar uit de diepe put te halen waar ze in zat. Ze wist ook dat ze niet langer kon blijven zwelgen in haar verdriet. Maar elke keer als ze aan Mike dacht, zag ze de rest van haar leven voor zich. Leeg. Zonder hem. En dan leek het weer alsof haar hart vacuüm werd gezogen. Het was niet eerlijk. Het was gewoon niet eerlijk. Maar het was ook niet eerlijk om iedereen die van haar hield zo buiten te sluiten. Ze deden zo hun best. Haar moeder, Lucy, Juda. Vooral Juda.

Ze keek opzij en glimlachte naar hem. 'Dank je,' zei ze zacht.

'Waarvoor?' vroeg hij.

Tranen welden weer op. 'Voor alles.'

Teder legde hij zijn wang op haar warrige haren, zwijgend, terwijl hij haar alleen maar vasthield.

'Ik moet je iets vertellen,' zei ze na een poosje. Ze keek naar hem op en zocht zijn blik. Zweeg even, omdat ze eigenlijk aarzelde om het te vertellen. Het voelde – nog steeds – alsof het iets van haarzelf was. Háár geheim. Of eigenlijk van haar en Michael. Maar toch wilde ze het delen.

'Ik ben zwanger,' fluisterde ze.

Er viel een stilte en even dacht ze dat Juda haar niet verstaan had. Maar toen trok hij haar voor de tweede keer tegen zich aan. 'Michaels erfenis,' zei hij zacht in haar oor en die woorden deden de tranen opnieuw over haar wangen lopen. Hij had gelijk. Michaels erfenis. Hij had haar iets onbetaalbaars nagelaten. Iets wat haar altijd aan hem zou doen denken. Elke dag weer.

-9-

AMSTERDAM

Met trillende handen rol ik mijn stoel weer naar voren, voer een paar opdrachten in en sluit daarna alle programma's af die ik gebruikt heb bij het onderzoeken van het netwerk van de Dutch Broadcasting Group.

Een zero-day leak. Een zwak deel, een 'beveiligingslek', in de software van een netwerk, waar niemand iets van weet. Behalve degene die het ontdekt heeft, maar die dat geheim houdt, zodat hij via een *remote-exploit* – software waarmee zo'n lek kan worden uitgebuit – de controle over een computersysteem kan verkrijgen. En dan niet in het netwerk van de Dutch Broadcasting Group, nee, in dat van een ander bedrijf. Een bedrijf dat ik – nog – niet heb kunnen identificeren, maar wat ik wél zou kunnen. Binnen twee minuten. Als ik zou willen. Wil ik dat? Eigenlijk niet. Niet zonder eerst met Moorman te hebben gesproken. Weet hij hiervan? Is dit misschien iets waarover ze een programma maken?

Ik schud mijn hoofd. Dat kan ik me niet voorstellen. Software of gegevens inzetten die gebruikmaken van een kwetsbaarheid in de software van een apparaat – iemand ánders' apparaat – is kwaadwillig en niet iets wat je zomaar doet. Wat je niet zomaar mág doen. Een zero-day exploit is nog altijd strafbaar. En het feit dat dit hele gedoe achter een aantal wachtwoorden – en in het Arabisch – is verborgen, doet mij vermoeden dat het hier om iets groots gaat. Net zoiets als in 2008, toen er een enorm gat zat in de beveiliging van Internet Explorer.

Holy Moos. Wat moet ik nou doen? Moorman bellen! Uiteraard.

Ik graai naar mijn telefoon maar bedenk dan dat het midden in de nacht is. Niet echt een fijne tijd om te bellen. Ik zal tot morgen moeten wachten. Alweer. Het enige wat ik nu kan doen is kijken bij welk bedrijf dat gat in de beveiliging zit. Misschien kan ik daar dan iemand waarschuwen. Tenslotte zijn zij de enigen die dat gat kunnen dichten. Mógen dichten. Stel dat ik erbij kan, dan zou ik dat ook kunnen doen. Maar dan riskeer ik wel vervolging, omdat ik ongeoorloofd in hun systeemnetwerk ben geweest. Nee, dat bedrijf waarschuwen is een eerste vereiste. Vooropgesteld dat ik daar op dit tijdstip iemand kan bereiken.

Twijfel overvalt me. Overdrijf ik nu niet een beetje? Oké, het is allemaal raar, de beveiligde mappen, het IP-adres, het Arabisch. Maar we hebben het hier wel over een mediabedrijf. Ze maken televisieprogramma's. Iets waar ik totaal geen verstand van heb. Straks sta ik compleet voor schut als blijkt dat er helemaal niks aan de hand is. Ik zou me doodschamen. Maar als dit een of ander script is, waarom verdween alle informatie dan van mijn beeldscherm? Iemand aan de andere kant – bij de Dutch Broadcasting Group dus – moet de stekker eruit getrokken hebben, bij wijze van spreken. Data gewist hebben, of zo. En dat is natuurlijk écht raar.

De vraag is dus: wat nu?

Antwoord: vind die informatie terug, zet het op een stick om later alles te kunnen toelichten en bel morgen met Moorman. Probleem opgelost.

Ik laat mijn vingers even knakken en ga aan de slag, om al gauw tot de ontdekking te komen dat het allemaal niet zo eenvoudig is als ik dacht. Ja, de informatie terugvinden over die

Arabische mappen was een fluitje van een cent. Die waren inderdaad gewist, of misschien zijn ze gewoon naar een externe opslag gekopieerd om ruimte te maken op de harde schijf en daarna verwijderd. Wie zal het zeggen? Het was in ieder geval gemakkelijk terug te halen. Niets verdwijnt zomaar door het alleen maar te wissen, dat weet het kleinste kind. Maar wat ik ook doe en welke omwegen ik ook maak, ik krijg geen grip op dat IP-adres. En ook niet op dat gat in de beveiliging van dat onbekende netwerk. Het irriteert me. Ik weet dat ik goed ben, sommigen zeggen zelfs héél goed, maar dit keer lukt het me gewoon niet om dat netwerk te identificeren.

O Michael, lieve, lieve Michael, waarom zit jij nou niet naast me? Samen hadden we dit in no time voor elkaar gekregen!

Maar Michael zit niet naast me; die zal nooit meer naast me zitten, al heb ik soms het idee dat hij dicht bij me is. Net als nu. Onwillekeurig kijk ik over mijn schouder, maar de kamer is leeg. Leeg en koud, en ik huiver, terwijl mijn hand, zoals altijd als ik aan hem denk, naar het kruisje om mijn nek gaat. Misschien moet ik het gewoon maar laten zitten. Ik heb die informatie op een USB-stick staan en voorlopig is dat voldoende om aan Moorman te kunnen laten zien.

Ik werp een laatste blik op mijn beeldschermen en zet dan resoluut alle apparatuur uit. Tijd om naar bed te gaan. Morgen is er weer een nieuwe dag en ben ik ook weer een klein stukje dichter bij het moment dat ik méér zal horen over mijn kinderen.

Met een handdoek om mijn natte haren stap ik de badkamer uit en loop naar de woonkamer. Zoals gewoonlijk heb ik de afgelopen nacht weer nauwelijks geslapen. Dat is al jaren zo, maar dit keer was het wel extreem. Ik heb werkelijk geen oog dichtgedaan. Geen moment ben ik weggezakt, en de keren dat ik dat bijna deed, schrok ik wakker voordat ik daadwerkelijk sliep. De hele tijd spookte er van alles door mijn hoofd, niet alleen over mijn kinderen, over Matin en zijn vrouw, maar ook over Moorman en de Dutch Broadcasting Group, en de vreemde bug in het netwerk van het bedrijf. En natuurlijk over Michael. Afgelopen nacht was de pijn van het gemis sterker dan anders. Telkens weer vroeg ik me af waarom ik hem kwijt was. Waarom moest hij doodgaan? Alles zou zo anders zijn geweest als die bezopen klootzak die avond niet in zijn Range Rover was gestapt. Ik zou dan nooit…

Mijn zoemende mobiel doet me omkijken naar mijn werkkamer, en na een korte aarzeling haast ik me er naar binnen en grijp de telefoon van het bureau. Op het display staat een nummer dat ik herken als dat van de Dutch Broadcasting Group.

Moorman!

Snel neem ik het gesprek aan. 'Mara de Wolff!'

Helemaal in de veronderstelling dat het Moorman is die gaat antwoorden, schrik ik een beetje als het een vrouwenstem is, die zegt: 'Dag mevrouw De Wolff, u spreekt met de Dutch Broadcasting Group. Ik bel u uit naam van de heer Moorman.'

Ik wil wat zeggen, maar nog voordat ik mijn mond kan opendoen, gaat ze verder: 'Hij weet dat het kort dag is, maar toch vraagt hij of u vanmiddag naar zijn kantoor kunt komen.'

'Ehm, jawel,' zeg ik, aarzelend. 'Maar ik kan hem ook gewoon via de telefoon mijn vragen stellen, hoor.'

'Hij bespreekt het liever persoonlijk met u,' zegt de vrouw. 'Schikt het om drie uur?'

Ik knik, besef dan dat ze dat niet kan zien, en reageer dus maar met een kort: 'Ja, prima.'

'Fijn. Dan zien wij u vanmiddag. Dag mevrouw De Wolff.'

'Dag,' zeg ik zacht, maar de verbinding is al verbroken.

Nogal verdwaasd blijf ik even met de mobiel tegen mijn oor gedrukt staan. Hoe graag ik ook zo snel mogelijk met Moorman wilde overleggen over dat hiaat in zijn systeem, ik had niet gedacht dat ik daarvoor helemaal naar zijn bedrijf moest komen. Het enige wat ik wil weten is of hij wist van dat IP-adres. En of hij ervan op de hoogte is dat er vanaf een van de computers in zijn bedrijf een link is naar een zero-day leak bij een ander bedrijf. Aan de andere kant is het misschien wel makkelijk. Nu kan ik hem aan de hand van die lijst met IP-adressen persoonlijk laten zien wat ik bedoel. Het vervelende is wel dat ik nu weer een hele dag moet wachten voordat ik meer weet en verder kan gaan met de opdracht. Het was fijner geweest als ik meteen had kunnen komen. Ik leg mijn mobiel terug op het bureau en ga verder met het drogen van mijn haren.

Als ik terugloop naar de badkamer, hoor ik weer mijn mobiel, en geïrriteerd draai ik me om. Het gevoel dat ik vannacht al had – dat het vandaag een enorme rotdag zou worden – lijkt reëler dan toen ik opstond.

Dit keer is het Rudi die belt en ik glimlach als ik zijn naam op het display zie staan. Als er eentje is die mijn humeur kan verbeteren, is hij het wel.

'Zit jij niet op je werk?' zijn de woorden waarmee ik opneem.

Er klinkt gesnuif. 'Ik heb een snipperdag genomen,' zegt hij. 'Het is gisteravond veel te laat geworden, ik vond het niet verantwoord in een auto te gaan rijden.'

Ik grinnik. 'Volgens mij had je gewoon geen zin.'

'Ook dat,' zegt hij. 'En aangezien het toch niet druk is, kunnen ze best wel een dagje zonder mij. François is er ook nog. Stapt die maar eens met zijn wiebelkont in die auto. Maandag ben ik weer present.'

'Ruud, je hoeft je tegenover mij niet te verantwoorden, hoor,' reageer ik. 'Ik ben je baas niet.'

'Nee, was het maar waar,' hoor ik hem mompelen. En dan: 'Heb je vandaag iets te doen?'

'Genoeg,' zeg ik. 'Ik ben met een opdracht bezig die niet helemaal van een leien dakje loopt.'

Understatement van de eeuw.

'Dat krijg je ervan, als je inbreekt in andermans computers,' wijst Rudi me terecht. 'Waarom ga je niet gewoon games ontwerpen? Schaakspelen bijvoorbeeld.'

'En dan wil jij ze zeker testen?' zeg ik lachend. 'Nee, laat maar. Ik zou me doodvervelen.'

'Omdat ík ze test?'

'Nee, omdat het geen uitdaging voor me is.' Ik gooi mijn handdoek op een stoel en breng mijn mobiel naar mijn andere oor. 'Wat wilde je vragen, Ruud?'

'Of je vanmiddag meegaat naar het Schaakmuseum. Er is een wedstrijd.'

Meteen ben ik enthousiast. Ik hou van schaken, ben er gek op en zo'n middagje op pad is wel een fijne afleiding. Maar dan herinner ik me het telefoontje van de Dutch Broadcasting Group en de afspraak met Moorman. 'O,' zeg ik. 'Ik kan niet. Ik heb een afspraak.'

'Kun je die niet verzetten?'

'Nee, dit heeft te maken met die opdracht. Het is belangrijk, ik kan het niet uitstellen.'

'Jammer,' zegt Rudi. 'Dan ga ik maar alleen. Zie ik je in het weekeinde nog?'

'Weet ik nog niet,' antwoord ik ontwijkend. Ik hou niet zo van vage afspraken waarbij je je hoe dan ook verplicht voelt om ze na te komen. Het beperkt me in mijn vrijheid en daar kan ik niet tegen. Bovendien heb ik soms gewoon de behoefte om alleen te zijn. Zoals nu. Dat gedoe met die opdracht en dat IP-adres slokt al mijn energie op. En dan is er nog dat telefoontje van Matin, dat mijn hele gemoedstoestand in de war heeft gegooid. Waarom heeft hij niet gewoon gewacht met bellen tot maandag, in plaats van me een week van tevoren al te vertellen dat hij langskomt met nieuws? Nu zijn mijn gedachten constant bij Jamil en Isra. En bij Michael.

Michael.

Na al die jaren zijn er nog steeds momenten waarop ik hem zo ontzettend mis. Dat ik hem zo graag nog eens zou willen vasthouden, dicht tegen me aan. Zijn stem wil horen, zacht, fluisterend, terwijl hij zegt hoeveel hij van me houdt.

'Ach, we zien wel,' zegt Rudi, wat me doet opschrikken uit mijn verlangens.

'Is goed,' reageer ik, nog enigszins afwezig.

'Doe je voorzichtig?'

'Ja hoor Ruud,' zeg ik met een lachje, 'ik zal uitkijken met oversteken.'

Hij zwijgt en ik besef dat ik dat beter niet had kunnen zeggen. Hij is de enige – op mijn moeder na – die zich nog een beetje om mij bekommert en bovendien bedoelt hij het niet kwaad.

'Ik zal voorzichtig doen,' herhaal ik, een stuk serieuzer.

Nog steeds zegt hij niets. Maar dan hoor ik hem diep inademen, voordat hij zegt: 'Het is wel goed. Ik bel je van de week wel weer, oké?'

'Oké,' zeg ik. Maar hij heeft al opgehangen.

-10-

Als ik die middag op de fiets stap om naar de Dutch Broadcasting Group te gaan, ben ik het rotgevoel over de manier waarop Rudi ons telefoongesprek afbrak nog steeds niet kwijt. Vooral omdat het mijn schuld was. Af en toe ben ik ook zo'n hork. Niet sociaal, noemde mijn vader het. Hij vond dat Michael en ik niet in de werkelijkheid leefden, maar in een virtuele wereld, met al onze computers, programma's en systemen. En misschien had hij ook wel gelijk.

Er staat een frisse wind als ik richting het Monument Indië-Nederland en iets later onder het Amsterdams Lyceum door fiets. Ik kijk naar de lucht, waar de zon door grauwgrijze wolken is verdreven en vraag me af of er regen voorspeld is. Ik kijk zelden naar het nieuws, maar die donkere lucht spreekt voor zich: er zit een bui aan te komen.

Ik trap wat harder en mijn fiets schiet vooruit. Ik heb geen zin om doornat bij Moorman aan te komen, dus blijf ik in een gestaag tempo doorrijden. Met het gevolg dat ik een krap halfuurtje later volledig buiten adem bij het pand van de Dutch Broadcasting Group arriveer.

Op mezelf mopperend duw ik mijn fiets in een rek en leg hem aan de ketting. Maar als ik naar de voordeuren loop, vallen de eerste druppels en ben ik blij dat ik zo hard gefietst heb.

Binnen is het warm en benauwd. De vorige keer voelde de temperatuur in het pand goed aan, maar nu is het alsof de airco kapot is, en snel rits ik mijn spijkerjack open. Aan de receptie zitten nu niet drie meisjes, maar een, ook weer erg jong naar mijn gevoel, en enigszins aarzelend loop ik naar haar toe. Ik probeer te bedenken of zij het is geweest die me vanmorgen gebeld heeft, maar op de een of andere manier kan ik haar iele voorkomen niet linken aan de stem die ik door de telefoon gehoord heb.

'Kan ik u helpen?' vraagt het meisje vriendelijk.

Meteen weet ik dat ik gelijk heb: ik heb niet met haar gesproken.

'Ik kom voor de heer Moorman,' zeg ik. 'Ik ben gebeld door zijn secretaresse, denk ik.'

Ik zie dat ze heel even haar wenkbrauwen optrekt. Maar dan kijkt ze op de lijst naast haar telefoon en vraagt: 'Wat is uw naam?'

'Mara de Wolff.'

Er valt een korte stilte, voordat ze haar ogen weer op mij richt. 'Ik heb hier niets staan. Weet u zeker dat de afspraak vandaag is?'

'Natuurlijk is het vandaag,' reageer ik. 'De dame die ik vanmorgen sprak zei nog dat het wel kort dag was, maar dat meneer Moorman het graag vandaag wilde afhandelen.'

Ze kijkt me aan. 'Meneer Moorman is er helemaal niet,' zegt ze. 'De hele dag al niet. Hij is met... ziekteverlof.'

Even zeg ik niets, vraag ik me af of ik de aarzeling in haar stem goed gehoord heb, maar dan gaat er aan de andere kant van de hal een deur open en komt er een tweede meisje binnenlopen. Ze draagt een eenvoudig, donkergekleurd hoofddoekje en in haar handen heeft ze twee bekers koffie, die ze even later achter de balie neerzet. Een beker voor haar, en een voor haar collega.

'Weet jij iets over een afspraak die gemaakt is voor Richard?' vraagt het meisje dat al achter de receptie zat. Ze kijkt naar mij en vervolgt: 'Deze mevrouw zegt dat ze gebeld is door zijn secretaresse.'

'Richard heeft geen secretaresse,' antwoordt het andere meisje.

'Dat weet ik ook wel, maar iemand zal deze mevrouw toch wel gebeld hebben.'

Het meisje met het hoofddoekje kijkt nu ook naar mij en vraagt: 'Hebt u de naam van degene die u gebeld heeft? Meneer Moorman is er namelijk niet.'

'Nee,' zeg ik, terwijl ik irritatie voel opborrelen. 'Ze zei niet hoe ze heette. Wel dat meneer Moorman vroeg of ik hier om drie uur wilde zijn.'

'Waarover gaat het?'

Ik staar haar aan. 'Dat doet er niet toe,' zeg ik, vinniger dan ik misschien bedoel. 'Het feit is dat ik hiernaartoe moest komen, maar dat meneer Moorman er niet is. Wanneer is hij er wel? Ik probeer hem al twee dagen te bellen.'

Beide meisjes zwijgen en kijken elkaar even kort aan. 'Hij is ziek,' herhaalt het eerste meisje.

'Ik begrijp het niet,' zeg ik, terwijl ik uit alle macht probeer om mijn ongeduld te verhullen. 'Iemand belt mij op en zegt me dat meneer Moorman hier om drie uur met me wil spreken. En nu zeggen jullie dat hij ziek is? Wie heeft me dan gebeld? Iemand die niet weet dat haar baas er niet is?'

Het meisje zonder hoofddoekje werpt weer een blik op de lijst naast haar telefoon. 'Het spijt me, mevrouw...'

'De Wolff,' vul ik aan, als ze vragend naar me opkijkt.

'Mevrouw De Wolff. Uw naam staat niet op de bezoekerslijst. Ik weet niet met wie u gesproken hebt, maar er moet een fout zijn gemaakt.'

Een fout? Geweldig! Mijn ogen gaan naar de hoge glazen ramen, waar de regen tegenaan klettert. Ben ik daarom helemaal hierheen gekomen? En – nog erger – moet ik door dit hondenweer weer helemaal terug? Voor niets?

'En hoe gaan we dit oplossen?' vraag ik.

De meisjes kijken elkaar aan. 'Kan iemand anders u misschien helpen?' stelt het meisje met het hoofddoekje voor. 'Als we weten waarover het gaat...'

Ik denk aan de man die ik gisteren gesproken heb. Het hoofd van de afdeling automatisering. Die leek overal vanaf te weten. Hij heeft alleen zijn naam niet genoemd. Maar ik had een raar gevoel bij die man. Is het verstandig om hem erbij te betrekken?

Nee, besluit ik. Moorman is de enige met wie ik over de pentesten en dat IP-adres wil praten. Met niemand anders.

'Zal ik anders Rami vragen?' Het meisje met het hoofddoekje kijkt opzij naar haar collegaatje.

'Rami? Waarom?'

'Nou ja, die werkt altijd nauw samen met Richard. Hij zou...'

'Laat maar,' onderbreek ik haar. 'Ik wacht wel tot meneer Moorman weer beter is.'

Het meisje knikt instemmend. 'Dat lijkt me het verstandigste.' Ze trekt een notitieblok naar zich toe en kijkt naar me op: 'Uw naam is mevrouw De Wolff, toch?'

Ik knik, terwijl zij het opschrijft.

'Uw telefoonnummer?'

'Dat heeft hij,' zeg ik.

'Maar het is wel handig als ik het hier even bij schrijf,' dringt ze aan. 'Als het te lang gaat duren voordat meneer Moorman weer terug is, zal iemand anders contact met u opnemen.'

Ik aarzel. Waarom zou Moorman lang ziek blijven? Maar toch ratel ik dan maar mijn mobiele nummer op en kijk toe hoe het meisje het onder mijn naam noteert.

'U weet zeker dat niemand anders u kan helpen?' vraagt het meisje met de hoofddoek. Haar ogen boren zich indringend in die van mij en het kost me moeite om mijn blik los te rukken van die donkere, bijna zwarte irissen.

'Ja,' zeg ik. 'Heel zeker.' Ik voel de USB-stick in mijn broekzak en weet dat ik de juiste beslissing neem. Ik heb geen flauw idee wat er in het netwerk van de Dutch Broadcasting Group allemaal mis is en wie er gebruikmaakt van dat vreemde IP-adres, maar als dat toevallig degene is die mij hier te woord gaat staan, dan zijn de rapen gaar. Of zie ik nu overal apen en beren op de weg? In ieder geval houdt iets mij tegen om iemand anders dan Moorman in vertrouwen te nemen over wat ik ben tegengekomen. Ik knik de twee meisje dus toe en zeg: 'Ik wacht wel op een telefoontje van meneer Moorman.'

Meteen draai ik me om en loop naar de hoge deuren in de glazen wand, waar nog steeds de regen tegenaan slaat. Net als ik een ervan openduw, hoor ik het meisje zonder hoofddoek verwijtend zeggen: 'Rami erbij halen, jij bent gek. Je bent zo idolaat van hem dat je elke mogelijkheid aangrijpt om hem naar beneden te krijgen.'

Wat het gehoofddoekte meisje antwoordt, hoor ik niet meer. Terwijl ik de parkeerplaats voor het pand op loop, plenst de regen hard op mijn hoofd. Ik kijk naar de lucht en concludeer dat het voorlopig ook niet zal gaan stoppen met regenen en dat ik er dus volledig zeker van kan zijn dat ik als een verzopen kat thuiskom. Fijn.

Met een humeur dat ver beneden het vriespunt ligt, fiets ik even later door de Kattenburgerstraat. Behalve het feit dat ik dus voor noppes helemaal hierheen gefietst ben, weet ik nu nog steeds niet hoe het verder moet. Het enige wat ik kan doen, is dat IP-adres mijden en verder gaan met de rest. Zit ik nog wel met dat zero-day leak. Dat kan enorme problemen opleveren als degene die dat ontdekt heeft het gaat gebruiken. Wist ik maar waar dat lek zat. Is het misschien een optie om toch verder te gaan zoeken? En dan? Opgepakt worden omdat ik betrapt word in andermans netwerk? Dank je feestelijk. Dan is mijn hele carrière om zeep. Voor zover je van een carrière kunt spreken dan.

Luid getoeter doet me mijn stuur naar rechts zwaaien, waarna een auto rakelings langs me zoeft. Door de achterruit zie ik de bestuurder zijn vuist omhoog steken en als antwoord steek ik in een opwelling mijn tong uit. Ik kijk voor me uit de straat in en merk dat het best druk is. Beter opletten, Mara! Voor je het weet lig je onder een auto.

Volledig doorweekt duw ik een halfuurtje later mijn fiets door de benedendeur naar binnen en zet hem onder de trap. De bewoners van de begane grond links vinden dat niet zo geslaagd maar dat zal me op dit moment worst wezen. Ik heb een pesthumeur en ben ook nog eens tot op mijn vel toe nat. En koud. Ik wil een hete douche en een grote beker koffie. Of wijn. In ieder geval iets wat me opwarmt.

Als ik even later de deur van mijn appartement openduw, word ik overspoeld door een vreemde atmosfeer die me ervan weerhoudt om verder naar binnen te gaan. Iets is er… anders dan anders. Voorzichtig kijk eerst naar rechts, de keuken in. Niets te zien. Dan richt ik mijn blik op de woonkamer, maar die kan ik maar gedeeltelijk zien. Zachtjes trek ik mijn sleutel uit het slot en dan valt me op dat dat niet gemakkelijk gaat. Ik zie de beschadigingen naast het sleutelgat en besef dan dat er heel subtiel moet zijn ingebroken.

Meteen stap ik achteruit het trappenhuis in. Ingebroken! Straks is er nog iemand binnen! Mijn mond voelt ineens hinderlijk droog en nerveus lik ik mijn lippen.

Doe niet zo idioot, Mara! Je had iets moeten horen als er nog iemand binnen was. Je moet gaan kijken en dan de politie bellen.

Of éérst de politie bellen, schiet het door me heen. Ik draai me om, staar naar de deur van Egbert. Zal ik…

Natuurlijk. Met z'n tweeën sta je sterker dan in je eentje.

Ik loop naar de deur en klop erop. Zachtjes. 'Egbert?' fluister ik. Maar binnen is niets te horen. Ik klop wat harder. En even later nog iets harder. Totdat uiteindelijk de deur opengaat en Egberts vrouw, Carina, om de hoek kijkt.

'Mara,' zegt ze. En na een korte stilte, waarin ik achterom heb gekeken of er geen enge kerel in mijn deuropening is verschenen: 'Wat is er? Je ziet zo bleek. En je bent helemaal nat!'

'Er is bij me ingebroken,' fluister ik. 'En nu durf ik niet naar binnen. Is Egbert er niet?'

'Ingebroken?' herhaalt ze, terwijl ook zij nu naar mijn nog op een kier staande deur kijkt. 'M-maar...'

'Volgens mij is er niemand meer binnen, maar ik... ik durf niet...'

'Ik maak Egbert wakker,' zegt Carina resoluut. 'En dan bellen we de politie. Of er nu wel of niet iemand binnen is, ze moeten toch komen kijken.'

Ik knik, niet in staat iets anders te doen.

Carina trekt me het appartement in en sluit de deur. 'Wacht hier,' zegt ze, nadat ze een handdoek uit de kleine badkamer gepakt heeft en hem in mijn handen duwt.

Nog geen minuut later staat Egbert voor me, in jeans en wit hemd. Hij ziet er ongeschoren uit en blijkbaar is zijn voet alweer genezen, gezien het feit dat er geen verband meer omheen zit.

'Krien zei dat er een inbreker bij je binnen zit?' informeert hij.

'Dat weet ik niet,' zeg ik, de natte handdoek waarmee ik mijn haren even snel gedroogd heb in mijn handen geklemd. 'Ik merkte aan het slot dat daar aan gerotzooid is en binnen had ik een gevoel dat... dat...'

'We gaan kijken,' zegt Egbert grimmig. Hij kijkt naar zijn vrouw en vervolgt: 'Jij belt de politie. 1-1-2 voor mijn part. Zeg maar dat het dringend is.'

Meteen daarna pakt hij een honkbalknuppel uit zijn meterkast, gooit de deur van zijn appartement open en verplaatst zich met zulke grote stappen naar de andere kant van het trappenhuis, dat ik hem amper kan bijhouden. Op mijn drempel blijft hij staan, breeduit, de knuppel stevig in zijn beide knuisten geklemd. 'Je bent erbij!' schreeuwt hij, terwijl hij een uitdagende blik van links naar rechts door de gang van mijn appartement werpt. 'De politie is onderweg!'

Zijn woorden klinken bijna komisch en op ieder ander moment zou ik erom gelachen hebben. Maar nu niet. De stilte die volgt op Egberts geschreeuw voelt dreigend aan en haastig pak ik hem bij zijn arm.

'Kunnen we niet beter de deur dichttrekken en op de politie wachten?' fluister ik.

'Geen denken aan,' gromt Egbert. 'Ik zal 'm leren. Dit is de laatste keer dat die hufter met zijn jatten aan andermans spullen heeft gezeten, of mijn naam is geen Egbert Huiberts.'

En zonder nog op mijn reactie te wachten, beent hij de gang van mijn appartement door, naar de keuken. Blijkbaar is die leeg, want hij keert daar vrijwel meteen weer om, werpt op de terugweg een blik in mijn slaapkamer en stuift vervolgens naar de woonkamer. De enige plek, naast het toilet en de badkamer, waar een eventuele inbreker zich nog kan ophouden.

Nog steeds hoor ik niets. Geen enkel geluid. Op de voetstappen van Egbert na, en de mijne, als ik vlak achter hem aan de woonkamer betreed. Leeg. Mijn blik schiet opzij. Ze zullen toch niet... Haastig kom ik achter Egbert vandaan en schiet mijn werkkamer binnen. Het is alsof er een tornado doorheen is gegaan. Bijna niets staat meer op zijn plek. Laptops liggen ondersteboven, kabels en routers zijn van het bureau af geveegd, een beeldscherm ligt op zijn kant op de grond. Mijn ogen schieten naar het kastje tegenover het bureau, waarvan alle laden openstaan. Een ervan is er helemaal uitgetrokken en leeggekieperd, waardoor alle spullen over de grond verspreid liggen. Ertussen zie ik het gele bakje dat altijd op mijn bureau staat. Het bakje waarin ik mijn USB-sticks bewaar. En dat nu leeg is.

'Attelenoje...' mompelt Egbert, die naast me is komen staan en verbouwereerd zijn honkbalknuppel laat zakken. 'Die waren duidelijk ergens naar op zoek.'

Als vanzelf gaat mijn hand naar mijn broekzak, met daarin de opgevouwen lijst met IP-adressen en de USB-stick met informatie over dat zero-day leak. Het feit dat al mijn andere sticks verdwenen zijn, doet me vermoeden – nee, zeker weten – dat ze hiernaar op zoek waren.

Ze hebben me weggelokt!

Wie? Wie heeft dat gedaan? Moorman? Niet waarschijnlijk. Iemand anders. Een van zijn werknemers? Dat moet haast wel. Mijn hartslag neemt toe en ik schrik als Egbert zijn hand op mijn arm legt.

'Gaat het wel?' vraagt hij bezorgd.

Ik knik, al voel ik me verre van goed. Dan valt me op dat mijn laptop, waar ik het meeste op werk en die altijd prominent op mijn bureau staat, eveneens verdwenen is. En dat niet alleen. Op het vensterbankje onder het raam is een lege plek. De foto van Jamil en Isra! Hij is weg!

III

CLUB AL-SINAA, BAGDAD, IRAK

OKTOBER 2010

De irissen van zijn ogen waren bijna zwart en als ze niet wist wat er allemaal in zijn hoofd omging, had ze ze misschien mooi gevonden. Ze kon zich voorstellen dat vrouwen ervoor konden vallen; de onpeilbare diepte, de glinstering, het staren, waarmee hij tot helemaal in je ziel leek door te dringen. Maar er sprak totaal geen gevoel uit. Zijn blik was nog het best te omschrijven als koud en meedogenloos. Behalve misschien als hij naar haar keek; dan leek het of er iets anders voor in de plaats kwam. Iets wat het meest weghad van opportunisme. Hoewel ze een vrouw was en hij een sterke aanhanger van het islamisme waardoor een samenwerking bij voorbaat al moeizaam was, besefte ze heel goed dat hij haar nodig had en dat ze haar aanleg tot manipuleren goed kon gebruiken.

Ze keek naar rechts, naar de deuren van de sportclub verderop. Vier jaar geleden had ze nooit durven denken dat ze hier ooit zou staan. Maar ze had ook nooit kunnen vermoeden dat in een oogwenk haar hele leven verwoest zou worden. Een fractie van een seconde waarin haar gevoelens, haar liefde, haar emoties in miljoenen stukken uiteengereten werden, waarna ze achter was gebleven met niet meer dan een diepgewortelde haat jegens degenen die haar tot in haar ziel vermoord hadden. Want eigenlijk was ze dood. Al vier jaar lang.

Onopvallend richtte ze haar blik weer even kort op de man naast haar. Hij was niet groot, misschien enkele centimeters langer dan zij. Zijn gezicht had hij afgeschermd met een hoofddoek. Er waren maar weinig mensen die wisten hoe hij eruitzag. Zij was er een van. Ibrahim noemde ze hem. Of dat zijn werkelijke naam was wist ze niet. Wie wel? Ibrahim gebruikte vele namen, bang als hij was te eindigen als zijn voorgangers, zoals Abu Musab al-Zarqawi. Ooit had Ibrahim vastgezeten in Bocca Camp en ontsnapte hij ternauwernood aan de dood toen Amerikanen aan de Syrische grens het huis van een van zijn vrienden bombardeerden in een poging hem te liquideren. Daarna zette hij zich in voor zijn droom: het herstel van een middeleeuws kalifaat, en groeide zijn schare aanhangers die onvoorwaardelijk gelooft dat hij rechtstreeks afstamt van de Profeet.

Ze merkte dat ook hij naar haar keek. Of hij glimlachte kon ze niet zien, maar dat zou haar hooglijk verbazen. Ibrahim lachte zelden. Wat dat betreft verschilden ze niet zo veel van elkaar. Ook zij lachte al jaren niet meer.

Ibrahim maakte een kort armgebaar waarmee hij aangaf dat ze moesten gaan. De missie zat erop. Ze zag het dunne pakketje dat hij zojuist van de nerveuze jongeman had overgenomen en ze wist wat daarin zat. Nieuwe paspoorten. Een nieuwe stap om haar honger naar vergelding te voeden. Of Ibrahim dat besefte, wist ze niet. Al had ze allang door dat hij meer zag, meer opmerkte, en vooral meer aanvoelde dan hij deed voorkomen. Dat had ze tijdens hun eerste kennismaking al gemerkt, die avond nadat ze Muhammad Aziz en zijn gezin had omgebracht en hij haar geobserveerd had toen ze weer naar buiten liep. Ze was hem voor geweest. Ibrahim had informatie nodig van Aziz, die als hoofd van het forensisch laboratorium nogal... beïnvloedbaar was. Zij had Ibrahims plannen gedwarsboomd en dat had hij op zijn zachtst gezegd niet geapprecieerd. Alleen haar houding – fier en zonder angst – had haar het leven gered, al had het weinig gescheeld of hij had haar daar ter plekke afgemaakt. Waarschijnlijk had Ibrahim op dat moment zijn plannen al klaar gehad en zag hij plotsklaps de ideale geestverwant in haar. Ze had hem zien slikken toen hij de lichamen van het gezin Aziz bekeek en het idee om haar voor zijn doel te gebruiken moest in een flits bij hem zijn opgekomen.

Het interesseerde haar niet. Zo lang hij maar niet wist dat van het omgekeerde eveneens sprake was: zij had hem nodig. Ze gebruikte hem. Tot haar honger gestild was.

Een enorme knal deed haar een kort moment ineenkrimpen. Ze had het verwacht – de jongeman die Ibrahim het pakje had gegeven moest zijn betrokkenheid bij hun plan met de dood bekopen. Háár werk. Het was een simpele opdracht geweest om de kleine, maar zware bom bij het achterwiel van zijn auto tussen de band en het spatbord te plaatsen. Niemand lette tenslotte op haar: een gesluierde vrouw in een zwarte *abayah*. Alleen Ibrahims ogen had ze in haar rug voelen branden, maar of hij dat deed om haar in de gaten te houden, of omdat hij het niet eens was met haar kledingkeuze, wist ze niet. En ook dat kon haar eigenlijk niet schelen.

Door de alle kanten op vluchtende mensenmassa heen, liep ze achter Ibrahim aan, die haar zonder iets te zeggen naar een groene legerjeep leidde. Ze schoof op de achterbank en trok het portier dicht, waarna Ibrahim de motor startte en wegreed.

-11-

AMSTERDAM

'Marrie.'

Ik draai me om en zie Rudi binnenkomen. Zijn ogen staan bezorgd en haastig komt hij op me af lopen.

'Alles goed?' vraagt hij.

Ik knik. 'Alleen een beetje geschrokken,' zeg ik. Ik kijk naar Egbert, die met een politieagent staat te praten, en vervolg: 'Gelukkig was Egbert nog thuis.'

'Waarom heb je mij niet gebeld?'

'Jij was er niet.'

Hij zwijgt, kijkt me nog steeds bezorgd aan. 'Er had wel van alles kunnen gebeuren,' zegt hij uiteindelijk. 'Hoe wist je dat er was ingebroken? Stond je deur open?'

Ik schud mijn hoofd. 'Ik voelde het.'

'Je voelde het,' herhaalt hij, nog net niet sceptisch.

'Toen ik binnenkwam,' vul ik aan. 'Er was iets wat anders aanvoelde.' Ik werp een blik om me heen. 'En het is zo gek. Behalve in mijn werkkamer is hij nergens anders geweest.'

'Hoe weet je dat?'

'Dat is toch duidelijk te zien, Ruud,' zeg ik. 'Alles staat nog op zijn plek. Ik heb zelfs de kasten nagekeken, maar ook daarin lijkt alles onaangetast. In tegenstelling tot mijn computerhok,' mompel ik er zacht achteraan.

Rudi kijkt mijn werkkamer in, waar op dit moment een agent notities maakt op een klein schrijfblokje.

'Mis je spullen?' vraagt Rudi.

'Mijn MacBook.'

'Alleen dat?'

'En mijn externe harde schijven.'

'Meer niet?'

Even vraag ik me af of ik het moet zeggen. Die politieagenten keken me ook al zo raar aan toen ik zei dat de foto van mijn kinderen weg was. Alsof ze zich afvroegen of ik wel goed snik was. Want waarom zou een inbreker die foto meenemen? Terwijl er voor weet ik veel hoeveel geld aan apparatuur in die kamer staat en het enige wat lijkt te missen die ene laptop, wat USB-sticks en een paar externe schijven is. En die foto.

Het eerste waar ik aan dacht was dat híj hier binnen is geweest. Maar dat was maar van korte duur. Hij is hier niet. Dat weet ik zeker. En al zou hij dat wel zijn, wat moet hij dan met een foto van Jamil en Isra? Hij kan foto's van hen maken zo vaak en wanneer hij maar wil. Of zou hij mij gewoon op de kast willen jagen? Die foto hebben meegenomen omdat hij me op die manier wil duidelijk maken dat de kinderen niet meer bij mij horen? Dat ik volgens hem geen recht op ze heb, niet in levenden lijve, maar ook niet op een foto?

'Marrie?'

Ik kijk op.

'Er is méér, hè?' stelt Rudi vast. 'En je twijfelt of je me dat wilt vertellen.'

Bijna moet ik glimlachen. Na al die jaren lijkt hij me steeds beter te kennen.

Of het komt gewoon omdat de uitdrukking op mijn gezicht boekdelen spreekt.

'De foto van mijn kinderen,' zeg ik zacht. 'Die is weg.'

'Die in je werkkamer staat?'

Ik knik kort. 'En die van Michael staat er nog.'

Rudi trekt zijn wenkbrauwen op. 'Wat raar,' zegt hij na een poosje. 'Wat moet iemand nou met die foto?' Dan schiet het hem te binnen. 'Denk je dat...'

'Nee.' Mijn stem klinkt resoluut. 'Hij is hier niet, Rudi. Dat kan ik niet geloven. Hij is niet in Nederland en ik geloof ook niet dat hij ooit nog een voet in Nederland zal zetten.'

'Maar wie anders zou die foto meenemen?'

'Dat weet ik niet, maar hij niet. Misschien is er een andere reden voor.'

'Zoals?'

Ik kijk in Rudi's vragende ogen. 'Dat wéét ik niet,' herhaal ik, alhoewel ik me ondanks die woorden toch min of meer afvraag of dit te maken heeft met wat ik ontdekt heb. Iemand breekt in en verdwijnt met slechts een paar dingen en een foto. Mijn hele werkkamer staat vol met ontzettend dure apparatuur. Als het een gewone inbraak was, waarom hebben ze die dan niet meegenomen? Dat ze zware computerschermen en -kasten laten staan kan ik begrijpen, maar er ligt genoeg ander spul dat een paar duizend euro op de zwarte markt kan opbrengen.

De agent in mijn computerkamer klapt zijn notitieblokje dicht en komt de woonkamer binnen. Diep vanbinnen hoop ik dat hij verder geen vragen meer heeft. Ik heb hem alles al verteld en ook Egbert heeft tot in detail uitgelegd wat er gebeurd is. Dat is hem wel toevertrouwd. Natuurlijk ben ik hem dankbaar dat hij met me mee naar binnen is gegaan, maar ergens kan ik me niet aan de indruk onttrekken dat hij het allemaal enorm interessant en zichzelf ontzettend gewichtig vindt.

'We gaan een proces-verbaal opmaken,' zegt de agent vriendelijk, terwijl hij naast me komt staan. 'Misschien kunt u morgen even langskomen op het bureau om het allemaal af te handelen? U moet in ieder geval tekenen,' legt hij uit, bij het zien van mijn blik.

Wel ja, dat kan er ook nog wel bij. Ik knik gelaten en glimlach. De agent klopt even op mijn arm en loopt dan naar zijn collega, die inmiddels klaar is met het aanhoren van Egberts verhaal.

'Gaat het?' vraagt Rudi.

Ik wrijf over mijn voorhoofd en knik opnieuw.

'Misschien kun je vannacht beter bij mij slapen,' stelt hij voorzichtig voor.

'Nee-hee!' zeg ik, verschrikter dan ik zelf wil toegeven. 'Ik... nee... dat is heel lief aangeboden, maar ik slaap gewoon hier, in mijn eigen appartement.'

'Weet je dat zeker? Stel dat ze terugkomen?'

'Dat lef moeten ze hebben!' snuift Egbert, die nu ook de woonkamer komt binnenlopen nadat hij de deur van mijn appartement achter de twee politieagenten heeft dichtgedaan. 'Dan krijgen ze het wel met mij aan de stok!'

'Jij moet werken,' zeg ik.

'Ik heb me ziek gemeld,' reageert hij, terwijl hij op zijn voet wijst. 'Ik had er toch al een hard hoofd in, met die zere poot van me.'

Ik zie Rudi omlaag kijken en vervolgens naar mij. Er is ook niets bijzonders te zien aan Egberts voet, vooral zo zonder verband eromheen.

'Nee, geen inbreker komt langs mij, zus, vertrouw daar maar op,' benadrukt Egbert.

En gek genoeg geloof ik hem.

Ik ben zo ontzettend moe als Egbert, Carina en uiteindelijk ook Rudi weer vertrokken zijn. Even overweeg ik om me gewoon op de bank opzij te laten vallen en daar te blijven liggen vannacht. Maar dat is natuurlijk onzin. Ik verlang naar mijn bed.

De Zaanse klok aan de muur – erfenis van mijn oma – geeft aan dat het al bijna één uur is. Mijn blik valt op de koffiemokken op tafel. Heel lief van Carina dat ze voor ons alle vier nog koffie wilde maken, maar als ik had geweten dat ze nog zo lang zouden blijven napraten, had ik meteen gezegd dat ik dat niet wilde; dat ik doodmoe was en graag mijn bed in wilde. Maar in plaats daarvan zei ik niets en liet Carina zelfs broodjes smeren, waarvan ik amper iets gegeten heb.

Ik hijs mezelf overeind van de bank en strompel zo ongeveer naar mijn slaapkamer. Onderweg overtuig ik mezelf er nog een keer extra van dat de deur van mijn appartement stevig op slot zit en nadat ik even vluchtig mijn tanden heb gepoetst, kleed ik me uit, gooi alles op de stoel in de hoek van mijn slaapkamer en kruip mijn bed in.

Maar natuurlijk kan ik niet in slaap komen. Er spookt van alles door mijn hoofd, waarvan het belangrijkste toch wel de connectie tussen die rare afspraak met Moorman en de inbraak in mijn appartement is. Is er eigenlijk wel een connectie? Is het niet gewoon toeval?

Toeval?

Ik geloof niet in toeval. Niet op deze manier. Iemand heeft me bewust weggelokt, naar de Dutch Broadcasting Group, om te zorgen dat ze zonder problemen mijn appartement konden doorzoeken. Of althans, mijn werkkamer. Waaruit ik kan opmaken dat ze wisten waarnaar ze zochten. Het moet iets te maken hebben met dat zero-day leak. Iemand bij de Dutch Broadcasting Group – degene die van dat lek weet? – heeft ontdekt dat ik het ontdekt heb. Ze hebben niet voor niets de boel gewist. En omdat ze bang zijn dat ik bewijzen heb opgeslagen, moeten ze gedacht hebben het bij me te kunnen stelen.

Ik draai me op mijn andere zij en staar naar de stevig afgesloten balkondeur. Normaal laat ik die met goed weer, zoals nu, op een haak staan, maar na die inbraak durfde ik dat niet aan. Zou de deur van mijn appartement wel goed dichtzitten? Ik heb hem toch op slot gedaan, hè?

Hoewel ik zeker weet dat ik de sleutel heb omgedraaid, laat ik me uit bed glijden en loop op blote voeten de gang in. Beide sloten – lipsslot boven, gewoon slot beneden – zitten dicht, en opgelucht leun ik even met mijn voorhoofd tegen de deur. Ik moet niet zo paranoïde doen. Hoe groot is de kans dat die inbreker weer terugkomt?

Tenzij hij niet gevonden heeft wat hij zocht.

En dat heeft hij niet. Nou ja, niet echt. Hij heeft mijn laptop, ja. Maar ik heb ook de stick nog. Die ik aan Moorman wilde geven. Zou die inbreker daar niet aan gedacht hebben?

Ik krijg het ineens benauwd. *Stel dat hij daarvoor terugkomt?*

Haastig loop ik de woonkamer binnen en gluur door het raam naar de straat beneden. Die is leeg. Er rijden zelfs geen auto's en ook het raam aan de overkant, van de man met zijn hond, is donker. Het komt allemaal ineens zo… zo… ánders op me over. Wat natuurlijk een belachelijk gevoel is, maar wel een gevoel dat zich vastbijt in mijn bewustzijn. Ik ga op mijn tenen staan en druk mijn neus tegen de ruit, zodat ik op het trottoir vlak voor de deur van het portiek kan kijken. Het is niet goed te zien, maar het lijkt erop dat er ook daar niemand rondhangt. Hebben die twee agenten toen ze weggingen de benedendeur wel dichtgetrokken? Stel dat die openstaat?

Mijn hart reageert meteen en bonst als een razende achter mijn ribben. Nu slaap ik natuurlijk helemaal niet meer. Niet zolang ik niet weet of de deur beneden dichtzit.

Ik huiver bij het idee om te gaan kijken. Zes trappen naar beneden… wat als die inbreker inmiddels alweer in het trappenhuis is? Ik zou geen kant op kunnen, behalve terug naar boven. En iets vertelt me dat ik dan niet de snelste van ons twee zal zijn. Egbert vragen? Het is toch bij de wilde spinnen af om iemand anders naar beneden te sturen alleen om te kijken of de deur wel dichtzit? Ik moet niet zo schijterig zijn. Als ik wil slapen, moet ik weten of die deur dicht zit.

Kordaat (of althans, zo probeer ik me te voelen) loop ik naar de deur van mijn appartement, draai de sleutel van het onderste slot om en maak het lipsslot open. Daarna open ik voorzichtig de deur tot op een kier en gluur het trappenhuis in. Niets te zien.

Aarzelend loop ik naar de trap en kijk over de leuning naar beneden, naar de vloer van de hal. Ik spits mijn oren, maar hoor niets. Geruisloos loop ik de eerste trappen af, langs de deur van Rudi, en nog verder naar beneden. Ik kom niets tegen. Het is doodstil in het trappenhuis en dat is eigenlijk ook logisch. Het is midden in de nacht. Iedereen slaapt.

De benedendeur zit dicht. Ik werp een blik onder de trap, waar mijn fiets nog steeds tegen de muur staat, en lach opgelucht. Zie je wel? Al dat angstige gedoe is nergens voor nodig. Maar toch besluit ik morgen even aan te kloppen bij de buren hier op de begane grond. Misschien kunnen zij voorlopig 's avonds even checken of de deur dicht zit.

Haastig begeef ik me weer naar boven. Mijn voeten voelen als ijspegels en ik besef nu pas dat ik nog steeds op blote voeten loop. Lekker slim.

Na vier trappen hijg ik als een oud postpaard. Ik voel mijn keel branden, alsof ik kilometers heb hardgelopen. Stress en spanning, zeg ik tegen mezelf. Een paar uur slapen zal me goeddoen. En morgen zie ik wel verder wat ik met dat Dutch Broadcasting Group-gedoe moet doen. Moorman zal eerdaags toch wel weer beter zijn? Dan kunnen we de boel doorspreken, hij vertelt me dat er niets aan de hand is, dat het gewoon allemaal met een nieuw te ontwikkelen televisieprogramma te maken heeft. Ik vervolg de tests, schrijf een uitgebreid verslag en dan maakt hij een compliment over mijn werk en mijn opmerkzaamheid. En twee weken daarna heb ik een fijn bedrag op mijn rekening staan.

Een knallende uitlaat buiten doet me van schrik bijna opspringen en met een hevig bonkend hart draai ik me om naar de hoge ramen van het trappenhuis.

Verdomme. Ik schrok me rot. Meteen is de vage angst terug en denk ik weer aan die inbreker. Of die nou wel of niet met de Dutch Broadcasting Group te maken heeft, het is beter als ik gewoon op mijn hoede ben. En blijf. Ik adem even diep in en weer uit en zet net mijn voet op de volgende tree, als er vlak voor me ineens een schim opduikt. Nu schrik ik zo, dat ik een harde gil slaak. Ik stap naast de tree en val voorover, met mijn volle gewicht op de trap.

'Mara!' Snelle voetstappen en dan knielt Rudi naast me neer. 'Gaat het? Heb je je pijn gedaan?'

Van schrik en woede kan ik niet uit mijn woorden komen, maar als ik weer overeind gekrabbeld ben, kijk ik nijdig naar hem op. 'Waar ben jij in godshemelsnaam mee bezig?' bijt ik hem toe. Ik ben zo geschrokken dat ik lichtflitsen voor mijn ogen zie en me aan de trapleuning moet vasthouden om niet nogmaals om te vallen.

'Ik?' Verwonderd staart Rudi me aan. 'Niks. Ik hoorde je naar beneden gaan. Ik wilde alleen maar vragen of alles goed was.'

Ik knijp even mijn ogen dicht en probeer mijn gejaagde ademhaling onder controle te krijgen. Mijn keel voelt aan als schuurpapier, terwijl mijn hart nog steeds overuren maakt.

'Marrie...' Rudi's stem klinkt verontschuldigend. 'Ik wilde je niet laten schrikken. Echt niet. Ik was alleen bezorgd.'

Ik draai me om en laat me op een traptree zakken. Mijn ademhaling wordt rustiger en de flitsen voor mijn ogen trekken weg. 'Ik ben me rot geschrokken,' fluister ik.

'Sorry,' zegt Rudi zacht, terwijl hij naast me komt zitten. 'Sorry sorry sorry.'

Met mijn hand wrijf ik over mijn voorhoofd. Mijn arme hart.

'Gaat het?' vraagt Rudi weer.

Ik knik. 'Beter dan net, in ieder geval.' Ik kijk opzij. 'Wil je dat nooit meer doen?'

'Het was niet mijn bedoeling,' herhaalt hij. 'Ik kon niet slapen. Die inbreker spookte steeds door mijn hoofd en toen ik je op de trap hoorde… nou ja, ik wilde alleen maar…'

Ik hef mijn hand ten teken dat ik het begrijp. 'Roep in vervolg gewoon mijn naam, oké?' zeg ik met een scheef lachje.

Hij grinnikt. 'Oké.' Zijn blik wordt weer bezorgd. 'Je rilt,' merkt hij op.

Daar heeft hij gelijk in. Het is niet echt warm in het trappenhuis en de temperatuur, in combinatie met de schrik, doet me klappertanden van de kou.

'Kom,' zegt hij resoluut, terwijl hij opstaat en me aan mijn arm omhoog hijst. 'Ik ga iets warms voor je maken.'

CAMBRIDGE, MASSACHUSETTS, USA

APRIL 2001

Met opgetrokken knieën zat ze op de kussens in de ouderwetse vensterbank en keek naar de enorme tuin. Haar vader was bezig de jonge uitlopers van de klimhortensia op te binden. Hij hield van tuinieren en ze wist dat hij het liefst hele dagen in de door hem zelf aangelegde tuin doorbracht. Maar zijn werk in het ziekenhuis, onderzoeken naar het ontstaan en het behandelen van kanker, slokte bijna al zijn tijd op, waardoor hij genoegen moest nemen met de zeldzame uurtjes die hij thuis was.

Ze hoorde de deur van de kamer opengaan, maar had geen zin om te kijken wie er binnenkwam. Vast haar moeder weer, die haar kwam troosten en kwam zeggen dat ze eens naar buiten moest. Dat ze zo bleek zag. Dat ze begreep hoe moeilijk het voor haar moest zijn.

Hoe kon haar moeder dat weten? Toen ze eergisteravond die gruwelijke pijn had gevoeld, een pijn alsof er iets in haar buik strak werd aangetrokken, toen had ze al geweten wat er mis was.

'Mara.'

Juda's stem. Lief, zacht. Ze keek op en bij het zien van zijn volgelopen ogen kon zij zich ook niet meer goedhouden. De tranen liepen over haar wangen.

Meteen kwam hij naast haar zitten en sloeg zijn armen stevig om haar heen. Hij zei niets, liet haar huilen, tot ze vanzelf stopte omdat er geen tranen meer leken te komen.

'Het is weg,' zei ze zacht. 'De baby.'

Nog steeds zei Juda niets, streek alleen maar zacht over haar haren.

'Nu heb ik niets meer van Michael,' fluisterde ze.

'Jawel,' zei Juda. 'Jawel, Mara. Michael is er altijd. Zijn liefde zal altijd om je heen zijn. Je moet het alleen willen voelen.'

Ze reageerde er niet op. Willen voelen? Hoe kon ze dat niet willen? Hele dagen, hele nachten zocht ze naar een glimp van hem, probeerde ze zich voor te stellen dat hij zijn armen om haar heen sloeg, zoals hij zo vaak had gedaan. Maar het lukte haar niet. Het enige wat ze constant hoorde, was zijn stem. In haar hoofd.

'Je moet naar buiten, Mara,' zei Juda. 'De zon schijnt, het is prachtig weer. Heb je Lucy al gebeld?'

Ze schudde haar hoofd.

'Je moet haar bellen. Even met je beste vriendin praten zal je goeddoen. En zij zal je vast wel willen helpen.'

'Ik wil geen hulp,' mompelde ze. 'Ik wil met rust gelaten worden.'

'Zodat je alleen maar verder in die put kunt zinken?' Hij zuchtte diep. 'Dat gaat niet gebeuren, *honey*.' Hij pakte haar bij haar arm en hees haar van de vensterbank. 'Wij gaan de tuin in. Je moeder heeft zelfgemaakte *lemonade* en je zult zien hoe heerlijk die smaakt. Bovendien maakt je vader zich zorgen. Je kunt hem niet alleen laten aanmodderen met die klimhortensia.'

Even stribbelde ze tegen, maar ze was geen partij voor Juda. Hij pakte haar vestje van een stoel, sloeg het om haar schouders en ondanks haar tegenwerkingen leidde hij haar via de keuken naar de tuin. Ze kneep haar ogen dicht tegen het felle zonlicht, voelde de warmte op haar gezicht. Dit had ze toch wel gemist. Al dat nieuwe groen buiten. Jonge vogels, jonge dieren – ze had zelfs drie jongen van de in hun oude barbecue nestelende grijze eekhoorns over het gazon zien rennen – ze deden haar te veel denken aan wat ze verloren had. Niet alleen de baby, maar ook haar grote liefde. Die twee dingen waren onlosmakelijk met elkaar verbonden.

'Mara!' De stem van haar vader klonk blij. Hij legde zijn tang en opbinddraad neer en kwam op haar af lopen. 'Kom je je oude vader eindelijk in de tuin helpen?'

Ze glimlachte naar hem en voelde een prettige warmte door haar lichaam stromen toen hij zijn armen om haar heen sloeg en haar teder tegen zich aandrukte.

'Eerst wat drinken!' hoorde ze haar moeder roepen. Ze voelde hoe haar vader een zoen op haar haren drukte en haar toen losliet.

Haar moeder zette een dienblad met vier glazen en een grote kan met limonade op de witte tuintafel. IJsblokjes tinkelden tegen het glas. 'Wat fijn dat je weer even buiten bent,' zei ze.

'Nu krijg je misschien weer wat kleur op je wangen,' zei haar vader, terwijl hij zijn grote hand over die van haar legde en er even in kneep.

Hoe moeilijk ze het ook had en hoe ellendig ze zich ook voelde, het deed haar toch wel goed. De zon, het lichte briesje, het licht. Ze knapte ervan op, alhoewel ze diep vanbinnen een schuldgevoel voelde knagen. Alsof geluk nooit meer deel mocht uitmaken van haar dagelijks leven. Ze wist dat dat onzin was. Michael zou nooit gewild hebben dat ze ongelukkig was. Maar hoe kon ze gelukkig zijn zonder hem? Zonder hun baby?

'Mara moet er gewoon weer eens even uit,' zei Juda. Hij boog zich naar haar toe, legde zijn hand op haar knie en vervolgde: 'Zullen wij vanavond naar Harvest? Tegen die heerlijke *honeycrisp apple soup* kun zelfs jij geen nee zeggen.'

Daar had hij gelijk in. Nog nooit in haar leven had ze zoiets heerlijks gegeten als de appelsoep van Harvest. Michael had het haar voor het eerst laten proeven, die avond, toen ze officieel een jaar bij elkaar waren. Hij had erop gestaan hun zogenaamde verloving te vieren in een van de duurste restaurants van Cambridge. Waar hij het van had betaald heeft ze nooit kunnen ontdekken, al verdacht ze haar vader ervan hem het geld te hebben toegestopt.

'En?' klonk Juda's stem. 'Heb je daar zin in?' Het klonk hoopvol en ze kon het niet over haar hart verkrijgen om nee te zeggen.

Ze keek hem aan en glimlachte tegen hem. 'Lijkt me heerlijk,' zei ze.

-12-

AMSTERDAM

Mijn nek doet pijn als ik wakker word. Heel even vraag ik me af waar ik ben, terwijl mijn ogen zich focussen op een donkere vlek recht voor me. Veelkleurige streepjes dansen ervoor langs, en pas als ik mijn ogen nog een keer hebt dichtgeknepen en weer opendoe, zie ik dat het een schaakspel is. Rudi's schaakspel, dat ik uit duizenden herken, omdat de schaakstukken uit kruisridders bestaan. En de zwarte vlek erachter is zijn buffetkast.

'Wakker?' klinkt Rudi's stem zacht en dan besef ik dat ik met mijn hoofd op zijn schoot lig. Een fleecedeken ligt tot aan mijn kin over me heen. Ik krijg het ineens heet en haastig kom ik overeind. Zo haastig dat ik duizelig word.

Ik duw mijn hand tegen mijn voorhoofd en knijp even kort mijn ogen dicht. 'Heb ik... heb ik geslapen?' vraag ik daarna. Het klinkt schor en dat is logisch. Mijn keel voelt zo ruw als schuurpapier.

'Nogal ja,' zegt Rudi. Hij rekt zich uit en gaapt overtuigend.

'Maar waarom heb je me niet wakkergemaakt? Dan had ik boven in mijn bed kunnen kruipen.'

'Daar had je niet echt zin in,' zegt Rudi. 'Toen ik koffie gemaakt had, zat je al half te slapen en al gauw kroop je tegen me aan.'

Ik staar hem aan. 'Ik?' vraag ik.

Hij knikt. 'Je was blijkbaar doodmoe.'

Ja, allicht. De laatste paar dagen heb ik amper geslapen. Eerst het telefoontje van Matin, daarna die inbraak en dan ook nog mijn gepieker over wat ik ontdekt heb in het netwerk van de Dutch Broadcasting Group. Die laatste twee dingen moeten met elkaar te maken hebben. Maar de enige die licht op deze hele zaak kan werpen, is niet te bereiken. Moorman. Is hij werkelijk ziek?

'Voel je je nu wat beter?' klinkt Rudi's stem. De schaamte dat ik zo ongegeneerd tegen hem aan heb liggen slapen laait weer op.

'Veel beter,' zeg ik daarom snel. En dat is niet eens gelogen. Vergeleken met gisteravond en vannacht in het trappenhuis voel ik me lang zo slecht niet. Het enige wat aan me blijft knagen is die inbreker. Hij snapt heus wel dat ik alles wat ik ontdekt heb, ook nog ergens anders dan op mijn laptop heb opgeslagen. Hij is niet gek. En hij gaat ervoor terugkomen, dat kan ik op mijn vingers natellen.

'Marrie?'

Ik schrik op en zie Rudi's vragende blik. 'Wat?'

'Of je iets wilt eten.'

Eten? Eigenlijk niet. Mijn maag zit helemaal dicht na mijn overdenking van net. Moet ik misschien naar de politie? En dan? Wat moet ik zeggen? 'Nou meneer de politieagent, ik ontdekte dus een zero-day leak, maar omdat ik een heel klein beetje onvoorzichtig ben geweest, heeft de gebruiker daarvan mij ontdekt en nu zit hij achter me aan. Nee, meneer de politieagent, ik weet niet wie het is, want ik heb hem nog nooit gezien. Maar hij heeft wel bij me ingebroken.'

Ze zien me aankomen.

'Zal ik een boterham voor je roosteren?'

Eigenlijk wil ik naar boven, naar huis, maar ik weet nu al dat hij me niet zonder eten zal laten gaan. Dus knik ik. Laat hem maar even naar zijn keuken verdwijnen. Dan kan ik in alle rust bedenken wat ik moet doen.

Maar als Rudi tien minuten later terugkomt met een bordje met daarop drie geroosterde boterhammen met boter, heb ik nog steeds geen idee van mijn volgende stap. Het enige wat ik kan doen is dat zero-day leak onderzoeken. Kijken bij welk bedrijf dat lek zit en wat een inbraak in hun netwerk voor gevolgen kan hebben. Als ik dat weet, kan ik naar de politie stappen. Alhoewel ik dan wel een strafbaar feit heb gepleegd. Gaan ze dat begrijpen? Wat nou als ze me niet geloven, maar het bedrijf wel mijn inbraak heeft geregistreerd? Dan ben ik het haasje. En niet zo zuinig ook.

'Eet op,' klinkt Rudi's stem en bijna automatisch pak ik een boterham van het bordje en neem een hap. De randjes van het brood zijn een beetje zwart, wat een bittere smaak geeft, maar toch knap ik er ontzettend van op. Ik bedenk dat ik gisteravond ook amper iets heb gegeten.

Gretig pak ik een tweede boterham en werk ook die met smaak naar binnen. Rudi heeft zijn ontbijt nog niet eens voor de helft op als ik het lege bordje op de tafel zet en voldaan achterover leun.

'Volgens mij had je honger,' zegt Rudi lachend.

'En niet zo'n klein beetje ook,' reageer ik. 'Ik heb gisteravond bijna niets gegeten door die toestand met die inbreker.'

'Je had ook veel beter met mij mee naar die wedstrijd kunnen gaan,' bromt Rudi met de laatste hap van zijn brood in zijn mond.

'Alsof dat iets had uitgemaakt,' zeg ik. 'Dan nog zou er zijn ingebroken.'

'Dat wel, maar dan waren we met z'n tweeën geweest toen je thuiskwam.'

'Was ik nu ook,' zeg ik. 'Met Egbert. En hij had een jockel van een honkbalknuppel bij zich.'

Rudi reageert er niet op, en ik krijg het idee dat hij een beetje jaloers op Egbert is.

'Ik zou het gewoon gezellig hebben gevonden,' zegt Rudi. 'Die inbraak buiten beschouwing gelaten. We zijn allebei gek op schaken, het zou toch een leuk uitje zijn geweest? En zeg nou eerlijk, was die afspraak die je had leuker dan een schaakwedstrijd?'

Tja, als ik van tevoren had geweten dat Moorman er niet was, dan was ik waarschijnlijk wel met hem mee gegaan. Maar dat is nou eenmaal niet zo. Als ik niet naar de Dutch Broadcasting Group was gegaan, was er ook vast niet ingebroken. Want ik heb nog steeds het gevoel dat ik gistermiddag ben weggelokt. Wie het ook was, ik moest uit de weg. Wat er weer op kan wijzen dat ze me geen kwaad willen doen.

Nóg niet.

Wat doen ze als ze ontdekken dat ik alles op een stick heb gezet? Worden ze dan agressiever? Nee, onzin. Hoe zouden ze dat moeten weten?

Omdat ze weten wie en wat je bent!

Dat is een feit. Ik ben een hacker. Iemand met meer dan gemiddelde kennis van computers, systemen, netwerken en zero-day leaks. Ik ben te professioneel om informatie op maar één plek te bewaren. Daarom hebben ze ook al mijn externe schijven meegenomen. En mijn USB-sticks. Nee, ik kan nog maar een ding doen: dat lek opsporen en het bedrijf inlichten. Al dan niet anoniem.

Een uur later begeef ik me weer naar mijn eigen appartement, met Rudi's laptop onder mijn arm. Hij had erop aangedrongen dat ik die meenam, in de veronderstelling dat ik daardoor mijn werk weer kon doen. Ik had willen zeggen dat ik nog andere computers had staan waar ik ook wel mee aan de slag kon, maar ik wilde zijn goede bedoelingen niet in de weg staan. Al heb ik het idee dat hij het ook voor zichzelf doet, zodat hij af en toe kan komen aankloppen om te vragen of het allemaal lukt op zijn laptop.

Als ik bijna boven ben zie ik hem zitten, boven aan de trap: een slapende Egbert. Zijn kin is op zijn borst gezakt, waardoor hij lichtjes snurkt. Om zijn schouders hangt een veelkleurige deken en zijn honkbalknuppel rust losjes in zijn armen. Wanneer is hij hier in vredesnaam gaan zitten?

'Egbert?' zeg ik. Ik laat me naast hem neerzakken en duw zachtjes tegen zijn schouder.

Hij reageert niet en ik duw wat harder. Nu schiet hij overeind en grijpt de honkbalknuppel steviger vast, maar als hij mij ziet ontspant hij zich weer.

'Mara,' verzucht hij. En dan: 'Waar kom jij vandaan?'

Ik wijs naar beneden. 'Bij Rudi. Maar wat zit jij hier nou? Toen ik naar beneden ging, was je er nog niet.'

'Ik hoorde lawaai in het trappenhuis,' legt hij uit, terwijl hij de knuppel naast zich neerlegt en zich uitrekt. 'Vannacht. Ik heb gekeken, maar ik zag niets en toen leek het me beter om hier maar de wacht te houden. Voor het geval die lijpkikker weer terugkomt.'

Ik glimlach als ik besef dat hij Rudi en mij gehoord moet hebben. Zal ik hem dat zeggen of het gewoon zo laten? Misschien wordt hij wel boos als hij hoort dat hij voor niets de hele – nou ja, de halve – nacht op de trap heeft gezeten. Ik hoor de deur van zijn appartement opengaan en kort daarna staat Carina achter ons.

'Hij wilde met alle geweld hier gaan zitten,' zegt ze tegen mij. Ze schudt haar hoofd. 'Ik zei nog, die kerel komt heus niet de eerste de beste nacht weer terug, maar nee, daar wilde meneer niets van weten.' Ze duwt met haar geslipperde voet tegen Egberts rug. 'Wil je koffie?'

Egbert gaapt luidruchtig en knikt, terwijl hij opstaat.

'Jij ook een bakkie?' vraagt ze aan mij.

Ik denk aan de sterke koffie die ik net bij Rudi heb gedronken en schud mijn hoofd. 'Ik heb al gehad.'

Zodra ook ik ben opgestaan neemt Carina me van top tot teen op. 'Waarom loop jij in jezusnaam in je nachthemd in het trappenhuis?' En met een blik omlaag: 'En dan ook nog eens op je blote voeten!'

'Lang verhaal,' zeg ik met een glimlach. En omdat ik geen zin heb om dat nu te gaan vertellen, loop ik langs Carina naar de deur van mijn appartement en zeg over mijn schouder. 'Ik ga naar binnen. Ik moet zo naar het politiebureau, weet je nog wel?'

'Wat moet je met die laptop?' vraagt ze, als ik over mijn drempel stap.

'Die is van Rudi.'

'Rudi?'

Ik knik en omdat ik niet met nog meer vragen bestookt wil worden, zeg ik: 'Ik moet me nu echt gaan aankleden. Tot later!' En meteen daarna doe ik de deur dicht, om regelrecht door te lopen naar de woonkamer, waar ik door het raam naar de straat beneden kijk. Aan de overkant loopt een ouder echtpaar stevig gearmd in de richting van de Marathonweg. De buurman van recht hiertegenover staat in zijn witte ondergoed in de deuropening van het trappenhuis, terwijl zijn hond snuffelend rondom de boom bij de stoep draait en tenslotte zijn poot optilt. Verder is er niets te zien en opgelucht ga ik mijn werkkamer binnen, waar ik de enorme laptop van Rudi op de lege plek op mijn bureau zet. Ik mis nu al mijn eigen slanke en lichtgewicht laptopje.

Nadat ik mijn slaapshirt heb verwisseld voor een bloesje zonder mouwen en een lichte zomerbroek, plof ik neer achter mijn bureau. Wat nu? Straks eerst naar het politiebureau. Ik wist niet eens dat je daar op zaterdag terechtkon.

Een tijdlang staar ik met mijn handen tussen mijn knieën geklemd naar de rommel voor me. Niet dat ik het altijd netjes opgeruimd heb, maar deze zooi is anders dan die van mezelf. Het feit dat iemand ertussen gesnuffeld heeft maakt me onrustig. De plekken waar mijn externe schijven hebben gestaan zijn akelig leeg en ik bedenk dat ik ook de verzekering moet bellen. Alles bij elkaar is er toch voor honderden euro's aan materiaal weggehaald. Zou dat kunnen op zaterdag? Geen idee, maar ik moet hoe dan ook eerst een proces-verbaal van die aangifte hebben.

Even nog staar ik naar de lege plek in de vensterbank waar de foto van Jamil en Isra heeft gestaan. Dan richt ik mijn blik op de foto van Michael die er nog wel staat en vraag me af wat toch in godsnaam de reden is dat ze de foto van mijn kinderen hebben meegenomen.

-13-

Een overijverige politieagent op het bureau biedt me thee aan nadat hij me in een kamertje heeft laten plaatsnemen, maar als hij het plastic bekertje voor me neerzet, heb ik al spijt dat ik ja heb gezegd. Slootwater. Dat is wat ze blijkbaar op een politiebureau schenken. Ik pak het bekertje en kijk erin, terwijl ik me afvraag of alle medewerkers hier de hele dag moeten teren op dat gekleurde bocht dat ze koffie of thee noemen. Ik mag toch hopen van niet.

Ik zet net het bekertje terug op de tafel als de deur weer opengaat en er een andere agent binnenkomt. Hij glimlacht naar me en stelt zich voor als hoofdagent Frank Deventer. Zijn korte blonde krullen liggen dicht op zijn hoofd, zijn lichtblauwe ogen glinsteren vriendelijk, en zijn wangen vertonen een lichte blos, waardoor je bijna zou denken dat hij zo uit de vrieskou komt. Geen onknappe man, stel ik vast, als hij tegenover me gaat zitten en de muis van zijn computer over het bureaublad schuift.

'Mijn collega's zijn vannacht bij u thuis geweest vanwege een inbraak,' zegt hij na een poosje. 'En nu komt u aangifte doen?'

Ik knik.

'U woont aan de Olympiaweg?'

'Ja,' zeg ik en ik noem het nummer.

Hij geeft geen antwoord, maar typt in plaats daarvan lustig met twee vingers op het toetsenbord.

Geen typediploma, concludeer ik, en bijna schiet ik in de

lach. Als ik met die snelheid mijn werk zou moeten doen, kwam er weinig van terecht.

'Uw naam is...' Hij kijkt even strak naar het beeldscherm en vervolgt dan: 'Mevrouw De Wolff?'

'Helemaal,' zeg ik.

'Voornaam?'

'Mara.'

Hij kijkt op. 'Die naam heb ik nog niet eerder gehoord. Is het een buitenlandse naam?'

Heel even ben ik van mijn stuk gebracht, maar als ik zijn blik zie, besef ik dat het gewoon interesse is. 'Hebreeuws,' leg ik uit. 'Volgens de Bijbel was Mara een bittere waterbron die door een wonder van God weer zoet werd.'

De agent trekt zijn wenkbrauwen op.

'Maar het is ook een cavia-achtig knaagdier,' ga ik verder. 'En een boze geest. En een elf.'

Nu schiet hij in de lach. 'Laat maar,' zegt hij, terwijl hij weer verder typt. 'U hebt opgegeven dat u een aantal spullen mist.'

'Dat klopt,' zeg ik en ik noem op wat er volgens mij allemaal is meegenomen. Als ik de foto van mijn kinderen noem, kijkt hij even verbaasd op, maar zegt niets. Opnieuw ratelen zijn wijsvingers op het toetsenbord als hij noteert wat ik heb opgenoemd.

'U hebt sinds vannacht niet ontdekt dat er nog meer dingen missen?'

Ik schud mijn hoofd.

'U had uw deur afgesloten?'

Ik knik.

'Hebt u enig idee hoe men is binnengekomen?'

'Volgens uw collega's hebben ze op een speciale manier mijn slot open gekregen. Er zaten lichte beschadigingen op mijn deur.'

De agent typt weer verder. Uiteindelijk, na ongeveer drie kwartier, is hij klaar met zijn vragen en het schrijven van het proces-verbaal. Hij staat op en zegt: 'Ik print het proces-verbaal nu uit en dan mag u het nog even helemaal doorlezen voordat u uw handtekening eronder zet.' Hij knikt me vriendelijk toe en loopt naar de deur. 'U wilt zeker geen thee meer?' vraagt hij.

Ik glimlach naar hem en schud mijn hoofd.

Niet veel later is hij weer terug met vijf velletjes papier die hij voor me op de tafel legt. Ik staar ernaar en vraag me af of het nodig is alles te lezen. Ik mag toch aannemen dat ze precies hebben opgeschreven wat ik verteld heb? Vluchtig kijk ik de tekst door en zet dan twee keer mijn krabbel.

'En nu?' vraag ik.

'U hoort van ons als we meer weten.'

Meer weten? Zoals? Ik wil het vragen, maar doe het niet. Ik heb toch niet het idee dat ze ooit iemand vinden die verantwoordelijk is voor die inbraak. Tenzij ze hem oppakken als hij terugkomt.

Zwijgend trekt de agent de deur van het kamertje voor me open. Op de drempel aarzel ik even en kijk dan naar hem om. 'Gaan jullie de boel nog in de gaten houden?' vraag ik.

'U bedoelt uw appartement?'

Ik knik. 'Stel dat ze terugkomen? Ik bedoel... ze hebben lang niet alles meegenomen.'

'En nu denkt u dat ze daarvoor nogmaals bij u gaan inbreken?'

'Nou ja,' zeg ik aarzelend. 'Dat zou toch kunnen?'

De agent knijpt zijn ogen tot spleetjes en met zijn hand op de deurknop blijft hij staan. 'Hebt u enig idee wie er bij u binnen is geweest?'

Zijn woorden doen me schrikken. Vermoedt hij dat ik meer weet? Of in ieder geval, dat ik dénk meer te weten? Ik schud mijn hoofd.

Zijn blik blijft ietwat achterdochtig. 'Er is een foto meegenomen, vertelde u,' zegt hij uiteindelijk. 'Dat is eigenlijk wel een beetje vreemd, vindt u niet?'

Wat moet ik daar nou op antwoorden? Natuurlijk is dat vreemd. En ik begrijp het ook niet. 'Ik vind die hele inbraak vreemd,' zeg ik. 'Juwelen en geld hebben ze laten liggen. Ze waren blijkbaar alleen in mijn apparatuur geïnteresseerd.'

'En ook niet eens alles,' merkt de agent droog op.

Ik zeg niets.

Hij laat de deurkruk los en slaat zijn armen over elkaar. 'In het proces-verbaal van vannacht staat dat uw buurman vertelde dat er een paar dagen geleden een man voor de deur van uw appartement stond en dat u niet weet wie dat was.'

Ik staar hem aan en vraag me af wat voor antwoord hij daarop verwacht.

'Waarom hebt u dat niet gemeld?'

'Daar zag ik het nut niet van in,' zeg ik. 'De andere bewoners in het trappenhuis laten om de haverklap de benedendeur openstaan. Ik vermoed dat die man gewoon per abuis naar binnen is gegaan. Misschien had hij een paar glazen te veel op en was hij niet meer helemaal helder.'

'En nu denkt u niet dat hij er misschien wel mee te maken heeft?'

Ik haal mijn schouders op. 'Achteraf misschien wel,' begin ik, maar ik word onderbroken door een piepje van mijn mobiel. Dankbaar voor de onderbreking trek ik het ding uit mijn jaszak en kijk op het display.

Heel even hou ik mijn adem in. Een sms'je van Moorman! Normaal gesproken zou ik wachten tot ik weer buiten stond, maar nu open ik haastig het berichtje en staar dan vol ongeloof naar de letters op het schermpje:

Als je geen problemen wilt,
zwijg dan.

Verder niets. Ook geen naam. Het schiet door me heen: dit bericht komt niet van Moorman! Of hij moet degene zijn die hierachter zit, maar dat kan ik me niet voorstellen.

'Slecht nieuws?' vraagt de agent.

Heel even voel ik de noodzaak om hem het berichtje te laten zien en hem alles te vertellen over het zero-day leak dat ik heb ontdekt. En dat ik denk dat die inbraak daar alles mee te maken heeft. Dat ik het gevoel heb dat ik in de gaten word gehouden, misschien zelfs wel in gevaar ben, en dat hij me moet helpen. Me moet beschermen. Maar dan? Dat sms'je zegt genoeg: ze houden me in de gaten! Terwijl ik helemaal niets weet, behalve dan dat er ergens bij een instantie een lek zit. Maar zij weten dat niet. Zij denken waarschijnlijk dat ik hen kan verraden. En technisch gezien kan ik dat ook. Geef me een computer en ik weet binnen no time waar dat lek zit. Maar of ik dat nog wíl, is een andere vraag. Ik wil hierbuiten blijven. Ik wil dat ze me met rust laten. Ik heb hier zó geen zin in.

En dus glimlach ik naar de agent en zeg: 'Nee hoor. Ik krijg alleen net door dat ik over tien minuten ergens moet zijn. Nogal onverwacht, dus ik moet me haasten.'

Een kort moment kijkt de agent me aan. Dan maakt hij een gebaar naar de gang. 'We zijn vierentwintig uur per dag open,' meldt hij. En bij het zien van mijn blik: 'Voor het geval er wat is.'

-14-

Buiten adem duw ik de benedendeur achter me dicht en smijt mijn fiets onder de trap. Ik wil zo snel mogelijk naar boven. De deur van mijn appartement achter me dichtdoen en afsluiten, liefst met honderd sloten.

De hele weg naar huis moest ik denken aan die politieagent. Had ik het hem niet beter allemaal kunnen vertellen? Maar die sms dan? Dat was een regelrechte bedreiging! En ik weet zeker dat Moorman die niet gestuurd heeft.

Toch?

Moorman was dan wel heel erg aardig toen ik bij hem op kantoor was, maar ergens is het toch ook wel vreemd dat hij zowat mijn hele doopceel heeft gelicht.

Niet overdrijven, Mara! Hij heeft alleen je bedrijfswebsite maar opgezocht en daar is niks geks aan. Die staat openbaar op internet en elke idioot kan die bekijken.

Halverwege de trap naar de tweede verdieping blijf ik stilstaan. Elke idioot? Dus ook die vent die mij die dreig-sms stuurde! Met andere woorden, die weet nu ook het een en ander over mij. Verdomme. Dit kan ik helemaal niet gebruiken.

Met een klap sla ik even later de deur van mijn appartement achter me dicht, draai de twee sloten om en schuif de ketting erop. Sterke kerel die hier nog binnenkomt. Ik loop meteen door naar de keuken, gooi mijn sleutels in de la, en zet de waterkoker aan. En zet hem vervolgens weer uit. Ik heb iets sterkers nodig dan thee of koffie. Al was het alleen maar om de schrik uit mijn lijf te krijgen.

Met een groot glas wijn loop ik even later de woonkamer binnen, waar ik eerst door het raam naar buiten kijk. Er is niets te zien. Niet veel, althans, en al helemaal geen vreemd figuur die naar mijn appartement staart. Ik plof op de bank, trek mijn mobiel tevoorschijn en bekijk nogmaals de sms. *Als je geen problemen wilt.* Dat klinkt toch wel erg vreemd. Wat voor problemen? Bedoelt hij dat ik een bezoekje kan verwachten als ik praat? Maar hoe weet hij nu dat ik echt niets aan die agent verteld heb? Of zou hij zo arrogant zijn dat hij dat gewoon verwacht? Zonder meer ervan uitgaat dat zijn dreigement voldoende is om me te laten zwijgen? Dat heeft hij dan behoorlijk juist ingeschat. Ik ben wel goed, maar niet gek.

Ik neem een slokje wijn, druk het berichtje weg en gooi mijn mobiel naast me op de bank. En nu? Niets doen en afwachten? Dat zou het verstandigste zijn. Maar ook onlogisch. Want ik zit hier nog wel met die opdracht van de Dutch Broadcasting Group. Zolang ik Moorman niet heb gesproken kan ik sowieso helemaal niets. Behalve dan braaf afmaken waarvoor hij me heeft ingehuurd en die zero-day leak links laten liggen. De vraag is alleen: wíl ik dat?

Eigenlijk niet. Daar ben ik net iets te nieuwsgierig voor. Zwijgen is één ding, maar weten is van een heel andere orde. Bovendien, als ik weet bij welk bedrijf dat lek zit, heb ik ook altijd nog wat achter de hand om te onderhandelen.

Ik grinnik even om dat laatste. Onderhandelen. Alsof ik midden in een maffiafilm zit. Maar meteen daarna stop ik met lachen. Deze hele toestand is wel even iets anders dan een film. Dit is bittere ernst. Iemand bedreigt me. Ik weet niet wie en ook niet eens precies waarom. Ik mag niets zeggen, maar wát ik niet mag zeggen, is me niet duidelijk. Over dat lek? Dat lijkt me het meest waarschijnlijk.

In één teug drink ik het laatste restje wijn uit mijn glas, zet het op tafel en sta op. Ik heb nu lang genoeg geaarzeld. Als ik dan moet zwijgen, dan zál ik ook zwijgen. Maar dan wil ik wél weten waarover.

De laptop van Rudi is veel trager dan die van mij en regelmatig ram ik vloekend met mijn vingers op het toetsenbord als iets weer eens niet gaat zoals ik wil, of als ik te lang moet wachten op een respons. Iemand die naast me zou staan, zou ongetwijfeld verbouwereerd toekijken naar waar ik mee bezig ben. Schermen vliegen open, sluiten weer, ik tik codes en opdrachten in. Dit is mijn leven. Dit is wat ik goed kan en hierin kan ik me volledig verliezen.

Net als ik op het punt sta een programma op te starten om een wachtwoord te kraken, wordt er aangebeld. Lang en dwingend.

Geschrokken kijk ik op. Het is volledig donker om me heen. Hoe lang ben ik in vredesnaam al bezig? Ik knip een lampje aan en kijk naar de klok. Halftien. Al een hele poos dus, zo te zien.

Op dat moment klinkt voor de tweede keer de bel. Drie keer achter elkaar, waarbij de laatste keer het geluid iets langer aanhoudt. Mijn hart klopt in mijn keel. Wie is dat? Ik verwacht niemand en al helemaal niet om deze tijd.

Voorzichtig sta ik op, schuifel de gang in en vraag via de intercom wie er is. Ik krijg geen antwoord. Na een tweede keer vragen hoor ik een zacht geruis, alsof iemand zijn mond vlak bij de intercom houdt, maar nog steeds wordt er niets gezegd.

Met een bonkend hart laat ik de intercom voor wat hij is en loop zachtjes terug naar de woonkamer. Ik durf geen licht aan te doen. Dat zou vanaf buiten te zien kunnen zijn, en dus sluip ik voorzichtig door het donker naar het raam. Buiten zijn de lantaarnpalen al aan, maar ik zie geen levende ziel. Ik probeer voorzichtig, met mijn voorhoofd tegen het raam, naar de stoep aan mijn kant te kijken, maar dat lukt niet. Verder dan de helft van het trottoir kom ik niet. Bovendien zit er een afdak boven de deur.

Het geluid van mijn bonkende hart weerklinkt in mijn oren, terwijl ik een stap naar achteren doe, bij het raam vandaan. Wat nu? Ik ga echt niet opendoen.

Dan wordt er nogmaals aangebeld. Hard en dreigend, gevolgd door een korte stilte, waarna de bel opnieuw gaat en zeker twintig seconden lang aanhoudt.

Haastig loop ik weer naar de deur en check of alle sloten goed dicht zitten. Het bellen is weer gestopt, maar de stilte die ik nu hoor is zo mogelijk nog enger. Wat moet ik nu? Stel dat hij, of wie er ook beneden staat, een manier vindt om binnen te komen? Straks staat hij hierboven! Het schiet door me heen: Egbert bellen!

Ik haast me terug de woonkamer in, gris de telefoon van de tafel en zoek in de contacten naar het nummer van Egbert en Carina. Het is Egbert zelf die na twee keer overgaan al opneemt.

'Wat is er, mop?' vraagt hij, nadat ik gezegd heb dat ik het ben.

'Iemand heeft bij me aangebeld,' zeg ik en besef dan dat ik fluister.

Het blijft even stil.

'En je verwacht niemand?' klinkt het dan.

'Nee. Bovendien drukken ze steeds opnieuw op de bel, wel drie, vier keer achter elkaar. En dan houden ze hem heel lang ingedrukt, maar als ik vraag wie er is, wordt er niets gezegd.' Ik slik en vervolg dan zacht: 'Ik vind het niet prettig, Egbert. Eerlijk gezegd vind ik het eng. Denk je dat ik de politie moet bellen?'

Er klinkt gesnuif. 'Wacht daar nou nog maar even mee,' zegt Egbert. 'Ik zal weleens even gaan kijken.' Meteen daarna wordt de verbinding verbroken en luister ik naar de ingesprektoon.

Net als ik de telefoon op tafel leg, hoor ik de deur van Egbert en Carina opengaan, gevolgd door Egberts stem die door het trappenhuis galmt: 'Ja, wie is daar?'

Bijna moet ik grinniken. Terwijl het toch helemaal niet grappig is. Ik loop de gang weer in en luister aan de deur. Ik hoor Egbert de trap afgaan, wat me de moed geeft om mijn deur open te doen. Carina staat boven aan de trap, met haar armen over elkaar Egbert na te kijken.

'Misschien is het wel helemaal niets,' zeg ik tegen haar.

Ze glimlacht geruststellend. 'Dat merken we gauw genoeg.'

Een harde dreun beneden doet me geschrokken een stap achteruit zetten, maar als ik even later Rudi's stem hoor, besef ik dat Egbert op zijn deur heeft gebonsd.

'Iemand zit je vriendin te stangen,' klinkt Egberts stem. 'We gaan beneden kijken.'

Vriendin? Bedoelt ie mij? Verwonderd staar ik naar Carina, die haar wenkbrauwen optrekt. Samen kijken we tussen de trappen door naar beneden. Het is nu doodstil.

Met ingehouden adem hoor ik hoe uiteindelijk de benedendeur wordt opengetrokken. Carina legt haar hand op mijn arm en knijpt er even geruststellend in. Maar echt rustig word ik er niet van. Stel dat ze Egbert en Rudi iets aandoen? Ze kunnen wel wapens hebben!

Ze? Wie zijn zé? Draai ik nu niet een beetje door?

Onrustig wrijf ik met mijn hand over mijn kin, terwijl ik probeer op te vangen of er beneden stemmen klinken, of – nog erger – geschreeuw. Maar ik hoor helemaal niets. Het blijft angstvallig stil.

Dan hoor ik de benedendeur dichtslaan. Voetstappen op de trap, vergezeld door stemmen. Ik zie bewegende schaduwen en haal opgelucht adem als Egbert en Rudi onder aan de trap verschijnen, de eerste met zijn honkbalknuppel in zijn handen.

'Niets,' zegt hij. 'We zagen wel een vent in een jeep wegrijden.'

'Een Range Rover,' verbetert Rudi.

'Zal me worst wezen,' zegt Egbert. 'Het was zo'n hoge kakbak. Maar we konden niet zien wie erin zat. Behalve dat het waarschijnlijk een vent was.'

'Met donker haar,' vult Rudi aan.

'En die heeft bij mij aangebeld?' vraag ik.

'Al sla je me dood,' zegt Egbert. 'We zagen hem alleen maar wegrijden.'

Ik sluit mijn ogen en druk mijn hand tegen mijn voorhoofd. Nu weten we dus nog niets. Het kan iedereen geweest zijn in die Rover. Bovendien hoeft hij niet specifiek bij mij te hebben aangebeld. Ik voel me zo opgelaten dat ik bijna in janken uitbarst.

'Hé,' zegt Carina zacht, terwijl ze haar arm om mijn schouders slaat. 'Het is nu allemaal toch weer voorbij?'

Is dat zo? Waarom zou ik dat geloven? Die inbraak, dit achterlijke gebel, het heeft volgens mij allemaal met elkaar te maken. En ze gaan me niet met rust laten, ook dat geloof ik voor geen meter.

'Zal ik even een lekker bakkie voor je maken?' vraagt Carina.

Ik schud mijn hoofd. Ik hoef geen koffie. Het enige wat ik wil is een oplossing voor deze ellende. En de eerste stap is nog altijd het bedrijf vinden waar dat lek zit.

'Weet je dat zeker?'

Ik kijk op en wil net zeggen dat ik dat inderdaad heel zeker weet, als ik besef dat ze het over de koffie heeft.

'Ik wil gewoon even rust,' zeg ik.

En de tijd om dat lek te vinden!

'Wil je dat ik vannacht bij je blijf?' vraagt Rudi.

'Nee,' antwoord ik meteen. 'Dat is niet nodig. Ik ben gewoon erg moe en het enige wat ik wil is mijn bed in en slapen.'

'Ik kan bij je op de bank gaan liggen, misschien dat je je dan veiliger voelt?' dringt Rudi aan.

‘Heel lief, maar nee,’ hou ik vol. ‘Ik doe de deur stevig op slot en ik hou mijn telefoon bij de hand.’

‘En als je weer wat hoort, dan bel je mij,’ zegt Egbert vastberaden. Hij laat zijn honkbalknuppel een paar keer met het uiteinde in zijn vrije hand stuiteren en vervolgt: ‘Als ze wat van plan zijn dan maken ze kennis met deze vriend. Ik mep ze zo hard de trappen af dat ze het wit van hun ogen zwart voor hun kont zien draaien.’

‘Ja ja,’ zegt Carina. ‘Natuurlijk.’ Ze pakt Egbert zijn arm en duwt hem voor zich uit hun appartement binnen. Dan knipoogt ze naar mij en doet de deur dicht, terwijl Egbert nog even snel roept dat ik wel moet bellen als het nodig is.

Rudi en ik blijven achter, zwijgend. Ik krijg het koud en sla mijn armen om mezelf heen.

‘Weet je zeker dat je het redt?’ vraagt Rudi uiteindelijk.

‘Natuurlijk,’ zeg ik. ‘Jullie hebben de deur beneden toch goed dichtgedaan?’

‘Jawel.’ Het klinkt aarzelend.

‘Ik ben gewoon enorm geschrokken van dat gebel,’ ga ik verder. ‘Zo vlak na die inbraak. Ik wist even niet meer wat ik doen moest.’

‘Weet je wat we doen?’ zegt Rudi ineens opgetogen. ‘Ik maak een verbinding tussen onze slaapkamers.’

Ik staar hem aan.

‘Een belletje, via een draad over je balkon naar beneden. Als er dan wat is, kun je me op die manier waarschuwen.’

Bijna wil ik hem vragen of hij soms een klap met Egberts honkbalknuppel heeft gekregen. Wat een onzin, een draad over het balkon. Maar dan zie ik zijn blik en kan ik het niet over mijn hart verkrijgen om zijn idee de grond in te boren. Trouwens, misschien heeft hij wel gelijk. Moet ik het als een soort extra beveiliging zien.

‘Morgen,’ zeg ik dus.

‘Morgen?’ echoot Rudi.

‘Ja, morgen. Niet nu. Ik ben doodmoe, Rudi.’

‘Geen probleem,’ zegt hij. ‘Ik ga vanavond op zoek naar de spullen. Morgenochtend kom ik langs om te kijken hoe we het gaan doen, oké?’

Ik knik. Dan, in een opwelling, geef ik hem een vluchtige zoen op zijn wang. Ik zie hem kleuren, maar voordat hij wat kan zeggen, ben ik mijn appartement al binnengegaan en heb ik mijn deur gesloten.

Met een grote beker hete chocolademelk installeer ik me even later weer achter de laptop. Terwijl ik wachtte tot de melk kookte, vroeg ik me af of ik de boel niet beter kon laten rusten. Dit hele gedoe met dat aanbellen is ongetwijfeld om me angst aan te jagen; een waarschuwing dat ik moet stoppen met mijn gegraaf. Kan ik dus niet beter de opdracht teruggeven aan de Dutch Broadcasting Group en me er verder niet mee bemoeien? Maar als ze dan toch dachten dat ik alles al wist, kon ik dan niet beter gewoon dat lek vinden, alle data opslaan en alles melden bij de politie?

Het kost me nog ongeveer drie kwartier voordat ik gevonden heb wat ik zoek en verbijsterd staar ik naar het scherm voor me. Heel even weet ik niet of het wel klopt wat ik zie. Want wat zou iemand die kwaad in de zin heeft nou willen uitrichten via het netwerk van de haven van Rotterdam?

CAMBRIDGE, MASSACHUSETTS, USA

FEBRUARI 2002

Zijn mededeling dat hij ging verhuizen had haar overdonderd en even had ze Juda alleen maar aangestaard. Ze had zich afgevraagd hoe het kon dat iedereen haar ineens in de steek liet. Eerst Michael, toen haar beste vriendin, die halsoverkop met haar grote liefde naar de andere kant van het land was vertrokken en nu Juda. Juda, die het afgelopen jaar haar steun en toeverlaat was geweest. Die zijn armen om haar heen had geslagen als ze dat nodig had. Die haar had getroost, uit de put had gehaald, haar weer opnieuw had laten lachen. Ook hij ging weg en niet naar de andere kant van het land, nee, naar de andere kant van de wereld.

Ze trok haar knieën op en sloeg haar armen eromheen. Ze had het koud. Wat moest ze als hij weg was? Wie had ze dan nog om mee te praten? O, vrienden en vriendinnen genoeg, maar die contacten waren maar oppervlakkig. Leuk om lol mee te hebben, maar diepere gesprekken ging ze met hen niet aan. Dat had geen zin. Alles wat ze vertelde zou in no time als een lopend vuurtje door haar hele kennissenkring gaan. En daar had ze een hekel aan. Soms wilde ze gewoon eens écht praten. Haar gevoelens uiten, zonder bang te hoeven zijn dat het volledig verdraaid terechtkwam bij mensen die haar amper kenden.

Zachte voetstappen op het tapijt deden haar opkijken naar haar moeder, die met een dienblad op haar af kwam lopen. 'Thee?' vroeg ze, terwijl ze het blad op de tafel schoof.

Ze knikte en keek toe hoe haar moeder de kopjes volschonk en tegenover haar op de bank ging zitten, zwijgend.

Na een poosje ademde haar moeder even diep in en zei toen zacht: 'Het wordt tijd dat je je leven weer oppakt, Mara.'

Ze pakte net haar kopje van tafel en vroeg: 'Wat bedoel je?'

'Dat weet je best.'

Was dat zo? Al sinds de dood van Michael leek het er allemaal niet meer toe te doen. Na de miskraam had ze zich helemaal op haar studie gestort en alsnog haar diploma aan het MIT gehaald, maar echt actief naar werk had ze nog niet gezocht. Daar zag ze ook erg tegenop. Jarenlang hadden Michael en zij ernaartoe gewerkt om een eigen bedrijf te beginnen. Het was allemaal zo vanzelfsprekend geweest. En zomaar ineens was die vanzelfsprekendheid omgeslagen in iets wat nooit werkelijkheid zou worden. Ze had ermee kunnen leven als Michael nog bij haar was geweest. Samen zouden ze andere plannen hebben gemaakt. Mooie plannen. Misschien zelfs wilde plannen. Het maakte niet uit, ze zouden hun dromen hebben aangepast. Het idee dat ze dat nu alleen moest doen, beangstigde haar meer dan ze wilde toegeven.

'Waarom ga je niet met hem mee?' vroeg haar moeder.

Ze nam net een slokje hete thee en verslikte zich er bijna in. Ze kuchte even en keek toen op. 'Mee?' herhaalde ze. Ze hoorde zelf hoe onnozel dat klonk.

'Met Juda. Naar Nederland.'

'Maar wat moet ik in Nederland?' wilde ze weten.

'Een leven opbouwen. Hier is Michael te veel aanwezig. Misschien dat je hem daar wat meer kunt loslaten.'

'Wie zegt dat ik dat wil?'

Haar moeder keek haar aan, lang en doordringend. Toen glimlachte ze en nam een slok thee. 'Lieverd, je zult wel moeten,' zei ze uiteindelijk. Ze schoof haar bijna lege kopje terug op de tafel en vervolgde: 'Michael is er niet meer. En hij zou niet willen dat jij je leven vergooit door te blijven rouwen.'

'Ik rouw niet,' zei ze koppig.

'Je treurt en dat staat gelijk aan rouwen.' Haar moeder stond op en kwam naast haar zitten. 'Sluit het af, Mara. Je hebt je hele leven nog voor je. Maak er wat van, voordat je straks spijt hebt. Ik weet dat je het niet wilt horen, maar Michael is verleden tijd. Ook ik hield van hem, heel veel, maar hij komt niet terug. Accepteer dat, anders wordt je leven een hel.'

'Dat is het al,' fluisterde ze. 'Het zal nooit meer worden zoals het was.'

'Nee, niet zoals het was. Wél anders. En misschien zelfs beter. Dat weet je nu nog niet. Maar als je het niet probeert, zal je het sowieso nooit weten.'

Ze zweeg. Diep vanbinnen wist ze dat haar moeder gelijk had. Maar het was zo moeilijk. Het voelde als verraad. Verraad aan Michael. Ze wilde hem niet loslaten, was bang dat ze hem zou vergeten. En dat was iets wat ze niet kon verdragen.

So if tomorrow starts without me, don't think we're far apart, for every time you think of me, please know I'm in your heart. De laatste twee zinnetjes van een gedicht dat Michael ooit voorin een boek had geschreven dat hij haar cadeau had gedaan. Ze moest er ineens aan denken en besefte dat ze nu pas begreep wat de woorden werkelijk betekenden.

-15-

AMSTERDAM

Natuurlijk lukt het me niet om in slaap te komen. Na mijn ontdekking heb ik alles op een USB-stick opgeslagen, mijn slaapshirt aangetrokken en ben ik mijn bed ingekropen, met het voornemen om morgenochtend meteen naar het politiebureau te gaan om aangifte te doen van wat ik gevonden heb. Een zero-day leak dat waarschijnlijk niet gepubliceerd gaat worden door de eerste ontdekkers, maar gebruikt gaat worden om een *remote access trojan* – een soort spyware – los te laten. Althans, dat zou ik doen. Op die manier zou ik de controle van dat hele netwerk in handen krijgen. Maar wat zou ik in godsnaam moeten doen met de controle over de servers van het Havenbedrijf Rotterdam?

Ik schuif mijn hand onder mijn kussen en raak met mijn vingers de USB-stick aan die ik daar heb neergelegd. Misschien moet ik er morgen maar een kopie van maken voordat ik naar het bureau ga. Met de informatie die erop staat kan ik niet voorzichtig genoeg zijn.

Onrustig draai ik me op mijn rug en staar naar het plafond, luisterend of ik niets hoor. Achteraf bezien had ik me misschien veiliger gevoeld als Rudi inderdaad op mijn bank had geslapen. Nu verwacht ik elk ogenblik iets te horen. Gerommel aan mijn deur, voetstappen op zolder, al lijkt het mij niet waarschijnlijk dat iemand de kamer van de kinderen via het trappenhuis wil binnengaan. Wat zouden ze daarmee bereiken? Via de vlizotrap kunnen ze nooit mijn appartement binnenkomen.

Toch?

Ik ga overeind zitten en doe het lampje naast mijn bed aan. Kunnen ze het luik vanaf boven openmaken? Daar heb ik eigenlijk nooit naar gekeken. Ik luister aandachtig, maar hoor niets. Natuurlijk niet. Wat een onzin.

Geïrriteerd over mijn eigen idiote gedachten knip ik het licht weer uit en plof neer. Automatisch voel ik onder mijn kussen en zucht nog net niet opgelucht als ik de stick daar nog steeds voel liggen. Ik sluit mijn ogen en probeer me te concentreren op helemaal niets. En heel even lijkt dat te lukken, maar dan betreedt Matin mijn gedachtewereld en zie ik alleen nog maar de gezichtjes van Jamil en Isra voor me. Ik vraag me af hoe ze er nu uitzien. Vijf jaar is lang. Bijna elf zijn ze nu. Zouden ze me nog kennen? Zou hij hen over me vertellen? Vast niet. En dat doet me pijn. Waar is de liefde van vroeger gebleven? Is het ooit liefde geweest? Van mijn kant wel. Of maak ik dat mezelf alleen maar wijs en was het slechts surrogaat? Een vervanging van gevoelens voor iemand die eigenlijk nooit vervangen had kunnen worden? Ik weet het niet en ik weiger er verder over na te denken. Ik wil het niet weten. Niet meer. Ik wil mijn kinderen. Nog twee dagen onzekerheid. Twee lange, lange dagen.

Ik word wakker van aanhoudend geklop op mijn deur en schiet overeind. Iemand roept wat, maar ik kan het niet verstaan. Op mijn wekker zie ik dat het kwart over tien is.

Holy Moos! Het mag dan wel zondag zijn, maar zelfs dan sta ik nooit later dan acht uur op. Haastig glip ik uit bed en trek mijn badjas aan. Op blote voeten loop ik de gang in en hoor dan Rudi's stem aan de andere kant van de deur mijn naam roepen. De idioot. Wat moeten de andere buren wel niet denken? Straks denkt iedereen in het trappenhuis net als Egbert dat hij mijn vriend is.

In mezelf mopperend draai ik de sleutels om en schuif de ketting los. 'Kalm aan een beetje,' zeg ik knorrig, terwijl ik de deur opentrek.

'Jeetje Marrie,' steekt Rudi meteen van wal. 'Ik sta al tien minuten te kloppen! Waar was je?'

'In mijn bed,' zeg ik zuur, voordat ik me een kwartslag draai en naar de keuken loop. Rudi sluit de deur en komt achter me aan.

'Wil je ook koffie?' vraag ik, de pot met gemalen koffie omhooghoudend.

Hij knikt en zet ondertussen een doos met rommel op mijn aanrecht. Ik wil vragen wat hij allemaal heeft meegesleept, maar zie dan de opgerolde elektriciteitskabel. Dat is waar ook. Hij zou zijn zelfbedachte veiligheidsmaatregel komen installeren. Een belletje. Zou dat nog nodig zijn? Als ik straks de hele boel aan de politie heb overgedragen, is er geen reden meer waarom iemand me zou bedreigen.

'Jij slaapt aan de keukenkant, hè?' onderbreekt Rudi mijn gedachten.

'Ja. Da's het dichtst bij de wc,' zeg ik.

Met opgetrokken wenkbrauwen staart hij me aan.

'Laat maar,' zeg ik en ik draai me weer naar het koffiezetapparaat.

Hij rommelt verder in de doos en als ik even later een beker koffie voor hem neerzet, heeft hij van alles op het aanrecht uitgestald.

'Wat ga je daar allemaal mee doen?' wil ik weten. 'Het lijkt wel inbrekersmateriaal.'

Luid gesnuif maakt me duidelijk dat ik onzin uitkraam. 'Laat mij nou maar mijn gang gaan,' mompelt Rudi. 'Als ik klaar ben hoef je maar op een knopje te drukken en ik sta voor je deur.'

'Als een piccolo?' vraag ik grinnikend.

Hij geeft geen antwoord, pakt de beker die ik voor hem heb neergezet en kijkt me aan. 'Heb je wel geslapen?'

'Als een roos,' lieg ik. Bijna brand ik mijn lippen als ik snel een slok koffie neem. En met een knikje naar de spullen op mijn aanrecht: 'Hoe lang gaat dat duren? Ik moet zo nog weg.'

'Op zondag?'

'Ja, ik... ik ga toch maar even langs de politie. Vanwege, eh... gisteravond.'

Hij zwijgt, laat zijn ogen over me heen gaan alsof hij allang weet dat het niet de waarheid is. Maar ik kan hem moeilijk vertellen wat ik ontdekt heb en dat ik daarvoor naar de politie moet. Hoe minder mensen het weten, hoe beter. En straks is het mijn zaak niet meer. Dan zijn er anderen die het mogen oplossen en kan ik weer opgelucht ademhalen.

'Waarom bel je niet?' stelt Rudi voor. 'Hoef je de deur niet uit.'

'Ik doe het liever persoonlijk,' zeg ik.

Hij knikt begrijpend. 'Zal ik met je meegaan?' vraagt hij dan.

'Niet nodig. Ik red me wel.'

Opnieuw valt er een stilte, waarin we allebei van onze koffie drinken. Na een paar minuten zet ik mijn bijna lege beker op het aanrecht en zeg: 'Ik ga me even aankleden.'

Rudi zet ook zijn beker neer en pakt het elektriciteitsdraad. 'Dan ga ik even je balkon op.' Hij draait zich om, duwt de deur open en stapt naar buiten.

Even blijf ik nog staan kijken, glimlachend, en hoop maar dat hij niet naar beneden valt met zijn malle fratsen. Ik vraag me achteraf af of het niet allemaal vreselijk overdreven is. Nu het weer licht is en de schrik verdwenen, neemt het lachwekkende proporties aan. Ik kan het ook gewoon op een gillen zetten als er iemand binnenkomt. Grote kans dat Egbert dat hoort.

Of niet.

Ik huiver en begeef me naar mijn slaapkamer, waar ik in een spijkerbroek en T-shirt schiet. Daarna vis ik de USB-stick onder mijn kussen vandaan en besluit dan toch er nog een kopie van te maken. Je weet het nooit.

In mijn werkkamer zoek ik in mijn la naar een stick en vind er uiteindelijk onder een paar mappen een die door de inbreker over het hoofd is gezien.

Terwijl ik de data kopieer, bedenk ik dat ik ook mijn contract met de Dutch Broadcasting Group moet meenemen. Ik moet bewijzen dat ik legaal op het netwerk van het bedrijf ben geweest, anders pakken ze me nog op voor hacken. Ik kijk om me heen naar de map waarin ik alle papieren van de opdracht bewaar, maar zie hem nergens. Dat is gek.

Ik trek de la van het kastje weer open en rommel tussen de mappen. Maar ook daar ligt niet de map die ik zoek. Ook niet in de andere laden of ergens op mijn bureau.

Verwonderd staar ik om me heen. Waar slaat dit op? Op hetzelfde moment dat ik dat denk, flitst het door me heen. Ik weet waar die map is! In het bezit van die inbreker! Radeloos laat ik me op mijn bureaustoel zakken. Dit is niet best. Helemaal niet best. Ik heb nu totaal geen bewijzen dat ik in opdracht van Moorman het netwerk van de Dutch Broadcasting Group heb gehackt. Sterker nog, ik kan nu niet eens naar de politie om aangifte te doen van het lek dat ik heb gevonden!

'Zoek je iets?'

Geschrokken schiet ik overeind. Rudi's stem brengt me in één klap weer terug in de realiteit en harder dan de bedoeling is, sla ik de la dicht, waarin ik voor de derde keer aan het zoeken ben geweest. Tranen springen ineens in mijn ogen als ik besef dat ik met mijn rug tegen de muur sta. Ik heb geen flauw idee wat er precies allemaal aan de hand is, wat ze van me willen. Ik weet niet eens wie 'ze' zijn! Maar ik weet wél dat ik gigantisch in de puree zit.

'Hé,' zegt Rudi. 'Wat is er aan de hand?' Hij komt mijn werkkamer binnen en zakt naast me door zijn knieën.

Met een betraand gezicht kijk ik naar hem op. 'Ik zit in de penarie, Rudi. Echt grandioos in de shit.'

Hij fronst zijn voorhoofd. 'Waarom? Heeft het met die inbraak te maken?'

Ik knik. 'Waarschijnlijk wel.'

Zwijgend staart hij me aan. Dan gaat hij rechtop staan, pakt me bij mijn arm en trekt ook mij overeind. In de woonkamer duwt hij me op de bank neer, komt naast me zitten en zegt: 'Vertel op.'

Heel even ben ik overdonderd door zijn doortastende optreden. Ik zie zijn vragende blik en twijfel of ik hem hierbij moet betrekken. Wat heeft het voor zin? Wat kan hij uiteindelijk doen?

'Nou?' dringt hij aan.

Zijn ogen boren zich in die van mij en dan kan ik het allemaal niet meer voor me houden. Als een waterval gooi ik alles eruit, vanaf het moment dat ik bij Moorman op zijn kantoor was en de opdracht kreeg, tot aan het moment dat ik besefte dat de map met papieren, waaronder Moormans goedkeuring, moest zijn gestolen.

'Zonder die papieren begin ik niks, Rudi,' sluit ik mijn verhaal af. 'Het is zelfs nog erger. Als iemand daar bij de Dutch Broadcasting Group kwaad wil en aan de politie meldt dat hun netwerk gehackt is, dan komen ze beslist bij mij terecht. En dan zijn de rapen gaar.'

'Maar die lijst met IP-adressen heb je toch nog?'

'Ja, maar dat zegt toch helemaal niets,' zeg ik. 'Die lijst kan ik net zo goed zelf hebben uitgeprint. Nadat ik de boel gehackt heb.'

Rudi zwijgt en lijkt diep na te denken. Dan zegt hij: 'Dus die Moorman heb je na die eerste keer niet meer gesproken?'

Ik schud mijn hoofd. 'Ik heb diverse keren gebeld. Totdat zijn secretaresse mij belde en zei dat hij me wilde spreken.'

'Maar ook toen was hij er niet.'

'Nee,' zeg ik. 'En daar begrijp ik dus helemaal niets van.'

Weer zwijgt Rudi. Ik zie hem met zijn vingers op zijn knie trommelen, zijn voorhoofd in een diepe frons. 'Heb je hem al eens thuis proberen te benaderen?' vraagt hij na een poosje.

Ik staar hem aan. 'Thuis? Hoe bedoel je? Ik heb zijn privégegevens toch helemaal niet?'

Rudi snuift. 'Ik dacht dat jij een hacker was,' zegt hij. 'Het moet voor jou toch een peulenschil zijn om dat op het net te vinden?'

Bijna zakt mijn mond open. Daar zegt hij wat. Waarom heb ik daar zelf niet aan gedacht? Zonder antwoord te geven sta ik op en loop mijn werkkamer in, op de voet gevolgd door Rudi. Ik plof op mijn bureaustoel neer, trek zijn laptop naar me toe en start hem op. Binnen enkele minuten zit ik weer op de site van de Dutch Broadcasting Group en zoek de personeelsgegevens op. Het is zoals Rudi al zei, een fluitje van een cent en ik hoef er niet eens het internet voor op. Normaal gesproken zou ik zoiets nooit doen – vandaar ook dat ik er niet eerder aan gedacht heb – maar nu maakt het toch niets meer uit. Zonder getekende opdracht van Moorman ben ik net zo strafbaar als een *black hat hacker*, iemand die zonder toestemming een netwerk binnendringt.

'Daar,' zeg ik uiteindelijk. Snel krabbel ik het telefoonnummer van Moorman op een blaadje en hou het vlak voor Rudi's neus.

'Meteen bellen,' zegt hij.

Ik aarzel. 'Maar als hij er nou vanaf weet?' vraag ik. 'Stel dat hij bij hén hoort?'

'Geloof je het zelf?' Rudi schudt zijn hoofd. 'Dat zou niet logisch zijn.'

Nee, dat is zo. Als Moorman van dit hele spelletje afweet, dan zou hij nog gewoon op kantoor zijn en doen alsof zijn neus bloedt. Op deze manier trekt hij alleen maar de aandacht. En dus pak ik mijn telefoon, toets het nummer en wacht totdat er aan de andere kant wordt opgenomen. Maar dat gebeurt niet. De telefoon gaat zeker vijftien keer over en als uiteindelijk de ingesprektoon klinkt, kijk ik op naar Rudi.

'Hij is er niet,' zeg ik en ik verbreek teleurgesteld de verbinding.

'Vind je dat niet gek?' merkt Rudi bedachtzaam op. 'Hij zou toch ziek zijn?'

Met de telefoon nog in mijn hand bedenk ik dat het inderdaad raar is. Of zou hij misschien in het ziekenhuis liggen? Maar dan zouden ze me dat toch wel gezegd hebben?

'Waar woont ie?'

Ik kijk op. 'Wat?'

'Waar die Moorman woont. Dan gaan we er even langs.'

'En dan?'

Rudi haalt zijn schouders op. 'Misschien weten zijn buren meer.'

'Je bedoelt dat je bij zijn buren gaat aanbellen?'

'Waarom niet?'

'En als hij nou eens geen contact met hen heeft?'

'Buren weten altijd wel iets. Er is niemand bij hem thuis die de telefoon opneemt, dus blijkbaar woont hij alleen. Als hij naar het ziekenhuis moest, zullen zijn buren vast de ambulance wel gezien hebben.'

Het klinkt logisch, maar toch ook weer niet, al kan ik er niet mijn vinger opleggen.

'We moeten weten wat er aan de hand is, Marrie,' dringt Rudi aan. 'Of wil je niets doen en blijven wachten tot de politie je komt oppakken?'

Mijn besluit is ineens snel genomen. Haastig schrijf ik Moormans adres op een papiertje en sta op. 'Waar wachten we nog op?' zeg ik.

IV

BAGHDAD INTERNATIONAL AIRPORT

DECEMBER 2011

Het brullende geluid van de opstijgende vliegtuigen overweldigde haar en het liefst zou ze haar handen tegen haar oren drukken om het buiten te sluiten. Ze was altijd al iemand geweest die stilte prefereerde. Stilte was prettig. Stilte liet je alles horen wat je wilde. Stilte was het enige wat je nodig had om te overleven.

Ze keek opzij, naar de jongen die naast haar stond te wachten in de rij voor de paspoortencontrole. Hij was zenuwachtig, zag ze. Misschien was het beter geweest als hij niet met haar meeging. Hij was dan wel de enige die ze nog had en ze wilde hem niet graag missen, zoals ze de rest van haar familie al acht jaar moest missen, maar hij was te fanatiek. Véél te fanatiek en ze wist nu al dat hij niet zenuwachtig was vanwege het vliegen – dat hij, net als zij, nog nooit eerder had gedaan – of het vooruitzicht te gaan wonen in een ander land. Het was de verwachting te kunnen vechten voor zijn ideaal. Of eigenlijk zijn vermeende ideaal, waarvan hij dacht dat het ook het hare was. Dat zij geen idealen had, wist hij niet. Dat had ze hem ook nooit verteld. Hoe oud was hij tenslotte geweest toen bij haar het zaadje van de haat was geplant, dat zou leiden tot de wraakgevoelens die nu haar hele leven beheersten? Hoe oud was hij nu? Hij was nog maar een kind. Maar wel een kind dat ze nodig hadden. Dat Ibrahim nodig had. Net zoals hij haar nodig had.

Na de eerste ontmoeting met Ibrahim was hij niet meer van haar zijde geweken en na krap een halfjaar was ze met hem getrouwd. Zijn tweede vrouw was ze geworden, maar al snel had ze gemerkt dat zij belangrijker voor hem was dan Sujidah, ondanks dat zijn jonge – eerste – vrouw, die hij via internet had ontmoet, twee zoons en een babydochter bij hem had. Ze wist ook waarom. Hij was niet met haar getrouwd omdat hij zo veel van haar hield, dat deed hij wel van Sujidah. Hij was gek op zijn eerste vrouw, al sinds hij haar voor het eerst op een foto zag. Maar liefde en strijd waren twee zaken die Ibrahim duidelijk gescheiden hield. Al nam Sujidah ook deel aan de operaties die hij opzette, ze betekende in dat opzicht minder voor hem dan zij deed. Zij was belangrijk voor zijn doel: het Westen. Irak en de rest van het Midden-Oosten nam hij zelf voor zijn rekening en Allah wist dat hij aardig op weg was om te bereiken wat hij wilde: een kalifaat. Iedereen zag hem tenslotte als de opvolger van de islamitische profeet Mohammed. En ook Ibrahim zelf zag zich als een ware kalief, en wilde als zodanig ook regeren. Die plannen liet hij door niemand ondermijnen. En daarom was hij met haar getrouwd. Zo kon hij haar in de gaten houden. Hij was bang voor haar. Bang voor haar haat. Wat ook de reden was dat ze nu naar het buitenland werd gestuurd om daar een operatie op te starten die zijn weerga niet kende. En haar dorst naar vergelding zou ervoor zorgen dat deze operatie glansrijk zou slagen.

Maar *híj*… Ze keek weer opzij naar de jongen naast haar. Hij was de enige nog. Het liefst had ze hem hier verre van gehouden, nooit betrokken bij de terreuracties van haar echtgenoot, maar daar wilde Ibrahim niets van weten. De jongen was een goudmijn voor hem. Een whizzkid, zoals ze zulke kinderen in

Amerika noemden. Geen kans dat Ibrahim hem uit zijn klauwen zou laten ontsnappen.

‘Rami,’ zei ze zacht.

De jongen keek op, zijn ogen glansden koortsachtig.

‘Weet je zeker dat je dit wilt?’

Hij knikte, keek weer voor zich, langs de steeds korter wordende rij wachtenden, en zei: ‘Het is *qadar*.’

Lotsbeschikking. Hij zei het zo vaak, zowat bij alles wat hij deed. Daaraan herkende ze ook zijn gedrevenheid. Had hij dat altijd al in zich gehad? Ze kon het zich niet herinneren. Ze glimlachte en wreef even zacht over zijn korte, zwarte haar.

-16-

AMSTERDAM

'Denk je dat het gebel van afgelopen nacht er ook mee te maken heeft?'

Ik kijk opzij, naar Rudi die geen moment zijn blik van de weg haalt. Ik wilde eigenlijk op de fiets naar dat huis van Moorman gaan, maar Rudi vond het beter om zijn auto te nemen. Voor zover je het tenminste nog een auto kunt noemen. Het heeft vier wielen, vijf portieren, twee ruitenwissers en twee koplampen. De kleur is onbestemd. Het is niet blauw en het is niet groen; het ligt er ergens tussenin. Het dak is van zwart kunststof en heeft een schuifluik dat met geen mogelijkheid meer open te krijgen is. Een echte Austin, zegt hij altijd trots. Niet kapot te krijgen. Ik hou me angstvallig aan het dashboard vast als hij de hoek om gaat en er ergens linksvoor een akelig gekraak klinkt.

'Volgens mij wel,' zeg ik uiteindelijk, als antwoord op zijn vraag. 'Ze willen me bang maken. Wie "ze" ook mogen zijn,' mompel ik erachteraan.

'Dat is duidelijk,' stelt Rudi. 'Iemand bij de Dutch Broadcasting Group wil iets uithalen in de haven van Rotterdam. Diegene is erachter gekomen dat jij dat ontdekt hebt. Hij wist waarschijnlijk niets van die opdracht die je van Moorman hebt gekregen en nu probeert hij jou bang te maken zodat je je mond houdt.'

'Denk je dat het er maar eentje is?'

Nu kijkt hij me wel aan, even heel kort, voordat hij zijn blik weer op de weg richt. 'Nee,' zegt hij. 'Ik denk dat het er meer zijn. Zulke personen werken nooit alleen.'

'Zulke personen?'

'Een netwerk. Bedrijfsspionage.'

'W-wat?' zeg ik, lichtelijk verbouwereerd. 'Je bedoelt dat ze via dat zero-day leak gegevens stelen?'

Rudi stuurt zijn auto over de Amsterdamseweg in Amstelveen en pas als hij uiteindelijk afslaat, zegt hij: 'En doorverkopen.' Hij rijdt de hele straat uit en nadat we over een bruggetje zijn gereden, parkeert hij zijn Austin op een grote parkeerplaats tussen de bomen.

'Het lijkt wel of je de buurt hier kent,' zeg ik, als we zijn uitgestapt en teruglopen over het bruggetje.

'In mijn werk kom je overal,' verklaart hij.

Ik reageer er verder niet op en volg hem naar rechts, een voetpad op, dat tussen een rijtje huizen en een grachtje doorloopt. Aan de andere kant van het water is alleen groen; hoge bomen en struiken. Het Amsterdamse Bos. We lopen door tot we aan het einde van het pad komen en Rudi naar het tweede huis van de hoek wijst. 'Daar moet ie dan wonen. Nummer 18.'

We staren allebei naar het vrij moderne huis, net als de rest van het blok opgetrokken uit rode en okergele stenen. In de voorgevel zit een hoog raam met daarnaast een kleiner raam, wat logischerwijs wel van de slaapkamer zal zijn. Het staat op een klein kiertje, waardoor ik het idee krijg dat er toch wel iemand thuis moet zijn.

Ik kijk opzij naar Rudi, die me toeknikt, en loop naar de voordeur, waar ik op de bel druk. Na een poosje gewacht te hebben, bel ik opnieuw, maar het levert niets op.

'En toch is het gek,' zeg ik, terwijl ik terugloop naar Rudi, die met zijn hand boven zijn ogen naar het raam op de eerste verdieping kijkt.

Hij knikt. 'Je bedoelt dat raam dat open staat?'

'Ja. Dat doe je toch niet als je langdurig weg bent? Ik neem aan dat iemand het wel voor hem gesloten zou hebben als hij met spoed naar het ziekenhuis was vervoerd.'

Rudi laat zijn hand zakken en werpt even een blik om zich heen. 'Misschien weten de buren meer,' zegt hij. En zonder op mijn reactie te wachten loopt hij naar de voordeur links van die van Moorman en drukt op de bel. Er klinkt geblaf binnen en het duurt maar heel even voordat de deur wordt opengetrokken en er een vrouw verschijnt. Ze is een jaar of vijftig, heeft keurig opgestoken donker haar waar al wat grijs doorheen schemert. Met haar voet houdt ze een hond van een onbestemd ras tegen die nieuwsgierig zijn neus om de hoek van de deur steekt. Haar ogen staan vragend als ze ons beiden aankijkt.

'Ik, eh... mijn naam is Mara de Wolff,' begin ik aarzelend. 'Wij, eh...'

'We komen voor uw buurman,' neemt Rudi het over. 'Meneer Moorman.'

'Richard,' zeg ik.

'Voor Richard Moorman moet u hiernaast zijn,' zegt de vrouw, enigszins geïrriteerd.

Rudi glimlacht. 'Dat weten we. Maar hij doet niet open.'

'Dan zal hij wel niet thuis zijn.'

'Hij is niet ziek?' wil ik weten.

'Ik heb geen idee,' zegt de vrouw. 'We hebben niet zo veel contact. Hij maakt lange dagen op zijn werk, is altijd al vroeg weg en pas 's avonds laat weer thuis.'

Dat klinkt logisch. Tenslotte is hij directeur van een groot mediabedrijf.

'Hebt u hem onlangs nog gezien?' vraagt Rudi.

Ze schudt haar hoofd, terwijl ze nu met haar hand de hond naar binnen duwt, die met alle geweld naar buiten lijkt te willen.

Ik kijk Rudi aan, die zijn schouders ophaalt.

'Dank u,' zeg ik, om vervolgens Rudi bij zijn mouw te pakken en met me mee te trekken. Ik voel dat de vrouw ons nog lang nakijkt.

'Nou, dat weten we dan ook weer,' zegt Rudi. En dan: 'Kom mee.'

Nu is hij het die me meetrekt. De verkeerde kant op, welteverstaan. 'Je auto staat daar,' zeg ik, achter ons wijzend.

'Dat weet ik. Maar ik wil toch eens weten of we hier niet in de zeik worden genomen.' Aan het eind van het voetpad duwt hij me de hoek om, langs de achtertuin van het laatste huis. 'We gaan eens even binnen kijken.'

'Binnen kijken?' echo ik, terwijl ik abrupt stil blijf staan. 'Ben jij gek? Ik ga niet zomaar bij iemand inbreken.'

'Wie heeft het over inbreken?' Rudi draait zich naar me om. 'Ik wil alleen maar even door het raam naar binnen kijken. Dan zien we gauw genoeg of er iemand thuis is.'

'We kunnen toch niet zomaar...' begin ik, maar Rudi is inmiddels de steeg langs de achtertuinen al in gelopen. Na een korte aarzeling volg ik hem, al was het alleen maar om hem tegen te houden.

Ik ben te laat. Als ik de steeg in loop, gaat hij net een van de tuinen binnen. De idioot! Met haastige passen ga ik achter hem aan en in de tuin zie ik hem bij het grote raam staan, zijn handen boven zijn ogen, zijn neus tegen de ruit.

'Niks te zien,' zegt hij, zodra ik naast hem sta.

Teleurstelling schiet door me heen. Hoe dom ik deze actie ook vind, ergens had ik gehoopt dat we hem hadden gezien. Dat hij ons inderdaad, zoals Rudi zo mooi verwoordde, in de zeik nam en ons – mij – gewoon niet wilde spreken. Maar nu... nu houdt het op. Meer kunnen we niet doen. Behalve afwachten, wat me helemaal niet zint. Ik heb het gevoel op een heel smal randje te lopen waar ik bijna vanaf val. Er hoeft maar iets te gebeuren, een melding bij de politie door iemand van de automatiseringsafdeling van de Dutch Broadcasting Group, en mijn bedrijf is verleden tijd.

'De deur zit niet op slot,' klinkt Rudi's stem ineens.

Ik schrik op en zie nog net hoe hij de keukendeur opentrekt.

O nee, echt niet!

Meteen grijp ik hem bij zijn arm en trek hem achteruit. 'Niks ervan,' zeg ik vinnig. 'We gaan niet zomaar naar binnen.'

'Waarom niet?' Rudi wijst naar de openstaande deur. 'Er is niemand thuis en de deur is niet op slot. Dat is toch niet normaal?'

'Normaal of niet, maar we gaan niet naar binnen.' Resoluut duw ik de deur weer dicht. 'We gaan naar huis. We hadden hier ook nooit naartoe moeten gaan. Gewoon zinloos, dit.'

'En dan?'

'En dan wat?'

'Thuis. Wat wil je daar doen? Wachten tot de smerissen voor je deur staan?'

Ik snuif, kwaad, omdat ik dat zelf ook al bedacht had en nog kwader omdat ik weet dat hij gelijk heeft. Naar huis gaan is geen goed idee. Maar waar moet ik dan naartoe?

'Je kunt bij mij slapen,' zegt Rudi, alsof hij mijn gedachten heeft geraden. 'Niemand die je daar zoekt. En als ze bij mij aankloppen weet ik natuurlijk niet waar je bent.'

Ik antwoord niet meteen, wrijf met mijn hand door mijn haren. Alsof we in een slechte film meespelen. Of vermoeden we dingen die er helemaal niet zijn? Onwillekeurig steek ik mijn hand in de zak van mijn jeans, bij de opgevouwen lijst met IP-adressen, en klem de USB-stick in mijn vuist. Nee, ik heb hier het bewijs dat er wel degelijk iets niet goed zit. Maar wat? Gaat het om bedrijfsspionage, zoals Rudi zegt? Mogelijk. Maar zouden ze daarvoor zoveel moeite doen om mij het zwijgen op te leggen? Wel als het om miljoenen gaat. Mensen kunnen er jaren voor in de bak terechtkomen.

'Marrie...' klinkt Rudi's stem weer. 'Zeg wat. Waar denk je aan?'

'Aan alles,' zeg ik. 'Aan hoe onwaarschijnlijk dit allemaal is.'

'Onwaarschijnlijk of niet, je zit er maar mooi middenin.'

Ik knik, voel me ineens doodmoe. Misschien is het inderdaad beter dat ik de komende dagen bij Rudi intrek. Wie weet lukt het me dán om eindelijk weer eens een nacht goed te kunnen slapen. Door al dat wakker liggen kan ik nu niet helder nadenken.

'Laten we gaan,' zeg ik zacht.

Rudi reageert niet. Hij slaat zwijgend zijn arm om me heen en leidt me de tuin uit, door de steeg, terug naar zijn auto.

Ik draai me op mijn zij en staar naar de openstaande deur tussen de slaap- en woonkamer van Rudi's appartement, waar ik de hele middag en avond heb doorgebracht. Nadat ik wat spullen bij mij thuis had opgehaald, was ik ook nog even bij Egbert en Carina langsgegaan om te zeggen dat ik voorlopig een verdieping lager zou verblijven. Ze hadden het een goed idee gevonden. Rudi ook, overigens.

Ik trek het dekbed wat omhoog en knijp mijn ogen dicht. De geur van wasmiddel dringt mijn neus binnen, maar dat kan ook niet anders, gezien het feit dat Rudi zijn bed van schone lakens heeft voorzien. Het kussensloop waar ik nu mijn neus in duw is koel en fris en ik probeer niet te luisteren naar het gesnurk dat uit de woonkamer komt, waar Rudi op de bank ligt.

Het is vreemd om hier te liggen. Niet alleen omdat het mijn eigen appartement niet is, maar ook omdat ik nu het gevoel heb in mijn werkkamer te slapen. Ik open mijn ogen weer en kijk door de deuropening naar Rudi's laptop, die in de woonkamer op de tafel ligt. Ik kan hem in het donker nauwelijks onderscheiden, maar ik weet dat hij daar ligt. Kan ik niet iets doen? Als ik dat lek in het netwerk van het Rotterdamse Havenbedrijf nou eens dicht? Dan kunnen zij, wie het ook zijn, er niet meer bij. Maar buiten het feit dat ik dan nog steeds degene ben die van hun plannen weet – of ze nou wel of niet nog kunnen worden uitgevoerd – ik ben dan ook illegaal bezig. Als ik dat lek verhelp, is het voor een beetje automatiseerder een peulenschil om erachter te komen wie dat gedaan heeft. En dan ben ik degene die de wet heeft overtreden. Ze zullen me oppakken, want ik kan natuurlijk niet voor eeuwig bij Rudi ondergedoken blijven, en de komende jaren kan ik wasknijpers in elkaar gaan zetten.

Geen goed plan, dat lek dichten. En die wasknijpers ook niet. Ik zou gillend gek worden.

Ik schrik wakker van een zacht schurend geluid en met wijd open ogen staar ik door het donker naar het plafond boven me.

Er is iemand in mijn appartement!

Ik kom overeind, trap het dekbed van me af en sla mijn benen over de rand van het bed. Dan luister ik nogmaals, terwijl mijn blik nog steeds op het plafond gericht is. Mijn werkkamer, ze doorzoeken mijn werkkamer! Mijn voeten, die plat op het koude zeil staan, verkrampen, en mijn keel snoert dicht. Ik kan amper slikken en vraag me af wat ik nu moet doen. De politie bellen?

'Hoor jij dat ook?' klinkt het ineens achter me.

Met een ruk draai ik me om en opgelucht zie ik dat het Rudi is, die in de deuropening staat. Ik knik, zonder me af te vragen of hij dat wel kan zien.

'We moeten de politie bellen,' fluister ik.

'En denk je dat die hier op tijd zijn?' zegt Rudi zacht. 'Dan is ie al lang weer weg. We kunnen beter zelf naar boven gaan en hem op heterdaad betrappen.' Hij strekt zijn arm uit en het licht in de slaapkamer floept aan. 'Wij zijn met z'n tweeën.'

‘En als zij dat nou ook eens zijn?’ zeg ik. ‘Of met z’n drieën.’

‘Niemand breekt in met een hele kudde,’ reageert Rudi smalend.

Ik kijk naar hem, zoals hij daar staat, in hemd en boxershort. Ik heb hem nog nooit met zo weinig kleding aan gezien en ik moet bekennen, zelfs op dit idiote moment, dat hij er best goed uitziet. Lang, gespierd, absoluut niet dik, zoals Egbert. Nou is Egbert niet een type dat ik aantrekkelijk vind, maar dat had ik van Rudi ook niet verwacht. En toch moet ik moeite doen om mijn ogen van hem af te halen en lichtelijk gegeneerd kijk ik weer naar het plafond.

‘Kom mee,’ zegt Rudi. ‘We gaan naar boven.’ Zonder op antwoord te wachten draait hij zich om en verdwijnt in de donkerte van de woonkamer.

Verward kijk ik hem na, terwijl ik niet weet wat ik moet doen. Achter hem aan gaan? En dan? Ik ben helemaal niet zo’n held. Maar toch besluit ik hem te volgen; ik kan hem tenslotte niet in zijn eentje mijn appartement laten binnengaan. Als hem iets overkomt, zou ik dat mezelf nooit vergeven. En dus haast ik me door de woonkamer naar de gang.

Maar als ik bij de deur kom die Rudi inmiddels al heeft opengedaan, word ik door hem hardhandig weer naar binnen geduwd. Heel zachtjes sluit hij de deur weer en legt zijn vinger op zijn lippen.

‘Wat?’ fluister ik, terwijl mijn hart in mijn keel klopt.

‘Hij komt de trap af!’

Zwijgend blijven we roerloos staan. In het trappenhuis blijft het doodstil. Tot er een bijna onhoorbaar gekraak klinkt. Er loopt inderdaad iemand op de trap. Iemand die niet opgemerkt wil worden. Zou hij ons gehoord hebben? Ik krijg het ineens warm, vooral als ik zie dat Rudi zijn arm uitstrekt en naar de deurkruk reikt.

Hij gaat de deur opentrekken!

'Nee!' schreeuw ik in een opwelling. Ik grijp zijn pols, maar het is te laat. De deur van het appartement vliegt open. En terwijl ik visioenen heb van een paar tot de tanden toe gewapende kerels, staat Egbert daar. Weliswaar ook gewapend, met zijn honkbalknuppel, maar lang zo dreigend niet als ik me had voorgesteld. Hij schrikt zo, dat hij bijna achterover op de trap valt. De honkbalknuppel schiet uit zijn hand en stuitert met veel kabaal de laatst drie treden af.

'Godsammekrake!' roept Egbert uit, terwijl hij zich aan de trapleuning overeind hijst. 'Ik schrik me het apelazarus!' Zijn ongeschoren wangen zijn wit weggetrokken; ik zie hoe zijn handen trillen.

'Jezus, Egbert!' zegt Rudi, nijdig van verbijstering. 'Waar ben jij nou mee bezig?'

'Mee bezig? Mee bezig?' Egbert komt de trap verder af en snuift. 'Er sloop iemand rond, ja! Ik heb het zelf gehoord!'

Op het moment dat hij dat zegt, horen we een paar trappen lager voetstappen die zich snel verwijderen. Rudi schiet naar voren, kijkt over de trapleuning en schreeuwt: 'Hé! Jij daar! Blijf staan!' Om meteen daarna de achtervolging in te zetten.

Egbert en ik kijken elkaar aan, maar dan besluit Egbert om ook in de aanval te gaan. Hij graait zijn honkbalknuppel van de grond en rent eveneens de trappen af. Zelf blijf ik staan, niet in staat om maar iets te doen.

Beneden hoor ik geschreeuw, een klap, gevolgd door nog meer geschreeuw en daarna een ijzige stilte, die me een paar seconden lang de adem beneemt. Dan hoor ik de stem van Natasja, één van de bewoners op eenhoog, die vraagt wat er in vredesnaam aan de hand is. Het is Egbert die op zijn eigen luide manier antwoordt: 'We hebben een inbreker verjaagd!'

Het feit dat ze hem verjaagd hebben, vervult me met opluchting. Natuurlijk, ik had ook graag gezien dat degene die hier steeds rondsnuffelt in zijn kraag wordt gevat, maar niet op deze manier. We weten helemaal niet of hij gewapend was. Stel dat hij iets bij zich had, een mes, of – nog erger – een pistool. En hij had vast niet geaarzeld om het te gebruiken.

'Hij is ervandoor,' meldt Rudi, zodra hij weer boven is. 'We waren te laat.'

Beneden hoor ik de deur van Natasja weer dichtgaan, nadat Egbert haar luid 'goejenach' heeft gewenst.

'Die komt vast nooit meer terug,' zegt Egbert even later. Hij hijgt behoorlijk, maar dat is logisch; erg veel conditie zal hij niet hebben.

Rudi daarentegen lijkt nergens last van te hebben. 'Zullen we even bij je binnen kijken of er nog iets weg is?' vraagt hij. 'En dan denk ik dat we morgen de politie weer moeten bellen om het door te geven.'

Ik knik. Mijn knieën voelen week, nu de adrenaline uit mijn lijf is verdwenen. Ik ben doodmoe, maar ik weet nu al dat ik straks weer niet zal kunnen slapen. Nog even en ze kunnen me opvegen. Wat moet ik in godsnaam doen? Mijn leven was al een puinhoop, sinds de kinderen… Maar nu, nu is het nog erger. Had ik net weer een beetje orde en regelmaat in mijn leven, wordt alles in een klap weer overhoopgehaald.

-17-

Natuurlijk is er niets weg uit mijn appartement. Wel is duidelijk te zien dat er iemand binnen is geweest. Niet alleen de laden en kasten in mijn werkkamer zijn overhoopgehaald, maar nu ook in de woonkamer, keuken en slaapkamer. Zelfs het medicijnkastje in de badkamer is leeggehaald en doorzocht. Maar net als de vorige keer zijn er nergens duidelijke sporen van braak.

'Ik snap niet hoe die kanebraaier hier steeds binnenkomt,' bromt Egbert, terwijl hij driftig mijn appartement rondkijkt en zijn blik weer op de deur laat rusten.

'Met een bankpas,' verklaart Rudi.

Egbert snuift luid. 'En jij zal het weten?'

Rudi wijst naar mijn deur. 'Ze hoeven alleen maar die pas ertussendoor te halen of dat slot springt open.'

'Maar ik had hem op slot gedraaid,' zeg ik.

We zwijgen alle drie.

'Tja,' zegt Egbert dan. 'We kennen er lang of kort over bomen, maar daar komen wij toch niet achter. Die lui zijn zo link als een looien deur. Ze weten overal wel binnen te komen.'

Dat is waar, al vind ik die gedachte verre van prettig. Stel dat ik niet bij Rudi was gaan slapen? Degene die hier binnen was, kon dat niet weten en wat nou als ik hem betrapt had, in mijn eentje? Wat had hij dan gedaan? Ik durf er niet aan te denken, weet alleen dat wie het ook is, hij nergens voor terugdeinst.

'Dus je mist niets?' vraagt Rudi.

Ik schud mijn hoofd. 'Zo op het eerste gezicht niet. Maar alles is overhoop gehaald, dus echt met zekerheid kan ik het niet zeggen.'

'Dan gaan we daar morgen maar eens naar kijken. En we gaan andere sloten op je deur zetten.'

'Puik idee,' valt Egbert bij. 'En ik zou ook zéker de smerissen nog even inlichten, want ik heb niet het idee dat die sinds de vorige keer veel hebben uitgevoerd.'

Ik vraag me af of ze dat ook wel kunnen. Veel aanknopingspunten hebben ze niet, vooral omdat die inbrekers blijkbaar precies weten hoe ze binnen moeten komen. Maar toch knik ik, terwijl ik met mijn hand over mijn voorhoofd wrijf.

Rudi slaat zijn arm om me heen en leidt me het trappenhuis in. 'Morgen is vroeg genoeg,' stelt hij. 'Ze kunnen nu toch niets doen en jij moet eerst eens een paar uur slapen.'

Ook Egbert loopt mijn appartement uit en wacht tot Rudi de deur heeft dichtgetrokken en de sleutel heeft omgedraaid. 'Vannacht komt ie toch niet meer terug,' zegt hij. 'Die heeft de schrik van zijn leven gekregen.'

Ik glimlach en wil zeggen dat ie waarschijnlijk helemaal nooit meer komt. Hij heeft niet gevonden wat hij zocht, dat neem ik tenminste aan, dus er is voor hem geen reden om nog een keer bij me in te breken. Wat hij nu wél gaat doen, weet ik niet, en dat beangstigt me. Straks gaat hij me persoonlijk benaderen. Tenslotte heeft hij me ook al via sms bedreigd en de logische volgende stap zou zijn dat hij me ergens opwacht. Het idee eraan doet me rillen.

'Koud?' vraagt Rudi.

'Beetje,' mompel ik.

Hij duwt me naar de trap, nadat Egbert zijn appartement weer is binnengegaan. 'Ik ga een beker warme melk voor je maken. Dat helpt om in slaap te vallen.'

Tien minuten later zitten we tegenover elkaar aan een klaptafeltje in zijn keuken. Het is een handig ding, bedenk ik, met mijn handen om de beker hete melk geklemd. Zoiets zou ik ook wel handig vinden. Voor als ik eens visite heb. Dat idee doet me er ineens aan denken dat Matin dinsdagochtend langskomt. Door alle toestanden was ik dat bijna vergeten. Maar ik weet helemaal niet hoe laat hij precies komt, dus hoe moet ik dat doen als ik niet in mijn eigen appartement ben? Of zou ik na het verwisselen van die sloten gewoon weer terug kunnen? Durf ik dat wel?

'Wat een toestand, hè?' zegt Rudi. Hij neemt een klein slokje van zijn melk en kijkt me over de rand van zijn beker aan.

'Het is een puinhoop,' zeg ik zacht. 'Ik weet niet meer wat ik doen moet.'

'Misschien moeten we alles eens op een rijtje zetten,' stelt Rudi voor. 'Overzicht creëren. Dat wil nog weleens helpen.'

Ik staar hem aan. Zei Rudi dat? Rudi, wiens huis het toppunt van onoverzichtelijkheid is? Op zijn schaakbord na dan.

Hij zet zijn beker neer en pakt uit een van de laden onder het aanrecht een pen en een notitieblok (zie je wel, wie bewaart dat nou in godsnaam in zijn keukenla?). 'We gaan het allemaal eens even opschrijven.' Hij ploft weer op zijn stoel neer, klikt de pen aan en schrijft op: *dinsdag.*

'Dinsdag?' vraag ik.

'Ja, toen was je toch naar dat mediabedrijf?'

'Naar de Dutch Broadcasting Group ja.'

'Nou, sindsdien is die toestand aan de gang,' zegt hij en hij schrijft: *afspraak met Richard Moorman* erachter. 'Wat gebeurde er daarna?'

Ik denk even na. 'Woensdag werd ik gebeld door Matin die zei dat hij...'

'Wie is Matin?' onderbreekt Rudi me.

'Dat is...' Ik stop en kijk naar hem op, niet wetend wat ik

kan zeggen. Absolute geheimhouding, hadden Matin en Zahra me doen beloven. Anders konden ze niets doen. De minste informatie die uitlekte, kon hen beiden in gevaar brengen en de hele operatie laten mislukken. Met alle gevolgen van dien. En tot nu toe had ik me altijd aan die belofte gehouden. Ik moest wel.

'Laat maar,' zeg ik, terwijl ik snel een slok van mijn melk neem, waardoor ik mijn tong verbrand. 'Die heeft er niets mee te maken.'

Rudi kijkt me onderzoekend aan, maar gaat er niet verder op in. Hij tikt met zijn pen op het papier en vraagt dan: 'Woensdag merkte je iets geks op in dat netwerk van de Dutch Broadcasting Group, toch?'

Ik knik. 'Dat was dat IP-adres dat ik niet kon thuisbrengen. En toen ben ik dus ontdekt door...'

Ja, door wie eigenlijk?

'Door hém,' vul ik uiteindelijk aan. 'Mijn scherm ging op zwart.'

Rudi krabbelt weer op zijn notitieblok. 'En dat kwam omdat...?' wil hij weten als hij weer opkijkt.

'Daar ben ik nog niet achter,' zeg ik aarzelend. 'Ik denk dat het een *trojan* was, in de vorm van een programmafunctie die alle data wist zodra het door onbevoegden wordt bekeken. Er zit daar in ieder geval iemand met heel veel verstand van computers.'

'Meer dan jij hebt?'

'Geen idee. Maar dat zou zomaar kunnen.'

Vol ongeloof kijkt hij me aan.

'Ja, nou, dat kan toch?' zeg ik.

'Alles kan,' reageert hij. 'Maar toch geloof ik dat niet. Waarom zou iemand met zo veel verstand van informatica bij een mediabedrijf gaan werken? Zelfs op de automatiseringsafdeling zou hij niet op zijn plaats zijn.'

'Dat moet je niet zeggen,' werp ik tegen. 'Vergeet niet dat zo'n mediabedrijf volledig draait op computers. Veel computers. Gróte computers.'

Bedenkelijk trekt hij zijn schouders op, wrijft over zijn ongeschoren kin. 'Misschien gaat het hem helemaal niet om die baan, maar om het werk.'

'Baan, werk,' zeg ik. 'Wat is het verschil?'

'Ik bedoel eigenlijk dat hij, laten we er even van uitgaan dat het een man is, dat hij die baan genomen heeft om via het werk dat hij doet dat lek te kunnen uitbuiten.'

'Een soort mol dus,' denk ik hardop.

'Precies.'

Ik zwijg en denk diep na. Dat is eigenlijk niet eens zo gek gedacht van hem. Maar dat betekent wel dat degene die nu bij de Dutch Broadcasting Group zit al van tevoren moet hebben geweten dat er een lek zat in de netwerken van het Rotterdamse Havenbedrijf. Wie heeft er trouwens baat bij hun gegevens? Wat willen ze ermee?

'Blijft de vraag wat hij wil bereiken,' zegt Rudi, alsof hij weet waaraan ik denk. 'Wie zou gegevens willen hebben van de haven van Rotterdam? Die persoon zelf? Of zou het worden doorverkocht?'

'Doorverkopen lijkt me sterk,' wijs ik van de hand. 'Dan zou hij zich gewoon toegang hebben verschaft om de data te stelen. Er moet een reden voor zijn waarom hij het via de Dutch Broadcasting Group doet. Ik denk dus dat hij het zelf wil hebben. Al kan ik met geen mogelijkheid bedenken waarvoor.'

Opnieuw krabbelt Rudi van alles op het schrijfblok. 'We gaan nog even door,' zegt hij. 'Wat gebeurde er nadat je scherm op zwart ging?'

'Niks eigenlijk. Ik heb Moorman gebeld, maar die was er dus niet. De rest van de avond heb ik voor de tv gezeten, mijn moeder gesproken, en verder niets.'

'Je had toen nog niet het idee dat die persoon bij de Dutch Broadcasting Group van jou afwist?'

'Nou ja, misschien wel, alleen daar heb ik niet bij stilgestaan. Ik dacht gewoon dat er een foutje gemaakt was. Daarom wilde ik eerst Moorman spreken voordat ik verderging en heb ik de boel laten rusten.' Ik denk ineens aan die man bij de boom aan de overkant. 'Er was wel die vent...' zeg ik aarzelend.

'Welke vent?'

'Bij de boom, aan de overkant. Ik had mijn moeder aan de telefoon en keek toevallig naar buiten. Hij stond daar en eerlijk gezegd kreeg ik het gevoel dat hij naar me keek.'

Rudi legt zijn pen neer en laat zich tegen de stoelleuning vallen. 'Toen is het dus begonnen,' zegt hij. 'Hij heeft je adres achterhaald en is je toen in de gaten gaan houden.'

'Maar waarom dan?' roep ik uit. 'Ik wist helemaal niks. Ik was alleen dat IP-adres aan het nazoeken.'

'Voor hen voldoende om maatregelen te nemen.' En als ik niet antwoord: 'Dat IP-adres is dus van het Rotterdamse Havenbedrijf?'

Ik knik.

'En jij ontdekte dat. Hij was bang dat je dat zero-day gedoe ook zou ontdekken.'

'Maar ik wist toen toch helemaal nog niet dat dat adres van de haven was?'

'Maar dat wist hij niet. Hij wilde natuurlijk voorkomen dat je verder ging graven.'

'Dat slaat nergens op, want ik had dat IP-adres. De enige manier waarop hij mij had kunnen stoppen, is door dat lek te dichten. Maar dat heeft hij niet gedaan.'

'Omdat hij dan zelf ook een probleem heeft.'

Ik zwijg. Dat is waar. Hij heeft dat lek nodig. Daarom heeft hij bij me ingebroken. Om er zeker van te zijn dat ik geen informatie meer had die ik kon doorvertellen. En omdat hij in mijn appartement niets heeft aangetroffen en hij waarschijnlijk wel vermoedt dat ik het érgens heb opgeslagen, bedreigt hij me.

'Met andere woorden,' gaat Rudi verder, 'dat lek is belangrijk voor hem.'

Daar was ik dus ook al achter.

'En nu bedreigt hij jou, dat je je mond moet houden.'

Weer knik ik. 'Al heb ik geen flauw idee waarover,' zeg ik. 'Over dat lek?'

'Waarschijnlijk wel. En door het meenemen van die map met daarin de papieren van de Dutch Broadcasting Group en de opdracht die jij hebt gekregen, heeft hij je waar hij je hebben wil.'

'Met mijn rug tegen de muur,' mompel ik. Ik buig mijn hoofd en staar naar het tafelblad, plastic, met patroontjes waardoor het er als marmer uitziet.

'Maar hij vergeet één ding,' zegt Rudi, terwijl hij zich naar voren buigt.

Vragend kijk ik op.

'Jou.' Hij glimlacht als hij mijn verbaasde blik ziet. 'Ik ken niemand die zo veel weet over computers, netwerken en hacken als jij.'

'Michael,' zeg ik en ik kan niet voorkomen dat het bitter klinkt. Elke dag weer voel ik dat gemis. Zijn lach, zijn glinsterende ogen. Zijn hand die hij achteloos door zijn haar haalt. Zijn kennis, waaraan ik me al die jaren heb opgetrokken. Zijn liefde. Weg. Helemaal weg. Langzaam vullen mijn ogen zich met tranen.

'Hé,' zegt Rudi zacht. Teder legt hij zijn hand tegen mijn wang en wrijft met zijn duim een traan weg. 'Ik weet hoe erg je Michael mist. Hoe veel je van hem hield.' Hij zwijgt even en terwijl hij mijn blik zoekt vervolgt hij: 'Ik hou van je, Mara. En ik realiseer me heel goed dat ik nooit jouw grootste liefde kan vervangen, maar misschien kan ik ooit de pijn die je voelt wat verzachten.'

Hij komt overeind, buigt zich over de tafel heen en drukt zijn lippen voorzichtig op die van mij, kort, maar innig. Zijn ogen houden me gevangen in het moment en bewegingloos laat ik het gebeuren. 'Niets zeggen,' fluistert hij dan. 'Later.'

Ik zeg inderdaad niets, domweg omdat ik de juiste woorden niet kan vinden, en kijk alleen maar toe hoe hij zich terug op zijn stoel laat zakken en zijn pen weer oppakt, alsof er niets gebeurd is.

'Rudi...' begin ik dan toch, en ik duw onthutst mijn vingertoppen tegen mijn lippen.

Maar hij steekt zijn hand op om me te doen zwijgen en zegt: 'We vergeten iets.'

Nog een beetje verward door zijn kus staar ik hem alleen maar aan.

'Moorman.'

'Moorman?' herhaal ik, terwijl ik mijn hand laat zakken en langzaam weer terugkom in de realiteit. 'Hoezo?'

'Hoe past hij in dit plaatje? En, belangrijker nog, waar ís hij?'

Goeie vraag. Moorman is de enige die deze kluwen van ellende zou kunnen ontwarren. Maar hij is er niet. Zou iemand weten waar hij wél is? Tot nu toe lijkt iedereen te denken dat hij ziek thuis is. Maar dat is hij niet. Zou hij dan toch met deze hele toestand te maken hebben? Maar waarom zou hij me dan de opdracht gegeven hebben om het netwerk van zijn bedrijf te testen? Dat is toch niet logisch? Ik kijk op, recht in Rudi's ogen, die me verwachtingsvol aankijken.

'Ik weet het niet,' zeg ik. 'Het ene moment denk ik dat hij erbij betrokken is, maar het volgende moment kan ik me dat niet voorstellen. Het klopt niet. Hij zou dan toch nooit iemand het netwerk van zijn bedrijf laten testen? Als hij van dat lek weet, kon hij verwachten dat iemand, ik, of wie hij dan ook had ingehuurd, het zou vinden.'

Rudi knikt. 'Dat is waar,' geeft hij toe. En terwijl hij weer over zijn kin wrijft: 'Idiote toestand.'

Dat is nog zacht uitgedrukt.

Hij buigt zich over zijn notitieblok en schrijft weer wat op. Na een poosje kijkt hij op en zegt: 'In het kort komt het dus hierop neer: er zit een lek in het computernetwerk van het Rotterdamse Havenbedrijf, dat door een medewerker bij de Dutch Broadcasting Group wordt gebruikt. Waarvoor weten we niet precies, waarschijnlijk bedrijfsspionage. Jij hebt dat lek gevonden doordat je van Moorman de opdracht kreeg het netwerk te testen. Daar is die medewerker achter gekomen en die wil niet dat jij het aan iemand vertelt, vooral niet aan de politie.'

'Zoiets ja,' bevestig ik. 'Maar dat wisten we al. We komen gewoon niet verder, hoe lang we er ook over denken en hoe vaak we er ook over praten. Moorman is de enige die alles zou kunnen verklaren, maar die is onvindbaar.'

'Wat we ook al wisten,' mompelt Rudi. Hij gooit zijn pen op tafel en laat zich weer achterover tegen de stoelleuning vallen. 'Ik denk toch dat we het aan de politie moeten melden.'

'En dan?' vraag ik. 'Ik heb geen bewijzen dat ik in opdracht werk, Rudi. Voor hen ben ik niet meer dan een hacker die een bedrijfsnetwerk heeft gekraakt en tijdens dat proces op iets vreemds gestuit is.'

'Iets illegaals.'

'Dat vinden ze van mijn gehack ook.' Ik zucht diep. 'Er is niets aan te doen. We zullen moeten afwachten of hij me nu met rust laat.'

Hij trekt zijn wenkbrauwen op, terwijl een van zijn mondhoeken cynisch omhoog krult. 'En dat verwacht jij?'

Nee, natuurlijk niet. Die vent bij de Dutch Broadcasting Group beseft dondersgoed dat ik meer weet dan goed voor me is. Dat kan niet anders. En hij weet minstens zo veel van computers – en hacken – als ik. Hij zou hetzelfde gedaan hebben als hij in mijn schoenen stond: alles opslaan en veiligstellen. En omdat hij dat weet, zal hij door blijven gaan tot hij ook dat in zijn bezit heeft. Want alleen dan zal ik hem niet meer kunnen verlinken. Ik vraag me af hoe ver hij daarin wil gaan. Ver, besef ik, als ik denk aan dat sms'je. *Als je geen problemen wilt.* Hij gaat me opwachten, dat weet ik zeker. Misschien ruimt hij me wel uit de weg. En dat idee doet me rillen van afschuw.

'Je hebt het koud!'

Rudi's stem doet me opschrikken. Hij heeft gelijk, mijn lichaam trilt en nu pas voel ik dat ik door en door koud ben. Zo koud, dat mijn tanden er af en toe van klapperen.

'Kom op,' zegt Rudi, terwijl hij opstaat. 'Je gaat terug je bed in. Morgen zien we wel weer verder.'

Ik wil protesteren, maar doe het niet. Al heb ik niet het idee dat ik nog veel zal slapen, het is in ieder geval lekker warm in bed. En dus knik ik. Hij loopt met me mee en als ik helemaal onder het dekbed lig, doet hij het licht in de slaapkamer uit en hoor ik hem teruggaan naar de keuken.

In het donker staar ik naar de openstaande deur en denk aan zijn kus. Het overdonderde me. Ik weet dat Rudi gek op me is, maar zijn genegenheid gaat blijkbaar een stuk verder dan ik mezelf al die tijd wijsmaakte. Met mijn vingertoppen raak ik zacht mijn lippen aan, terwijl ik het gevoel dat ik bij zijn kus had probeer terug te halen. Het lukt me niet, maar toch glimlach ik. Ik denk aan Michael. Hij zou Rudi ongetwijfeld een rare snijboon hebben gevonden. Maar toch weet ik zeker dat ook hij lacht. Daarboven. Om mij.

-18-

Mijn ogen prikken van vermoeidheid als ik in de keuken thee sta te maken. Het is bijna halfelf en eigenlijk zou ik nu liever een bak sterke koffie nemen, vooral na die gebroken nacht die ik achter de rug heb, maar Rudi's voorraadbus is leeg, op een half schepje na.

Toen ik opstond was Rudi nog diep in slaap en zachtjes ben ik langs hem heen naar de keuken geslopen. Zoeken in zijn kastjes leverde me de lege koffiebus op en een bijna leeg doosje theezakjes, waarvan ik er nu eentje in de theepot hang, die ik op het aanrecht vond.

Mijn blik valt op het schrijfblok waar Rudi vannacht zijn aantekeningen op zat te maken, en nadat ik met een glas thee aan de tafel ben ga zitten, trek ik het naar me toe en staar naar het bijna onleesbare gekrabbel. Een handschrift van likmevestje, concludeer ik, als ik na lang kijken niet veel méér kan ontcijferen dan *Moorman* en *Rotterdam*.

Het is onlogisch!

Deze hele toestand. We dénken wel dat het ze om die informatie te doen is, maar als ik alles goed overdenk slaat dat nergens op. Het is te ongrijpbaar. We zien iets over het hoofd.

Denk na!

Ik glimlach om Michaels credo. En het is precies wat ik nu moet doen. Nadenken. Misschien ben ik wel helemaal verkeerd bezig, moet ik gewoon naar de politie gaan. Wat kan er in het ergste geval gebeuren? Dat ik een paar jaar de cel in ga voor cybercrime en dat mijn bedrijf naar z'n grootje is. Vooralsnog beter dan omgelegd worden door een bedrijfsspion.

Op de achtergrond hoor ik mijn mobiel melden dat ik een bericht heb ontvangen en terwijl ik me afvraag of het misschien weer een bedreiging is, loop ik haastig terug door de woonkamer naar Rudi's slaapkamer, waar mijn mobiel op het nachtkastje ligt. Rudi lijkt nog steeds diep in slaap en zachtjes, om hem niet wakker te maken, kijk ik op het display. Om meteen daarna bijna achterover op het bed te vallen van schrik. Het zijn twee berichtjes, allebei afkomstig van Moorman. Of eigenlijk, vanaf zijn mobiel. In het eerste staat:

We moeten praten.

In het tweede:

Amsterdamse Bos, kleine vijver,
bankjes paardenpicknick.
23.00 uur. Kom alleen.

Vol ongeloof staar ik naar de woorden die nu zo ongeveer voor mijn ogen dansen. Stuurt Moorman dit nou? Maar die eerdere sms dan? Die bedreiging? Ik snap er niks meer van. En dan vanavond om elf uur in mijn eentje het Amsterdamse Bos in? No way. Echt niet. Ik kijk om naar Rudi, en schrik als hij ineens achter me staat.

'Goedemorgen,' zegt hij met schorre stem. Hij hijst zijn pyjamabroek op, krabt zich even kort in zijn zij, en vervolgt: 'Wat kijk je angstig.'

Zonder iets te zeggen steek ik hem mijn mobiel toe en terwijl hij mij blijft aankijken, pakt hij hem aan. Dan richt hij zijn blik op het display en leest wat er staat.

'Ik begrijp het even niet meer,' begint hij uiteindelijk. 'Dat eerdere bericht, met die bedreiging, kwam dat dan ook van Moorman?'

Ik laat me op het bed zakken en schud mijn hoofd. 'Ik weet het niet meer, Rudi. Ik snap er ook niets meer van.'

'Misschien was dat eerste sms'je niet als een bedreiging bedoeld maar als waarschuwing.'

'Waarschuwing?' echo ik.

Hij knikt.

Ik probeer het berichtje weer voor me te halen. *Als je geen problemen wilt, zwijg dan.* Het zou natuurlijk kunnen. Het is maar net hoe je het opvat. Maar dat zou dus betekenen dat Moorman mij wilde waarschuwen.

'Maar waarvoor dan?' vraag ik, terwijl ik opkijk naar Rudi.

Hij komt naast me zitten en zegt: 'Misschien weet hij van dat lek. Heeft hij het ook ontdekt en is hij nu ondergedoken. Wie weet dreigen ze wel hem wat aan te doen en wil hij niet dat jij daarbij betrokken wordt.'

Ik staar hem aan. Op de een of andere manier klinkt dat me wel érg Amerikaans in mijn oren. Als een aflevering van NCIS, maar dan met een paar verschillen: we zitten hier niet in Amerika en in NCIS zijn de problemen doorgaans in een uurtje opgelost. Ík zit er al drie dagen middenin.

'Een beetje té, hè?' stelt Rudi.

Ik knik, hoewel aarzelend. Want al klinkt het een beetje over the top, het is wel de enige verklaring die ook ik kan bedenken. Of iemand anders dan Moorman wil me spreken, de onbekende man van de Dutch Broadcasting Group. In dat geval zou ik ver van het Amsterdamse Bos vandaan moeten blijven.

'Ga je ernaartoe?' vraagt Rudi.

'Weet ik niet,' zeg ik, terwijl ik opnieuw naar het display van mijn mobiel kijk.

'Misschien gaat hij je uitleggen wat er allemaal aan de hand is.'

'Ja, of het is Moorman helemaal niet die me die sms'jes stuurt.

Misschien is het die vent wel die hier voor de deur stond en me de stuipen op het lijf joeg met dat aanbellen. Of die inbreker. Misschien is dat wel dezelfde persoon.'

'Maar hoe komt die dan aan de mobiel van Moorman?'

'Weet ik veel!' roep ik, terwijl ik opsta en mijn armen over elkaar sla. 'Er zijn te veel misschiens, Rudi. Ik weet niet meer wat ik moet denken, wat ik moet geloven!'

'Hé hé, rustig nou maar,' zegt Rudi zacht. Hij komt ook overeind, slaat zijn armen om me heen en trekt me tegen zich aan.

Normaal gesproken zou ik hem hebben weggeduwd. Sinds mijn kinderen weg zijn, kan ik er niet zo goed meer tegen om intiem te zijn, daarvoor ben ik te veel gekwetst. Maar nu laat ik hem begaan. Het voelt goed om zijn warmte te voelen. Om te weten dat er iemand is waarop ik kan terugvallen, die achter me staat en me begrijpt.

'Luister,' zegt Rudi. Hij pakt mijn schouders beet en zoekt mijn blik. 'Deze link is te belangrijk om ongebruikt te laten. Stel dat het wél Moorman is. Hij is de enige die jou uit de ellende kan halen.'

Ik knik. Natuurlijk, dat weet ik zelf ook wel. Maar dat is voor mij nog geen reden om domweg in mijn eentje het Amsterdamse Bos in te gaan. 's Avonds. In het donker.

'Ja maar stel nou dat hij het níét is?' fluister ik. 'Wie weet is Moorman wel hartstikke dood en willen ze mij ook dood hebben.'

Hij glimlacht. 'En dan vond je mijn veronderstelling te overdreven.'

'Vind ik nog,' zeg ik snuffend. Ik wil niet huilen, niet weer, en met de nodige moeite lukt het me om de tranen tegen te houden. 'Maar dat vind ik van mijn eigen idee ook.'

Nu lacht hij hardop en met zijn hand tegen mijn wang zegt hij: 'We gaan samen. Als het Moorman is, zal hij dat vast wel begrijpen.'

Misschien. Maar wat als het Moorman níét is? Wat doet die onbekende man als hij ziet dat ik niet alleen ben gekomen? Ik wil Rudi niet in gevaar brengen.

'Het komt wel goed,' zegt hij zacht.

Nu ik dat sms'je gekregen heb, besluit ik om toch maar niet naar de politie te gaan, ondanks mijn eerdere afweging. Ik zit dan wel liever in de cel dan dat ik onder de grond lig, maar als er een kans is dat ik beide kan voorkomen, dan doe ik dat toch liever. En wie weet krijg ik die kans als ik doe wat me gevraagd wordt: een ontmoeting in het Amsterdamse Bos.

Levensgevaarlijk!

Natuurlijk. Dat besef ik heel goed. Maar Rudi gaat mee, al had ik liever gehad dat hij er niet bij betrokken was.

Van de tweede inbraak doe ik geen aangifte. Ik weet heel goed wie hier heeft ingebroken en dat melden bij de politie lijkt mij op dit moment weinig zinvol.

'We hebben nu wel bewijzen,' had Rudi gezegd, toen ik hem vertelde dat ik niet ging bellen. 'Egbert en ik hebben hem gezien.'

'Gehoord,' verbeterde ik hem. 'Dat is heel iets anders.'

'Nou ja, hij wás er in ieder geval.'

'Het lijkt me beter als we eerst afwachten hoe het vanavond gaat,' had ik gezegd. 'Als het werkelijk Moorman is, kan ik alles vertellen. Dat is veel beter dan de politie halve waarheden op de mouw te spelden.'

Rudi had ermee ingestemd, zwijgend, en ik had niet geweten of hij het er nou mee eens was of niet.

Ik staar naar het schaakbord voor me en verzet mijn loper. Ik heb niet echt mijn aandacht bij het spelletje, dat Rudi me opdrong. Mijn hoofd zit veel te vol met andere dingen.

'Wel opletten, Marrie,' zegt hij met een lachje, terwijl hij mijn paard met een van zijn torens wegkaapt.

Opletten. Alsof ik niets anders dan paarden en torens heb

om aan te denken. Ik kijk weer naar het slagveld op het schaakbord en verplaats mijn dame. 'Schaak,' meld ik.

Hij schiet overeind. 'Nee,' zegt hij. 'Nee nee nee, dat kan niet!'

'Nou, wel dus,' reageer ik.

Een blik op de klok vertelt me dat het kwart over drie is. Eigenlijk vind ik het wel genoeg zo. Ik ben gek op schaken, maar hoe later het wordt, hoe nerveuzer ik me voel, waardoor dat hele spelletje schaak me ondertussen gestolen kan worden. Ik kijk naar Rudi, die aandachtig het schaakbord bekijkt en in zijn hoofd ongetwijfeld allerlei zetten uitprobeert. Als hij nou via zijn paard mijn koning probeert te pakken, dan heb ik hem. En kan ik dit partijtje afronden. Meestal zou ik dat niet zo rigoureus doen, om Rudi ook nog een kans te geven, maar dit keer heb ik daar geen zin in.

Rudi verplaatst inderdaad zijn paard, precies zoals ik verwachtte, en meteen nadat hij triomfantelijk naar me opkijkt, zet ik mijn loper naar voren. 'Schaakmat,' zeg ik.

Dit keer blijft het stil. 'Verdomme,' mompelt hij uiteindelijk. 'Wat heb ik nou weer fout gedaan?'

'Je had je paard moeten laten staan en je toren moeten gebruiken,' zeg ik, al klinkt dat eenvoudiger dan het is.

Ik sta op en loop naar het raam, terwijl Rudi nog steeds naar het bord staart. 'Verdomme,' mompelt hij weer.

Met mijn voorhoofd tegen de ruit gedrukt kijk ik naar de straat beneden. Er is niets te zien, wat ook te verwachten is. Het is zondagmiddag, het weer is, vergeleken met de afgelopen dagen, niet zo geweldig en als ik op de wolken moet afgaan die langs de lucht jagen, zou het me niets verbazen als we regen kregen.

'Wat doe je?' vraagt Rudi.

Ik richt mijn ogen nu op de overkant, waar het er op de een of andere manier anders uitziet dan als ik er boven vanuit mijn eigen appartement naar kijk. Gek, hoe je aan een uitzicht kunt wennen.

'Ik kijk of er geen vent bij de boom staat,' zeg ik.
Rudi snuift. 'Hij zal zo gek zijn.'
'Je weet het nooit,' werp ik tegen.
'Misschien heeft die vent er wel helemaal niets mee te maken.'
Ik kijk naar hem om. 'En dat geloof jij?'
'Nee,' zegt hij. 'Eigenlijk niet. Maar als hij degene is waarmee we hebben afgesproken in het Amsterdamse Bos lijkt het me niet waarschijnlijk dat hij daar nu staat.'
Mij ook niet. Maar het idee dat ik op wat voor manier dan ook in de gaten word gehouden, maakt me nerveus, en met mijn armen om me heen geslagen staar ik voor de zoveelste keer naar de straat beneden.

Het is halfelf als ik Rudi met ingehouden adem aankijk. Tijdens het avondeten – niet veel meer dan broodjes kroket die Rudi bij Hassan op de hoek had gehaald – hebben we besloten dat we met Rudi's auto naar het Amsterdamse Bos rijden. We kunnen parkeren op dezelfde parkeerplaats waar we stonden toen we naar de woning van Moorman gingen. Dat is niet ver van de Kleine Vijver en pas toen we dat bespraken, beseften we dat Moormans huis wel erg dicht bij de afgesproken plek is. En ook dat het misschien wel het bewijs is dat het Moorman is die mij die sms'jes heeft gestuurd.
'Zullen we maar gaan?' vraagt Rudi.
Ik knik. We kunnen beter ruim op tijd zijn dan te laat. Misschien kan Rudi zich wel ergens verstoppen, zodat het op het eerste gezicht lijkt dat ik alleen ben. Het feit dat we met z'n tweeën komen, zou hem kunnen afschrikken, al kan ik niet bedenken waarom. Moorman moet zelf toch ook begrijpen dat ik als vrouw daar niet helemaal alleen in het donker iemand ga ontmoeten die me wellicht bedreigd heeft. Als hij sowieso al verwacht dat ik kom.

In de auto zeggen we geen woord. Het is niet zo heel erg ver naar het Amsterdamse Bos, hooguit tien minuten. Ik denk aan vroeger, hoe ik met Jamil en Isra in het bos eekhoorntjes zocht. Thuis maakten ze dan tekeningen van de diertjes die ze me trots lieten zien. Enkele ervan hangen nog steeds op hun kamertje.

'Zouden er meer mensen in het bos zijn?' vraagt Rudi, als hij even later over het bruggetje naar de parkeerplaats rijdt.

Ik schud mijn hoofd. 'Geen idee, maar dat verwacht ik niet. Het is al te donker en dan zie je er zelden iemand.'

'Tenzij ze iets slechts in de zin hebben,' stelt Rudi.

Van opzij kijk ik hem aan. 'Hou even op, ja,' zeg ik. 'Zulke dingen hoor ik nu liever niet.'

Hij grinnikt, maar ik zie dat hij nerveus is. Net als ik. Wat moeten we verwachten? Wíe moeten we verwachten? En belangrijker nog: wat moeten we doen als hij ons inderdaad kwaad wil doen?

Behoedzaam lopen we het wandelpad af dat naast een ruiterpad het Amsterdamse Bos in kronkelt. We steken nogmaals een brug over, buigen dan af naar links en volgen het pad in de richting van de A9. Heel in de verte zijn de voorbijrazende auto's te horen, maar daar let ik niet op. Het is jammer dat we niet rechtstreeks naar de andere kant van de Kleine Vijver kunnen komen. Dat zou ons veel tijd gescheeld hebben. Nu moeten we een heel eind doorlopen, voordat we de brug over de uitloper van de vijver kunnen oversteken.

'Weet je wat we ook hadden kunnen doen?' klinkt Rudi's stem ineens.

Ik geef geen antwoord, in de hoop dat hij begrijpt dat ik op zijn vervolg wacht. Dat doet hij en hij zegt: 'Bellen naar Meld Misdaad Anoniem. Ik heb ooit eens op tv gezien dat het écht anoniem is.'

'Niets is anoniem,' zeg ik, terwijl ik me inspan om door het donker heen te kijken. We zijn inmiddels aan de andere kant van de vijver aangekomen en volgen nu in plaats van het wandelpad het ruiterpad in de richting van de paardenpicknick. Het is gek dat ik zelfs na vijf jaar nog feilloos de weg weet. Niet dat we dagelijks naar die plek toegingen, maar we kwamen er regelmatig langs.

Na enkele minuten doemen de twee tafels op die samen de cirkelvormige paardenpicknick vormen. Ze staan achter een gammel hek, in het gras, stil en dreigend. Er is geen verlichting en als ik omhoog kijk, zie ik de wolken die de bijna volle maan grotendeels verhullen.

'Hoe laat is het?' vraag ik.

Rudi werpt een blik op de oplichtende wijzerplaat van zijn horloge. 'Vijf voor elf.'

We zijn te vroeg. Maar dat is ook wat we willen. Alles beter dan ergens door verrast te worden als we hier aankomen – drie, vier mannen bijvoorbeeld, in plaats van alleen Moorman.

Rudi helpt me over het hek heen en naast elkaar nemen we plaats op een van de bankjes. Ik kijk om me heen, over het grasveld, maar kan niet echt veel onderscheiden; daarvoor is het te donker. Er is nergens een mens te bekennen. Achter ons is een weids grasveld dat er pikdonker bij ligt en dat doorloopt tot aan de vijver zelf. Links ervan begint een ander deel van het bos.

'Koud,' zegt Rudi. Het lijkt alsof de bomen die het dichtstbij staan het geluid terugkaatsen en versterken, waardoor het woord luid klinkt in de stilte om ons heen.

'Sst,' sis ik. Ik kijk weer om me heen en vraag me af of we dit wel hadden moeten doen. We zitten hier midden in een open ruimte, als *sitting ducks*, klaar om afgeschoten te worden. En net als ik tegen Rudi wil zeggen dat we dit niet praktisch hebben aangepakt, klinkt er in het stuk bos aan de andere kant van de paardenpicknick geritsel. Kort maar onmiskenbaar. Rudi schiet overeind, draait zich met een ruk om en tuurt nu in de richting van waar het geluid klonk.

'Volgens mij kunnen we beter weggaan, Ruud,' zeg ik zacht, terwijl ik ook opsta en zijn arm beetpak. We kijken beiden om ons heen en dan lijkt mijn hart even stil te staan. In de verte, aan de andere kant van de paardenpicknick, doemt een schim op, die recht op ons af loopt. Iemand die ik niet herken, maar waarvan ik heel zeker weet dat het niet Richard Moorman is.

AMSTERDAM

AUGUSTUS 2002

De warmte sloeg als een hete, vochtige doek in haar gezicht toen ze de winkel uitliep met een doos cd-roms, een aantal routers en kabels, en nog wat ander klein spul in een tasje. Het waren dingen die ze echt nodig had en Juda had gezegd dat ze ze meteen maar even moest gaan halen. Eigenlijk had ze daar helemaal geen zin in gehad. De laatste dagen was ze druk bezig geweest met het opzetten van haar eigen bedrijfje, SecuryComp, de droom die ze ooit deelde met Michael.

Het was al laat, ze had het druk met van alles, en een fietstocht door het hectische en warme Amsterdam was wel het minste wat haar aantrok. Maar Juda had aangedrongen en heel even had ze het idee gehad dat hij haar uit de buurt wilde hebben. Hij deed de laatste paar dagen toch al zo vreemd maar ze dacht dat het door zijn werk kwam. Er waren problemen en ontslagen hingen in de lucht. Juda had gezegd dat ze zich geen zorgen hoefde te maken, dat hij te belangrijk voor het bedrijf was om eruit gegooid te worden, maar toch liet het haar niet los. Ze was ook blij dat haar bedrijf bijna van start ging. Mocht Juda op straat komen te staan, dan hadden ze altijd nog inkomsten door haar werk, al zou dat de eerste maanden ook niet van al te veel betekenis zijn.

Ze stopte de spullen in de fietsmand aan haar stuur en klikte het slot open. Even later manoeuvreerde ze door het drukke verkeer van de Van Baerlestraat. Bij het Concertgebouw sloeg ze links af en fietste vijf minuten later opgelucht onder het Amsterdams Lyceum door, waar het verkeer om haar heen leek op te lossen. Haar blik viel op de vijver bij het monument waar een paar kinderen in het water speelden. Een pijnlijke steek schoot door haar heen. Ze dacht aan het kindje dat ze zo vroeg verloren had. Michaels baby. Hoe anders had alles kunnen zijn. Zo vaak had ze zich afgevraagd of ze ook een miskraam zou hebben gehad als Michael nog had geleefd.

Ze slikte haar tranen weg en reed snel naar de Olympiaweg, waar Juda en zij nu bijna een halfjaar woonden, in een appartement op driehoog. Op het moment dat ze haar fiets het trappenhuis in duwde, sloeg de kerkklok schuin aan de overkant zes uur en ze glimlachte. Het was even wennen geweest, die klok, maar al na enkele dagen wist ze dat ze het geluid zou missen als ze hier ooit weg zou gaan.

Ze parkeerde haar fiets onder de trap, greep de spullen uit haar fietsmand en beklom de zes trappen naar de derde verdieping. Op twee hoog keek ze even kort naar de deur van het appartement recht onder dat van Juda en haar en vroeg zich af wanneer het eindelijk weer eens bewoond zou gaan worden. Het stond al leeg vanaf dat ze hier kwamen wonen.

Met haar elleboog duwde ze de klink naar beneden en deed de deur open. Nog voordat ze over de drempel stapte, voelde ze al dat er iets vreemds was. Een andere sfeer. Ze wierp een blik in de richting van de woonkamer en nadat ze de deur zacht achter zich had dichtgedaan, schuifelde ze voorzichtig verder naar binnen.

De gordijnen van de woonkamer waren gesloten. Ze hielden niet al het daglicht buiten, daar waren ze te dun voor, maar toch was het donker genoeg om de vele kaarsen en waxinelichtjes die door de hele kamer waren neergezet een zacht licht te laten verspreiden.

'W-wat...' begon ze, maar ze zweeg toen Juda op haar af kwam lopen. In zijn hand hield hij twee rode rozen. Vlak voor haar liet hij zich op een knie zakken, stak haar één van de rozen toe en fluisterde: 'Lieve Mara, ik hou van je. Wil je met me trouwen?'

Ze liet alles wat ze in haar handen had in een keer vallen en staarde naar de ring die boven op de tere blaadjes van de roos lag. Dit was dus de reden dat hij haar weg had willen hebben. Zodat hij dit kon voorbereiden. Een huwelijksaanzoek. Er flitste ineens van alles door haar heen. Michaels aanzoek, hun trouwdag, het gevoel toen hij de ring om haar vinger schoof. En zij bij hem. De ring waarvan ze had gedacht dat die haar liefde en geluk zou brengen. En dat ook had gedaan. Nooit was ze zo gelukkig geweest als met Michael. Nooit had ze zo veel liefde ervaren als de achttien maanden dat ze getrouwd waren geweest. Achttien maanden. Het waren er niet genoeg geweest.

'I-ik…' stamelde ze, en ze keek nu naar Juda, in zijn donkere ogen die haar verwachtingsvol aanstaarden. Hoe lang kende ze hem nu al niet? Net zolang als Michael. Langer, want hij leefde nog. Had ze gevoelens voor hem? Misschien. Hij was niet de liefde van haar leven, zoals Michael vanaf het eerste moment was geweest. Maar dat verwachtte ze ook niet. Niemand zou ooit de plaats van Michael kunnen innemen. En al hadden Juda en zij min of meer al een poos een soort relatie, wat ze voor hém voelde was eerder respect en genegenheid. Warmte. Hij was Michaels beste vriend geweest en misschien was dat wel de reden dat ze uiteindelijk ja zei. Want naast zijzelf, stond Juda het dichtst bij de man die ze zo had liefgehad. En of het nou twee jaar of twintig jaar geleden was dat Michael was gestorven, tijd zou haar gevoelens voor hem nooit veranderen. Maar misschien kon Juda ze wel verzachten, al wist ze dat ze nooit zo veel van Juda zou kunnen houden als van de man die haar hart voor eeuwig mee het graf in had genomen.

-19-

AMSTERDAMSE BOS

Roerloos zie ik hoe de schim ons nadert. Ik heb nog steeds Rudi's arm vast en knijp erin. Hard. Maar hij geeft geen krimp, staart alleen maar met toegeknepen ogen in dezelfde richting als ik. Dan komt de maan achter de wolken vandaan, wat de omgeving uit de duisternis trekt en alles om ons heen in een helder, bleekwit licht zet.

'Het is een vrouw,' zegt Rudi.

Het verbaast me dat hij dat nu pas ziet. Ik had dat op het moment dat ze op ons af kwam lopen al door. Daarom wist ik ook meteen dat het Moorman niet was.

'Ik vertrouw het niet, Ruud,' fluister ik.

'Waarom niet? Beter een vrouw dan een man. Haar kunnen we wel aan, als ze iets van plan is.'

Zwijgend blijven we staan tot de vrouw ons dicht genoeg genaderd is om haar beter te kunnen zien. Ze is niet groot, eerder smal en tenger. Ze draagt een zwarte, getailleerde jas tot bijna op haar enkels en om haar hoofd zit een donkere hoofddoek gedrapeerd, die haar vrijwel gave gezicht helemaal vrij laat. Haar wangen lijken in het bleke maanlicht lichte blosjes te vertonen, maar haar ogen zijn te donker om er enige uitdrukking in te kunnen zien. Langs de zijkant van haar gezicht steken een paar plukjes krullend haar onder de hoofddoek vandaan, wat me op de een of andere manier verbaast.

Een kort moment kijken we elkaar aan en ik vraag me af wat ze hier komt doen. Ik heb het idee dat ze op een andere plek thuishoort, al kan ik met geen mogelijkheid zeggen waarom, of welke plek dat dan zou moeten zijn. Het feit dat ze hier staat, zo vlak voor ons, nadat ze soepel tussen de balken van het hek is gestapt, betekent toch dat ze meer weet van de hele situatie. Van Moorman, van de Dutch Broadcasting Group. Van mij. En dat beangstigt me. Ik kijk in haar donkere ogen en weet dan, diep vanbinnen, dat Rudi ongelijk heeft. Deze vrouw kan weleens gevaarlijker zijn dan een hele groep mannen bij elkaar.

'De afspraak was dat je alleen zou komen,' zegt ze. Haar stem, waarin ik een licht accent hoor, is net zo donker als haar blik, en ze praat zacht, bijna fluisterend, al heb ik niet het idee dat ze dat doet om niet gehoord te willen worden. Het is zoals ze is; zoals ze eruitziet: breekbaar. Maar breekbaar is ze volgens mij allerminst.

'Dat mocht ze niet van mij,' reageert Rudi in mijn plaats. 'Er lopen rare types rond in het Amsterdamse Bos. Vooral op dit tijdstip.'

Onwillekeurig vraag ik me af of zíj alleen is en voorzichtig speur ik om me heen. Maar ik kan nergens enige beweging of geluid ontdekken en dus kijk ik weer naar de vrouw en zeg: 'Ik verwachtte Richard Moorman.'

Ze geeft geen antwoord. Haar ogen laten die van mij niet los en ik krijg het idiote idee dat ze tot diep in mijn ziel kijkt. Het voelt ongemakkelijk en dus worstel ik me los uit haar blik en kijk even kort opzij naar Rudi.

'Ik wil jou spreken,' zegt ze tegen mij, en na eveneens een blik op Rudi te hebben geworpen: 'Zonder hem.' Haar handen heeft ze – nog steeds – in haar jaszakken zitten en heel even verontrust dat me. Wat heeft ze daar? Een wapen?

'Dat dacht ik even niet,' antwoordt Rudi in mijn plaats, terwijl hij me bij mijn arm pakt en een stukje achteruit trekt, tot half achter zich. Machogedrag, schiet het door me heen.

De vrouw kijkt hem aan. 'Ik zal haar niets doen,' zegt ze. En weer tegen mij: 'Het heeft met je kinderen te maken.'

Haar woorden komen aan als een vuistslag die me de adem beneemt en mijn stem verlamt. Mijn kinderen? Wat hebben zij hiermee te maken?

'Ik weet alles van haar kinderen,' zegt Rudi koppig.

Nu glimlacht de vrouw, al doen haar ogen niet mee. 'Is dat zo?' vraagt ze. Vervolgens kijkt ze weer naar mij. 'We moeten praten. Alleen wij.'

'Wat is er met mijn kinderen?' wil ik weten. 'En waar is Moorman? Wat hebben hij en zijn bedrijf met mijn kinderen te maken?'

De vrouw haalt een hand uit haar jaszak en maakt een uitnodigend gebaar naar de tweede picknicktafel, een meter of vijf verderop.

Ik aarzel, kijk opzij naar Rudi, die bijna onmerkbaar zijn hoofd schudt. Natuurlijk wil hij niet dat ik met haar meeloop. Hij vertrouwt haar niet. En ik… doe ik dat wel? Om eerlijk te zijn weet ik het niet. Als ze niet over mijn kinderen was begonnen, had ik geen stap verzet. Maar nu… wat weet zij van mijn kinderen? En wat hebben zij met deze hele situatie te maken?

Ik leg mijn hand op Rudi's arm en terwijl ik hem een paar stappen meetrek, zeg ik zacht: 'Laat ons maar even. Ik geloof niet dat ze kwaadwillend is.'

'Nee, dat zeg jij,' fluistert Rudi terug. 'Ze kan wel een wapen hebben, Marrie.'

'Dat kan, maar dat verwacht ik niet.'

'Dus jij gelooft haar op haar woord?'

Ik schud mijn hoofd. 'Ik weet niet wat ik geloof. Wat ik móét geloven. Maar ze heeft het wel over Jamil en Isra. Ik moet weten wat ze over hen te vertellen heeft.'

Hij gromt wat, kijkt met een schuin oog naar de vrouw. Ik

merk aan alles dat hij het er niet mee eens is. En misschien heeft hij ook wel gelijk, kunnen we veel beter maken dat we wegkomen. Tot nu toe is er dan wel geen enkele reden om aan te nemen dat ze een wapen heeft, maar ze heeft me wél bedreigd. En alleen al daarom wil ik méér weten. Wat er aan de hand is, en vooral wat mijn kinderen ermee te maken hebben.

'Ik loop met haar naar die tafel,' zeg ik. 'Verder niet. Dat beloof ik.' En zonder op zijn reactie te wachten, stap ik van hem weg. De vrouw volgt me naar de picknicktafel, waar we naast elkaar op een van de bankjes gaan zitten.

'Vertel op,' zeg ik koeltjes. Het feit dat ik naar haar wil luisteren, wil nog niet zeggen dat ik haar vertrouw.

De vrouw kijkt me aan en opnieuw zie ik de kilte in haar ogen. Kilte die daar niet vanzelf is ontstaan. Deze vrouw is zo gemaakt, door iemand, of door iets. Zij weet wat pijn is, zij weet wat ik voel. Maar haar heeft die pijn hard gemaakt. Meedogenloos. Ik zie het in haar blik.

'Jij hebt iets wat wij willen hebben,' zegt ze zacht.

Ik zeg niets, trek alleen even vragend mijn wenkbrauwen op.

De vrouw zucht even. 'Hou je niet dom, Mara. De data die je op het netwerk van de Dutch Broadcasting Group hebt gevonden waren niet voor jouw ogen bestemd.'

'Nee, dat begrijp ik,' zeg ik vinnig. En nog voordat ze verder kan gaan: 'Wat weet jij van mijn kinderen?'

Ze glimlacht. 'Ik weet dat ze in Irak zijn. Dat ze door...'

'Hoe weet jij dat ze daar zijn?' onderbreek ik haar.

Haar blik houdt me even vast, maar dan kijkt ze van me weg. 'Jij bent niet de enige die veel van computers weet, Mara.'

Dat is iets wat ik ook nog nooit beweerd heb.

'Wij kunnen ze voor je vinden,' gaat ze verder. Ze zwijgt even en vervolgt dan zacht: 'En thuisbrengen.'

Sprakeloos staar ik haar aan, terwijl ik tot me door laat dringen wat ze eigenlijk zegt. Thuisbrengen? Mijn kinderen? Uit dat godvergeten land?

'Maar daar staat natuurlijk wel iets tegenover.'

Ik reageer er niet op, wacht alleen maar op het vervolg.

'We willen de lijst met IP-adressen die je van Richard Moorman hebt gekregen.'

Het moet even tot me doordringen wat ze eigenlijk zegt. 'Die lijst?' vraag ik uiteindelijk verbaasd. 'Was dat het wat je bij mij thuis zocht? Ik dacht dat je de informatie wilde hebben die ik heb opgeslagen.'

Ze glimlacht weer. 'O ja, maar dat is minder belangrijk.'

'Minder belangrijk dan een lijst met IP-adressen?' zeg ik. 'Is het vanwege dat ene afwijkende adres?'

'Drie,' zegt ze. 'Drie afwijkende adressen. Waarvan er een rechtstreeks naar een server leidt die we liever geheim houden.'

Drie adressen? Hoe heb ik dat kunnen missen?

'Wat voor server?' vraag ik.

'Niet belangrijk,' zegt ze. 'Voor jou, voor iedereen die er niets mee te maken heeft. En om te voorkomen dat het IP-adres in verkeerde handen valt, willen we die lijst hebben.'

Ik reageer niet. Er stuitert van alles door mijn hoofd, gedachten aan Jamil en Isra, Moorman, het stickje en de lijst met IP-adressen op Rudi's nachtkastje. Ik weet niet wat ik moet doen. Wat gebeurt er als ik hun die lijst geef? Ze kunnen nooit zeker weten dat ik er geen kopie van heb gemaakt. Wie garandeert me dat ze me niet het zwijgen opleggen? Wie zegt mij dat ze mijn kinderen ook werkelijk kunnen vinden en bij me terug kunnen brengen? En, ook niet onbelangrijk, wat zijn ze van plan met dat lek? Heeft dat te maken met die geheime server? Waarom vertelt ze me dit eigenlijk? Was het niet logischer geweest als ze me gewoon zonder omhaal gedwongen had die stick en die lijst te overhandigen? Of mag ik blij zijn dat ze dat niet doet? Tenslotte zou ze mij – en Rudi – niet meer nodig hebben als ze die informatie had, met het gevolg dat ze ons simpelweg alleen nog maar het zwijgen op hoeft te leggen.

'Denk goed na, Mara,' klinkt het zacht.

'Je, eh... overvalt me een beetje,' probeer ik tijd te rekken.

'Het gaat om je kinderen,' zegt ze. 'Hoeveel tijd heb je nodig om ervoor te kiezen dat ze weer thuiskomen?' Ze zwijgt, haar mond verstrakt, als ze vervolgt: 'We kunnen ze natuurlijk ook met een andere reden opzoeken.' Ze steekt haar hand in haar jaszak en haalt er een stuk papier uit, dat ze openvouwt en op haar knie gladstrijkt. Ik zie meteen wat het is: de foto van Jamil en Isra.

'Denk erover na,' fluistert ze me toe, terwijl ze de foto in mijn handen duwt. 'Ik weet zeker dat je de juiste beslissing neemt.'

'Hoe kunnen jullie weten dat ik geen kopie van die lijst maak?' vraag ik.

Ze staat op en kijkt op me neer. 'Ik vertrouw je,' zegt ze. 'Vernietig alle informatie die je hebt opgeslagen en geef de lijst morgenmiddag af bij de Dutch Broadcasting Group. Aan de receptie, in een gesloten envelop. Zeg dat Richard Moorman je vorige week gevraagd heeft het langs te brengen voor de ICT-afdeling.'

Haar woorden brengen me weer terug in de realiteit. Ik zie Moorman voor me, met zijn vriendelijke gezicht, zijn open blik. Wat is zíjn rol toch in dit verhaal?

'Waar is Moorman?' wil ik weten.

'Dat is niet belangrijk,' antwoordt de vrouw. 'Jouw kinderen. Die zijn belangrijk. Denk alleen aan hen en werk mee. Voor hen.'

Dan loopt ze van me weg, in de tegenovergestelde richting als van waar ze gekomen is. Ik kijk haar even verbouwereerd na en zie dan tussen de bomen een tweede schim.

Ze is hier niet alleen!

'Wat zei ze?' Rudi laat zich naast me op het bankje vallen.

'Ze wil de lijst met IP-adressen die ik van Moorman kreeg,' zeg ik, zonder mijn blik af te wenden van de twee mensen die nu in het donker verdwijnen.

'Wat moeten ze met die lijst?'

'Er staat een adres op dat niet bekend mag worden.'

'Waarvan?'

'Dat weet ik niet, maar het is voor hen belangrijk genoeg om het ten koste van alles veilig te stellen.'

'Je geeft het toch niet?'

Hij is boos, dat merk ik aan alles. Boos dat hij niet bij het gesprek mocht zijn, boos omdat hij me wilde beschermen, maar ik dat niet toeliet.

'Dat weet ik nog niet,' zeg ik zacht.

Zijn wenkbrauwen schieten omhoog. 'Hoezo weet je dat nog niet? Je gaat je eigen glazen toch niet ingooien? Die lijst in combinatie met de informatie die je hebt opgeslagen op dat stickje is nu het enige wat je hebt om jezelf te beschermen.'

'Ze kunnen Jamil en Isra thuisbrengen,' fluister ik. Nu kijk ik hem aan en voel diep vanbinnen ineens een intense pijn. Vijf jaar lang heb ik ze al niet gezien. Heb ik ze niet in mijn armen kunnen sluiten, niet kunnen knuffelen, niet kunnen instoppen. Ik mis ze zo verschrikkelijk en de gedachte dat ik hen binnenkort weer zou kunnen vasthouden, doet me bijna barsten van vreugde.

'Weet je dat zeker?' vraagt Rudi voorzichtig. 'Ik bedoel, we weten helemaal niet wat voor mensen het zijn en wat ze van plan zijn. Ben jij straks niet net zo strafbaar als zij? Vooropgesteld dat ze iets onwettigs willen doen wat mij het meest waarschijnlijk lijkt.'

'Nee, dat weet ik niet zeker,' zeg ik. 'Maar als er een kleine kans is dat het kan...'

Hij zwijgt, lijkt diep na te denken. Dan zegt hij: 'Ik begrijp dus dat ze jou je kinderen hebben aangeboden in ruil voor die lijst met IP-adressen?'

'En de eis dat ik alle opgeslagen informatie vernietig.' Ik kijk een kort moment weer naar de plek waar de vrouw en haar metgezel opgingen in de nacht en vervolg dan: 'Maar ze hebben me er ook mee bedreigd.'

'Wat?'

'Niet rechtstreeks, maar het komt erop neer dat ze mijn kinderen ook gaan opzoeken als ik de lijst niet aan hen overhandig.'

Verbijsterd staart Rudi me aan als tot hem doordringt wat ik bedoel. 'Schoften,' sist hij tussen zijn tanden door. 'Maar het bewijst wel dat ze méér van plan zijn met dat lek.'

'Wat bedoel je?'

'De ruil is niet in verhouding. Oké, bedrijfsspionage is niet niks, maar om daar twee kinderen tegen te ruilen, is buiten proporties. Ze zijn iets anders van plan. Iets veel groters.'

'Kinderen ruilen?' vraag ik.

'Ja, daar komt het toch op neer? Jouw kinderen tegen die lijst. En geef je het niet, dan zullen ze hen wel...'

Haastig leg ik mijn vingers tegen zijn lippen. 'Niet zeggen,' fluister ik. 'Daar wil ik niet aan denken!' Ik kijk naar de foto in mijn andere hand en herhaal zacht: 'Daar wil ik niet aan denken.'

Rudi sluit zijn handen om die van mij. 'We kunnen niet anders, Marrie. Wat moeten we doen? Als ze werkelijk iets vreselijks van plan zijn, dan kunnen we ze toch niet hun gang laten gaan? Wat zei ze nog meer? Moet je die lijst ergens afgeven, of zo?'

Zo veel vragen en op de meeste heb ik geen antwoord. Behalve op die laatste. 'Ja,' zeg ik. 'Morgen, bij de receptie van de Dutch Broadcasting Group. En dan zeggen dat het volgens afspraak met Moorman is.'

'Moorman? Heeft die klootzak er dan toch mee te maken?'

'Dat weet ik niet. Toen ik naar hem vroeg, zei ze dat het niet belangrijk was.'

'Nee, natuurlijk niet,' mompelt Rudi. 'Het enige wat zij wil is die lijst met IP-adressen.'

Waarschijnlijk wel. Dat besef ik best. Maar is het overdragen van die lijst en het vernietigen van alle informatie voor mij niet veel minder belangrijk dan het terugkrijgen van mijn kinderen? Ik vertrouw je, zei ze. Maar dat kan zij makkelijk zeggen. Ze weet toch wel dat ik alles zal doen of laten voor de veiligheid van mijn kinderen. Maar ik? Welke garantie heb ík dat zij Jamil en Isra daadwerkelijk naar Nederland gaat – of zelfs kán – halen, als het Matin tot nu toe niet gelukt is? Die garantie heb ik niet. Ik kan dus ook geen kant op.

-20-

'En nu?' vraagt Rudi, als we weer in zijn auto zitten.

Goede vraag. 'Naar huis,' zeg ik. 'Ik ben doodmoe.'

Hij zwijgt, stuurt de wagen van de parkeerplaats en rijdt dan de verlichte straat in waar Richard Moorman woont. Even wil ik Rudi vragen om te stoppen, zodat we nogmaals bij hem kunnen aanbellen, maar ik doe het niet. Eigenlijk durf ik het niet. Wat moet ik zeggen als hij opendoet? Wat gaat hij doen als hij inderdaad bij deze hele zaak betrokken is?

Langs het water zie ik een vrouw lopen, met een hond. Het is de buurvrouw van Moorman en ik merk aan haar houding dat ze me herkent. Ik onderdruk de neiging om mijn hand naar haar op te steken en kijk in plaats daarvan opzij naar Rudi, die recht voor zich uit kijkt. Pas als hij de Amstelveenseweg opdraait, zeg ik zacht: 'Wat moet ik doen, Ruud?'

'Dat weet ik niet,' antwoordt hij, zonder zijn blik van de weg te halen. 'Maar ik betwijfel of je haar kunt vertrouwen.'

Ik reageer er niet op, denk aan de kille ogen van de vrouw. Ergens weet ik dat hij gelijk heeft. Ze is niet te vertrouwen. Maar toch ben ik die pijn niet vergeten, die ik op een zeker moment in haar blik dacht te zien. Toen ze over mijn kinderen begon. Zou ze zelf een kind hebben verloren? Is ze daarom naar Nederland gekomen? Want ze is geen Nederlandse, zoveel is me wel duidelijk. Maar waarom laat ze zich dan in met zaken die niet deugen? En is ze werkelijk niet te vertrouwen?

Het liefst zou ik nu een potje gaan janken. Uit onmacht.

Woede. Wie denken ze wel dat ze zijn om mij zo onder druk te zetten? Over de ruggen van mijn kinderen! Moet ik dat zomaar toelaten? Nee toch zeker? Nijdig knijp ik mijn handen tot vuisten.

Tien minuten later parkeert Rudi zijn auto op het laatste lege plekje in de straat. 'Je bent kwaad hè?' zegt hij, als hij de motor heeft afgezet.

'Wat denk je zelf?' Ik kijk opzij, recht in zijn bezorgde ogen. 'Ze willen me laten kiezen, terwijl ze weten dat ik geen keus heb.'

'Je kinderen.'

Ik knik. 'Vijf jaar is lang, Rudi.'

'Dat is het ook,' geeft hij toe. 'Zelfs vijf dagen is te lang als je er niet zelf voor gekozen hebt.'

Mijn keel knijpt dicht bij zijn woorden. Nee, ik heb er niet voor gekozen. Hoe zou een moeder ervoor kunnen kiezen haar kinderen nooit meer te zien? De pijn toen ik Michael verloor was overweldigend, terwijl ik bij hem heel goed wist dat hij nooit meer zou terugkomen. Maar Jamil en Isra… ik weet helemaal niet waar ze zijn, behalve dat het ergens in Irak is. Een land verscheurd door oorlogen en geweld. De onzekerheid of ik hen ooit nog zal zien, vreet meer aan me dan het allereerste moment van besef dat Michael voorgoed weg was.

'Je gaat die lijst dus aan hen geven,' zegt Rudi, zijn conclusie trekkend.

'Vind jij dat ik dat moet doen?' vraag ik.

Hij haalt een schouder op. 'Ik weet het niet,' antwoordt hij. 'Maar ik sta dan ook niet voor jouw keuze. Die lijst is blijkbaar erg belangrijk voor ze.'

'Het moet te maken hebben met de informatie uit die mappen van de Dutch Broadcasting Group,' zeg ik. 'Die ik heb opgeslagen op dat stickje.'

Rudi zwijgt, wrijft nadenkend over zijn voorhoofd. 'Het is

iets groots,' zegt hij uiteindelijk. 'Veel groter dan bedrijfsspionage.'

'Dat zei je al eerder,' meld ik. 'Maar wát dan?'

Hij kijkt me aan, bezorgd. 'Die vrouw, die droeg een hoofddoek.'

'Ja,' zeg ik. 'Hoezo?'

'En ze kan jouw kinderen uit Irak halen, beweert ze.'

Ongeduld borrelt in me omhoog. 'Wat wil je nou zeggen, Ruud?' Maar terwijl ik dat vraag begrijp ik ineens wat hij bedoelt. Als zij kan 'garanderen' dat ze mijn kinderen kan vinden in Irak en hen terug naar Nederland kan brengen, dan moet ze een connectie hebben met dat land. Anders zou ze dat nooit kunnen beloven. Tenzij het een loze belofte is, iets waar ik natuurlijk ook al aan gedacht heb. Ze wil die lijst. En als ik haar goed inschat is ze tot alles in staat om hem te krijgen. Haar zeggen dat ik de lijst net als de andere data vernietig, zal voor haar niet voldoende zijn. Absoluut niet.

'Het zouden terroristen kunnen zijn, Marrie,' zegt Rudi.

'Terroristen?' herhaal ik. Zouden ze dat werkelijk zijn? En als dat zo is, plannen ze dan misschien een aanslag? Op de haven van Rotterdam? Ik voel het bloed uit mijn hoofd wegtrekken, denk aan de vrouw, aan haar kille ogen. Het zou zomaar kunnen. Maar waarom zouden ze dat via de Dutch Broadcasting Group doen? Als degene die met computers werkt werkelijk zo goed is als ik denk, dan had hij of zij gemakkelijk met een eigen laptop hetzelfde kunnen creëren. Waarom dan zo'n ingewikkelde constructie? Denken we nu niet gewoon te ver door?

Ik schud mijn hoofd. 'Dat geloof ik niet,' zeg ik. 'Dat kun je toch niet afleiden uit het feit dat ze een hoofddoek droeg? Er zijn in Nederland ontelbaar veel vrouwen die zo'n ding dragen.'

'Maar niet al die vrouwen zijn zoals de vrouw die jou chanteert.'

Dat is waar. Maar toch... ik kan het me niet voorstellen. Of vertoon ik nu struisvogelpolitiek in zijn zuiverste vorm?

Een rilling trekt over mijn rug. 'Zullen we naar binnen gaan?' vraag ik zacht. 'Ik heb het koud.'

Als ik wakker word schijnt de zon recht in mijn gezicht. Ik knijp mijn ogen dicht tegen het felle licht en probeer ondertussen mijn hersenen op orde te krijgen. Het is alsof alles door elkaar loopt. Alles wat er de laatste dagen is gebeurd, stuitert als een rubberen bal door mijn hoofd. Eén gedachte krijgt echter steeds de overhand: mijn kinderen.

Ik wil me omdraaien, maar dat lukt niet en pas dan merk ik dat Rudi lepeltje lepeltje tegen me aan ligt, zijn arm slap over mijn middel gedrapeerd. Dan weet ik het weer. Gisteravond, toen we terugkwamen uit het Amsterdamse Bos, wilde hij niet dat ik weer naar mijn eigen appartement ging, alhoewel dat naar mijn mening best had gekund. Het is niet waarschijnlijk dat iemand nu nog bij me komt zoeken, in ieder geval niet voordat ik naar de Dutch Broadcasting Group ben geweest, al dan niet met die lijst. Maar ik was te moe geweest om tegen hem in te gaan en was zonder protest met hem meegegaan. Hij had koffie gezet en nadat ik de eerste slok had genomen en de warmte door mijn lichaam voelde stromen, had ik mezelf niet meer kunnen inhouden. Al mijn angst, verdriet en hoop hadden zich een weg naar buiten gezocht en ik had gehuild. Rudi had zijn arm om me heen geslagen en me zonder iets te zeggen tegen zich aan gehouden, en uiteindelijk had hij me naar zijn bed gebracht, waar ik klappertandend onder de dekens was gekropen. Vaag had ik gemerkt dat hij tegen me aan was gekropen en blijkbaar waren we zo in slaap gevallen.

Voorzichtig til ik Rudi's arm op en schuif er onder vandaan. Eenmaal naast het bed kijk ik naar hem en glimlach. Zijn haren pieken en op zijn wangen ligt een lichte blos. Hij beweegt niet, slaapt rustig door en geruisloos sluip ik langs het bed naar de woonkamer. Automatisch wil ik naar het raam lopen om mijn dagelijkse blik op de boom aan de overkant te werpen, maar besef dan dat het waarschijnlijk overbodig is. Ik aarzel, wil me al omdraaien om naar de keuken te gaan, maar kijk dan toch even snel naar buiten. Gewoon om zeker te zijn.

Natuurlijk is er niets te zien. Op de stoep aan de overkant zie ik een vrouw met een kinderwagen. Aan haar hand houdt ze ook nog een jochie van een jaar of drie, dat dapper naast haar voortstapt. Ik denk aan Jamil en Isra en opeens flitst het door me heen: Matin! Hij zou langskomen! Met nieuws! Hoe laat is het? Ik zal toch niet te laat zijn? Mijn blik schiet naar de klok. Bijna kwart voor elf. Te laat. Veel te laat. Ik weet het zeker. En ik had het alarm nog wel ingesteld! Waarom heb ik dat nou niet gehoord?

Ik ren door de gang, draai de sloten van Rudi's deur open, wat niet echt gemakkelijk gaat met mijn hevig trillende handen, maar eindelijk trek ik dan toch de deur open. Haastig schiet ik het trappenhuis in en word dan opgevangen door twee sterke armen.

'Ho,' klinkt het en even denk ik dat het Matin is die voor me staat. Maar dat is niet zo. Het is een vrij lange, statige man, met een ernstige blik en donker haar, keurig in model gekamd. Achter hem staat een vrouw in uniform. Een politieagente!

'Sorry,' zegt de man, terwijl hij me loslaat, 'maar de benedendeur stond open. We zijn op zoek naar meneer Keller.' Zijn stem is diep en warm en als ik zie dat zijn ogen vluchtig over me heen gaan, besef ik dat ik alleen een slip en een T-shirt van Rudi aanheb. Ik probeer het shirt wat naar beneden te trekken, maar dat lukt niet erg; daarvoor is het net iets te kort en ik voel hoe mijn wangen beginnen te gloeien.

'Rudi Keller,' herhaalt de man. 'Dit is toch zijn appartement?'

Ik knik, terwijl ik een paar stappen achteruit doe. Ik wijs met mijn duim over mijn schouder. 'Hij is, eh, binnen.' Schielijk kijk ik langs de trap omhoog, in de hoop dat ik Matin daar zie, maar alles blijft stil.

'We zijn op zijn werk geweest, maar daar zeiden ze dat hij ziek thuis was,' gaat de man verder.

Rudi, ziek? Wat een onzin. Maar dan dringt het tot me door. Rudi is niet naar zijn werk geweest. Gisteren niet, en voor vandaag heeft hij ook nog geen aanstalten gemaakt om te gaan. Hij heeft zich dus ziek gemeld. Waarom? Vanwege deze hele toestand? Of wil hij mij soms niet alleen laten? Daar zie ik hem wel voor aan.

De man haalt een mapje tevoorschijn en houdt me een identificatiebewijs voor. 'Ik ben inspecteur Daaldekker van de Regionale Politie-eenheid Amsterdam. En dit is agent Van der Vlis,' gebaart hij naar de vrouw schuin achter hem. 'Zouden wij meneer Keller even kunnen spreken?' Hij bekijkt me met interesse en ik besef dat het nogal vreemd op hem moet overkomen dat ik als een idioot in een T-shirtje het trappenhuis in kwam rennen.

'Ja... ja, natuurlijk,' zeg ik. 'Komt u maar mee.' Ik werp nog een laatste blik langs de trap omhoog, maar besef dat Matin er niet meer is. Bovendien denk ik dat hij, als hij er wel zou zijn, het niet echt op prijs zou stellen om kennis te maken met de politie. Wat hij voor me doet is min of meer strafbaar en zowel hij als ik hebben liever dat niemand van onze deal weet, laat staan een politie-inspecteur. En dus ga ik hen voor naar de woonkamer, laat hen plaatsnemen, pak dan snel mijn mobiel van de tafel en loop door naar de slaapkamer.

'Er zijn hier twee mensen van de politie,' fluister ik, terwijl ik Rudi aan zijn schouder wakker schud.

'Wat?' zegt hij, terwijl hij overeind komt. Hij werpt een blik naar de woonkamer en kijkt vervolgens weer naar mij. 'Wat moeten die hier?'

Ik haal mijn schouders op. 'Weet ik niet.' En dan, dringend: 'Ik heb Matin gemist!'

'Matin?' herhaalt hij. De uitdrukking op zijn gezicht vertelt me dat hij niet weet wat ik bedoel en dan besef ik ineens dat dat ook inderdaad zo is.

'Laat maar,' zeg ik. 'Je moet eerst die politieagenten te woord staan.'

'Nee, niet laat maar,' zegt hij, terwijl hij zijn benen over de rand van zijn bed slaat en naar me opkijkt. 'Wie is Matin? Laatst noemde je hem ook al en wilde je er ook niets over zeggen. Heeft hij misschien met deze hele toestand te maken?'

Ik schud mijn hoofd. 'Nee. Hij... Nee, hij staat hierbuiten.' Met mijn hand wrijf ik door mijn haar dat voor mijn gevoel alle kanten op staat. 'Ik zal je straks alles over hem vertellen, oké? Maar nu eerst...' Ik wijs naar de woonkamer.

Hij blijft me strak aankijken, is het duidelijk niet met me eens. Ik doe net of ik het niet zie, pak mijn broek en shirtje van de stoel en trek ze aan. Daarna activeer ik mijn mobiel en kijk op het display. Drie gemiste oproepen en één bericht. Allemaal van Matin.

Verdomme.

Haastig open ik het sms'je.

Waar ben je? Bel je later.

Verdomme, verdomme. Dit was belangrijk! Ik kijk naar Rudi, die me nog steeds aanstaart, terwijl hij zich in een korte hawaïbroek hijst en een poloshirt naar zich toe trekt. Ineens denk ik weer aan vannacht. Aan hoe we samen in dat bed van hem geslapen hebben. Er is niets gebeurd, maar toch voel ik me opgelaten. Alsof ik iets gedaan heb wat niet door de beugel kan. Maar meteen wijs ik mezelf terecht. Er. Is. Niets. Gebeurd. We hebben in één bed gelegen. Dat stelt toch helemaal niets voor?

Ik kijk naar hem terwijl hij zijn shirt aantrekt en ik laat mijn ogen over zijn gespierde armen gaan, over zijn borst, die breder is dan ik verwachtte. Ik voel zijn zachte lippen weer, toen hij ze over de keukentafel heen op die van mij drukte. Mijn hart vraagt ineens overdreven om aandacht, roffelt genadeloos achter mijn ribben. Ik negeer het hinderlijke gebonk, zeg nogmaals tegen mezelf dat ook die kus helemaal niets te betekenen had, en richt mijn blik weer op het display van mijn mobiel, zodra Rudi's hoofd uit zijn shirt tevoorschijn komt.

Niets. Het stelde helemaal niets voor.

Ik sluit het sms'je en besluit om Matin terug te bellen zodra die politiemensen weer weg zijn. Misschien maakt hij dit keer wel een uitzondering en neemt hij het gesprek aan, al weet ik eigenlijk al dat hij dat niet gaat doen.

'Goedemorgen,' zegt Rudi, als hij zijn woonkamer binnenloopt, met mij op zijn hielen. Hij haalt zijn hand door zijn piekerige haar en kijkt van de man naar de vrouw.

'Ook een goedemorgen,' zegt de inspecteur. Hij staat op en steekt zijn hand uit. 'Inspecteur Simon Daaldekker.' Hij gebaart naar de agente: 'Dit is mijn collega Van der Vlis.'

Rudi grinnikt. 'Nou, wie ik ben weten jullie al.'

Daaldekker gaat weer zitten en ook Rudi laat zich op een stoel zakken, net als ik.

'En wie bent u, als ik vragen mag?' vraagt Daaldekker aan mij.

Ik schraap mijn keel en zeg: 'Mara de Wolff. Ik woon hierboven.' Ter verduidelijking maak ik een halfslachtig gebaar naar het plafond.

Daaldekkers wenkbrauwen schieten omhoog en hij knikt goedkeurend. 'Dat komt mooi uit,' zegt hij. 'Want ook u willen we graag spreken.'

'Mij?' vraag ik. 'Waarom?' Ik slik en denk aan het zero-day leak bij het Rotterdamse Havenbedrijf. Zijn ze erachter gekomen dat ik er meer van weet? Is er aangifte gedaan? Maar waarom komen ze dan bij Rudi aan de deur?

'We zijn hier vanwege de heer Moorman.' Daaldekker kijkt van Rudi naar mij en weer terug. 'Die kennen jullie toch?'

'Dat is te zeggen,' begint Rudi. 'Ik heb de man nog nooit ontmoet.'

'Ik wel,' zeg ik zacht. 'Ik werk voor hem.'

Daaldekker trekt opnieuw zijn wenkbrauwen op, dit keer van verbazing. 'Bij de Dutch Broadcasting Group?'

Ik knik. 'Nou ja,' vul ik aan. 'Niet echt. Hij heeft mij ingehuurd om het netwerk van zijn bedrijf te, eh… controleren op veiligheidsrisico's.'

'Veiligheidsrisico's,' herhaalt Daaldekker. 'Wat moet ik me daarbij voorstellen?'

Voor de tweede keer schraap ik mijn keel en zeg: 'Ik probeer vanaf een externe computer hun netwerk binnen te dringen om te kijken of dat überhaupt mogelijk is. Zo breng ik in kaart waar de zwakke plekken in de beveiliging zitten.'

'U bent een hacker?' vraagt Daaldekker.

Ik glimlach onzeker. 'Zoiets,' zeg ik. 'Ethisch hacker. Ik werk alleen in opdracht en nooit ongevraagd.'

Daaldekker zwijgt even. 'Dat lijkt me knap ingewikkeld allemaal,' zegt hij uiteindelijk. 'Maar daarvoor zijn we hier niet.' Hij kijkt van Rudi naar mij en vervolgt dan: 'Vanmorgen vroeg is het levenloze lichaam van meneer Moorman aangetroffen in het Amsterdamse Bos. En volgens getuigen waren jullie gisteravond laat op de plaats van het misdrijf.'

AMSTERDAM

SEPTEMBER 2003

Het gevoel in haar buik was vreemd, maar ze wist wat het was. Eén van de baby's maakte een buiteling en schopte twee keer achter elkaar. Ze glimlachte. De eerste keer dat ze het voelde, toen ze een week of zeventien zwanger was, was ze geschrokken. Het had haar doen denken aan die eerste zwangerschap, twee jaar geleden. Juda was volledig in paniek geraakt en had meteen de dokterspost gebeld. Achteraf gezien schaamden ze zich dood, en toen ze het ziekenhuis weer verlieten, hadden ze spontaan de slappe lach gekregen. 's Avonds had ze meteen haar moeder gebeld om het te vertellen, niet alleen over hun hysterische gedrag, maar ook over het bewegen van de baby's. Ze had gemerkt dat haar moeder het er moeilijk mee had dat ze zo ver weg zat. Vooral nu ze zwanger was.

Bijna een jaar na het aanzoek van Juda waren ze getrouwd. Voor die gelegenheid waren haar ouders vanuit Amerika overgekomen, maar sinds die dag had ze hen niet meer gezien. Natuurlijk hadden ze dat voor die tijd geweten, maar dat ze hen zo zou missen, had ze niet verwacht. Haar moeder klaagde niet. Maar dat was ook niets voor haar. Tenslotte had ze er zelf op aangedrongen dat ze met Juda mee naar Nederland zou gaan. Soms vroeg ze zich af of haar moeder had geweten van Juda's gevoelens voor haar. Zelf had ze nooit het idee gehad dat hij echt van haar hield. Als vriend, ja, maar niet meer dan dat. Zijn aanzoek had het tegendeel bewezen.

Haar liefde voor Juda wist ze niet goed te plaatsen. Ze hield van hem, dat zeker. Maar het voelde anders dan bij Michael. Bij hem was alles vanzelf gegaan; ze hadden elkaar haarscherp aangevoeld, elkaars tekortkoming geaccepteerd en begrepen elkaar ook zonder woorden. Bij Juda ontdekte ze nog elke dag minder fijne dingen. Kleine minpuntjes die haar af en toe enorm irriteerden. Zo had hij vorige week gevraagd of ze het gouden kruisje dat ze van Michael had gekregen en dag en nacht droeg, niet eens kon opbergen. Ze geloofde niet dat het kwaad bedoeld was en ergens kon ze het ook wel begrijpen. Hij was nu haar echtgenoot; dat kruisje stond als een symbolische Michael tussen haar en hem in.

Natuurlijk had ze geweigerd. Dat kruisje was het enige tastbare wat ze nog van Michael had. Ze kon dat niet zomaar 'opbergen'. Nu nog niet, in ieder geval. Juda was eerst boos geweest, maar later had hij gezegd dat het hem speet en dat hij geduld zou hebben. Ze had dat wel fijn gevonden, maar ook geweten dat het slechts uitstel was; hij zou er later weer over beginnen, daar kon ze op wachten.

Weer voelde ze een schopje in haar buik en ze glimlachte. Zouden het allebei van die wildebrassen zijn, of was alleen het jongetje dat? Het eerste wat door haar heen schoot toen haar verteld werd dat het een tweeling zou worden, was dat dit zo had moeten zijn. Als haar eerste kindje nog had geleefd, zou het nu ook de tweede zijn. Maar meteen daarna had ze die gedachte losgelaten. Het was niet eerlijk. Niets zou ooit haar eerste baby kunnen vervangen.

Juda was helemaal in de wolken geweest, vooral toen hij hoorde dat er een jongetje bij zat. Gezien zijn afkomst was dat belangrijk voor hem, maar – had hij haar verzekerd – met het meisje was hij net zo blij. Zelf maakte het haar niet uit. Als ze maar gezond waren.

'Voel je ze weer?' klonk Juda's stem.

Ze keek glimlachend naar hem op. Hij stond achter de bank waarop ze zat en legde zijn handen op haar schouders.

'Ja,' zei ze. 'Ze blijven schoppen.'

'Dat is vast Jamil,' zei hij.

Vragend trok ze haar wenkbrauwen op.

'Zo gaan we hem noemen,' verklaarde Juda.

'Jamil?' herhaalde ik. 'Juda, daar hebben we het nog helemaal niet over gehad. Ik bedoel...'

'Vind je het geen mooie naam?'

Ze aarzelde. 'Jawel, maar...'

'Nou dan!'

'Ik wil er gewoon goed over nadenken. Ze dragen die naam hun hele leven lang, ik wil dat niet overhaast doen.'

'Jij zou hem natuurlijk het liefst Michael willen noemen,' zei hij.

Het klonk onvriendelijk en toen ze naar zijn ogen keek, zag ze dat het ook zo bedoeld was.

'Natuurlijk niet,' verdedigde ze zichzelf. 'Ik was met Michael getrouwd. Ik zou toch nooit een baby van óns...'

'Precies,' onderbrak hij haar. 'Wás. Laat Michael eindelijk eens los, Mara!'

Zijn woorden deden haar pijn en gekwetst keek ze hem aan.

Hij zuchtte diep, liep om de bank heen en ging naast haar zitten. 'Luister nou, liefje. Je kunt je niet eeuwig met Michael verbonden voelen. Hij is er niet meer. Het is nu wij. Jij en ik. En straks zij ook nog.' Hij legde zijn hand op haar al aardig gezwollen buik. 'Weet je wat? Verzin jij dan een naam voor het meisje.'

'Daar gaat het niet om,' zei ze zacht. 'Het gaat erom dat ik wil dat we sámen de namen kiezen.'

'Maar dat doen we dan toch?'

'Nee, op die manier verdelen we het. We hebben er niet eens over gepraat, Juda. Ik wil een naam voor de baby's die bij hen past.'

'Jamil is Arabisch voor knap,' zei Juda. 'Welke moeder vindt zo'n naam nou niet bij haar zoon passen?'

De manier waarop hij het zei gaf haar het gevoel dat hij twijfelde aan haar capaciteiten als moeder. Het deed haar zelf ook twijfelen. Was het nou zo erg als hij de naam van het jongetje bepaalde? Hoe deden andere ouders dat als ze een tweeling verwachtten? Maakten die ook ruzie over wie welke naam koos?

'Hé,' zei Juda zacht. Hij schoof dichter tegen haar aan en sloeg zijn arm om haar heen. 'Ik hou van je, dat weet je toch?'

Ze knikte en glimlachte, terwijl ze vocht tegen de opkomende tranen.

'We hebben het er nog wel over, oké?'

Voor de tweede keer knikte ze.

Hij boog zich naar haar toe en kuste haar zacht.

-21-

AMSTERDAM

Ik ben zo overdonderd door Daaldekkers mededeling dat ik hem een aantal seconden alleen maar kan aanstaren. Dan kijk ik opzij naar Rudi, die net zo geschokt lijkt als ik.

'M-maar we hebben meneer Moorman helemaal niet gesproken!' weet ik uiteindelijk uit te brengen.

'U was dus gisteravond in het Amsterdamse Bos?' vraagt Daaldekker.

Ik werp weer een korte blik op Rudi en zwijg.

'Uw auto is vlak bij de plaats delict gezien, meneer Keller.' Daaldekker kijkt nu naar Rudi. 'Wat deed u daar?' En tegen mij: 'U bent herkend door een bewoner die u beiden rond het tijdstip van de moord in de auto van meneer Keller de parkeerplaats aan het eind van de Oude Karselaan af zag rijden. Ze herkende u, omdat u ook al bij haar aan de deur was geweest om vragen te stellen over meneer Moorman. En omdat ze dat toch niet helemaal vertrouwde, heeft ze het kenteken genoteerd.'

Ik knik, omdat ik niet weet wat ik anders moet doen.

'U bevestigt dat u daar was?'

Weer knik ik. Ontkennen lijkt me het domste wat ik kan doen. Waarom zou ik ook? De waarheid zeggen is nog altijd het beste. Ik kan vertellen over die vrouw en over de lijst met IP-adressen. De USB-stick die weggestopt ligt onder mijn kussen. Over het zero-day leak in het netwerk van het Rotterdamse Havenbedrijf. En over mijn kinderen…

We kunnen ze natuurlijk ook met een andere reden opzoeken.

In mijn hoofd klinken de woorden nog dreigender dan gisteravond in het donker en het zweet breekt me ineens uit. Ze zullen hen kwaad doen als ik het de politie vertel. Dat weet ik honderd procent zeker.

'Mevrouw De Wolff?'

Ik schrik op uit mijn gedachten en kijk Daaldekker aan. 'Sorry?' vraag ik.

'Klopt het wat meneer Keller zegt?'

'I-ik heb het niet gehoord,' stamel ik. 'Ik was in gedachten.'

Daaldekker en zijn collega staren me aan, afwachtend. Het maakt me nerveus en boos tegelijk.

'Ja, sorry hoor,' zeg ik dan. 'Maar het bericht dat meneer Moorman dood is, komt nogal hard aan. U verwacht toch niet van mij, van óns, dat we daar koud onder blijven?'

Daaldekker glimlacht. 'Natuurlijk niet,' zegt hij rustig. 'Maar hoe meer informatie u ons kunt geven, hoe sneller de zaak is opgelost en we de dader kunnen oppakken.'

'En wij kunnen u daarbij helpen, denkt u?' vraagt Rudi.

'Misschien,' antwoordt Daaldekker. Het klinkt nogal vaag, maar voordat Rudi of ik kunnen reageren, gaat hij alweer verder: 'U zei net dat jullie in het Amsterdamse Bos waren omdat jullie wilden praten over jullie toekomst samen.'

Over onze wát? Ik kijk met een ruk opzij naar Rudi, die stoicijns terug staart, en weet van verbazing niet hoe ik moet reageren.

'Dat klopt,' zegt Rudi. 'We moesten wat beslissingen nemen en het leek ons beter dat op neutraal terrein te doen.'

'Neutraal terrein?' vraagt Van der Vlis, die tot nu toe nog helemaal niets gezegd heeft. 'Hadden jullie ruzie?'

'Nee,' zeg ik. 'Nee, we hadden geen ruzie. Hoezo?'

Er komt geen antwoord. In plaats daarvan richt Daaldekker zijn ogen even kort op het plafond en vraagt: 'U woont toch hierboven?'

Ik knik en zwijg verder.

Ook Daaldekker zegt niets, kijkt me alleen maar vorsend aan. 'U hebt dus niets vreemds gezien of gehoord toen u, zoals u zegt, aan het wandelen was?' vraagt hij uiteindelijk.

'Zoals?' vraagt Rudi. En zonder op antwoord te wachten: 'Waar is meneer Moorman eigenlijk gevonden?'

'Bij de Kleine Vijver, een meter of tien van de picknickplaats langs het ruiterpad,' zegt Van der Vlis.

'Daar zijn wij niet geweest,' verklaart Rudi. 'We zijn niet om de vijver heen gelopen.'

'En ook niets gezien aan de overkant van het water?' vraagt Daaldekker.

'Helemaal niets,' zegt Rudi.

Zwijgend laat Daaldekker zijn blik eerst op Rudi en vervolgens op mij rusten. 'Waarom zijn jullie zondagmiddag bij meneer Moorman aan de deur geweest?' wil hij dan weten.

'I-ik moest nog wat dingen weten over mijn, eh... opdracht,' lieg ik. 'Dat kon niet wachten en omdat meneer Moorman zijn mobiel niet opnam, bood Rudi aan om er even, eh... langs te rijden. Ik heb namelijk geen rijbewijs, ziet u.'

Rudi bevestigt mijn woorden door te knikken. 'Maar hij was niet thuis,' vult hij aan.

Ik denk ineens aan de tuindeur die niet op slot zat en waarop ongetwijfeld Rudi's vingerafdrukken staan. En de mijne. Wat nou als ze die vinden? Als ze ons daardoor die moord in de schoenen schuiven?

Wat een onzin!

Rudi en ik hebben toch helemaal niets gedaan? Bovendien zijn we helemaal niet bekend bij de politie. Hoe zouden ze moeten weten dat het onze vingerafdrukken zijn? Ik werp een korte blik op Daaldekker en zie dat hij nog steeds naar me kijkt. Maar dan staat hij op en zegt: 'Jammer. We hadden gehoopt op meer informatie. Zoals het eruitziet, zijn jullie de enigen die iets voor ons hadden kunnen betekenen.'

'Het spijt ons,' zegt Rudi. 'We hadden u graag verder geholpen.'

Met verbazing gluur ik opzij, verwonderd dat Rudi zo gemakkelijk liegt, en om te voorkomen dat ze de uitdrukking op mijn gezicht zien, sta ik ook maar snel op en schud Daaldekkers hand die hij naar me uitsteekt.

'Dank u voor uw tijd,' zegt hij met een knikje. 'Als we nog meer vragen hebben, dan hoort u van ons.'

Hij houdt mijn hand onnodig lang vast en op dat moment besef ik dat hij ons niet met rust gaat laten. Ik weet niet of hij ons verhaal gelooft, maar wel dat hij vermoedt dat er iets niet klopt.

Rudi laat hen uit en als hij terugkomt in de woonkamer kijkt hij me zwijgend aan. Ook ik zeg niets. Na een poosje laat Rudi zich op de bank zakken en zegt: 'Volgens mij zitten we in de shit, Marrie. Heel diep in de shit.'

Anderhalf uur later zitten we nog steeds in Rudi's woonkamer, zonder een oplossing te hebben gevonden. Rudi hangt in de hoek van de bank, zijn armen over elkaar geslagen alsof hij het koud heeft.

'En als we nou toch eens alles aan de politie gaan vertellen?' stelt hij uiteindelijk voor.

Ik schud koppig mijn hoofd. 'Dat dreigement van die vrouw ligt me nog vers in het geheugen, Ruud. Ik ga het leven van mijn kinderen niet op het spel zetten. Echt niet.'

'We weten niet eens of dat wel zo is,' zegt Rudi. 'Die vrouw kan zo veel zeggen. Misschien heeft ze niet eens de middelen om in een land als Irak twee kinderen op te sporen.'

Ik staar hem aan. Het is logisch dat hij dat zegt, maar toch weet ik beter. Ik heb met haar gesproken, ik heb haar kille ogen gezien, haar beheerste maar ijskoude stem gehoord. Ze kan het. Zonder enige twijfel.

'Die middelen heeft ze wel, hè?' vraagt Rudi, die blijkbaar aanvoelt wat ik denk.

Ik knik. 'En ik denk ook dat ze niet aarzelt om Jamil en Isra iets aan te doen.'

Met gebogen hoofd zwijgt hij.

'Daarnaast,' ga ik verder, 'kunnen ze me ook nog eens opsluiten voor computerinbraak.'

'Zouden ze dat echt doen?' vraagt hij, met een blik die toch wel wat ongeloof uitstraalt.

'Ik heb gegevens gekopieerd zonder dat ik daar schriftelijke toestemming voor kan overleggen,' zeg ik. 'Kan ik vier jaar cel voor krijgen.'

'Die toestemming heb je wél,' spreekt Rudi tegen. 'Van Moorman. En de politie weet nu toch ook dat je voor hem werkt?'

'Maar daar heb ik toch geen bewijzen van!' roep ik. 'Geen contract, geen opdracht, zelfs geen e-mail, want naast die ene ontmoeting hebben we alleen maar telefonisch met elkaar gesproken. Wat de politie betreft kan ik het wel verzonnen hebben, om mijn gehack bij de Dutch Broadcasting Group te verklaren bijvoorbeeld. Of om de moord op Moorman te verdoezelen.'

'Dan zou je zijn naam toch nooit genoemd hebben? Ik bedoel, dan was het logischer geweest als je gezegd had heel Moorman niet te kennen.'

'Dat is waar,' moet ik toegeven. 'Maar ze weten ook wel dat wij beseffen dat ze daar toch wel achter komen. Vergeet niet dat we bij die buurvrouw hebben aangebeld.' Ik schud mijn hoofd. 'Nee, alles aan de politie vertellen is geen optie.'

'Verdomme,' mompelt Rudi. Hij haalt zijn hand door zijn haar en staart naar het plafond. Uiteindelijk gaat hij rechtop zitten en zegt: 'Misschien moeten we het anders aanpakken.'

'Anders?' herhaal ik. 'Hoezo, anders?'

'We doen een *Zwischenzug*.'

'Wat?'

'Een tussenzet! Je weet wel, in plaats van de voor de hand liggende zet speel je iets wat de tegenpartij niet verwacht.'

'Ik weet heel goed wat een tussenzet is, Ruud. Maar we zijn nu niet aan het schaken.'

'Ik bedoel alleen maar dat we de rollen gaan omdraaien.'

Nog steeds snap ik niet wat hij bedoelt en staar hem glazig aan.

'Geen lijst met IP-nummers voordat jouw kinderen hier zijn.'

Nu begrijp ik hem wel. Heel goed zelfs. Maar tegelijkertijd besef ik ook dat het levensgevaarlijk is. Is het niet voor ons, dan wel voor mijn kinderen.

'Nee.' Ik schud mijn hoofd. 'Nee, dat kunnen we niet doen. Dat pikken ze nooit.'

'Ze zullen wel moeten,' zegt Rudi. 'Anders kunnen ze fluiten naar hun lijst.' Hij wordt steeds enthousiaster en grijnst breeduit. 'Dit verwachten ze nooit.'

'Waarschijnlijk niet, nee,' zeg ik. Ik deel zijn enthousiasme absoluut niet, denk alleen maar aan het gevaar dat het voor mijn kinderen kan opleveren.

'Ze willen die lijst hebben, Marrie. Daar hebben ze alles voor over. Bovendien...' Hij staat op en komt naast me zitten. '... wie garandeert ons dat ze je kinderen hiernaartoe halen als jij hun die lijst geeft? Voor hetzelfde geld doen ze niks, gaan ze er gewoon vandoor. Of ze zoeken ze toch op en...'

'Ik wil het niet horen!' roep ik, terwijl ik opsta en naar het raam loop. Ik weet dat hij gelijk heeft. Die gedachte is al meerdere keren door mijn hoofd gegaan. Maar wat moet ik anders? Ze zei dat ze me vertrouwde. Moet ik haar dan niet ook vertrouwen?

'Het maakt geen verschil, Marrie,' zegt Rudi zacht. Hij komt naast me staan en legt zijn grote hand op mijn schouder. 'Je hebt geen keus. In beide gevallen weet je niet wat ze gaan doen, kunnen ze je kinderen iets aandoen. Maar door ze voor het blok te zetten, draai je de rollen om en kom jij in een gunstiger positie te staan.'

Het klinkt allemaal zo vanzelfsprekend, maar toch heeft hij me nog niet overtuigd. Als ik doe wat ze zeggen, dan zullen ze zich toch wel aan hun belofte houden?

Mensen die kinderen iets aandoen als ze hun zin niet krijgen? Die illegale dingen plannen? Mensen doden alsof het niets is?

'Ze hebben Moorman vermoord,' zeg ik zacht.

Rudi knikt. 'Waarschijnlijk wel. En daarom kun je ze niet vertrouwen. Zodra zij die lijst hebben, en jij alle opgeslagen informatie vernietigd hebt, maken ze je af. Je bent getuige, je weet van hun plannen.'

'Ik weet helemaal niets van hun plannen!' werp ik tegen. 'Het enige wat ik weet is dat er iemand via het netwerk van de Dutch Broadcasting Group, met behulp van dat zero-day leak het netwerk van het Rotterdamse Havenbedrijf is binnengedrongen. Ik weet niet wie, ik weet niet waarom.'

'Het feit dat ze Moorman hebben uitgeschakeld wijst erop dat ze alles en iedereen die hen voor de voeten loopt uit de weg ruimen,' zegt Rudi. 'En dat zouden ze dus ook met ons kunnen doen.'

'Niet zolang ze die lijst niet hebben.'

'Precies.'

Ik zwijg even, denk na. Dan zeg ik: 'Maar ze kunnen ons ook uit de weg ruimen zónder dat ik ze die lijst heb gegeven. Voor hen net zo veilig.'

'Dan moeten we iets verzinnen waardoor ze dat wel uit hun hoofd laten,' stelt Rudi.

Zoals hij het zegt, klinkt het zo eenvoudig. Maar we weten allebei dat het dat niet is. 'Zoals?' vraag ik.

Nu slaat hij zijn arm om me heen en fluistert in mijn oor: 'Dat weet ik niet. Jij bent de hacker.'

Met een ruk kijk ik opzij.

'Zonder die papieren van Moorman ben je toch al strafbaar,' zegt hij. 'Daar kan dit dan ook nog wel bij.'

Eerst wil ik protesteren, tegen hem zeggen dat ik absoluut niet van plan ben om illegaal netwerken te gaan exploiteren, maar dan besef ik dat hij gelijk heeft. De enige manier om een black hat hacker dwars te zitten is door er zelf eentje te zijn. Ik grijns naar hem en wring me onder zijn arm vandaan. 'Kom mee,' zeg ik.

-22-

'Hier,' zegt Rudi, terwijl hij wat papieren, draden en routers opzijschuift om een beker koffie op mijn bureau te kunnen zetten.

Natuurlijk had ik mijn eigen apparatuur nodig om te kunnen doen wat ik wilde, of wat ik dacht te willen doen, en dus waren Rudi en ik naar boven gegaan, waar ik meteen na binnenkomst was doorgelopen naar mijn werkkamer. Rudi had een stoel bijgetrokken en was de eerste tijd naast me blijven zitten. Maar uiteindelijk, nadat ik een aantal keren zijn vragen over wat ik aan het doen was had afgekapt, was hij opgestaan om koffie te zetten.

'Lukt het wel op mijn laptop?' vraagt hij, nadat hij weer is gaan zitten en een poosje zwijgend heeft gestaard naar mijn vingers die vrijwel constant over het toetsenbord vliegen.

Ik knik. 'Het moet maar,' mompel ik.

Stilte.

'Ben je nog lang bezig?' komt hij uiteindelijk weer.

'Geen idee.'

Stilte.

'Het is bijna halftwee. Je moet nog naar de Dutch Broadcasting Group ook.' En als ik niet antwoord: 'Hoe wil je dát trouwens oplossen?'

'Wat?' vraag ik.

'Dat bij de Dutch Broadcasting Group. Je moet die lijst daar brengen, weet je nog?'

'Ja, weet ik nog,' zeg ik afwezig. Ik heb nu wel iets anders aan mijn hoofd. Ik heb geen idee of het werkt, maar het enige wat ik kon verzinnen om hen dwars te zitten was een VPN pivoting: een gecodeerde 'tunnel' die al het netwerkverkeer van het Rotterdamse Havenbedrijf samenbrengt. Of in ieder geval onder mijn aandacht brengt. Eerst dacht ik het zero-day leak te dichten, maar dat zou niet slim zijn. Dat is namelijk definitief en om te onderhandelen moet je niet iets doen wat niet meer is terug te draaien. Nee, deze VPN pivoting leek me beter en het doet verder helemaal niets. Ik gebruik het zo vaak tijdens mijn werk. Maar een beetje computernerd zal het wel ontdekken. En dat is ook de bedoeling. Het is namelijk niet meer dan een afleidingsmanoeuvre zodat ze de door mij zelf geschreven en ingebouwde exploit niet opmerken, of althans de eerste tijd niet. Het programma – de exploit dus – stuurt een waarschuwing uit zodra iemand in het netwerk rommelt en dat is nou net mijn bedoeling. Op deze manier kunnen ze niets met dat zero-day leak. En ik hoop dat het voor hen een reden is om toe te geven aan mijn eis: mijn kinderen voor die lijst. Of hun computertechneut mijn exploit kan omzeilen, of misschien wel uitschakelen, weet ik niet. Dat ligt aan zijn kennis en zijn vaardigheden. Voorlopig zal hij er in ieder geval zoet mee zijn.

'Mara...'

'Wat?' zeg ik, terwijl ik opkijk.

'De tijd gaat dringen. Wat doe je met de Dutch Broadcasting Group?'

'Ik ga ze straks een envelop brengen,' mompel ik. 'Maar eerst moet dit af.'

'Je gaat het ze brengen?' echoot Rudi. 'Serieus?'

'Laat me nou eerst even dit afmaken,' zeg ik geïrriteerd. 'Hier.' Ik trek een van mijn laden open. 'Stop even wat papier voor me in de printer.'

Hij staart me aan. Het is duidelijk dat hij er geen fluit van begrijpt, maar hij doet gelukkig wat ik hem vraag. Ondertussen trek ik mijn telefoon naar me toe en toets het nummer van de Dutch Broadcasting Group in.

'Wie bel je?' vraagt Rudi, terwijl hij een stapeltje papier in de lade van mijn printer stopt.

'De Dutch Broadcasting Group.'

Nu worden zijn ogen nog groter, maar voordat hij iets kan zeggen, wordt er aan de andere kant opgenomen. Ik steek mijn hand naar hem op om hem stil te houden en zeg met een ietwat bekakte stem: 'Goedemiddag, u spreekt met Lizette Pasman, secretaresse bij de firma DEAS. Een poosje geleden heeft een van onze medewerkers gesproken met het hoofd van uw automatiseringsafdeling. Nu wil onze medewerker graag nog wat aanvullende informatie opsturen en dat heeft hij bij mij klaargelegd, maar hij is vergeten de naam te vermelden naar wie ik het moet toesturen en ik kan hem momenteel niet bereiken. Kunt u mij zeggen wie bij u hoofd van de afdeling automatisering is?'

Het meisje dat ik aan de lijn heb aarzelt geen moment en zegt: 'Dat is de heer Qasim. Rami Qasim.'

'Ah, fijn,' zeg ik. 'Is hij aanwezig?'

'Nee,' zegt het meisje. 'Morgen is hij er weer. Zal ik een notitie voor hem neerleggen dat u gebeld hebt?'

'Dank je, maar dat is niet nodig,' zeg ik. 'Ik stuur de informatie met de post naar hem toe, dan heeft hij het morgen.' En na haar nogmaals bedankt te hebben, hang ik op. Ik kijk opzij naar Rudi en glimlach.

'Wat?' zegt hij. 'Je kunt wel zo voldaan grijnzen, maar ik snap echt niet waar je mee bezig bent.'

'*The art of deception*,' zeg ik.

'En dat houdt in?'

'*The art of deception* is een boek van Kevin Mitnick. Jaren geleden was hij FBI's meest gezochte hacker. In zijn boek schrijft hij over *social engineering*, een techniek waarbij hij door misleiding allerlei informatie van mensen loskrijgt. Topboek. Moet je ook eens lezen. Wedden dat je erachter komt dat jij er ook weleens slachtoffer van bent geweest?'

'Van die Mitnick?'

'Van social engineering.' Ik rommel even tussen de hangmappen in mijn onderste la en vis er een USB-stick uit, terwijl ik Rudi mijn telefoon toesteek. 'We wachten een halfuurtje en dan is het jouw beurt.'

'Mijn beurt voor wat?'

'Om te bellen. Ik wil het IP-adres hebben van het werkstation van de netwerkbeheerder van de Dutch Broadcasting Group.'

'O ja,' zegt Rudi, terwijl hij de telefoon terug op mijn bureau schuift. 'Nu begrijp ik alles. Duh!'

'Luister nou even,' zeg ik. 'Ik wil zekerheid dat ik het juiste werkstation te pakken heb. Omdat ik vanaf die computer het hele netwerk wil "infecteren" met een programma dat ik geschreven heb, moet ik wel zekerheid hebben dat ik op de juiste plek zit. Met andere woorden, ik moet zeker weten dat het IP-adres van dat werkstation correct is.'

'Ik snap er geen barst van,' mompelt Rudi, 'maar het zal wel goed zijn. Ik moet bellen, zei je. En dan? Wat moet ik vragen?'

'Het is heel simpel,' zeg ik. 'Je vraagt naar Rami Qasim. Die...'

'Rami wie?'

'Qasim. Wie het is, doet er niet toe. Je vraagt naar hem, maar hij is er niet. Je zegt dat het dringend is, dat je pas geleden met hem gesproken hebt over de lokale ICT-infrastructuur van hun bedrijf en dat je een werkplan aan het voorbereiden bent met betrekking tot het realiseren van *cloudboxes*. Je hebt daarvoor het IP-adres nodig van de computer van de systeembeheerder.'

Hij staart me aan. 'Kun je dat even voor me opschrijven? Ik ben nou alweer vergeten wat je zei.'

Weer schiet ik in de lach en trek een stuk papier naar me toe.

‘Je hebt een halfuur om te repeteren,’ zeg ik, als ik na een paar minuten de tekst naar hem toe schuif.

Hij leest wat ik heb opgeschreven en kijkt al snel met een scheve glimlach naar me op. ‘Wouter Aartse? Moet ik zeggen dat ik zo heet?’

Ik knik. ‘En laat je niet afschepen. Blijf aandringen, laat de telefoniste je doorverbinden met de ICT-afdeling. Daar zit wel iemand die je het IP-adres gaat geven.’

‘Weet je dat zeker?’

‘Heel zeker. Je laat zien dat je kennis van zaken hebt, dat wekt vertrouwen. En dan zijn mensen gauw geneigd om alle informatie te geven die je hebben wilt.’

‘Waarom bel je zelf niet?’

‘Omdat ik net ook al gebeld heb. Ze zouden mijn stem kunnen herkennen.’

‘Maar wat doe ik als hij achterdochtig wordt? Of dingen vraagt waar ik geen antwoord op heb?’

‘Zolang jij de boventoon blijft voeren, dóór blijft praten, heeft hij daar geen tijd voor. En dan denkt hij daar ook niet aan. Als je naar dat adres gevraagd hebt, ga je kletsen over onbenullige dingen. Zeg dat je blij bent dat de zomer eraan komt, dat de zon schijnt, waar je je volgende vakantie gaat doorbrengen, weet ik veel. Als je maar blijft praten terwijl hij bezig is. Heb je uiteindelijk het adres, hang dan niet meteen op, maar ga nog even door met wat slap gelul. Bedank hem of haar daarna en zeg dat je het heel fijn vindt dat je zo snel en accuraat geholpen bent.’

Rudi zwijgt, tuurt weer naar de tekst voor zich op het papier en zegt dan zonder op te kijken: ‘En dat heb je allemaal uit dat boek gehaald?’

Ik grinnik. ‘Ik zei toch dat je het eens moet lezen. Heel leerzaam, hoor.’

‘Ja, da’s duidelijk.’ Hij schudt zijn hoofd, staat op en terwijl hij de kamer op en neer loopt, herhaalt hij elke keer zijn tekst. Na een halfuurtje komt hij weer naast me zitten, pakt de telefoon en zegt: 'Nou, op hoop van zegen dan maar.'

Nog geen tien minuten later verbreekt Rudi de verbinding weer en kijkt grijnzend naar me op. 'Dat ging gemakkelijk,' zegt hij. 'Ze vroeg nergens naar. Ze wilde wel iets zeggen, nadat ik haar verteld had over dat...' Hij kijkt op zijn papiertje en vervolgt: '... die ICT-infrastructuur. Volgens mij wist ze helemaal niet wat dat was.'

'Dat zou kunnen,' zeg ik. 'Waarschijnlijk is die gewoon op orde en is zij niet de aangewezen persoon om zich daarmee bezig te houden.'

'En nu?' vraagt Rudi. Zijn gezicht glimt van trots dat hij zomaar iemand die hij helemaal niet kent belangrijke informatie ontfutseld heeft.

'Nu de laatste etappe,' zeg ik en ik schuif mijn stoel naar voren om af te maken waarmee ik een paar uur eerder begonnen was.

Na een poosje typ ik een kort briefje en print het uit.

'Wat is dat?' wil Rudi weten, terwijl hij toekijkt hoe het A4'tje uit de printer komt.

'Een brief. Daarin staat dat ik hen wil spreken. Omdat ik niet zelf contact met ze kan opnemen, doe ik het zo. Maar het was makkelijker geweest als ik ze kon bellen.'

'Hebben zij die telefoon van Moorman dan niet?'

'Geen idee,' zeg ik. 'Maar ik ga niet het risico nemen om dat nummer te bellen en dan die Daaldekker of zijn meisje aan de telefoon te krijgen.'

Rudi grinnikt om dat meisje, maar gaat er verder niet op in. In plaats daarvan knikt hij naar het vel papier dat ik dubbelvouw en in een envelop stop, en vraagt: 'Dus daarop staat alleen dat ze jou moeten bellen?'

‘En dat ze die lijst pas krijgen als mijn kinderen weer bij mij zijn. Het is net wat je zei: een Zwischenzug. Dit gaan ze echt niet verwachten.’

Maar misschien maakt het ze wél ontzettend kwaad.

Geagiteerd klap ik de laptop dicht. Niet aan denken. Zij spelen het hard, dus wij ook. Het enige verschil is dat zij weten wat ze doen en wij niet. Wij zijn niet thuis in dit soort zaken. Maar we hebben geen keus. Ík heb geen keus. Niet als het leven van mijn kinderen op het spel staat.

-23-

Die avond kan ik, zoals zo vaak, niet slapen. Ik moet steeds denken aan de conclusie die ik vanmorgen zelf getrokken heb: *ze kunnen ons ook uit de weg ruimen zónder dat ik hun die lijst heb gegeven.* Waarom hebben ze dat niet gedaan? Het had ze dit hele gedoe bespaard en hun geheim was veilig geweest. Maar in plaats daarvan breken ze in mijn appartement in, stelen een map met papieren waar niet eens in zit wat ze zoeken, en chanteren me vervolgens met mijn kinderen. Er is iets wat ik over het hoofd zie. Maar wat?

Het bij de Dutch Broadcasting Group afgeven van de envelop met het briefje had geen problemen opgeleverd. Het meisje achter de receptie had me meewarig aangekeken toen ik zei dat ik volgens afspraak met Moorman iets voor de ICT-afdeling zou langsbrengen. Waarschijnlijk wist ze maar al te goed dat Moorman dood was. Maar ze zei het niet.

De rest van de middag en avond hadden Rudi en ik zitten wachten, met het schaakbord tussen ons in waarop we tergend langzaam onze stukken verplaatsten zonder echt te zien wat we eigenlijk deden. Allebei hadden we gedacht dat ze wel snel zouden bellen, maar dat gebeurde niet, zodat we uiteindelijk rond middernacht maar naar bed gingen.

Ik draai me op mijn andere zij en kijk door het donker de woonkamer in, waar Rudi weer op de bank ligt. Ik zie hem niet, maar hoor zijn lichte gesnurk, waarop ik op slag jaloers ben. Die slaapt dus. Híj wel. Ik denk aan Matin, wanneer ik hem te spreken krijg. Ik had hem gedurende de dag een paar keer gebeld, maar zoals altijd nam hij niet op en ook op mijn sms'jes heeft hij tot nu toe niet gereageerd. Het maakt me nerveus. De hele week heb ik uitgekeken naar zijn komst en naar wat dat betekent: nieuws over mijn kinderen. En uitgerekend nu lopen we elkaar mis. Wat een shitzooi. Ik probeer mijn hoofd leeg te maken. Misschien dat ik dan in slaap val.

Natuurlijk lukt dat niet. Zodra ik mijn ogen dicht heb, zie ik mijn kinderen voor me en vraag ik me voor de zoveelste keer af hoe ze er nu uitzien. Tien zijn ze nu. In december worden ze elf. Mijn hart slaat wat sneller als ik aan hun verjaardag denk. Zouden ze die eindelijk weer thuis vieren? Bij mij?

Met een ruk draai ik me op mijn rug. Waar ben ik mee bezig? Met mezelf voor de gek te houden? Hoe vaak heb ik al niet gedacht dat ze met hun volgende verjaardag weer in Nederland zouden zijn? Ontelbaar vaak. En elke keer waren het luchtkastelen.

Maar nu is er een tweede optie.

Die vrouw.

Zou het haar lukken wat Matin tot nu toe niet voor elkaar kreeg? Heeft zij meer mogelijkheden? Wie ís ze eigenlijk?

Ik glip uit bed en sluip langs Rudi de woonkamer door. In de keuken doe ik het licht aan en drink een paar slokken water, voordat ik zachtjes de deur naar het balkon opendoe en de koele nacht in stap. Het beton voelt koud onder mijn blote voeten en met mijn armen leunend op de balustrade kijk ik naar beneden, laat mijn ogen door de gemeenschappelijke tuin gaan. Ik denk aan vroeger, aan toen ik hier ook stond met Jamil en Isra naast me, kijkend naar de katten die in het gras speelden. Isra wilde zo graag een poes, maar zover is het nooit gekomen. Ik had juist besloten er eentje uit het asiel te halen, toen ze verdwenen. Nee, niet verdwenen. Ontvoerd werden. Meegenomen naar een ver land, dat zo langzamerhand in een oorlogsgebied is veranderd.

Misschien leven ze wel niet meer. Zijn ze omgekomen bij een van de vele bomaanslagen of gevechten die daar aan de orde van de dag zijn. En dan de IS, die niets liever wil dan dat iedereen die niet islamitisch is wordt uitgeroeid. Jamil en Isra hebben groene ogen. Niet zo groen als die van mij, maar zeker opvallend genoeg om de aandacht van die idioten te trekken. Genoeg om te zien dat ze gemengd bloed hebben.

Nee!

Matin had gezegd dat het goed ging. Dat zou hij niet zeggen als ze… als ze… Ik slik en voel mijn ogen vollopen. Waarom zijn we elkaar nou misgelopen? Waarom ben ik niet op tijd wakker geworden? Het zijn toch mijn kinderen waar het om gaat? Wat ben ik voor moeder dat ik…

'Mara?'

Rudi's stem doorbreekt mijn gedachten. Hij staat in de deuropening van het balkon, maar ik kijk niet om. Tranen lopen over mijn wangen en eigenlijk wil ik niet dat hij ze ziet. Niet na afgelopen nacht, waarin ik ook al in zijn armen had liggen huilen.

Hij stapt het balkon op, draait me aan mijn schouders een kwartslag om, en zoekt zwijgend mijn blik.

'Ik mis ze zo, Rudi,' fluister ik.

Nog steeds zegt hij niets, kijkt me alleen maar aan, maar dan trekt hij me tegen zich aan en wrijft troostend met zijn hand over mijn haar.

Na een poosje voel ik me rustiger worden. Ik adem even diep in en weer uit. Het voelt vertrouwd om mijn wang tegen Rudi's shirt te duwen en het liefst bleef ik zo nog uren staan. Ook Rudi beweegt niet, behalve zijn hand waarmee hij nog steeds liefkozend over mijn haar wrijft, wat een lichte huivering over mijn rug doet gaan. Ik vraag me af wat ik zonder hem had moeten doen. De laatste dagen is hij het geweest die me heeft opgevangen. Die me met alles geholpen heeft. Die zelfs voor me gelogen heeft. Zonder hem was ik verloren geweest. Door het shirt heen hoor ik zijn hart kloppen, krachtig, regelmatig, wat een merkwaardig effect op me heeft.

Ik krijg het ineens heel erg warm en weet niet meer wat ik nou eigenlijk voel. Het verwart me. 'Misschien moet ik morgen maar weer naar mijn eigen appartement gaan,' zeg ik zacht, met mijn hoofd nog tegen zijn borst.

'Waarom?'

'Dit is niet goed,' fluister ik. 'We zijn buren.'

'Nou en,' zegt hij.

Ik kijk naar hem op, recht in zijn blauwe ogen die zich bezorgd in die van mij boren. Dan buigt hij zich iets naar voren en drukt zijn lippen op die van mij, dit keer langer dan toen in de keuken. Het voelt goed en voor het eerst heb ik niet de neiging om hem weg te duwen. Een heel klein stukje van me probeert nog te protesteren, het stukje dat niet vergeten is hoe veel ik van Michael hield en hoe diep ik gekwetst werd door iemand waarvan ik dacht dat hij hem kon vervangen. Maar dat verzet gaat jammerlijk verloren in een allesoverheersend gevoel van thuiskomen. Ik beantwoord Rudi's kus vol overgave, terwijl hij zijn armen stevig om me heen geslagen houdt.

Uiteindelijk laat hij me los en kijkt me indringend aan. Ik voel een sinds lang onderdrukte warmte door mijn lichaam gaan als hij zijn hand tegen mijn wang legt en fluistert: 'Ik wil geen misbruik maken van jouw kwetsbaarheid. Als ik te ver ga, moet je het zeggen.'

Ik breng zijn vingers naar mijn lippen en kus ze zacht. 'Het is goed,' fluister ik terug.

Teder pakt hij mijn hand vast. 'Kom,' zegt hij. En zonder protest van mijn kant neemt hij me mee naar zijn slaapkamer.

Het is de korte piep van mijn mobiel die me wakker doet schrikken uit een diepe slaap. Rudi ligt dicht tegen me aan, zijn arm over mijn buik. Zijn naakte huid voelt klam tegen die van mij en als ik terugdenk aan de afgelopen nacht is dat ook geen wonder. Het is lang geleden dat ik me zo volledig aan iemand gegeven heb. En daar ook zo veel voor terugkreeg. Ik voel me rozig, tevreden, alsof er niets anders meer bestaat dan wij tweeën in dit grote bed.

Mijn mobiel piept opnieuw en vrijwel meteen ben ik terug in de realiteit. Ik duw Rudi bij me vandaan, waardoor hij zich mompelend naar zijn kant van het bed terugtrekt, en grijp mijn telefoon. Afgeschermd nummer. Haastig open ik het berichtje.

Dit was niet de afspraak.
Wacht op nieuwe instructies.

Ik staar naar de woorden op het display. Nieuwe instructies? Wat nou nieuwe instructies! We zijn toch duidelijk genoeg geweest? Geen kinderen, geen lijst. Wat is daar moeilijk aan?

Ik por Rudi tussen zijn ribben.

Hij mompelt weer iets, maar opent zijn ogen niet.

'Ruud!' Ik por hem nogmaals.

'Ik wil een zoen,' zegt hij dan, nog steeds met gesloten ogen. Vol verwachting tuit hij zijn lippen.

'Later,' zeg ik. 'Er is een bericht.'

Nu opent hij zijn ogen wel. 'Van haar?' vraagt hij.

Ik knik en hou hem mijn mobiel voor.

'Instructies?' zegt hij. Hij komt overeind. 'Wat voor instructies? Voor ons? Of bedoelt ze instructies ván ons?'

Goeie vraag. Zo had ik het nog niet bekeken. Wacht op instructies kan ook betekenen: ík wacht op instructies.

'Ik heb geen idee.' Ik laat me uit bed glijden en terwijl ik mijn slaapshirt van de grond vis en naar de stoel loop waarover mijn kleren hangen, voel ik hoe zijn ogen me volgen.

'Je bent nog mooier dan ik ooit gedacht heb,' zegt hij, leunend op zijn elleboog.

Ik pak mijn slip die half onder het bed ligt en trek hem aan. 'Grapjas,' mompel ik.

'Meen ik serieus. Je hebt een prachtig lichaam. Ik zou er uren naar kunnen kijken.'

'Dan heb je pech,' reageer ik en ik pak mijn beha en bloesje dat ik gisteren ook al droeg. 'Ik ga nu douchen.'

'Samen?' vraagt hij hoopvol.

'Andere keer,' zeg ik. 'We hebben nu belangrijkere dingen te doen.'

Hij laat zich weer op zijn rug vallen en slaakt een zielige zucht. 'Ik had gehoopt dat we nog even vlug...'

De rest hoor ik niet meer omdat ik de slaapkamer al uit ben. In zijn badkamer, die er een stuk rommeliger uitziet dan die van mij, bedenk ik dat ik straks naar boven moet om wat schone kleren te halen. Misschien kan ik ook wel weer gewoon daar blijven. Al moet ik toegeven dat ik op dit moment niet graag alleen wil zijn.

Terwijl ik voel of de douche al warm is en er vervolgens onder stap, vraag ik me af of er niet iets is wat ik kan doen. Iets ondernemen, al is het alleen maar om bezig te zijn. Ik weet niet goed wat er nu gaat komen. Moet ik wachten tot die vrouw weer contact opneemt? Of wacht ze op ons? Op mij? Ik denk aan Rudi, aan zijn opmerking, en besef ineens dat hij slimmer is dan ik dacht. Soms ziet hij dingen, merkt hij dingen op, die aan mij voorbijgaan. Ik ben zo dankbaar dat hij er is. Me helpt met al die idiote dingen die me ineens overkomen. Het enige wat me dwarszit is dat Rudi erdoor in de problemen kan komen. Hij heeft zich ziek gemeld voor mij en de toestand waarin ik verkeer. Als ze erachter komen dat hij helemaal niet ziek is, kan hij zijn baan weleens verliezen. Ik snap ook best waarom hij me niet verteld heeft dat hij zich ging ziek melden. Omdat hij weet dat ik hem zou hebben tegengehouden.

Ik draai de kraan dicht, pak een handdoek en stap uit de douchebak op het zwarte badmatje als Rudi de deur opentrekt en om de hoek vraagt of ik koffie of thee wil. Even schrik ik van zijn plotselinge verschijning. Na afgelopen nacht hoop ik niet dat hij denkt dat ik op elk willekeurig tijdstip met hem tussen de lakens duik. Ik had hem nodig, vannacht. En ik heb hem nog steeds nodig. Op de een of andere manier zijn mijn gevoelens voor hem veranderd. Ik kijk niet meer naar hem als de benedenbuurman, eerder als vriend. Misschien zelfs wel iets meer dan als vriend. Maar om nog verder te gaan heb ik tijd nodig. Tijd om te wennen, om de pijn van vroeger te laten vervagen.

Terwijl ik de handdoek om me heen sla, zeg ik: 'Dat zal dan thee moeten zijn, want je koffie is op.'

'Ik heb nog een reservevoorraad,' meldt hij fijntjes.

'Nou, dan koffie graag. Lekker sterk.'

Hij snuift. 'Ik zal een espresso voor je maken, goed?'

Ik grinnik en droog stevig mijn haar, voordat ik mijn slip en bloesje weer aantrek. In de slaapkamer wring ik me in mijn broek en vijf minuten later loop ik op blote voeten de keuken in. Rudi staat aan het aanrecht een paar geroosterde boterhammen van boter te voorzien. Het koffiezetapparaat pruttelt en de geur van koffie verjaagt het laatste restje vermoeidheid dat ik voelde. Dit is een nieuwe dag, met nieuwe mogelijkheden. Ik geef Rudi een vluchtige zoen in zijn nek voordat ik aan het keukentafeltje ga zitten.

'Wat gaan we nu doen?' vraagt hij, terwijl hij een bordje met twee boterhammen voor me neerzet.

'Goeie vraag,' zeg ik.

'Hebben ze dat bericht weer vanaf de mobiel van Moorman verstuurd?' vraagt hij.

Ik hoef er niet lang over na te denken. 'Nee,' zeg ik. 'Maar dat lijkt me ook logisch. De politie zal wel op zoek zijn naar zijn telefoon.'

'Of heeft hem al gevonden.'

'Dat zou ook kunnen. Hun whizzkid heeft duidelijk voldoende kennis in huis om gerommeld te hebben met de mobiel van Moorman.'

'Je bedoelt dat ze zijn telefoon helemaal niet hadden maar vanaf afstand die berichten verstuurd hebben?'

Ik glimlach om de vraagtekens die in Rudi's ogen oplichten. 'Met een computer kun je gemakkelijk whatsappjes versturen uit iemand anders' naam, of eigenlijk nummer, ja.'

Hij staart me aan en ik weet zeker dat hij de komende tijd alle berichtjes die hij ontvangt zal wantrouwen. Zelf maak ik me niet zo'n zorgen over dat soort dingen. We leven in een digitaal tijdperk waarin niets wat je doet, zegt of verstuurt via je mobiel of pc nog privé is. Als je niet wilt dat anderen, wie dan ook, dingen van je te weten komen, zorg er dan voor dat ze nergens opgeslagen staan. Al is verwijderen natuurlijk geen garantie. Niets is voor altijd weg, tenzij je de harde schijf vernietigt.

Ik ben nog niet uitgedacht of het schiet door me heen. Informatie. Verwijderd. De Dutch Broadcasting Group. Wat nou als ik bepaalde informatie nog kan terughalen daar bij de Dutch Broadcasting Group? Oké, die pief daar is niet achterlijk, maar het zou toch sterk zijn als hij elke keer zijn hele harde schijf onder handen neemt. Hij heeft niet voor niets zijn gegevens zo goed beschermd. Als ik nou eens in al zijn data duik. Tekstbestanden, bezochte websites, e-mail, dat afwijkende IP-adres... Wie weet wat ik dan nog ontdek? Of ik dat wil is een tweede. Maar het zou me kunnen wel helpen om mijn situatie te versterken. Als ik meer heb om te onderhandelen, geven ze misschien sneller toe. Al denken zij vast dat ik toch alles al weet.

Mijn gedachten worden verdrongen door Rudi's stem: 'Aarde aan Marrie! Hallo!'

Ik kijk naar hem op. 'Ik moet naar boven,' zeg ik.

V

AMSTERDAM

AUGUSTUS 2012

Stampvoetend liep hij voor haar uit de trap af. 'Je bent te soft!' schreeuwde hij in het Arabisch. 'Ik begrijp niet wat jij hier doet!'

Kalm volgde ze hem naar beneden, de spaarzaam ingerichte woonkamer in, waar hij als een dwarse puber op de bank was neergeploft. Maar een puber was hij allerminst; hij was vorige week negentien geworden en wilde het liefst met iedereen die niet dacht zoals hij de confrontatie aangaan. Zoals hij dit keer woedend was over een uitspraak die Geert Wilders had gedaan.

'Rami...' Ze ging naast hem zitten, haar handen in haar schoot. 'Je moet geduld hebben. Het laatste wat we willen is de aandacht op onze groep vestigen.' Ze zocht zijn blik, maar hij bleef strak de andere kant op kijken.

'Eyad denkt daar anders over,' gromde hij. 'Ze zetten ons gewoon voor schut. We moeten ze aanpakken! Nu! En niet nog anderhalf jaar wachten!'

'Praat Nederlands,' zei ze, zonder op zijn opmerking te letten.

Dit keer keek hij haar wel aan, uitdagend. 'Waarom?' beet hij haar toe. 'Ik haat die taal. Ik haat dit land.' En toen, schreeuwend: 'En al die fucking opportunisten die hier wonen haat ik nog het meest!'

Ze legde haar hand op zijn arm en kneep erin, terwijl ze met haar ogen een waarschuwingssignaal naar hem uitzond. 'Nederlands, Rami.'

'Kan ik niet,' zei hij.

Bijna glimlachte ze om zijn koppigheid. 'Dat kan je best,' zei ze. 'Als je maar wilt. Bovendien moet het. Je weet zelf wel waarom.'

Hij snoof. 'Ik begrijp niet waarom wij naar jou moeten luisteren. Je bent een vrouw.' Hij keek minachtend naar haar op. 'Mijn zus.'

'Ik ben jouw zus, ja,' reageerde ze. 'Maar belangrijker is dat ik ook de vrouw van Ibrahim ben, en dat betekent dat ík het hier voor het zeggen heb. Dit is míjn opdracht. Míjn missie.'

Hij keek haar aan, zijn ogen glommen. Ze kon niet goed opmaken of dat van woede was, of fanatisme. Nooit had ze kunnen denken dat Rami, drie jaar jonger dan zij, zich zo fel in de strijd zou storten. Dat was nooit haar bedoeling geweest. Haar plan, haar énige plan, was wraak.

Dat hij fanatiek was, wist ze al langer. Dat was hij geworden, vijf jaar geleden, op het moment dat hij thuiskwam uit school en aantrof wat ook haar de rest van haar leven in haar dromen – en daarbuiten – zou achtervolgen. Maar sinds ze in Nederland waren en hun plannen voorbereidden, had ze hem steeds radicaler zien worden. Zijn vroegere onschuld leek hij beetje bij beetje te zijn verloren, en sinds zijn beste vriend Eyad uit Bagdad was gekomen om deel te nemen aan hun strijd, was er niets meer over van het kleine broertje dat hij ooit was. Hij was tegendraads geworden, weigerde regelmatig te doen wat ze hem opdroeg. Dan moest er een Skypesessie met Ibrahim aan te pas komen om hem weer tot de orde te roepen.

Een paar dagen terug had ze het met Ibrahim nog over Rami

gehad. Of het wel verstandig was hem in Nederland te houden. Hij was zo impulsief. Zijn bijdrage was te belangrijk om te worden verknoeid door zijn gedrag. Het punt waarop hij zijn rol moest gaan spelen kwam steeds dichterbij. Nog zes maanden en het actieve deel van hun plan zou ingaan. Ze kon niet riskeren dat het daarna zou misgaan omdat Rami te eigenwijs was om te luisteren.

Maar Ibrahim had er niets van willen weten om hem terug te halen. Er was niemand die Rami kon vervangen. Hij had haar gezegd dat ze het moest oplossen. Zij was tenslotte de drijfveer achter de hele missie. Als het mislukte, al dan niet door Rami, zou hij haar verantwoordelijk houden. Maar dat wist ze al. Dat had hij haar eerder gezegd, vlak voordat ze naar Nederland vertrok. En dat had ze ook geaccepteerd. Falen betekende sterven. Alsof ze daarmee zat. Dood was ze toch al. Al sinds die middag, toen alle gevoel en compassie uit haar lichaam werd verjaagd en vervangen werd door haat en rancune.

Ze zou niet falen!

Maar zonder Rami zou haar missie niet lukken, daar had Ibrahim gelijk in. Ze pakte de handen van haar broer en klemde ze tussen die van haar. 'Help me, Rami,' zei ze zacht. 'We zullen dit samen moeten doen.'

Hij bewoog niet, bleef haar aankijken, terwijl hij zijn handen lostrok en nu die van haar in de zijne nam. '*Men aglehem*,' fluisterde hij.

'Men aglehem,' beaamde ze met een hoofdknik.

Voor hen.

-24-

AMSTERDAM

Het kost me wat tijd – bijna een uur – om te vinden wat ik zoek. Een aantal verwijderde e-mails, luchtfoto's van de haven in Rotterdam, een document dat lijkt op een vrachtbrief en nog wat tijdtabellen in Excel, waar ik geen touw aan kan vastknopen. Rudi snapt er al helemaal niets van. Uiteindelijk gooit hij de schema's aan de kant en bekijkt met zijn armen over elkaar wat ik aan het doen ben.

'Kun je dat nummer van dat berichtje niet achterhalen?' vraagt hij na een poosje.

'Ik weet nu al dat het een prepaid toestel is,' zeg ik, zonder op te kijken.

'Kunnen we haar niet bellen dan?'

'En dan?'

Rudi haalt zijn schouders op. 'Ja, weet ik veel? Vragen waar ze in godsnaam mee bezig is.'

'Daar schieten we wat mee op,' mompel ik, terwijl ik opdracht geef tot het uitprinten van drie verwijderde e-mails die ik zojuist ontdekt heb.

Meteen pakt Rudi ze van het bureau en laat zijn ogen eroverheen gaan. Zelf heb ik ze nog niet echt bekeken. Ik wil eerst zien of er nog meer terug te halen is wat van belang kan zijn. Daarna ga ik die lijst doorspitten op zoek naar die afwijkende IP-adressen en kijken van welke server het is.

'Ze hebben het hier over iets dat ze Falcon 50 noemen,' zegt Rudi.

'Falcon 50?' echo ik. 'Wat is dat? Een codenaam?'

Hij reageert er niet op, scant de rest van de e-mails. 'En hier is een melding over een vrachtschip dat overmorgen in Rotterdam aankomt.'

'Wat voor vrachtschip?' vraag ik.

Op datzelfde moment zie ik vanuit mijn ooghoeken iemand opduiken die zich vol op Rudi stort. Het antwoord dat hij wilde geven wordt gesmoord door een arm die zich om hem heen klemt en hem achteruittrekt, bij het bureau vandaan.

Ik spring overeind, maar zie dan dat er een gevaarlijk uitziend mes tegen Rudi's keel wordt geduwd. Meteen blijf ik staan, kijk van het mes naar de man, of eerder de jongen, die achter Rudi staat. Zijn donkere ogen fonkelen nijdig.

'Jullie houden ook nooit op,' fluistert hij op een toon die me doet beseffen dat deze jongen écht heel erg kwaad is. 'Ik snap nog steeds niet waarom mijn zus jullie niet meteen heeft afgemaakt.'

Hij praat met een licht accent, dat me in een flits aan de vrouw in het park doet denken. Zijn zus… zíj?

'Laat me los,' gromt Rudi, terwijl hij zich in allerlei bochten wringt.

Natuurlijk gebeurt dat niet. In plaats daarvan trekt de jongen zijn arm nog wat steviger aan en drukt zijn mes, dat veel weg heeft van een ouderwetse kris, nog harder tegen Rudi's keel. Ik zie een straaltje bloed onder de kraag van zijn poloshirt verdwijnen.

Ik hef geruststellend mijn handen en blijf staan waar ik sta. 'Rustig,' zeg ik kalmpjes, alhoewel ik me verre van kalm voel. 'Alsjeblieft. We kunnen er toch over praten?'

'Praten?' Het joch lacht, kort en cynisch. 'Met jullie soort valt niet te praten. Jullie doen wat jullie willen zonder met iets of iemand rekening te houden, maken anderen kapot. Maar mij krijgen jullie niet klein. Over twee dagen zal de wereld kennismaken met de vernietigende wraak van Allah.'

De woede in de ogen van de jongen doet me beseffen dat hij bloedserieus en gevaarlijk fanatiek is. 'Wat wil je?' vraag ik.

Hij kijkt me aan, nijdig. 'Jij dacht zeker dat je slim was, door die VPN pivoting in te bouwen.' Hij snuift. 'Helaas, je tunneltje is weer dicht en je exploit heb ik verwijderd.'

Ik denk aan het programma dat ik geschreven heb. Niet echt een geraffineerd stuk werk, daar had ik de tijd niet voor, maar ook niet supereenvoudig. Ik vrees dat ik hem onderschat heb. Die jongen kent feilloos de technieken van het hacken.

'Wat wil je?' vraag ik nogmaals, zijn woorden negerend.

'Alles,' zegt hij. 'Maar vooral die lijst. Die je wil ruilen tegen die hoerenkinderen van je.'

'Hé!' roept Rudi nu, terwijl hij hard met zijn elleboog naar achteren beukt. 'Een beetje respect, ja?'

De jongen lijkt niet eens te voelen dat hij vol in zijn maag geraakt wordt, trekt alleen zijn arm weer wat strakker om Rudi's keel. 'Respect?' fluistert hij knarsetandend. 'Dat hadden jullie voor mijn familie moeten hebben, maar in plaats daarvan hebben jullie ze als beesten afgeslacht.' Hij knikt naar de laptop op mijn bureau. 'Alles wissen,' zegt hij.

Ik staar hem aan.

'Opschieten!' roept hij ongeduldig.

Haastig ga ik terug op mijn bureaustoel zitten en wis alles wat ik het afgelopen uur naar boven heb gehaald.

'Heb je een *degausser*?'

'Wat?' zeg ik, terwijl ik me naar hem omdraai.

'Je hebt me wel gehoord.'

'Nee,' zeg ik. 'Ik heb geen degausser. Ik hoef doorgaans geen harde schijven permanent te wissen.'

Hij denkt even na. Dan zegt hij: 'Harde schijf wissen.'

Ik doe wat hij zegt, voer een paar commando's in en draai me als ik klaar ben weer naar hem om.

'En nu gooi je hem over het balkon.'

Opnieuw staar ik hem aan.

'Schiet op!' schreeuwt hij. 'Of ik doe het zelf en gooi deze hond...' Hij drukt de kris nog wat steviger tegen Rudi's keel, '... erachteraan!'

Haastig klap ik de laptop dicht en sta op. Ik draai de balkondeur van het slot en stap naar buiten.

'Zo ver mogelijk!' klinkt het achter me.

Ik adem even diep in en werp dan de laptop als een frisbee van me af. Hij zeilt een klein stukje door de lucht, en begint dan aan zijn afdaling, om drie tellen later op de stenen van het middenpad neer te komen. Aan de klap hoor ik dat het ding in duizend stukken moet zijn gebarsten.

'Tegen de tijd dat ze die gevonden en hersteld hebben, is het al te laat,' zegt het joch grijnzend. Hij knikt naar de uitgeprinte e-mails die Rudi heeft laten vallen en vervolgt: 'Raap op.'

Ik doe wat hij zegt, pak de velletjes op en steek ze hem toe, maar hij pakt ze niet aan. 'De fik erin!' bijt hij me toe.

'De f... wat?' zeg ik.

'Verbrand ze!'

Ik voel me boos worden. Hij kan wel van alles commanderen, maar hoe moet ik die papieren nu verbranden? Waarmee? Ik wil net tegen hem snauwen dat ik geen lucifers heb als hij in een oogwenk een aansteker uit de zak van zijn jack haalt en hem voor mijn voeten op de grond werpt.

Heel even hou ik zijn blik nog vast, maar behalve een onnoemelijke kilte, lees ik er alleen maar vastberadenheid in. Deze jongen heeft een missie en daar is hij niet van af te brengen. Door niets en door niemand.

'En nu die lijst,' zegt hij, als ik de vier velletjes papier in de metalen prullenbak heb verbrand.

Even aarzel ik. Die lijst is alles wat ik heb om te kunnen onderhandelen over Jamil en Isra. Maar ik weet dat ik niet anders kan dan hem aan hem geven. Rudi's leven – en waarschijnlijk ook dat van mij – staat op het spel.

'Heeft ze niet,' kreunt Rudi, nog voordat ik mijn hand naar mijn broekzak kan brengen om het opgevouwen stuk papier te pakken.

'Lieg niet!' brult het joch in zijn oor, waardoor Rudi zijn ogen stevig dichtknijpt. 'Of ik snij je strot ter plekke door!'

'Hij ligt beneden,' hijgt Rudi, zijn gezicht rood aangelopen door zuurstofgebrek. 'In mijn appartement. Voor de veiligheid.' Hij heeft zijn ogen weer geopend en werpt me een veelbetekenende blik toe, die ik echter niet meteen begrijp.

Ik kijk weer naar de jongen en zie hem nadenken. Zijn rechtermondhoek trilt, trekt iets omhoog alsof hij vol afschuw is. Dan laat hij Rudi los, grijpt hem bij zijn arm en duwt de punt van de kris tegen zijn rug. 'Dan gaan we hem halen,' zegt hij. 'Lopen!'

Hij maakt een hoofdbeweging naar mij en langzaam loop ik voor hem en Rudi uit door de woonkamer naar de deur van het appartement.

'Openmaken,' zegt de jongen.

Ik doe wat hij zegt en trek de deur open. In het trappenhuis is het doodstil en afwachtend kijk ik achterom naar de jongen. Die zegt dat ik moet blijven staan, om vervolgens samen met Rudi, bij wie hij nog steeds het mes in zijn rug geduwd houdt, naar buiten te stappen. Het is op dat moment dat ik begrijp waarom Rudi gezegd heeft dat de lijst beneden ligt. Op de trap hebben we misschien een kans om hem te overmeesteren. We kunnen nooit met zijn drieën naast elkaar naar beneden lopen.

Terwijl ik toekijk hoe de jongen Rudi naar de trapleuning duwt en eroverheen naar beneden kijkt, probeer ik een plan te bedenken. Als ik achter hem loop, heb ik de meeste kans. Dan kan ik hem op zijn nek springen of iets dergelijks, zodat Rudi de tijd heeft om zich om te draaien en zich eveneens op dat joch te storten. Als hij me echter voorop laat gaan, zal het moeilijker worden. Rudi en hij lopen waarschijnlijk naast elkaar; ik kan hoogstens mijn armen om de benen van dat joch slaan, zodat hij zijn evenwicht verliest.

Vanuit mijn ooghoek zie ik ineens de deur van Egberts appartement geluidloos opengaan en Egbert zelf in de deuropening verschijnen. Hij legt zijn vinger tegen zijn lippen, sluipt op zijn sokken tot vlak achter Rudi en de jongen en zegt dan: 'Hé, miesgasser, wat dacht je hiervan?'

Bij het horen van Egberts stem draait de jongen zich om, maar voor hij iets kan doen, of zelfs maar wat kan zeggen, rukt Rudi zich los uit zijn greep en raakt Egberts honkbalknuppel de jongen vol in zijn maag. Het joch slaakt een zachte kreet, slaat achterover en rolt met een kort, maar luid gebonk de trap af. Dan volgt er een onnatuurlijke stilte.

'O jezus,' zegt Egbert na een paar seconden. 'O jezus, o jezus, o jezus.' Hij buigt voorover en werpt een blik naar beneden. 'O jezus,' fluistert hij nogmaals, voordat hij zich naar ons omdraait, zijn ogen groot van ontsteltenis. 'Hij beweegt niet meer!'

Met twee stappen sta ik naast hem en kijk net als Egbert langs de trap naar beneden. Onderaan ligt de jongen, zijn linkerbeen geknakt onder hem, zijn hoofd in een onnatuurlijk houding ten opzichte van zijn lichaam. Dat hij dood is, is duidelijk te zien aan zijn ogen, die leeg in het niets staren.

'Allemachtig, Egbert,' fluister ik.

'Ik wilde hem alleen maar uitschakelen,' verdedigt Egbert zich. 'Ik kon hem toch niet zijn gang laten gaan?'

'Nou, ik kan niet anders zeggen dan dat je hem inderdaad hebt uitgeschakeld,' zegt Rudi, zijn blik gericht op de jongen beneden. 'Die staat nooit meer op.'

‘Ha ha,’ zegt Egbert. Hij bijt op zijn lip en kijkt achterom naar Carina die hun appartement uit komt lopen. ‘Blijf daar,’ roept hij haar toe.

‘Waarom?’ zegt ze. Ze wurmt zich tussen haar echtgenoot en mij en staart naar beneden. Ze verbleekt en doet van schrik weer een stapje achteruit. ‘Jezus nog aan toe,’ fluistert ze. ‘Wie is dat?’

‘Dat is die kerel die ik hier laatst ook al betrapte,’ zegt Egbert. ‘Die mij van de trap gooide, een paar dagen geleden.’

‘En nu dacht je hetzelfde bij hem te doen?’ bijt Carina hem toe. ‘Wel een beetje rigoureus, vind je niet?’

‘Mens, ik deed het toch ook niet expres?’ Egbert zwaait vervaarlijk met zijn honkbalknuppel. ‘Hij bedreigde Mara en Rudi met een mes, hoor! Nog effe en hij had dat ding in hun pens gestoken. Ik wilde ze alleen maar beschermen.’ En bij het zien van haar sceptische blik: ‘Als ik hem niet had uitgeschakeld, waren zij de lul geweest.’

Waarschijnlijk wel, besef ik, en dat idee maakt me misselijk. Ik kijk naar de kris die op nog geen meter van de hand van de jongen ligt en voel kippenvel over mijn armen trekken.

‘We moeten de politie bellen,’ zegt Carina.

‘Een topoplossing,’ reageert Egbert sarcastisch.

‘Ja, wat wil je dán doen?’ Bij het duidelijk beklemtoonde woord ‘dan’ steekt ze haar armen hoog de lucht in.

Ik werp nogmaals een blik op de jongen onder aan de trap en besluit te gaan kijken of er niet toch nog een teken van leven is.

‘Wat ga je doen?’ vraagt Rudi, als ik de trap af loop.

‘Checken of hij dood is,’ zeg ik. ‘Anders moeten we een ambulance bellen.’

‘Geloof je het zelf?’ roept hij, terwijl ik naast het lichaam van de jongen neerkniel. Zelfs nu hij hier zo onbeweeglijk ligt bezorgt hij me de kriebels. Alsof hij elk moment kan opstaan om me nogmaals te grazen te nemen. Ik werp een schuine blik op de kris, trek de mouw van mijn vest over mijn hand en schuif het scherpe ding een eindje bij me vandaan. Vervolgens leg ik twee vingers in de hals van het joch, maar zoals ik al verwachtte voel ik geen hartslag. Zo dood als een pier.

'Politie?' vraagt Rudi, als ik naar hen opkijk.

Ik knik, zwijgend.

AMSTERDAM

DECEMBER 2005

Twee waren ze nu. Jamil en Isra. En ze waren het mooiste wat haar ooit was overkomen. Ze waren zo lief en hielden haar overeind als het allemaal niet liep zoals ze verwachtte, wat tegenwoordig steeds vaker gebeurde.

In de jaren na hun trouwen had Juda langzamerhand een kant van zichzelf laten zien die ze niet van hem kende. Hij had veel familie en vrienden in Nederland, allemaal Irakezen die een aantal jaren geleden hiernaartoe waren gevlucht voor het oorlogsgeweld. Hij haalde ze regelmatig bij hen in huis, waardoor er van orde en regelmaat weinig sprake meer was. Meehelpen in het huishouden deed hij niet, moest altijd net iets anders doen, naar vrienden of familie. Als hij thuiskwam uit zijn werk, ging hij met zijn bord eten voor de televisie zitten. Natuurlijk wilde de tweeling dat dan ook in plaats van aan tafel blijven zitten en als ze hun dat dan verbood, werd hij kwaad en zei hij dat ze 'die kinderen' eens hun gang moest laten gaan.

Vaak probeerde ze er met hem over te praten, zei dat zij ook haar bedrijfje draaiende moest houden. En dan gaf hij haar overal gelijk in, legde uit dat het voor hem allemaal zó moeilijk was, in een vreemd land. Ze durfde hem niet te zeggen dat hij niet de enige was en er bovendien zelf voor gekozen had. Het gesprek eindigde altijd met de woorden dat hij zich beter zou gedragen, gevolgd door een overdaad aan lieve woordjes en geknuffel, met tot slot heftige seks.

Maar het was niet alleen zijn gedrag dat voor wrijvingen zorgde. Het waren ook de verschillen in opvatting over de opvoeding en steeds vaker ook cultuurverschillen. Het leek wel of hij door het contact met zijn familie hier in Nederland steeds verder terugdreef naar zijn afkomst, en alles wat met zijn geloof – de islam – te maken had, liep als een rode draad door hun leven. De eerste ruzie daarover vond plaats vlak na de geboorte van de tweeling, toen hij aankondigde dat hij Jamil wilde laten besnijden. Dat hoorde zo, waar hij vandaan kwam. Maar zij zag er het nut niet van in. Hij had drie dagen niet tegen haar en de kinderen gesproken. Uiteindelijk had ze toch maar toegestemd, omdat ze bang was dat hij de jongen vandaag of morgen zou meenemen en het illegaal zou laten doen. Dan had ze liever dat het in het ziekenhuis gebeurde, door een goede arts.

En nu, nu was het bijna Kerstmis. Zoals elk jaar zou het weer een strijd worden om een boom neer te zetten en hun appartement te versieren. Juda wilde niets met kerst. Het was een feest dat door de islam niet gevierd werd en hij wilde er dus niet aan meedoen.

Ze herinnerde zich nog zo goed hoe ze in Amerika kerst vierden. Het huis van haar ouders dat door haar vader tot de nok toe met lampjes werd versierd. De kerstboom, de cadeautjes, de feestelijk gedekte tafel. De familie, vrienden en vriendinnen die allemaal welkom waren. Ook Juda. Elk jaar weer kwam ook hij naar het huis van haar ouders om met hen, en met haar en Michael, kerst te vieren. En nu wilde hij er niets meer van weten, vierde hij liever de ramadan, of het Offerfeest. Ze had lang geprobeerd om dingen over zijn cultuur te leren, maar was daarmee gestopt, omdat ze het steeds minder uit interesse deed; het voelde meer en meer als een verplichting.

Ze had niemand bij wie ze kon aankloppen. Vrouwen van de vrienden van Juda leefden sowieso in een heel andere wereld dan zij en bovendien was er de taalbarrière. Vaak werd er alleen maar Arabisch gesproken en ondanks dat ze steeds meer woordjes begreep, was het te weinig om een heel gesprek te kunnen volgen. Haar moeder wilde ze in geen geval lastigvallen met haar problemen. Die had ze al genoeg, sinds Mara's vader enkele maanden geleden was overleden. En bij haar vriendinnen in Amerika durfde ze dat ook niet, was te bang dat ze de schuld bij haar zouden leggen. Maar hoe kon zij schuld hebben aan het feit dat Juda zo veranderd was? Hoe had ze kunnen vermoeden dat hij steeds dominanter zou worden en geen ruimte zou overlaten voor andere dan zijn eigen normen en waarden? Bijna dagelijks vroeg ze zich af hoe het kon dat deze man de beste vriend van Michael was geweest. Had ook hij alleen de oppervlakkige Juda gekend? Had Juda al die jaren in Amerika een masker op gehad en was dit nu zijn ware aard? Ze had het al die tijd niet willen accepteren. Niet Juda. Niet de man die haar zo liefdevol had opgevangen na die afschuwelijke tijd. De dood van Michael, de miskraam. Ze kon er met haar verstand niet bij en ze raakte er meer en meer van overtuigd dat het inderdaad de omstandigheden moesten zijn. De invloed van verkeerde vrienden. De vurige wens ergens bij te horen, al verloochende hij daarmee alles waar hij in Amerika ooit voor gestaan had.

'Mara!' Vanaf de bank waarop hij lag schreeuwde hij naar haar in de keuken. 'De kinderen maken ruzie. Je moet ze uit elkaar halen!'

Heel even sloot ze haar ogen. Ze wist niet hoe lang ze dit nog ging volhouden. Haar gevoel was juist geweest. Het moment waarop haar kinderen geboren werden, was het begin geweest van het einde van haar huwelijk met Juda. Nog even en dat einde zou definitief zijn.

-25-

AMSTERDAM

Het is laat op de avond en buiten al helemaal donker als Rudi en ik eindelijk weer thuis zijn.

Binnen een kwartier nadat Rudi gebeld had, was de politie ter plaatse geweest, en werd het trappenhuis vrijwel meteen als een plaats delict aangemerkt. De forensische dienst werd erbij gehaald en uiteindelijk kwam er ook nog een chef van dienst, die opdracht gaf de recherche erbij te halen. Rudi, Egbert en ik moesten mee naar het bureau om gehoord te worden.

Terwijl Carina in afwachting van de komst van de politie Egbert probeerde te kalmeren, hadden Rudi en ik ons afgevraagd wat we de politie in vredesnaam moesten vertellen. Het liefst wilde ik alles opbiechten, vanaf dat ik de opdracht van Moorman kreeg, tot het moment dat dat joch van die trap af kukelde.

Rudi was het in eerste instantie met me eens, maar toch twijfelden we. Behalve het feit dat ik door het verdwijnen van de getekende overeenkomst tussen Moorman en mij van ethisch hacker gedegradeerd was tot *cracker*, en dus strafbaar was, zaten we – en ik nog het meest – met mijn kinderen. Als de dode jongen werkelijk de broer was van de vrouw die mij in het Amsterdamse Bos bedreigd had, en eigenlijk twijfelde ik daar niet aan, zou ze op zijn zachtst gezegd niet blij zijn met wat er gebeurd was. Wat voor gevolgen kon dat hebben voor

Jamil en Isra? Haar intimiderende woorden lagen me nog vers in het geheugen en nu ik haar broer had leren kennen, wist ik zo goed als zeker dat ze zonder aarzelen haar dreigement tot uitvoer zou brengen als ik niet meewerkte.

Nee, alles aan de politie vertellen zou alleen maar nadelig zijn. Voor ons. Maar zeker voor mijn kinderen. En dus hadden we gezegd dat we net naar beneden wilden om naar Rudi's appartement te gaan toen de jongen ons overviel en met een mes bedreigde. Dat hij ook bij me binnen was geweest verzwegen we, evenals de reden van zijn komst.

'We hebben niet veel tijd,' zegt Rudi, als we na anderhalf uur nog steeds zwijgend op de bank zitten.

Ik geef geen antwoord, staar recht voor me uit naar de tv, die niet aan staat.

'Wat gaan we doen?' dringt hij aan.

'Ik kan alleen maar aan Egbert denken,' zeg ik zacht. 'Die arme ziel wordt voorgeleid aan de rechtercommissaris en wie weet wat ze hem allemaal ten laste gaan leggen.'

'Dat is pas over drie dagen,' zegt Rudi. En na een korte stilte: 'Ik vind het ook vervelend. Voor hem en voor Carina. Maar we kunnen er niets aan veranderen. Waarschijnlijk komt hij wel vrij. Het was tenslotte een ongeluk.'

Ik zwijg.

'We moeten iets doen,' zegt Rudi weer.

Ongeduld laait in me op. 'Ja, wát dan?' bijt ik hem toe. 'Die laptop uit de binnentuin vissen en de harde schijf herstellen? Buiten het feit dat ik niet eens weet of dat nog lukt, heb ik daar helemaal de mogelijkheid niet voor.'

Hij antwoordt niet. Ik voel zijn ogen op me gericht en uiteindelijk kijk ik hem van opzij aan en zeg: 'Misschien kunnen we deze hele zaak het beste laten rusten. We hebben ons met dingen bemoeid die ons helemaal niet aan gaan. Deze hele toestand is mijn schuld.'

‘Dat is niet waar,’ werpt Rudi tegen.

‘Wel waar,’ zeg ik. ‘Als ik dat klote IP-adres had genegeerd, dan hadden wij niet zo in de shit gezeten. Dan had Egbert nu gewoon met een biertje languit voor zijn tv gelegen en dan... dan...’ Ik voel tranen opwellen als ik vervolg: ‘... dan had Moorman nog geleefd.’

‘Dat weet je niet,’ zegt Rudi zacht.

‘Natuurlijk wel,’ reageer ik. ‘Dan hadden ze toch geen reden gehad om hem te vermoorden?’

‘We weten toch helemaal niet waarom ze dat gedaan hebben? Wie weet had hij wat ontdekt en hebben ze hem daarom...’

‘Maar dat komt door mij. Dat... dat joch had al heel snel door dat ik in hun systeem zat.’

‘Denk je dat hij die Rami Qasim is?’

Ik knik. ‘Dat weet ik wel zeker. Ik denk dat ik hem zelfs aan de telefoon heb gehad, toen ik naar Moorman belde. Híj nam op, zei dat hij het hoofd van de afdeling automatisering was, zonder zijn naam te zeggen. Maar ik herkende zijn stem.’

‘Vind jij hem dan niet erg jong?’

‘Jong?’ herhaal ik.

‘Ja, voor zo’n functie?’

Ik haal mijn schouders op. ‘Als hij goed is in zijn werk... En neem van mij maar aan dat hij dat is. Was.’

‘Als jij het zegt.’

‘Het is overduidelijk, Ruud. Hij wist vrijwel meteen dat ik in zijn data rommelde. Hij heeft mijn exploit ontdekt en vernietigd! Hij is verrekte thuis in de informatica.’

‘Maar we moeten toch íéts doen?’ Rudi steekt uit pure wanhoop zijn armen in de lucht.

Ja, ik weet alleen niet wat. Ik voel me van alle kanten bedreigd, sta letterlijk met mijn rug tegen de muur. Het leven van mijn kinderen staat op het spel, evenals dat van Rudi en mij. Het enige wat een oplossing kan bieden is toch alles aan de politie vertellen. En ja, misschien kom ik dan in de gevangenis. Maar is dat niet beter dan dit? Ik heb geen flauw idee wat die vrouw en haar broer van plan zijn, maar het is geen kleinigheid. Daarvoor was die jongen, die Rami, veel te fanatiek. Als zijn zus die eigenschap maar half bezit, dan zal ze hun plannen nooit afblazen.

De wraak van Allah.

Ik denk ineens weer aan Rudi's ingeving dat ze misschien wel een terroristische aanslag plannen. Had ik dat eerst nog weggewimpeld, nu lijkt me dat helemaal niet meer zo ondenkbaar. En als dat werkelijk zo is, moet ik dan niet juist alles aan de politie opbiechten?

'Ik vraag me nog steeds af, hè...' begint Rudi weer. 'Dat vrachtschip dat over twee dagen in Rotterdam aankomt. Zou dat iets met hun plannen te maken hebben? Ik bedoel, wat moet die jongen anders met papieren en schema's over die boot?'

Goeie vraag. Daar had ik nog helemaal niet aan gedacht. 'Wat voor vrachtschip is het eigenlijk?' vraag ik.

'Weet ik niet. Ik was net bezig die e-mails te lezen toen dat joch me vastgreep. Maar het is wel een groot schip, want ik dacht nog: wauw, wat een tonnage.'

Ik reageer niet, vraag me af wat de connectie is tussen de Dutch Broadcasting Group en een enorm vrachtschip.

'Die schema's!' roept Rudi ineens, terwijl hij overeind komt. 'Die hebben we nog!'

'Wat?' zeg ik.

'Die schema's liggen nog op je bureau. Die heeft hij niet gezien. Alleen die e-mails zijn verbrand. Niet de schema's en ook die vrachtbrief niet.'

Zonder op mijn antwoord te wachten haast hij zich de woonkamer uit. Drie tellen later hoor ik hem de trap naar boven oprennen, gevolgd door voetstappen in mijn appartement. Zelf verroer ik me niet. Als die schema's er nog liggen, wat moeten we daar dan mee? Wat kúnnen we ermee? Het zegt ons niet waarvoor die Rami ze in zijn computer had en waarom hij ze gewist heeft. Dat laatste zou kunnen omdat hij het zelf ook uitgeprint heeft en niet wilde dat iemand het bij hem zou ontdekken. Net als die e-mails. Het is jammer dat we die niet meer hebben. Ik heb het gevoel dat we daaruit veel meer informatie hadden kunnen halen dan uit die schema's. En dan dat Falcon 50. Ook zoiets duisters. Wat is Falcon 50? Een codenaam? De naam van dat schip? Of zijn het twee heel verschillende dingen en hebben ze niets met elkaar te maken?

Ik luister naar Rudi's voetstappen die nu weer in de richting van het trappenhuis gaan en schrik op van mijn mobiel die piept. Een berichtje. Ik graai in mijn broekzak en kijk op het display. Een afgeschermd nummer, net als de vorige keer.

Wat heb je gedaan?!?!

Het korte zinnetje boezemt me een zekere angst in en terwijl mijn hartslag toeneemt staar ik naar de veelzeggende leestekens die de woorden vergezellen en die me precies vertellen wat ik al vermoedde: ze is boos. Maar dat kan ook niet anders. Haar broer is dood.

Doe niet zo gek! Hoe kan ze dat nu al weten?

Ik staar weer naar het korte zinnetje en huiver. Geen idee, maar ze weet het.

'Hier heb ik ze!' roept Rudi, die wapperend met een paar papieren weer komt binnenlopen. En als hij mijn blik ziet: 'Wat is er?'

Op datzelfde moment piept opnieuw mijn telefoon. Een tweede berichtje.

Monument Indië-Nederland
Tien minuten – kom alleen

‘Van haar?’ vraagt Rudi.

Ik knik. ‘Ze wil dat ik naar het monument verderop kom.’

‘Dat doe je toch niet?’ zegt Rudi. Hij gooit de papieren op tafel en komt naast me zitten. ‘Ze vermoordt je, Marrie! Haar broer is dood, ze gaat echt niet meer met jou in discussie!’

‘Hoe weet je dat nou?’ werp ik tegen. Het klinkt ongeduldig en zo voel ik me ook. ‘Misschien wil ze weten wat er gebeurd is.’

‘O ja.’ Rudi snuift. ‘Alsof “sorry hoor, maar je broer wilde ons doodsteken en dus heeft onze buurman hem maar van de trap gemept” zal volstaan.’ Hij schudt zijn hoofd. ‘Dat pikt ze nooit, Marrie.’

‘Ik zal toch iets moeten doen. Haar negeren zal echt niet tot gevolg hebben dat ze me met rust laat. Je zei het net zelf al: haar broer is dood. Als ze me daarom wil vermoorden, had ze me heus geen berichtje gestuurd om haar te ontmoeten. Dan had ze me hier thuis opgezocht, op een moment dat ik daar niet op bedacht ben. Denk je ook niet?’

Rudi zwijgt. Zijn ogen staan boos, maar ook verward. Uiteindelijk recht hij zijn rug en staat op. ‘Kom op dan,’ zegt hij.

Ik kijk naar hem op.

‘Wat?’ zegt hij.

‘Ik moet alleen komen.’

‘Uitgesloten!’ roept hij.

‘We kunnen het ons niet permitteren haar uit te dagen, Ruud.’

Hij schudt zijn hoofd. ‘Ik wil het niet. Het gebeurt niet.’

‘Het moet,’ zeg ik zacht. ‘Bovendien wil ík het wel. Als mij iets overkomt, wil ik dat jij met die USB-stick en die lijst met IP-adressen naar de politie gaat en ze alles vertelt. Ook over mijn kinderen en dat ze mij bedreigd hebben. Dan kunnen ze mij toch niets meer maken.’

‘Nee, omdat je dan fucking dood bent!’ Nijdig haalt Rudi zijn hand door zijn haar. ‘Oké,’ zegt hij uiteindelijk. ‘Oké.’ Hij trekt zijn mobiel uit zijn broekzak en houdt hem vlak voor mijn gezicht. 'Maar we houden een open lijn. Ik bel jou op je mobiel, zodat ik precies kan horen wat er gezegd wordt.'

'En wat wil je daar dan mee bereiken?' vraag ik.

'Alles,' zegt hij. 'Niks. Weet ik veel. Ik wil gewoon dicht bij je zijn.'

Dicht bij je zijn.

De exacte woorden die Michael ook ooit tegen me zei. De leegte die hij achterliet werd later opgevuld door mijn kinderen. Zij maakten mijn leven weer compleet, wisten de pijn van het gemis draaglijk te maken. En nu is het Rudi, die na al die jaren precies datgene zegt waardoor ik besef dat het enorme gat in mijn ziel langzaamaan gedicht wordt. Door hem. Door wat hij doet, door wie hij is: de zó ultieme niet-Michael. Maar bij hem voel ik me beter dan ik in jaren gedaan heb. Veilig. Vertrouwd.

'Marrie...'

Ik kijk op.

'Ik kan je niet tegenhouden, hè?'

Ik schud mijn hoofd.

Rudi legt zijn handen tegen mijn wangen. 'Doe voorzichtig, oké?'

Ik glimlach naar hem. 'Oké,' zeg ik zacht.

-26-

Zodra ik de benedendeur achter me dichttrek heb ik al spijt. Hoe haal ik het in mijn hoofd om zo laat nog, in mijn eentje, naar een afspraak met een vrouw te gaan die zonder enige twijfel levensgevaarlijk is? Als ze maar een heel klein beetje op haar broer lijkt, zou ze zomaar een mes tussen mijn ribben kunnen steken. Uit wraak. Omdat hij dood is. Ik denk aan haar kille ogen waarmee ze me aankeek in het Amsterdamse Bos. Haar volledig beheerste, of eigenlijk berekenende houding, zei mij genoeg.

Ik kijk omhoog naar de verlichte wijzerplaat van de Willem de Zwijgerkerk. Bijna kwart voor één. Ondanks de aangename temperatuur ril ik en trek ik mijn vest nog wat dichter om me heen. In de verte doemt het monument op; het hoge beeld van de vrouw met een wetsrol in haar hand en aan beide zijden een liggende leeuw. Een lange, smalle toren rijst vanachter haar omhoog, wat het geheel een dreigende uitstraling geeft, vooral door de erbovenop geplaatste boog met lange, scherpe punten.

Vlak voordat ik oversteek naar het plantsoen waarop het monument staat, blijf ik even staan en scan de omgeving. Of ik goed bezig ben is de vraag die nog steeds in mijn hoofd rondspookt, maar als ik denk aan Jamil en Isra dan weet ik dat ik niet anders kan. Zij mogen nooit het slachtoffer worden van de fouten die ik maak, of gemaakt heb, en ondanks dat ik niet weet of de vrouw haar dreigement zal uitvoeren, durf ik het risico niet te nemen haar te negeren. Zelfs niet als het me mijn leven zou kosten. Als mijn kinderen dan maar veilig zijn, voor zover ze dat kunnen zijn in dat land waar de rechten van ieder andersdenkend mens worden platgewalst.

Het klaterende water van de spuiters in de vijver doet lieflijk aan als ik het monument behoedzaam nader. Ik zie niemand. Aarzelend kijk ik over mijn schouder, maar ook daar is niets te zien. Achter het monument rijdt een auto voorbij, een van de weinige op dit uur. Het geluid sterft weg en dan hoor ik alleen nog het gespetter van water.

Een blik op de kerkklok vertelt me dat het bijna één uur is. Waar blijft ze? Zal ik weer naar huis gaan? In mijn vestzak raak ik met mijn vingers mijn mobiel aan. Al vanaf het moment dat ik Rudi's appartement verliet is de verbinding tussen zijn mobiel en die van mij open. Hij hoort als het goed is alles wat er hier gebeurt en even overweeg ik om het ding tevoorschijn te halen en met hem te praten. Ik wil zijn stem horen, weten dat hij er is. Het gevoel krijgen dat er iemand is die om me geeft, die me geruststelt en me vertelt dat alles goed komt, al is dat laatste natuurlijk een onzinnig verlangen. Voorlopig komt er helemaal niets goed. Niet zolang ik…

Een zacht geluid rechts van me doet me met een ruk opzij kijken. Vanuit de ronding in de muur van het monument doemt een gedaante op. Aan de lange, getailleerde jas en de hoofddoek zie ik dat het de vrouw is en voor de tweede keer valt me op hoe mooi ze is.

De vrouw komt dichterbij en blijft vlak voor me stilstaan. 'Ben je alleen?' vraagt ze.

Ik knik.

Ze kijkt om zich heen en richt zich dan weer tot mij. 'Mijn broer,' zegt ze. 'Wat is er met hem gebeurd?'

De vraag die ik had verwacht en waar ik lang over heb nagedacht om het juiste antwoord te kunnen geven. Het enige juiste antwoord is echter de waarheid en dus zeg ik: 'Hij is... overleden toen hij van de trap viel. Een buurman wilde me beschermen, en daardoor is hij eh... gevallen.'

'Een buurman,' reageert ze. 'De man die vorige keer bij je was?'

'Nee,' zeg ik. 'Hij niet.'

Ze lijkt na te denken. Haar ogen stralen nog steeds dezelfde kilte uit, maar toch zie ik er ook iets anders in. Wanhoop?

'Hij wilde ons vermoorden,' ga ik verder. 'Het was hij of wij.'

Nog steeds zwijgt ze en even denk ik dat ik een traan over haar wang zie lopen. Het verwart me en onwillekeurig knipper ik met mijn ogen, maar als ik haar daarna weer aankijk is er niets meer te zien.

'Luisteren was altijd al moeilijk voor hem,' zegt ze dan. 'Elke dag verwachtte ik dat zijn fanatisme hem het leven zou kosten.'

'Is dat niet waar alles om draait in jouw cultuur?' bijt ik haar in een opwelling toe. 'Fanatisme? Radicalisme?'

Ze kijkt me aan, met ogen die nu naast kilte ook felheid uitstralen. Maar toch ga ik verder: 'Ik weet niet wat jullie van plan zijn, maar de woorden van je broer logen er niet om. Wraak van Allah? Bereiden jullie een terroristische aanslag voor? Want dat is toch wat jullie doen? Onschuldige mensen doden uit naam van jullie God? Om een plekje in de hemel te verdienen?'

Roerloos staat ze voor me, nog net zo kalm. Het enige wat beweegt zijn haar handen, die zich vastklemmen in de stof van haar jas. 'Jij weet niets van ons,' fluistert ze. 'En denk niet dat je ons begrijpt, want dat doe je niet. Dat zul je nooit kunnen.' Ze komt nog wat verder naar voren tot ze op nog geen halve meter van me af staat, en vervolgt: 'De enige reden dat ik je hier niet ter plekke afmaak is dat ik je nodig heb.'

Ik slik. Ik ben te ver gegaan. Dat wist ik al op het moment dat ik het zei. Dit is geen vrouw om een discussie mee aan te gaan. Zij heeft nog altijd de touwtjes in handen. Zíj bepaalt wat er gebeurt en ze mag er dan wel beminnelijk uitzien, als het haar niet zint, ruimt ze me op. Zo simpel is het.

'Doordat jullie mijn belangrijkste man hebben uitgeschakeld, heb ik een probleem,' zegt de vrouw, terwijl ze weer een klein stapje achteruit doet.

'En dat is?' vraag ik. Mijn stem klinkt vast, maar vanbinnen overheerst de angst. Ik voel zweetdruppeltjes over mijn rug lopen en probeer uit alle macht om mijn handen niet te laten trillen. Of zou ik dat misschien niet moeten proberen? Moet ik haar laten zien dat ik bang voor haar ben of moet ik mijn zwakheid niet tonen?

'We hebben het jarenlang voorbereid,' zegt ze. 'En door jullie kan dat allemaal voor niets zijn geweest.' Ze kijkt me aan. 'Behalve als jij zijn plaats inneemt.'

Het dringt maar langzaam tot me door wat ze zegt. Plaats innemen? Wat bedoelt ze? 'Wat?' zeg ik.

'Rami was de spil in onze operatie,' zegt ze. 'Jij bent minstens zo goed met computers als hij was. Jij moet hem vervangen.' En als ik niet reageer: 'Je hebt geen keuze.'

'Ik kan weigeren,' zeg ik.

'Dat zou niet verstandig zijn.'

'Dan vermoord je me.'

Bewegingloos staat ze daar, haar blik strak op me gericht. 'Je wilt mij niet als vijand hebben, Mara,' zegt ze zacht.

Alsof ze dat nog niet is.

'Ik wil jou ook niet als vijand hebben,' reageer ik. 'Ik wil dat je me met rust laat. Dat je mijn land met rust laat.'

Nu schieten haar wenkbrauwen omhoog.

'Ik ben ervan overtuigd dat jullie een aanslag voorbereiden,' ga ik verder. 'Dat zero-day leak houden jullie niet voor niets open.'

Ze glimlacht. 'Rami had gelijk,' zegt ze. 'Hij wist dat je voor problemen ging zorgen op het moment dat hij je in het netwerk van de Dutch Broadcasting Group ontdekte.'

'Zoals ik al zei: ik wil geen problemen. Ik wil dat jullie ons met rust laten zodat ik verder kan met mijn leven.'

'Zonder je kinderen.'

Onder de gordel. En dat maakt me kwaad, maar voordat ik iets kan zeggen gaat ze al verder: 'Mijn aanbod staat nog steeds, Mara. Alleen nu gaat het niet meer alleen om die lijst, maar om je kennis. Dat, in ruil voor je kinderen.'

Ik zwijg, omdat ik niet weet wat ik moet zeggen. Ik wil haar niet kwaad maken. Ze stelt me voor een onmogelijke keus. Ik kan geen medewerking verlenen aan een terroristische aanslag. Nooit.

'Waarom doen jullie dit?' vraag ik uiteindelijk. 'Wat willen jullie bereiken?'

Ze geeft niet meteen antwoord, houdt haar hoofd een beetje schuin alsof ze nadenkt, en zegt dan: 'Erkenning?'

'Dat klinkt alsof je het niet zeker weet.'

'Ik heb mijn eigen redenen,' reageert ze. 'Het antwoord geldt slechts voor mijn medestrijders.'

Ik schud mijn hoofd. 'Reken niet op mijn hulp,' zeg ik, dapperder dan ik me voel.

'Denk aan je kinderen.'

'Dat doe ik juist. Hoe zou ik ze ooit nog onder ogen kunnen komen?'

Ze zwijgt, haar blik donker en alert. Ik voel me er ongemakkelijk bij en angst laait opnieuw in me op. Ik had hier nooit naartoe moeten gaan. Ik had moeten doen wat ik al eerder wilde doen: naar de politie gaan. Dan had ik misschien een aanslag kunnen voorkomen. Wie weet hoeveel levens dit gaat kosten? Tientallen? Honderden? Duizenden?

'Dan spijt het me,' zegt ze.

Ik doe onwillekeurig een stapje achteruit als ik haar woorden hoor. Het spijt haar? Wat dan? Dat ik niet meewerk? Of zegt ze dat al op voorhand, omdat ze me gaat vermoorden? Ik zie haar langs me heen kijken en kort knikken. Op datzelfde moment hoor een autoportier opengaan en met een ruk kijk ik om. Een auto! Die heb ik helemaal niet opgemerkt! Geschrokken richt ik mijn blik weer op de vrouw, terwijl ik ondertussen naar een uitweg zoek. Weg! Ik moet hier weg!

Maar het is te laat. Op het moment dat ik mijn mobiel wil pakken om Rudi te waarschuwen, voel ik hoe iemand me stevig vastpakt en me achteruit trekt. Ik wil gillen, maar er wordt een hand tegen mijn mond gedrukt. In een reflex stribbel ik heftig tegen, probeer me los te rukken. Vanuit mijn ooghoeken zie ik de man achter me. Hij is groot. En sterk. Het lukt me niet om me uit zijn greep te bevrijden. Ik hoor hem vloeken terwijl hij me in bedwang probeert te houden. Een arm sluit zich krachtig om mijn keel, ademen gaat steeds moeizamer, ik krijg het benauwd. Ik denk Rudi's stem te horen die van heel ver weg mijn naam roept, maar dan zijn de ijskoude ogen van de vrouw het laatste wat ik zie, voordat de wereld om me heen in pikzwarte duisternis verandert.

VI

AMSTERDAM

NOVEMBER 2013

Ze kon zich niet concentreren. Alle letters dansten voor haar ogen en hoe meer ze probeerde ze op hun plaats te houden, hoe erger het werd. En dat kwam haar nu helemaal niet uit, niet nu ze het draaiboek voor hun missie vrijwel helemaal op orde had.

Het was Rami die haar zorgen baarde. Hij was het die de belangrijkste voorbereidingen moest doen; voorbereidingen waar al het andere straks op moest worden aangepast. Hij kon het, dat wist ze. Zijn IQ was nooit gemeten, maar al sinds hij een klein jochie was, had ze geweten dat dat hoog was. Misschien was hij daarom wel zo wereldvreemd. Hij leek totaal geen aansluiting te hebben met wie dan ook en dat werd steeds erger. Hij moest zich zien te redden in een wereld die zo anders was dan hij gewend was. Zich aanpassen aan een cultuur die niet de zijne was en gezien zijn ongeduldige en van tijd tot tijd zelfs gewelddadige aard ging hem dat niet gemakkelijk af.

Ondanks alles leek hij zich goed staande te houden bij het bedrijf waar hij nu, als onderdeel van hun plan, ruim een halfjaar werkte als hoofd automatisering. Een functie die hij niet zomaar had gekregen, maar waar zorgvuldig naartoe was gewerkt en die ze hadden moeten creëren door eerst een medewerker van de IT-afdeling te laten ontslaan op grond van ernstige fouten die door Rami middels een inbraak in hun systeem waren ingevoerd. Door haar inmenging volgde er geen officiële sollicitatieronde om de vrijgekomen vacature op te vullen. Haar enkele maanden eerder ontstane 'vriendschap' met een medewerker van het bedrijf, die voor de man dieper ging dan hij werkelijk was, en die ze inmiddels alweer had beëindigd, had ervoor gezorgd dat Rami op gesprek mocht komen en op basis van een door hemzelf vervalst cv werd aangenomen. Ze vonden hem jong, hij was nog net geen eenentwintig, maar het feit dat hij een genie was in automatisering woog zwaarder dan zijn gebrek aan ervaring. En natuurlijk had haar 'vriend' er subtiel op aangedrongen de jongen aan te nemen. Om haar te plezieren. Enkele maanden later hadden ze het hoofd van de automatisering uitgeschakeld en werd er geen moment geaarzeld om Rami, met al zijn kennis, als zijn vervanger aan te stellen.

Het was allemaal gepland. En nu kwam het belangrijkste deel: het daadwerkelijk afronden van het draaiboek en de volgende stappen zetten, waar eveneens tijd voor nodig was. Maar tijd hadden ze niet onbeperkt tot hun beschikking. In februari van het volgende jaar zou alles tot in detail klaar moeten zijn, zodat ze zich de twee maanden daarop konden voorbereiden op hun taken. Er mocht niets mis gaan.

'Zus…'

Ze keek op en zag dat Rami vlak naast haar stond. Soms ergerde ze zich daaraan; het sluipen, het stilletjes opduiken op plekken waar je hem niet verwachtte. Eigenlijk was dat niet eerlijk. Zij was precies zo, een gevolg van de twee jaar dat ze in Irak aan de zijde van Ibrahim had gestaan. Veel had ze niet van hem hoeven leren, dat had hij haar zelf gezegd. Het moment dat hij haar voor het eerst zag, toen ze naar buiten kwam nadat ze het hoofd van de pathologische dienst en zijn gezin had omgebracht, wist hij al dat ze waardevol was voor zijn organisatie. Ze was bovendien een vrouw. Vrouwen werden onderschat en dat werkte in haar voordeel. In het Westen zouden ze haar misschien een sluipmoordenaar noemen, maar zelf zag ze zich meer als een wraakgodin. Ze moordde niet om haar echtgenoot aan zijn beoogde kalifaat te helpen. Nee, wat zij wilde was genoegdoening. Wraak.

In het begin had ze gedacht dat het doden van de rechtstreeks betrokkenen voldoende zou zijn, maar dat was het niet. Haar haat breidde zich uit naar de leugenachtige waarden en normen van het Westen, niet alleen de Amerikanen, maar ook de Europeanen. En dat was de reden dat ze nu hier was.

'Hij gaat problemen geven,' zei Rami. Zijn Nederlands was nu, na al die maanden, onberispelijk, met slechts af en toe een licht accent.

Haar vragende blik deed hem vervolgen: 'Moorman.'

'In welk opzicht?' informeerde ze.

'Hij is achterdochtig.'

Ze trok haar wenkbrauwen op.

'Snuffelt in papieren waar hij niets mee te maken heeft.'

'Het is zijn bedrijf, hij heeft met alles te maken,' zei ze. 'Zorg er gewoon voor dat hij niets vindt.'

'Die man is gevaarlijk,' drong Rami aan. 'Hij kan onze missie in gevaar brengen. Hij vroeg me vorige week naar het virus dat ik als test heb gebruikt. Wilde van alles weten, terwijl hij totaal geen verstand heeft van informatica.'

'Misschien wil hij er daarom wel meer over weten.'

'Er is meer. Gisteren zag ik hem in mijn computer rommelen. Hij zocht een document, zei hij. Maar dat had hij ook gewoon kunnen vragen en bovendien lag het gewoon in de bak voor interne post. Vlak voor zijn neus, uitgeprint en wel.'

Ze fronste haar voorhoofd. 'Onze files zijn toch wel goed beveiligd?'

'Natuurlijk,' zei hij. 'Moorman kan zoeken wat hij wil, maar in mijn computer vindt hij niets.'

Zijn zelfingenomenheid ontging haar niet. Hij wist dat hij goed was. En dat wist zij ook. Hij had het ver kunnen schoppen, als hij in een andere wereld was opgegroeid en de kans had gekregen zijn kunde en kennis in te zetten voor iets anders dan de *djihad*. Maar de djihad maakte nu eenmaal slachtoffers. Ze moesten bereid zijn de prijs te betalen, zelfs als die henzelf betrof.

'Het duurt nog maar zes maanden,' zei ze. 'Hou hem goed in de gaten en laat het me weten als het uit de hand loopt.'

'Zouden we niet beter nu al ingrijpen?'

Ze schudde haar hoofd. 'Voor nu is het belangrijk dat er geen aandacht op de Dutch Broadcasting Group gevestigd wordt. Doe je werk, maar zorg ervoor dat je niet opvalt.'

Hij kneep zijn lippen op elkaar, keurde haar beslissing duidelijk af, maar zei niets. Na een kort knikje liep hij naar de deur, en draaide zich daar toch nog even om. Nu wilde hij wel iets zeggen, leek naar woorden te zoeken, maar er kwam niets over zijn lippen. Hij ademde even diep in, wierp haar nog een kille blik toe en verdween toen net zo geruisloos als hij gekomen was.

-27-

AMSTERDAM

Mijn keel doet pijn als ik wakker word. Ik lig op een bed, volledig aangekleed. Ik weet niet zo goed meer wat er gebeurd is, en terwijl ik herinneringen probeer terug te halen, breng ik mijn vingers naar mijn hals en wrijf over de beurse plekken die daar zitten. Die man. Zijn arm die zo stevig om me heen zat dat ik dacht te stikken. En de vrouw. Ik weet het weer. Ze hebben me niet gedood! Ik ben alleen het bewustzijn verloren!

Haastig schiet ik overeind. Te haastig. De wereld draait om me heen en vechtend tegen de misselijkheid laat ik me weer achterover vallen. Even rustig aan doen. Eerst maar eens proberen alles op een rijtje te krijgen.

Liggend laat ik mijn ogen langzaam de ruimte om me heen verkennen. Het is een kleine, schemerige kamer en ik moet me inspannen om goed te kunnen zien. Er hangen geen schilderijen of andere dingen aan de muur en voor het raam zijn wat lappen bevestigd die als gordijnen dienstdoen. In de hoek staat een grote tafel met een stoel erachter. Erbovenop lijken dozen te staan en even laat ik mijn blik erop rusten, maar dan besef ik ineens wat het zijn. Geen dozen. Computers! Een heel stel bij elkaar!

Voor de tweede keer kom ik overeind, rustiger dit keer, en sla mijn benen over de rand van het bed. De misselijkheid verdwijnt, het draaimolengevoel blijft, maar wel een stuk minder dan eerst. Ik kijk weer naar de computers op de tafel en vervolgens opzij naar de deur recht tegenover me. Iets vertelt me dat het zinloos is om te kijken of hij open is, maar toch doe ik het. Behoedzaam laat ik me van het bed glijden en loop over de kale houten vloer naar de deur. Op slot. En stevig ook. Ik rammel even aan de deurkruk, maar het helpt niet. Geërgerd draai ik me om en kijk nogmaals de kamer rond. Een smalle streep vaag licht valt tussen de lappen voor het raam door. Misschien lukt het me om via die weg ervandoor te gaan.

Met drie stappen sta ik voor het raam en schuif de lappen opzij. Het is duidelijk nog donker buiten, maar echt goed zien kan ik het niet. De twee ruiten zijn van melkglas en ik vermoed dat het licht van een lamp komt die zich ergens buiten bevindt. Waar ben ik in godsnaam? Een flat? Een huis?

Ik voel paniek oplaaien en laat mijn ogen over de ramen gaan. Het rechter is gesloten met twee hendels en zonder verder na te denken duw ik ze beide omhoog. Maar wat ik verwacht gebeurt niet. Het raam gaat niet open, hoe hard ik ook duw. Radeloos laat ik mijn vingers over het hout glijden op zoek naar de oorzaak en stuit uiteindelijk op schroeven waarmee het raam is verankerd. Het kan niet open, daar hebben ze wel voor gezorgd.

Verdomme!

Terwijl ik de omhoogkomende tranen probeer te bedwingen loop ik terug naar het bed en laat me erop neerzakken. Waarom ben ik niet gewoon naar de politie gegaan? Nu weten ze van niets. Ik klem mijn handen tussen mijn benen, knijp mijn ogen dicht en bid dat Rudi naar de politie gaat om te zeggen wat er gebeurd is en dat ze mij hebben meegenomen. Hij moet alles gehoord hebben, via mijn mobiel. Hij…

Mijn mobiel!

Ik open mijn ogen en spring zowat overeind. Ik graai in de zak van mijn vest. Niets. Ook mijn andere zak is leeg. Tegen beter weten in voel ik in mijn broekzakken, maar ook daar vind ik geen mobiel. Ik keer me naar het bed en doorzoek de lakens, kijk onder het bed, onder het kussen, onder de matras. Geen iPhone. Ze hebben hem van me afgepakt. De klootzakken! Ineens woedend draai ik me naar de deur, met de bijna onbedwingbare drang om daar flink tegenaan te schoppen, als ik ineens de computers weer zie. Zouden die...

Ik loop naar de hoek, trek de stoel onder de tafel vandaan en ga zitten. Nu mijn ogen wat aan het donker gewend zijn, zie ik wat er allemaal staat: twee laptops, een desktop, diverse toetsenborden, een iPad, wifi-kaarten, een PSU, twee *towers*, een printer, een heleboel bedrading, routers, externe schijven en nog wat andere spullen. En een degausser. Ik heb het allemaal niet nodig. Eén van die laptops is voldoende. Als hij tenminste is aangesloten op internet.

Met een snelle beweging zet ik de dichtstbijzijnde aan. Het scherm licht op en inwendig juich ik. Dat is stap één. Hij werkt. Terwijl ik ongeduldig wacht tot de laptop is opgestart, tik ik met mijn vingers op de tafel.

Kom op nou. Ik heb geen uren de tijd.

Eindelijk verschijnt het bureaublad. Een blauw vlak dat vol staat met mappen. Het ziet er bijna net zo uit als het bureaublad dat ik tegenkwam bij de Dutch Broadcasting Group: bijna alles is in het Arabisch. Dan vervaagt het beeld ineens en verschijnt er een kadertje waarin om een wachtwoord wordt gevraagd.

Verdomme.

Dit had ik kunnen weten. Die Rami was zo achterdochtig als de pest; hij heeft waarschijnlijk alles wat hier staat beveiligd. En dit is duidelijk geen systeemwachtwoord, maar iets van hemzelf. Met een beetje inspanning zou ik er wel doorheen kunnen breken, maar het zou makkelijker – en sneller – gaan als ik mijn eigen spullen bij de hand had, mijn eigen programma's. Mijn ogen schieten omlaag, naar de rechterbenedenhoek van het scherm en teleurgesteld constateer ik dat er zelfs geen verbinding is met internet. Natuurlijk niet. Hoe had ik dat ook kunnen verwachten? Die vrouw is niet achterlijk.

'Je dacht toch niet dat dat zou werken?' klinkt het ineens.

Ik sta zo haastig op, dat de stoel waarop ik zat achterover valt en met een klap tegen de grond slaat. In de deuropening staat de vrouw, die me belangstellend gadeslaat. Achter haar zie ik een man.

'Alles is door mijn broer beveiligd,' gaat de vrouw verder, terwijl ze de kamer inloopt. 'Maar ik weet zeker dat het voor jou een peulenschil is om het te kraken. Daarom hebben we voor de zekerheid ook het modem maar uitgeschakeld.' Ze kijkt me aan. 'Al ben ik ervan overtuigd dat je zelfs nu nog een risico voor ons vormt met al die apparatuur om je heen.'

De man achter haar doet een stap naar voren en blijft op de drempel staan. Ik zie nu dat hij al wat ouder is, een veertiger. Hij heeft een snor, die overgaat in een kroezige baard, en op zijn hoofd draagt hij een zwart hoofddeksel, wat op een tulband lijkt, maar het niet is. Mijn blik blijft rusten op het wapen dat aan een band over zijn schouder hangt en even knipper ik met mijn ogen.

Die kerel staat daar met een automatisch geweer!

Instinctief wijk ik wat achteruit, bij hem vandaan, tot ik weer bij het bed sta.

De vrouw ziet het, maar reageert er niet op. Pas als ik haar weer aankijk, zegt ze: 'Sorry voor de blauwe plekken. Maar er was geen andere manier om je mee te krijgen. Je was vast niet uit jezelf in de auto gestapt.'

Nog met geen tien paarden. Maar dat zeg ik niet. In plaats daarvan knik ik naar het raam. 'Bang dat ik ontsnap?'

Ze glimlacht. 'Soms zijn de dingen anders dan je denkt,' zegt ze. 'Dat raam zit niet dichtgeschroefd om jou binnen te houden. Dit was Rami's kamer. Hij voelde zich niet veilig, wilde zichzelf en zijn spullen tegen de buitenwereld beschermen.'

Ik denk aan de jongen in mijn appartement. Opgefokt, agressief, nerveus, paranoïde. Heel anders dan zijn zus, die de rust zelve is. Zij lijkt zeker van haar zaak, kent geen aarzeling, weet precies wat ze doet, al krijg ik het idee dat ze me nu te veel vertelt. In ieder geval volgens de man in de deuropening. Hij kijkt naar haar, zijn wenkbrauwen gefronst, zijn hand nog altijd rustend op het wapen. Maar hij zegt niets.

'Je kunt me hier niet vasthouden,' zeg ik tegen de vrouw.

'Dat doe ik al.'

'Mijn buurman weet waar ik ben.'

'Dat weet hij niet.' Ze steekt haar hand in de zak van haar lange, licht-getailleerde zwarte jurk en houdt me vervolgens mijn iPhone voor. 'Die openstaande verbinding die je met hem had, geeft hem nog geen informatie over waar je nu bent.'

'Ik ben niet thuisgekomen,' zeg ik. 'Hij zal de politie bellen.'

Opnieuw glimlacht ze. 'Vast niet. Je hebt hem toch een berichtje gestuurd dat hij dat niet moet doen?'

Ik staar haar aan.

'Hier.' Ze drukt op een toets waardoor het display oplicht en toont me even later een sms'je aan Rudi. Verstuurd om halftwee vannacht. *Alles is goed. Bel niet naar politie maar wacht thuis op me. Mara.*

Ik reik naar mijn mobiel, maar ze trekt hem weg. 'Vanmiddag krijgt hij een nieuw berichtje dat je besloten hebt om mee te werken. Dat hij niet ongerust hoeft te zijn en dat je snel weer thuis bent. Misschien wel mét je kinderen.' En bij het zien van mijn blik: 'Ik kom mijn beloftes altijd na, Mara. Maar dan moet je me wel helpen. Als je dat niet doet, zijn er andere mensen die mijn belofte ondergeschikt vinden aan hun belangen. Dan kan ik niets meer voor hen doen. Dan zullen zij de prijs zijn die jij – en ik – moet betalen.'

Ik zwijg, van woede, van onmacht. Dit kan ze niet maken. Ze zet me onder druk om te krijgen wat ze wil: mijn hulp. En daar gebruikt ze mijn kinderen voor. Kinderen die ze niet eens kent, die ze nog nooit gezien heeft.

Of wel?

'Heeft Matin je nog gebeld?' vraagt de vrouw.

'W-wat?' stamel ik.

'Matin el-Idrissi. Hij kwam dinsdagochtend bij je aan de deur.'

'Heb... heb je me in de gaten gehouden?' Ik ben zo overdonderd dat ik pas langzaam besef dat ik naar de bekende weg vraag. Natuurlijk heeft ze me in de gaten gehouden. Dat blijkt wel. Ik denk aan Moorman en de schrik slaat me om het hart. 'Hebben jullie Matin ook vermoord?' vraag ik.

'Nee, waarom? Zolang hij maar geen bedreiging voor onze missie vormt.'

'Hij zal me weer bellen, dat heeft hij gezegd.'

'Mooi. Dan kan ik eindelijk eens kennis met hem maken.'

Ik knipper met mij ogen. 'M-maar je weet toch al wie hij is?'

'Ik ken alleen zijn naam. Die duikt regelmatig op in onze kringen. In Bagdad is hij bekend, maar alleen van naam. Niemand schijnt precies te weten hoe hij eruitziet. Maar dat is ook logisch. Als iedereen weet hoe hij eruitziet, kan hij zijn business wel opdoeken.' Ze recht haar rug en beweegt even kort haar hoofd opzij. 'Maar nu hebben we hem eindelijk gezien, bij jouw appartement. Heel waardevolle informatie.'

'Wacht even,' zeg ik, terwijl ik verward mijn hoofd schud. 'Als je niet weet hoe hij eruitzag, hoe weten jullie dan dat hij het was en dat hij voor mij kwam?'

'Jullie trappenhuis heeft grote ramen; het was duidelijk te zien dat hij voor jouw deur stond.' Ze houdt mijn mobiel omhoog en vervolgt: 'En zijn berichtjes aan jou hebben zijn identiteit verraden. Ook heel waardevol.'

Ik weet niet meer wat ik zeggen moet. Er gaat van alles door me heen en omdat ik mijn knieën voel knikken, laat ik me op het bed neerzakken. Ik denk aan Matin, aan hoe hij er altijd op had aangedrongen nooit iemand over hem te vertellen. Die eis had ik nooit genegeerd en nu? Nu heb ik hem verraden door een stel terroristen in mijn telefoon te laten snuffelen.

De vrouw zucht en komt naast me zitten. 'Het is niet zo moeilijk,' zegt ze. 'Werk mee en alles lost zich vanzelf op. Over drie dagen is het voorbij en kun je weer verder gaan met je leven. En zal ik ervoor zorgen dat je binnen enkele weken je kinderen weer thuis hebt.'

Ik staar haar van opzij aan en ik vraag me af in hoeverre ze meent wat ze zegt. Het aanbod is aanlokkelijk genoeg om meteen ja tegen te zeggen. Wie ben ik om de hele wereld op mijn schouders te nemen? Mijn kinderen. Daar draait alles om. Als ik die maar weer veilig om me heen heb. De situatie in Irak wordt steeds slechter. Het idee dat ze straks opgesloten kunnen zitten in IS-gebied doet mijn keel dichtknijpen van angst. Daaruit krijgt niemand ze weg. Hoewel… Aan welke kant staat zij eigenlijk? Is zij één van hen? Van die IS-strijders? Dat kan toch niet? Dat zijn vrouwenhaters! Of ben ik nou net zo bevooroordeeld over hen als zij zijn over ons, westerlingen?

'Akkoord?' vraagt de vrouw.

'Ik wil eerst weten wat jullie van plan zijn.'

'Dat hoef je nu nog niet te weten.'

'Dan werk ik niet mee,' zeg ik. Het klinkt stoer, maar vanbinnen ben ik als de dood. Dat ze mij wat aandoet. Of op de een of andere manier de opdracht geeft om Jamil en Isra te doden.

'Denk je dat je een keus hebt?'

'Jullie beginnen niets zonder mijn hulp.'

Heel even glimlacht ze. 'Er zijn verschillende manieren om je te dwingen, Mara,' zegt ze zacht. 'Al pas ik die liever niet toe. Niet bij jou.'

Ik zie haar blik, waarin ik naast kilte nu ook iets anders zie: pijn. Ik denk ineens aan de woorden van haar broer, toen hij dreigend die kris tegen Rudi's keel duwde.

Waarom ze jullie niet meteen heeft afgemaakt...

'Waarom niet?' vraag ik. En als ze zwijgt: 'Je broer zei dat hij niet begreep waarom je niet meteen had ingegrepen. Jouw gedrag ten opzichte van mij is dus niet zoals hij van je gewend is.' Ik blijf haar aankijken, wachtend op haar antwoord. Niet omdat ik zo graag wil horen waarom ze mij – en Rudi – niet vermoord heeft, maar omdat ik er een verklaring voor zoek.

Ook zij wendt haar blik niet af, kijkt me recht in de ogen en zegt dan: 'Mijn zusje heette Isra.'

Isra? Net als míjn Isra?

'Isra betekent nachtreis,' gaat ze verder. 'Mijn zusje reisde het laatste moment van haar leven door een inktzwarte nacht. Misschien wil ik wel voorkomen dat jouw Isra hetzelfde overkomt.'

Ik slik, wil iets zeggen, maar het lukt me niet. Ik kan haar alleen maar aanstaren.

Dan staat ze op en loopt naar de deur. 'Ga nog wat slapen. Over een paar uur moet je aan de slag.' En met die woorden verdwijnt ze uit de kamer, waarna de man met het geweer over zijn schouder de deur achter hen dichttrekt.

-28-

De schemering sluit zich meteen weer om me heen, terwijl ik nog altijd sprakeloos naar de dichte deur staar en niet goed weet wat ik hiervan denken moet.

Isra.

Mijn Isra. Háár Isra. Is haar zusje dood? Een wee gevoel nestelt zich in mijn maag. Is dat de reden dat ze anders dan anders reageert, zoals haar broer liet doorschemeren? Door de overeenkomst van een naam? Maar dat is toch raar? Waarom zou ze compassie met mij hebben door de naam van mijn dochter?

Ik kijk naar de vage omtrekken van de computers op de tafel. Wat moet ik nou doen? Wat kán ik doen? Eigenlijk niets. Ik word min of meer gedwongen om mee te werken. Doe ik het niet, dan teken ik het doodvonnis van mijn kinderen en mezelf. En wie weet ook nog eens dat van Rudi. De dood van Moorman is ook al mijn schuld. Hij was zo'n vriendelijke man, ik begrijp niet waarom ze hem hebben omgebracht.

Hij wist te veel!

Ja, maar wát wist hij dan? Wat weet ík? Dat er een aanslag wordt gepleegd? Waarschijnlijk op de haven van Rotterdam? Maar dat is dan ook alles. Ik weet niet hoe ze dat willen doen. Of wanneer. Over drie dagen, dat is het meest waarschijnlijk. Nee, niet drie, twee. Want inmiddels zijn we alweer een dag verder.

Wat moet ik nou doen?

Paniek welt in me op, terwijl ik me op het bed terugtrek. Tranen van machteloosheid komen omhoog en met mijn armen om mijn benen geslagen, knijp ik mijn ogen dicht in een poging mezelf weer onder controle te krijgen.

Na een poosje voel ik de ergste wanhoop wegtrekken. Met dit soort gedrag los ik niets op. Ik moet iets doen. Een plan bedenken. Er moet een manier zijn waarop ik dit kan oplossen. Ik kom overeind, trek het kussen tussen mijn rug en de muur en hul me in het gekreukelde oude dekbed dat ongetwijfeld van Rami geweest is. Het idee dat hij eronder geslapen heeft doet me rillen, maar de kou vind ik erger. Ik laat mijn gedachten over de laatste paar dagen gaan, probeer grip te krijgen op de gebeurtenissen om daarmee een uitweg te creëren. Maar het werkt niet echt. Het enige wat ik creëer is nog meer verwarring in mijn hoofd. Ik weet gewoon niet wat ik verder moet doen.

De eenvoudigste oplossing is vaak de beste.

Het is Michaels stem die me naar de computers doet kijken. Daarin ligt de oplossing. Het is waar alles om draait. Informatie, data, het zero-day leak. Zij hebben deze situatie tot stand gebracht en het zal me niets verbazen als die Rami zelfs dat lek heeft gecreëerd. Deze hele aanslag draait om computers, het moeten dus ook computers zijn die het kunnen voorkomen. Daar moet ik me op concentreren.

Als eerste zal ik iemand proberen te bereiken, zodra ze me toegang tot de computer geven en er verbinding is met internet. Nu lukt dat niet; die vrouw weet goed wat ze doet. Zonder wachtwoord kan ik het internet niet op en zonder internet kan ik dat wachtwoord niet kraken. Zo simpel is het. Maar straks kan het misschien wél, al zal dan ongetwijfeld een van haar mensen, zo niet de vrouw zelf, me constant in de gaten houden. Maar ze hebben niet mijn kennis; ik ken meer wegen die naar Rome leiden. Of in dit geval naar de politie. Of de directie van het Rotterdamse Havenbedrijf. Wegen waar zij het bestaan niet eens van weten.

Ik glimlach. Ze willen dat ik meewerk? Oké, dan werk ik mee. Maar wel met een ander doel. Ik ga de boel saboteren. En wel zó, dat ze niet beseffen dát ik dat doe.

Mijn beslissing zorgt ervoor dat ik in één klap een stuk rustiger ben. En met mijn ogen dicht probeer ik, door alle stappen een voor een door te nemen, alvast te bedenken hoe ik het het beste kan aanpakken.

Ineens schrik ik op van een geluid. Het is een stuk lichter in de kamer dan eerst en ik besef dat ik in slaap moet zijn gevallen. Hoe laat zou het zijn? Ik draag geen horloge en dus kijk ik om me heen, maar ik zie nergens een klok of een wekker. En ik heb ook mijn mobiel hier niet.

Ik worstel me uit het dekbed dat zich als een wokkel om me heen gedraaid heeft, en blijf vervolgens op de rand van het bed zitten. Het irriteert me dat ik niets weet. Geen tijd, geen plaats. Geen doel.

Voor de tweede keer hoor ik het geluid, aan de andere kant van de deur, en ik besef dat ik daarvan wakker ben geworden. Ik heb het nog niet gedacht of de deur zwaait open en de vrouw verschijnt in de deuropening. Onder haar arm houdt ze een laptop en ik zie het meteen: het is die van mij.

'Goed geslapen?' vraagt ze terwijl ze de kamer binnenkomt, en gek genoeg klinkt het alsof ze werkelijk geïnteresseerd is. Ik kijk langs haar heen en zie opnieuw een man met een geweer. Een andere. Jonger, een jaar of dertig, zonder baard, zonder hoofddeksel. Hij draait zich naar de muur, waar hij met zijn rug tegenaan gaat staan.

Het schiet door me heen. Ze houden de wacht! Er staat vast de hele tijd een gewapende man bij de deur. Ze doen er echt alles aan om ervoor te zorgen dat ik er niet vandoor ga.

De vrouw ziet me kijken en volgt mijn blik. 'Hamal,' zegt ze. 'Heel toegewijd. Weet je wat zijn naam betekent?'

Ik geef geen antwoord, maar dat belet haar niet om het me toch te zeggen.

'Lammetje.' Ze zet mijn laptop naast die van haar broer, sluit hem aan met een klaarliggend kabeltje en draait zich weer naar mij. 'Maar vergis je niet. Hij is verre van zoet.'

'Staat hij daar vanwege mij?' vraag ik.

Ze glimlacht. 'Alleen omdat ik hier binnen ben.'

Ja ja.

'Ik moet naar het toilet,' zeg ik.

Ze hoeft niet na te denken, gebaart naar Hamal bij de deur en zegt in het Arabisch tegen hem dat hij me naar de wc moet brengen zonder me uit het oog te verliezen. Heel even vraag ik me af of ze beseft dat ik haar kan verstaan. Waarschijnlijk niet. En aangezien dat weleens in mijn voordeel kan werken, laat ik het ook niet blijken. Zwijgend pakt Hamal me bij mijn arm en duwt me voor zich uit de kamer uit, een smal gangetje door. Aan het eind daarvan laat hij me los en knikt naar een deur die een klein stukje naar rechts zit.

Ik haast me ernaartoe en verdwijn in het toilet. Een peertje met een laag wattage aan het plafond verlicht de kleine ruimte en de afwezigheid van een raampje doet de hoop vervliegen dat ik even naar buiten zou kunnen kijken. Dat zou ook veel te mooi zijn geweest.

Als ik enkele minuten later het gangetje weer in stap, staat Hamal er nog steeds. Natuurlijk. Hij ziet er niet naar uit dat hij bevelen negeert. Hij pakt me weer bij mijn arm en voert me terug naar de kamer, waar de vrouw op me wacht.

'Het is tijd om aan de slag te gaan,' zegt ze en ze knikt naar de tafel met computers.

Nu ik er zo vlak voor sta, bekruipt me een lichte angst. Ik wil niet meewerken, zelfs niet nu ik besloten heb helemaal niet te doen wat ze willen. Geen idee wat het zal zijn, maar als Rudi en ik gelijk hebben, is de daadwerkelijke aanslag vrijdag pas. Wat willen ze me tot die tijd laten doen?

Met tegenzin loop ik langzaam naar de tafel. Terwijl ik ga zitten, zet ik mijn laptop aan en wacht tot hij is opgestart.

'En nu?' vraag ik, als ik even later mijn wachtwoord heb ingetypt en de desktop is verschenen.

De vrouw buigt zich voor me langs en ik kijk toe hoe ze op mijn laptop een specifiek netwerk zoekt en verbinding maakt met een modem door een lange netwerksleutel in te typen. Daarna haalt ze een bruine dossiermap tevoorschijn en legt hem naast mijn laptop. 'Dit is van Rami. Hij was bezig contact te leggen met een vrachtschip dat over twee dagen in Rotterdam aankomt.'

De tanker! Dus alles draait toch om dat ding.

'Er was iets met de beveiliging,' zegt ze. 'Hij had het idee dat iemand hem had opgemerkt. We kunnen echter niet riskeren dat ze te vroeg doorkrijgen wat er aan de hand is. Dat zou ons hele plan verwoesten.'

Dat zou nog eens mooi zijn! Ik denk het, maar zeg het niet hardop. Ik trek de map op mijn schoot en sla hem open. Terwijl ik door de papieren blader, kijkt de vrouw over mijn schouder mee. Uiteindelijk schuif ik de map terug op de tafel, typ een aantal commando's in op mijn laptop die nu verbinding heeft met internet, en wacht even.

'En?' vraagt ze, als ik me achterover laat vallen tegen de stoelleuning.

'Je broer had problemen met de VTMS,' zeg ik.

'VTMS? Wat is dat?'

'Vessel Traffic Management Services. Die coördineren de scheepvaart van en naar havens. Een beetje te vergelijken met de verkeerstoren op een vliegveld.'

'Wat voor problemen?'

Ik kijk naar haar op. 'Dat systeem hack je niet zomaar,' zeg ik. En in een opwelling: 'Als je dat niet snapt, weet je wel heel erg weinig van computers en beveiliging.'

Haar gezicht blijft onbewogen, maar toch zie ik irritatie oplichten in haar ogen. 'Op jouw mening zit ik niet te wachten,' zegt ze. 'Kun je de problemen oplossen?'

'Misschien. Als ik weet wat jullie willen.'

Ze denkt na, weloverwogen. Ik zie aan haar dat ze alles tegen elkaar afweegt en besef ineens dat dit geen vrouw is die zich zomaar heeft ingelaten met terroristen. Nee, dit is een vrouw die niets doet zonder reden. Een vrouw die een verleden heeft dat al haar beslissingen beïnvloedt. Als ik meer over dat verleden te weten kan komen, kan ik haar misschien bepraten, haar overhalen te stoppen met waarmee ze bezig is. Ik werp een blik op mijn laptop, vervolgens weer op de vrouw, en vraag: 'Hoe heet je?'

Alleen haar ogen bewegen mijn kant op. Dan zegt ze: 'We willen het *Automatic Identification System* op dat schip stilleggen. Een schip van die grootte...'

'Een tanker,' onderbreek ik haar.

'Een schip van die grootte vaart niet verder dan de Europoort,' zegt ze, zonder op mijn onderbreking in te gaan. 'Wij willen hem in de Botlek hebben.'

'De Botlek?'

'De Eerste Petroleumhaven, om precies te zijn,' gaat ze verder.

'Ik weet niet veel van scheepvaart, en al helemaal niet hoe het er in de Rotterdamse haven aan toegaat,' reageer ik, 'maar ik weet wel dat tankers opgemerkt worden als ze niet naar hun juiste bestemming varen.'

'Daarom moet dat systeem plat,' zegt de vrouw. 'Onze eerste stap.'

'En wat is de volgende?' wil ik weten.

'Dat hoor je later. Zorg er eerst maar voor dat hun identificatiesysteem vanavond om exact tien uur eruit gaat.'

‘Precies om tien uur?’ vraag ik.

‘Geen seconde vroeger of later,’ zegt ze.

‘Waarom?’

Ze antwoordt niet, zegt in plaats daarvan: ‘Nog even voor de duidelijkheid: behalve je kinderen gaat ook je buurman Rudi het niet fijn vinden als je hulp probeert te zoeken via internet of e-mail. Daar hebben we maatregelen voor getroffen.’

Niet-begrijpend staar ik haar aan.

‘Hij moest zo nodig achter je aan, gisteravond.’

Haar woorden brengen me weer terug naar het monument. Het moment vlak voordat ik het bewustzijn verlies. Rudi’s stem. Ik weet het weer. Ik dacht dat hij via mijn mobiel riep, maar die stomkop is me dus gevolgd. Hij kon natuurlijk weer eens niet gewoon luisteren naar wat ik hem gezegd had. De idioot.

‘En een explosief plaatsen tijdens zijn afwezigheid kostte maar een paar minuten.’

‘Een… een explosief?’ herhaal ik. ‘M-maar dan is het niet alleen Rudi die…’ Mijn stem hapert als ik denk aan de gevolgen van een ontploffende bom in Rudi’s appartement. Al zou het maar een kleintje zijn, dan nog zullen alle omringende appartementen erbij betrokken raken. Er zullen doden vallen, zelfs al kan ik Rudi er op wat voor manier dan ook toe aanzetten om er zo snel mogelijk vandoor te gaan. Verslagen sluit ik heel even mijn ogen.

Zonder te reageren loopt de vrouw naar de deur. Op de drempel blijft ze even staan en zegt zonder zich om te draaien: ‘Mijn naam is Imara.’ Dan loopt ze door en sluit de gewapende man de deur achter haar.

Verbouwereerd staar ik nog even naar de dichte deur. Vreemd genoeg heb ik het gevoel dat ze me zojuist de meest waardevolle informatie heeft gegeven van alles wat ze tot nu toe gezegd heeft.

Imara.

Ergens in mijn achterhoofd klinkt die naam bekend, maar ik weet niet waarom. Zachtjes fluister ik hem een paar keer voor me uit en bedenk dan dat het moet komen door de klank. Imara. Mara. Bijna hetzelfde. Dat moet het bekende zijn.

Ik draai me naar mijn laptop en kijk naar het beeldscherm. Aan het symbooltje bovenin zie ik dat er nog steeds verbinding met internet is. Het liefst zou ik nu iemand willen waarschuwen, Rudi, Egbert, iedereen die bij mij in het trappenhuis woont. Of de explosieve opruimingsdienst. Maar ik weet dat het niet reëel is. Iemand houdt vast Rudi's appartement in de gaten. Ze merken het meteen als ik iets onderneem en ingrijpen kan dan weleens bestaan uit één druk op een knop. Daarom durven ze mij hier ook alleen te laten met een open verbinding. Ik kan gewoon geen kant op, zal moeten doen wat ze me opdragen.

Mijn blik valt op de tijdsaanduiding. 08:10. Dat betekent dat ik krap veertien uur de tijd heb om te doen wat ze willen. Een of ander systeem op een tanker uitschakelen. Hoeveel werk zal dat zijn? En wat heeft het te maken met de Vessel Traffic Management Services waar Rami problemen mee had? Als ik nu precies wist wat hun uiteindelijke doel is, dan was ik veel beter in staat om gericht te werken. Nu heb ik het gevoel dat ik in het duister tast. Ik moet iets doen waarvan ik de gevolgen niet ken. Het maakt het allemaal onnodig moeilijk.

Ik adem even diep in en schuif de stoel naar voren. Misschien is het beter om eerst eens te kijken wat dat identificatiesysteem inhoudt en wat het doet. Dat had ik ook aan haar kunnen vragen, maar ik zoek liever zelf alle informatie op. Dan weet ik zeker dat ze niets voor me achterhoudt. En met die gedachte open ik Google en typ de drie letters van de afkorting in de zoekbalk.

AMSTERDAM

OKTOBER 2006

Nog nooit was ze bang geweest voor Juda, maar op het moment dat hij haar tegen de keukenmuur duwde en lachend, maar zacht en dreigend vroeg wat ze nu dacht te beginnen, was ze dat wel degelijk.

Tot nu toe had ze altijd geloofd dat hij haar nooit fysiek pijn zou doen. Maar gezien de verandering in zijn karakter die zich binnen een aantal jaren had voltrokken, durfde ze daar niet echt meer zeker van te zijn. Hij had haar al een keer een verwonding in haar nek bezorgd, niet moedwillig, maar toch. Het na een fikse ruzie met geweld afrukken van het kettinkje met het gouden kruisje dat ze van Michael had gekregen, had een diepe snee in haar huid veroorzaakt, die maar moeilijk had willen genezen. Ze had er een lelijk litteken aan over gehouden. Het kruisje had hij woedend door de kamer gesmeten en vanaf die dag durfde ze het niet meer te dragen.

'Mamaaaaaa!'

De stem van Isra deed haar opschrikken en haastig liet ze het wasgoed dat ze aan het opvouwen was liggen en liep naar de keuken. Isra stond op het smalle balkon, haar handjes om twee spijlen heen en haar gezichtje ertussen geklemd.

'Wat is er, liefje?' vroeg ze.

'Een poes!' Haar armpje gleed tussen de spijlen door en wees naar een zwart-witte kat die zich in de gemeenschappelijke binnentuin stoicijns zat te wassen.

'Ja,' zei ze. 'Een poes. Maar die heb je toch al zo vaak gezien? En waarom sta je hier buiten op het balkon, zonder je jas? Het is ijskoud!' Ze tilde Isra op en drukte haar tegen zich aan. Dit keer protesteerde ze niet, iets wat ze de laatste tijd steeds vaker wel deed. Zij en haar broertje waren nu bijna drie jaar oud en voelden zich te groot voor dat 'kin'rachtige' gedoe.

'Ik wil ook een poes,' zei Isra.

Ze zette haar in de keuken weer op de grond en aaide over haar zwarte krullen, die ze overduidelijk van haar vader had. Net als het ietwat bolle gezichtje, waarin de groene ogen – van haar – vreemd afstaken.

'Mama...'

Ze glimlachte. 'Volgend jaar misschien.'

'Maar Jamil en ik willen nú!' En meteen erachteraan, schreeuwend: 'Jamil!'

Er kwam geen antwoord.

'Jami-hil!'

'Laat je broer nou maar,' zei ze. Jamil kon erg ongeduldig zijn en kreeg al gauw een driftbui als er te veel druk op hem werd gelegd.

Precies zijn vader.

Ze dacht weer aan Juda, aan hoe hij haar vanmorgen tegen de muur had gedwongen. Dit kon zo niet langer. Dit wílde ze niet langer. Ze moest de stap zetten nu het nog niet te laat was. Ze moest bij hem weg.

-29-

AMSTERDAM

Het is rond het middaguur als de deur van de kamer opengaat en de vrouw – Imara – binnenkomt. ‘Gaat alles goed?’ vraagt ze, terwijl ze een bordje met een paar stukken Turks brood en een beker melk op de tafel zet.

‘Dat hoop ik,’ mompel ik.

Ze kijkt over mijn schouder naar het beeldscherm, maar blijft rechtop staan. ‘Je weet zeker dat je voor hen onzichtbaar bent gebleven?’

Ik draai me half om en kijk haar aan. ‘Dat weet je nooit zeker.’

Ze vertrekt geen spier, houdt mijn blik alleen maar vast, als ze zegt: ‘Rami wist het altijd heel erg goed.’

‘Dan was Rami erg pretentieus.’ Ik wijs naar het beeldscherm waarop diverse vensters openstaan met codes en commando’s die ze vast niet begrijpt. ‘Er is altijd een begin- en een eindpunt, bron en bestemming. Beide staan vast en de weg ertussen kun je versleutelen, verbergen of ontelbare servers laten passeren, feit blijft dat elk signaal is terug te voeren naar het punt waar het vandaan kwam. Begrijp je?’

Nog steeds geen beweging, zelfs geen knikje. ‘Ik begrijp het,’ zegt ze. ‘Je bedoelt dat van elk signaal altijd de bron is terug te vinden, hoe goed je de weg die hij aflegt ook beveiligt.’

‘Precies,’ zeg ik. ‘En aangezien ik niet weet wat ik verder

moet doen, behalve het uitschakelen van dat identificatiesysteem, kan ik niet garanderen dat we niet worden opgemerkt. Ik ben niet de enige hacker in de wereld.'

'Maar jij zit nu hier,' zegt ze. 'Jij bent beter dan de rest. Dus jij kunt ervoor zorgen dat hun identificatiesysteem onopgemerkt wordt uitgeschakeld.'

'Beter dan de rest?' Bijna schiet ik in de lach. 'Wie zegt dat?'

'Rami.'

Ik zwijg. Van wat ik in de computers van haar broer gezien heb tijdens het werk dat ik de afgelopen uren heb verricht, was die jongen zo ongeveer een genie. Hij heeft wegen bewandeld waar ik nooit aan zou hebben gedacht. En ik begrijp ook best waarom niet. Het zijn illegale wegen; en ik doe niet aan illegaal.

'Waar denk je aan?'

Haar stem doet me opschrikken. 'Nergens aan,' zeg ik. 'Aan hoe het verder moet. Wat wil je dat ik doe?'

'Dat je dat identificatiesysteem uitschakelt.'

'Maar dat is niet alles.'

'De rest hoor je later. Voor nu is...'

'Het een staat niet los van het ander,' onderbreek ik haar. 'Wat je me later laat doen, kan met terugwerkende kracht van invloed zijn op wat ik nu doe.'

Ze staat daar en kijkt me aan, haar gezicht een emotieloos masker.

'Ik moet het weten,' zeg ik zacht.

Zodat ik kan kijken of ik het kan voorkomen.

Dan loopt ze van me weg. Bij de deur draait ze zich nog even om. 'Eet je brood op,' zegt ze. 'Voordat je van de honger onderuitgaat. Je bent te waardevol.'

De deur sluit zich weer en gelaten luister ik naar het ruisen van de ventilatoren van de computers.

Waardevol.

Persoonlijke spullen zijn waardevol. Mensen niet. Ze geeft me het gevoel dat ik een noodzakelijk kwaad ben. Iets dat haar helpt haar doel te bereiken en waarvan ze straks, als alles voorbij is, afstand doet. Op wat voor manier dan ook.

Niet veel later vind ik de manier waarop Rami het identificatiesysteem op dat schip wilde uitschakelen: via het uploaden van een virus. Het is eigenlijk niet eens ingewikkeld en voor de zoveelste keer vraag ik me af waarom bedrijven en instellingen het voor hackers toch zo gemakkelijk maken om in te breken in hun netwerken. Vooral met dit soort dingen. Dat identificatiesysteem bevat alle informatie over hun vaartuig. Een slechte beveiliging is vragen om moeilijkheden.

Ik leun achterover en haak mijn vingers achter mijn hoofd in elkaar. En nu? Is het de bedoeling dat ik ga wachten tot ze me weer opzoekt?

Mijn ogen gaan weer naar de tijd boven aan het scherm van mijn laptop. 14:13. Iets minder dan acht uur voordat het identificatiesysteem daadwerkelijk uitgeschakeld gaat worden. Wat zou er gebeuren als ik het nu al doe? Het zou opgemerkt worden door de opvarenden van dat schip. En door de Vessel Traffic Management Services. Ze zullen andere manieren gebruiken om de informatie te krijgen en als er dan contact gelegd wordt met het schip, dan… ja, wat dan? Zullen ze gaan kijken of iemand van buitenaf de boel gesaboteerd heeft? Of zouden ze het wegzetten als een technische storing? Als dat laatste het geval is, blijft de dreiging bestaan. Dan zullen ze niet beseffen dat iemand hun systeem saboteert om dat schip op een plek te krijgen waar het niet hoort. Botlek, zei ze. Ik graaf in mijn geheugen, maar kan geen overzicht krijgen van hoe de haven van Rotterdam eruitziet.

Ik kom overeind, trek mijn laptop naar me toe en sluit de vensters die nog openstaan. Vervolgens open ik internet en typ in het balkje van de zoekmachine HAVEN ROTTERDAM. Meer dan zeventien miljoen resultaten ontvouwen zich voor me. Ik kies voor de tweede van boven – de homepage van Havenbedrijf Rotterdam, en open de pagina. De informatie die ik daar zie zegt me niets. Ik klik op HAVEN, vervolgens op HAVENKAARTEN, gevolgd door HAVENSEGMENTEN en zie dan een kleurenkaart die alle delen van de haven toont. Om de kaart beter te kunnen zien klik ik erop, waardoor een apart PDF-bestand zich opent en ik de kaart kan vergroten. Na een aantal keren op de plus geklikt te hebben buig ik me naar het beeldscherm en zoek de Eerste Petroleumhaven op. Die bevindt zich tussen Hoogvliet en Vlaardingen, vlak naast de olieopslag van Shell Pernis en op het moment dat ik dat zie, weet ik wat hun plannen zijn.

Geschokt sta ik op, waardoor mijn stoel achterover op de grond valt, en doe een paar stappen naar achteren, bij de computers vandaan.

O jezus! Dat kan toch niet? Die opslag opblazen zal toch niet werkelijk hun intentie zijn? Dat gaat honderden, nee, misschien wel duizenden levens kosten! Geschokt sla ik mijn hand voor mijn mond. Ik moet iets doen. Dit kan ik toch niet laten gebeuren? Sterker nog, ze willen dit laten uitvoeren door míj.

Nooit! Daar werk ik niet aan mee!

Ik raap de stoel van de vloer en ga weer achter de computers zitten, terwijl ik de paniek die oplaait probeer te negeren.

Denk na! Analyseer!

Ik adem even diep in en weer uit en loop alles in gedachten na. Ik heb nog zeven uur voordat ik moet doen wat ze willen. In die tijd kan er veel gebeuren. Zelfs daarna nog, want de eigenlijke deadline is morgen pas. Al weet ik niet precies hoe laat.

Stap voor stap.

Ik concentreer me op wat ik weet en wat ik nog wíl weten. Mijn locatie. Waar ben ik? Ik staar naar mijn laptop. Mijn eigen laptop, die ze uit mijn huis gestolen hebben. Dan schiet het door me heen. De cloud staat aan! Ik kan mijn eigen mobiel traceren!

Ik trek de laptop naar me toe, open de Applepagina en ga vervolgens naar FIND MY DEVICE. Ik log in op de iCloud, klik op ZOEK MIJN IPHONE en wacht tot de verbinding tot stand komt en het zoeken wordt beëindigd. Dat duurt niet lang, ongeveer tien seconden, en dan staar ik naar het kaartje voor me op het beeldscherm. Rozengracht. In Amsterdam. Zo dicht bij mijn eigen huis? En waarom de Rozengracht? Omdat Rami hier woonde? Misschien wonen ze hier allemaal wel. Is dit hun hoofdkwartier, beramen ze hier al hun plannen. Het zou me niet eens verbazen, maar al met al levert het voor mij weinig op, behalve dat ik nu weet waar ik ben.

Ik sta weer op en ijsbeer door de kamer. Dit wordt niets. Ik kan gewoon geen kant op. Ik zit hier vast en word gedwongen mee te werken. Ik kan niemand waarschuwen omdat ze dan een heel appartementencomplex opblazen en daarna waarschijnlijk mij en mijn kinderen afmaken. Nee, ik zit er diep in. Heel, heel diep.

Ik denk aan Rudi, aan wat hij nu aan het doen is. Wachten? Op een volgend berichtje van mij? Of is hij gewoon weer naar zijn werk gegaan? Nee, dat is onzin. Hij maakt zich vast zorgen, over mij, ondanks dat berichtje dat hij van mij ontvangen heeft. Nou ja, niet van mij. Van hen. Ze misleiden hem. Op de een of andere manier hoop ik nog steeds dat hij het niet vertrouwt. Dat hij de politie heeft ingelicht.

En dan?

Ja, wat dan? Niemand weet dat ik hier zit. Het zou niets opleveren. Rudi weet niet wat er gaat gebeuren. We hadden dan wel een vermoeden, maar met wat Rudi de politie kan vertellen beginnen ze niets en ze zullen er al helemaal niet de haven van Rotterdam voor afsluiten.

Afsluiten...

Ik draai me om en staar naar mijn laptop.

Afsluiten.

Ergens in mijn hoofd beginnen radertjes te draaien. Mijn gedachten gaan terug naar de kaart van de Rotterdamse haven. Ik zie de aanvoerroute voor me, de Maasmond, de Nieuwe Waterweg. De zijhavens en kanalen. Maassluis, Vlaardingen. Hoogvliet.

En dan ineens weet ik wat ik doen moet: de waterweg blokkeren. *Ik moet de waterkering sluiten*!

-30-

De Maeslantkering. Als ik die dichtkrijg, kan die tanker de Waterweg niet op. En kan hij nooit de Eerste Petroleumhaven bereiken. Ik heb geen idee hoe ze het precies willen aanpakken, maar als ik zie waar de haven zich bevindt en wat daar nog meer staat, is me dat maar al te duidelijk. Ze willen hem laten ontploffen. Het is een tanker, waarschijnlijk vervoert hij ruwe olie, of iets anders brandbaars. Het vernietigen van dat schip zal niet alleen in de haven zelf grote schade aanrichten, het feit dat de opslag van olieraffinaderij Shell Pernis er gevestigd is, zal ervoor zorgen dat zowel Pernis als Hoogvliet bij de explosies betrokken raken, wat duizenden levens kan kosten. De Betuwelijn zal gedeeltelijk vernietigd worden. De maatschappelijke ontwrichting en economische schade zal enorm zijn.

Ik voel me misselijk worden als ik besef dat ik waarschijnlijk de enige ben die dit kan voorkomen, en ik moet even stevig slikken om het brood dat ik zopas gegeten heb binnen te houden. Waarom gebeurt mij dit? Heb ik niet al genoeg aan mijn hoofd? Mijn kinderen, Matin. Rudi.

Rudi.

Ik wilde dat hij hier was. Voor het eerst sinds Michaels dood verlang ik naar de arm van een ander om me heen. En ineens besef ik dat ik diepere gevoelens voor Rudi koester dan ik aan mezelf heb willen toegeven.

Aan de andere kant van de deur hoor ik stemmen, die van de vrouw en van Hamal. Ze praten in het Arabisch, en ik kan niet goed horen wat er gezegd wordt, daarvoor is het te zacht, alsof ze met elkaar fluisteren. Haastig sluit ik alle vensters op mijn laptop en open een paar nietszeggende ervoor in de plaats. Vervolgens sta ik op en doe een paar stappen de kamer in, weg van de computers. Net op tijd. De deur wordt geopend en de vrouw komt binnen. Haar gezicht staat, zoals ik van haar gewend ben, strak en onbewogen. In haar hand houdt ze een glas thee.

'Schiet je al op?' vraagt ze, terwijl ze me het glas aanreikt.

Ik pak het aan en knik. 'Alles is klaar,' zeg ik.

'Nu al?'

'Niet zo moeilijk. De weg lag al open, door je broer.'

Ze glimlacht. 'Rami was goed met computers.'

Vertel mij wat.

'Ik neem aan dat je inmiddels precies weet wat ons doelwit is,' zegt ze.

'W-wat?' vraag ik geschrokken.

Haar ogen lichten fel op, maar haar gezicht blijft onbewogen. 'Denk niet dat we dom zijn, Mara. Natuurlijk wisten we van tevoren dat je dingen ging uitzoeken. Dat is niet te voorkomen, tenzij we iemand hier bij jou in de kamer zouden plaatsen die je constant in de gaten zou houden.'

'Ik heb helemaal niet...' protesteer ik.

'Niet doen,' onderbreekt ze me. 'Liegen heeft geen zin.' Ze trekt de stoel een stukje achteruit en gebaart dat ik er weer op moet gaan zitten. Ik heb het lef niet om te weigeren en dus doe ik wat ze me woordloos vraagt.

'Je bent gebeld,' begint ze na een korte stilte.

Ik kijk naar haar op, terwijl ik het theeglas op de tafel zet, en zeg niets. Wat zou ik moeten zeggen?

'Twee keer. Matin el-Idrissi was de eerste.'

Matin! Dan heeft hij me weer niet te pakken gekregen. Wat gaat hij nu doen? De boel afblazen en zich terugtrekken? En dan? Wie haalt dan mijn kinderen terug? Zij, Imara? Op de een of andere manier geloof ik daar niets meer van.

'... je moeder,' hoor ik haar zeggen. Ze glimlacht kort als ze mijn blik ziet. 'Niet zo moeilijk te raden als er MAM op het display staat.' Ze loopt naar de andere kant van de stoel waarop ik zit, legt mijn iPhone op de tafel en doet een stapje achteruit. 'Misschien is het verstandig als je haar even terugbelt. El-Idrissi hebben wij al een bericht gestuurd, maar gezien je berichtenverleden stuur je nooit een sms'je naar je moeder. Zij zou argwaan kunnen krijgen.'

'Jij denkt ook overal aan, hè?' zeg ik.

Dit keer glimlacht ze niet, kijkt me alleen maar koeltjes aan. 'Jullie zijn zo voorspelbaar. Dat komt omdat jullie emotioneel veel te betrokken zijn. Een grote fout. In mijn wereld kan dat je je leven kosten.'

'Jouw wereld?' vraag ik. 'Wat is jouw wereld? Een wereld waarin je dood en verderf zaait?'

Ik zie haar verstrakken. In haar ogen niet alleen meer die ijzige blik, maar ook een flard van haat. 'Daar zijn jullie mee begonnen,' zegt ze uiteindelijk. 'Jullie drang naar macht en autoriteit heeft in mijn land al aan veel onschuldige mensen het leven gekost.'

'En dus doe je hier hetzelfde: je laat onschuldige mensen opdraaien voor fouten die door anderen gemaakt zijn.'

Ze antwoordt niet, kijkt me alleen maar aan en eens te meer besef ik dat deze vrouw in staat is andere mensen pijn te doen om te bereiken wat ze wil: wraak. Maar wraak waarvoor? Wat is haar aangedaan dat ze zo meedogenloos is geworden? Dat ze niet eens rouwt om de dood van haar broer?

'Je hoeft dit niet te doen, Imara,' zeg ik zacht, bewust haar naam noemend.

'Ik heb geen keus,' zegt ze.

'Er is altijd een keus.'

‘Voor jou misschien.’ Ze wijst naar mijn mobiel. ‘Bel je moeder. En denk erom, één verkeerd woord en het is voorbij.’

Een paar seconden lang houden onze blikken elkaar vast. Dan kijk ik om naar Hamal in de deuropening, pak vervolgens mijn mobiel en bel naar Amerika.

Een kwartier later ben ik weer alleen. Mijn moeder had zich lichtelijk zorgen gemaakt omdat ze me thuis niet had kunnen bereiken. Ik had haar gerustgesteld en gezegd dat ik op het moment nogal vaak bij Rudi was. Niets om zich ongerust over te maken. Ze had gevraagd naar Matin en mijn verklaring dat ik de afspraak met hem door omstandigheden was misgelopen, had ze stilzwijgend veroordeeld. En dat begreep ik ook wel. Die afspraak met Matin zou een eerste stap kunnen zijn geweest naar contact met mijn kinderen. Haar kleinkinderen.

Terwijl er allerlei gedachten door mijn hoofd stuiteren, loop ik op en neer door de kamer. Ik probeer alles op een rijtje te zetten, de stukken op het schaakbord van deze hele toestand op de juiste manier te interpreteren. Maar het lukt me niet. Het enige wat me nog bezighoudt is die kering. Als ik die dicht kan krijgen, is het ergste gevaar geweken.

Natuurlijk weet ik heel goed dat ik door dat te doen het leven van mijn kinderen op het spel zet. En dat van Rudi, van mij, en van wie weet hoeveel bewoners uit mijn appartementencomplex. Maar weegt dat op tegen de doden die gaan vallen als die tanker de Shell opslagplaats bereikt?

Ik denk na.

Nee.

De gezichtjes van Jamil en Isra dringen zich aan me op.

Ja!

Ik weet het niet. Heb ik een keus?

Er is altijd een keus. Dat zei ik net zelf nog tegen háár. Maar de keus die ze mij geeft, is niet eerlijk. In beide gevallen kost het mensenlevens. Als ik voor het ene kies, komen er een heleboel mensen om die ik niet ken. Bij het andere zijn het er slechts een paar, maar die ken ik wél. Die zijn me lief. Liever dan al die duizenden mensen daar in Rotterdam.

Denk na!

Een achterdeur.

Ik moet ze afleiden. Ze laten denken dat ik doe wat me wordt opgedragen, maar ondertussen via een omweg doen wat ík wil. Zij hebben de kennis niet die ik heb. Zij begrijpen niet waar ik allemaal mee bezig ben, maar vertrouwen erop dat ik hun opdrachten uitvoer. En dat zal ik ook doen, maar ondertussen ga ik niet alleen dat zero-day leak dichten zodat niemand meer in het netwerk van het controlecentrum van de haven van Rotterdam kan komen, maar ook proberen die waterkering te sluiten. Met een omweg. Misschien kan ik het zelfs wel zó spelen dat ze niet eens beseffen dat ík dat heb gedaan, maar denken dat de havencontrole die maatregel genomen heeft. Het is een kans om mezelf buiten schot te houden. Een kleine kans overigens, maar dat is nog altijd beter dan helemaal geen kans.

Met een ruk draai ik me naar de tafel en de computers. Hoe laat is het? 15:11. Ik moet aan de slag. Vóórdat dat identificatiesysteem wordt uitgeschakeld wil ik al een eind op weg zijn met mijn plan. Of in ieder geval weten of het een kans van slagen heeft.

VII

AMSTERDAM

MEI 2014

Hij was de laatste geweest. De enige overgebleven link met het verleden, met de jaren waarin ze gelukkig was. Er was geen gezin meer en nu ook geen familie meer. Met haar vingers beroerde ze zacht de in donkerblauw leer gebonden *Koran* van haar broer.

Ze was kwaad geweest toen ze van Eyad hoorde dat Rami zonder overleg naar het huis van die Mara was gegaan. Dat was helemaal geen onderdeel van hun plan. Nu was er de afgelopen dagen wel meer gebeurd dat niet bij hun plan hoorde. Moorman die vragen begon te stellen, een hacker die het netwerk testte van de Dutch Broadcasting Group en daarbij natuurlijk op dingen was gestuit die niet voor haar ogen bestemd waren. Het had hun hele missie ondermijnd.

Er was niet veel voor nodig geweest om Moorman uit te schakelen. Het probleem met de hacker bleek wat moeilijker. Ze had Rami laten uitzoeken wie het was en toen bleek dat het om een vrouw ging, had ze gedacht dat de kwestie simpel was op te lossen. Ze had de belangrijkste apparatuur bij haar weggehaald, inclusief alle papieren van betekenis en de overeenkomst tussen de hacker en Moorman, waardoor de vrouw van een ethisch hacker een illegale werd. Daarnaast een paar intimiderende acties, haar het gevoel gegeven dat ze in de gaten werd gehouden, erop aangedrongen dat ze haar mond moest houden. Dat moest het probleem verholpen hebben.

De foto van de kinderen van de vrouw had ze als een soort onderpand meegenomen. Rami had al eerder ontdekt dat de tweeling – een jongen en een meisje – in Irak woonde, bij hun vader, die hen zonder toestemming had meegenomen. Navraag in Bagdad had haar geleerd dat de ontvoering vijf jaar geleden had plaatsgevonden en dat de vrouw sindsdien wanhopig probeerde haar kinderen weer thuis te krijgen. Met behulp van Matin el-Idrissi, een bekende in de wereld van terugontvoeringen naar Europa. Hij had zijn sporen niet al te best verdoezeld en het had haar dan ook weinig moeite gekost om de kinderen via een paar van Ibrahims informanten te lokaliseren.

Ze dacht het opgelost te hebben. Totdat bleek dat er een belangrijk document niet in de map zat die ze bij de hacker – Mara – had meegenomen. Een lijst met IP-adressen die Moorman had samengesteld.

Achteraf gezien had Rami gelijk gehad: Moorman had veel eerder uitgeschakeld moeten worden. Nog voordat hij zo paranoïde werd dat hij een ethisch hacker inhuurde om het netwerk door te lichten. Waarom hij zo achterdochtig was geworden, wist ze niet; waarschijnlijk was hij dingen tegengekomen die hij niet vertrouwde. Blijkbaar had de man méér kennis van informatica gehad dan Rami haar had doen willen geloven.

De lijst met IP-adressen was te belangrijk om te negeren; het bevatte drie verwijzingen naar servers die bij ontdekking hun hele missie om zeep konden helpen. Eén ervan was een verborgen server van Ibrahim – en dus van IS – waarop strijders wereldwijd communiceerden. Als die in verkeerde handen viel, waren de gevolgen niet te overzien.

Het had gemakkelijk opgelost kunnen worden, als die Mara niet dwars was gaan liggen en geprobeerd had de rollen om te draaien. Toch waardeerde ze dat ergens wel in de vrouw. Het getuigde van moed en een moedige tegenstander was een waardige tegenstander. Maar ze had kunnen weten dat het bij haar broer verkeerd zou vallen. Vrouwen die niet meewerkten konden op voorhand al op zijn tomeloze woede rekenen. En erg behulpzaam was de vrouw tot nu toe nog niet geweest, wat Rami's korte lontje nog wat verder had opgebrand en wat hem, na haar weigering de lijst aan hen te overhandigen, linea recta naar haar appartement had gejaagd. Met als gevolg dat zij nu als enige nog over was van de ooit acht leden tellende familie Qasim.

Ze boog haar hoofd en sloot haar ogen, het heilige boek van haar broer in haar handen geklemd. Ooit was ze gelukkig geweest. Lang geleden. Oorlogsgeweld had hen altijd omringd, maar ze had zich veilig gevoeld in de aanwezigheid van haar familie. Het was allemaal schijn geweest. Gevoelens waren bedrog. Ze brachten je nergens, maakten je alleen maar kapot. En daarom moest ze deze missie tot een goed einde brengen. Voor Isra. Haar ouders, haar broers en zussen. En nu ook voor Rami. Zijn dood stelde haar inventiviteit danig op de proef, en even had ze niet geweten hoe ze zonder hem de opdracht moest vervullen. De tijd begon te dringen en bijna had ze op het punt gestaan om Ibrahim in te schakelen. Maar toen vond ze de oplossing. Mara, de hacker. Zij had deze situatie veroorzaakt, dus zij was ook de aangewezen persoon om het op te lossen. Ze moest Rami's werk in de eindfase overnemen. Dit keer zou ze keihard zijn. Geen gedraai meer, geen tegenspraak. En ze wist nu al hoe ze dat bij de vrouw ging afdwingen: met haar kinderen. En met de man waar ze overduidelijk om gaf.

-31-

AMSTERDAM

Of het echt gaat lukken weet ik niet. Nadat ik eerst het zero-day leak heb gedicht, weet ik uiteindelijk binnen te komen bij de besturing van de Maeslantkering waarvan de beslissing tot het openen en sluiten volledig door een computersysteem wordt genomen: het zogenaamde BOS – Beslis en Ondersteunend Systeem. In principe was het niet eens zo heel moeilijk om te vinden waar ik moest wezen. Het onopgemerkt binnendringen was echter een andere zaak. Het zou rampzalig zijn als ze me vroegtijdig ontdekten en dus zocht ik mijn weg via kleine ingangen, versluierde mijn sporen en gebruikte vele servers om tot het punt te komen waar ik wilde zijn: in het systeem dat de werking van de Maeslantkering bestuurt.

De volledige procedure van het sluiten beslaat ruim tweeenhalf uur. Die tijd zal ik niet nodig hebben. Tenslotte hoeven de deuren om de tanker tegen te houden niet afgezonken te worden. Het enige waar ik voor moet zorgen is dat het waterniveau in de dokken waarin de sluisdeuren zich bevinden op hetzelfde niveau komt als dat van de Nieuwe Waterweg, wat iets meer dan zes minuten duurt. Vervolgens moet ik de lichtgebogen deuren de Waterweg insturen, zodat die volledig wordt afgesloten. Die procedure kost een halfuur. Wat er daarna nog volgt van de automatische procedure is niet belangrijk, omdat ik dan mijn doel al bereikt heb.

Het enige waar ik me zorgen om maak is dat het scheepvaartverkeer niet zal weten wat er gebeurt. Wat moet ik als op het moment van sluiten er net een enorm schip door de Waterweg vaart? Als hij beklemd raakt tussen de deuren van de kering, is dat een regelrechte ramp, al is het misschien minder erg dan een ontploffende olietanker in de Eerste Petroleumhaven. Of ik moet het scheepsverkeer via het Haven Coördinatie Centrum kunnen waarschuwen. Maar dat betekent dat ik ook dáár in het systeem moet inbreken en ik weet niet of ik daar tijd voor krijg. Het sluiten van de waterkering kan ik niet te vroeg laten gebeuren; dat zou de tanker namelijk de mogelijkheid bieden om door het Calandkanaal te varen en zo via Rozenburg achter de Botlekhaven te komen. Omdat samen met de Maeslantkering de Hartelkering automatisch gesloten wordt, zou de tanker niet verder kunnen varen dan Spijkenisse, maar toch nog aanzienlijke schade kunnen aanrichten. Het precies op het juist moment sluiten van de Maeslantkering zou dat kunnen voorkomen. Als ik de melding via het Haven Coordinatie Centrum echter te vroeg maak, dan hoort de bewuste tanker het ook. Bovendien zouden ze daar bij het centrum weleens kunnen ingrijpen om te voorkomen dat de kering zich sluit, met alle gevolgen van dien.

Dilemma's! Wat kan ik nou het beste doen?

Wachten tot je meer weet.

Dat is misschien wel het meest verstandige. Tot nu toe is het enige wat ze me verteld hebben dat ze het Automatic Identification System op die tanker willen uitschakelen. De rest is allemaal speculatie. Van mij.

Ik voel mijn hartslag toenemen. Stel dat ik het mis heb? Dat ze iets heel anders van plan zijn? Maar waarom zouden ze dan naar de Eerste Petroleumhaven willen? Naar de plek waar miljoenen liters olie liggen opgeslagen? Het is een raffinaderij, verdomme. Wat moeten ze daar anders?

Ik denk terug aan de woorden van de vrouw: je weet inmiddels vast wel wat ons doel is. Het is overduidelijk. Botlek, Eerste Petroleumhaven, olieopslag Shell Pernis.

Boem.

Ik schrik van mezelf en schiet overeind op mijn stoel, waarbij ik bijna het glas koud geworden thee dat nog op de tafel staat omgooi. Ik werp een blik op het beeldscherm voor me. 18:53. Nog drie uur voordat ze me dwingen mee te werken aan hun terreuraanslag. Voor zover ik dat al niet gedaan heb.

Met mijn armen om me heen geslagen loop ik naar het raam. Ik weet dat ik niets kan zien, maar toch voelt het vleugje frisse lucht dat door de kieren komt als vrijheid. Kon ik de tijd maar terugdraaien en weten wat ik nu weet. Dan zou ik die opdracht van Moorman nooit geaccepteerd hebben, al had hij er een miljoen voor willen betalen.

Ik huiver en draai me net weer van het raam weg, als de deur van de kamer opengaat. Geschrokken werp ik een blik op mijn laptop, maar behalve een venster met de kaart van de Rotterdamse haven is er niets wat mijn plannen kan verraden.

Met een schaal in haar handen komt de vrouw binnen. Ze ziet me naar mijn laptop kijken en volgt mijn blik. Een vage glimlach verschijnt om haar lippen, maar ze zegt niets. Ze schuift de schaal op de tafel en legt er een lepel naast.

'Pas op, het is heet,' zegt ze, terwijl ze de nog volle beker thee wegpakt en dan naar me omkijkt.

Ik loop naar haar toe en bekijk de dampende schaal, waarin witte en gele rijst zit, bestrooid met iets van rode besjes, en ernaast gekookte groente in een soort saus. 'Wat is dat?' vraag ik.

'Tapsi,' antwoordt ze. 'Een recept van mijn moeder.'

'Is zij hier ook?'

Ze kijkt me aan, en even denk ik weer dat vonkje pijn in haar ogen te zien oplichten. Maar meteen daarna is het alweer verdwenen. 'Nee,' zegt ze. 'Mijn moeder is hier niet.'

‘Is ze nog in Irak? Daar kom je toch vandaan?’

‘In zekere zin is ze daar, ja. Ze zal er ook altijd blijven.’ Met een ruk draait ze zich om en loopt de kamer uit. Net over de drempel kijkt ze nog even over haar schouder en zegt: ‘Zorg dat je om kwart voor tien alles klaar hebt om het systeem op dat schip stil te leggen.’

Ik wil zeggen dat dat allang het geval is, maar ze wacht er niet op. Ze knikt naar Hamal en zwijgend kijk ik toe hoe de deur weer wordt gesloten.

Ze is dood, haar moeder. Daar is geen speld tussen te krijgen. Is dat wat haar pijn doet? Ze is nog jong, haar moeder kan nooit oud geweest zijn. Ziek? Of het geweld dat in dat land maar voortduurt? Ik denk aan Jamil en Isra, die daar ook zijn, al weet ik niet precies waar. Zitten zij in gevaarlijk gebied? Of misschien zelfs wel in door IS bezet gebied? Matin zei dat het goed met hen ging. Hoe weet hij dat? Heeft hij hen gezien? Als dat zo is, dan weet hij waar ze zijn. Ik klem mijn armen tegen mijn maag om het weeë gevoel dat naar boven komt tegen te gaan.

Niet aan denken!

Niet nu, in ieder geval. Ik moet me concentreren op andere dingen. Op het sluiten van die waterkering. Op het voorkomen van een ramp die heel Nederland zal ontwrichten. Wat kan ik op dit moment nog doen? Niets. Afwachten. Doen wat ze zeggen en hopen dat ze straks, na tien uur, meer zullen loslaten over hun volgende stap. Daarna heb ik dan nog de hele nacht om verder te werken aan mijn eigen plan.

Het is al ver na middernacht als ik het bed in kruip en het dekbed over me heen trek. Ik had geaarzeld toen ik om klokslag tien uur het identificatiesysteem van de tanker moest uitschakelen. Ik wist helemaal niet wat de gevolgen zouden zijn, behalve dat het schip niet meer automatisch informatie naar het havencentrum en andere schepen zou sturen. Kon dat kwaad? Niet echt, leek me. Niet eens alle schepen zijn al uitgerust met zo'n systeem en die zijn ook geen gevaar op het water. Maar waarom willen ze dan met alle geweld dat die informatiestroom niet meer werkt? Bemanningsleden weten toch ook wel hoe ze zo'n schip een haven in moeten loodsen zonder zo'n systeem? Het was gewoon niet logisch. Uiteindelijk had de vrouw me aan Jamil en Isra herinnerd en me gezegd dat het haar slechts één telefoontje zou kosten om hen te laten oppakken. Door wie, en wat ze daarna met hen zouden doen, zei ze niet, maar dat was me overduidelijk.

'Gefeliciteerd,' had ze me toegefluisterd toen ik het door haar broer ontwikkelde virus had losgelaten in het identificatiesysteem van de tanker. 'Je hebt zojuist het leven van je kinderen gered.'

Het had me woedend gemaakt en in een opwelling was ik opgesprongen om haar te lijf te gaan. Het was Hamal die met één stap naast me stond en me met zijn arm om mijn keel geklemd achteruit trok. De vrouw was totaal niet onder de indruk geweest van mijn uitbarsting. Ze had toegekeken hoe Hamal me tegen de muur drukte en me zonder een woord te zeggen tot kalmte dwong. Daarna hadden ze me weer alleen gelaten, zoals ik al voorspeld had, maar ik was te opgefokt geweest om nog veel aan mijn plan te doen. Ik kan ook niks doen, weet te weinig. Zonder alle informatie over wat ze van plan zijn, zit ik muurvast.

Terwijl de tranen hoog zitten, draai ik me op mijn zij. Ik denk aan de mensen op die tanker, die niet weten wat er aan de hand is. Die de boel proberen te repareren. Wat ze niet gaat lukken; dat virus heeft al hun data opgevreten. Als ik niet in deze situatie had gezeten, had ik waarschijnlijk nog wel bewondering kunnen opbrengen voor Rami. Die jongen was een *crack*. Zelfs ik zou nooit zo'n virus hebben kunnen ontwikkelen.

Ik heb het gevoel dat ik nooit in slaap ga komen, maar uiteindelijk moet dat toch gebeurd zijn, want ik word wakker door de stem van de vrouw, vlak naast het bed.

'We moeten gaan.'

Met dikke ogen van de slaap kom ik overeind en wrijf over mijn gezicht. 'Gaan?' vraag ik, tamelijk overbodig. 'Waarnaartoe? Hoe laat is het?'

Ze antwoordt niet, doet een stap achteruit om me te laten opstaan en houdt me een trui voor. 'Het is fris buiten,' zegt ze bij het zien van mijn blik.

Ik pak de trui en trek hem over mijn hoofd. Hij is me zeker twee maten te groot, maar iets is beter dan niets.

'Voordat we gaan wil ik nog even iets duidelijk maken,' zegt de vrouw. 'Je doet precies wat ik zeg, onderneemt geen ontsnappingspoging, trekt van niemand de aandacht. Doe je dat wel...'

'Dan bel je je vrienden in Irak,' val ik haar in de rede. Wie had ooit kunnen denken dat mijn kinderen, zo ver weg, toch zo akelig dichtbij konden zijn? Dat ze door een terroriste zouden worden ingezet als chantagemiddel? 'Wie zegt mij eigenlijk dat je weet waar ze zijn?' vraag ik, ineens opstandig. 'Irak is een groot land.'

Even denk ik dat ze niet gaat reageren, maar dat doet ze wel. 'Die vraag had ik vroeg of laat verwacht,' zegt ze. Ze kijkt om naar Hamal en beveelt hem in het Arabisch om haar zijn mobiel te geven. Hij komt een paar stappen de kamer in en overhandigt haar zijn telefoon. Nog geen drie seconden later draait ze het display mijn kant op en toont me een foto.

Het is alsof mijn hart ontploft bij het zien van de kinderen, mijn kinderen, op een foto in een stoffige, dorre omgeving, met op de achtergrond wat huizen en een oude auto. Ze zijn bijna vijf jaar ouder dan toen ik ze voor het laatst zag, in de zomer van 2009, maar ik herken ze meteen. Jamil, stoer in zijn korte broek met gestreept poloshirtje, en Isra, in een donker, halflang jurkje – en met hoofddoek. Ik schiet vol en reik naar de mobiel. Ze laat me hem vasthouden en wacht, terwijl ik de foto van dichtbij bekijk.

Jamil en Isra. Mijn kinderen. Tranen lopen over mijn wangen als ik hun gezichtjes zacht met mijn duim aanraak. Zonder op te kijken fluister ik: 'Hoe kom je hieraan?'

'Dat is niet belangrijk,' zegt ze. 'Het beantwoordt alleen je vraag.' Ze pakt de mobiel weer van me af, zet hem in de sluimerstand en geeft hem terug aan Hamal. 'Nu moeten we gaan.'

'Waarheen?' vraag ik, terwijl ik met pijn in mijn hart de mobiel nakijk die weer in Hamals zak verdwijnt.

'Niet belangrijk,' zegt ze. Ze gebaart naar Hamal, die me bij mijn arm pakt en de kamer uit loodst. De vrouw koppelt mijn laptop los, klapt hem dicht en neemt hem mee, terwijl ze achter ons aankomt.

Dit keer gaan we verder dan het toilet. Ik word een trap af geleid, vervolgens door een lange gang geduwd, en daarna nog eens twee trappen af. Voor ik het weet staan we buiten op straat. Het is donker en, zoals ze al gezegd had, frisjes. Ik trek de mouwen van de trui over mijn handen en kijk om me heen. We zijn inderdaad op de Rozengracht. Mijn blik blijft rusten op een groot gebouw, schuin aan de overkant van de straat.

De Fatih-moskee!

Achter me hoor ik de deur dichtslaan en dan staat de vrouw naast me. Ze ziet blijkbaar waar ik naar kijk en zegt: 'Mijn broer was een goede moslim.'

Ongetwijfeld. Een goede moslimextremist.

Ze wacht niet tot ik iets terugzeg, maar loopt voor ons uit naar een donkerkleurig bestelbusje, opent het portier aan de bijrijderskant en legt mijn laptop op de bank. Hamal duwt me naar voren tot naast het busje en wacht tot de vrouw de zijdeur heeft opengeschoven en er binnen een klein lampje aanfloept.

Dan duwt hij me erin. Langs de zijkant is een houten bankje gemonteerd waarop ik moet plaatsnemen en dan pas zie ik dat er al iemand in zit.

'Rudi?' Mijn stem slaat over van verbazing. Ik schuif opzij tot vlak naast hem en zoek zijn blik, maar hij kijkt niet op, zit opzijgezakt tegen de achterklep van het busje aan. Zijn gezicht is gezwollen, bloed kleeft rondom zijn lippen en zijn neus. Hij heeft zijn ogen gesloten, maar ik kan zien dat een ervan dik en blauw is.

'Hij wilde niet erg meewerken,' zegt de vrouw, nadat Hamal aan de bijrijderskant is ingestapt. Ze schuift de deur dicht en neemt plaats naast me op het bankje.

'Wat heb je met hem gedaan?' roep ik, terwijl ik Rudi's gezicht tussen mijn beide handen neem en zijn verwondingen bekijk.

'We moesten hem overtuigen om met ons mee te gaan. Daarbij zijn wat klappen gevallen.'

Klappen gevallen? Ik staar naar het bloed dat zijn halve gezicht bedekt. Hij is gewoon in elkaar geslagen!

'Wat willen jullie van hem?' Ik draai me naar de vrouw, die me zonder een spoor van emotie observeert.

'Van hem? Alleen dat hij jou niet doet vergeten om te doen wat wij zeggen.'

'Maar dat deed ik toch al?' zeg ik en ik kan niet voorkomen dat het lichtelijk wanhopig klinkt.

'Na je uitval van gisteravond zijn we daar niet zo zeker meer van,' merkt ze op. 'We zijn niet zo ver gekomen om het door jou te laten verknoeien. Er zit jaren aan voorbereiding in. En dus hebben we besloten om hém...' ze knikt naar Rudi, '... in te zetten als waarborg.'

'Waren mijn kinderen niet genoeg?'

'Niet op de korte termijn,' zegt ze. 'Vanaf nu zal hij ons vergezellen en voor elke fout die jij maakt, zal hij boeten.'

Ik zwijg, kijk naar Rudi, en voel mijn bloed koken. Met mijn rug tegen de muur, dacht ik gisteravond nog. De situatie waarin ik toen zat, is nog niets vergeleken met hoe ik er nu voor sta. Mij zullen ze niets doen, omdat ze me nodig hebben, maar Rudi…

'En die bom?' vraag ik.

'Die ligt goed waar hij ligt.' Ze stompt met haar vuist tegen het tussenschot dat de cabine van het laadgedeelte scheidt, en de bus komt langzaam in beweging. Het feit dat Hamal niet achter het stuur is gaan zitten, doet me beseffen dat er een derde persoon is. En wie weet hoeveel nog meer. Voorzichtig pak ik Rudi's koude, slappe hand en houd hem in de mijne. Het doet me pijn dat ze hem er nu ook bij betrokken hebben. Dat was hij natuurlijk al, maar dit… Ik kijk weer naar zijn gehavende gezicht en kan alleen maar slikken.

'Hij overleeft het wel,' klinkt de stem van de vrouw.

Woede borrelt in me op en met een ruk draai ik mijn hoofd in haar richting. 'Heb jij eigenlijk wel gevoel?' zeg ik knarsetandend. 'Wat zou jij doen als een vriend van jou halfdood werd geslagen?'

Mijn reactie doet haar niets en even koel als altijd antwoordt ze: 'Ik heb geen vrienden. Vrienden en familie zijn gevaarlijk. Ze maken je kwetsbaar.'

'O, dus zo zag je je broer ook? Als een gevaarlijk… als een gevaarlijk… iets.' Ik weet van nijd niet meer wat ik zeggen moet.

Ook de vrouw zwijgt, totaal niet aangedaan door mijn opmerking, en ik vraag me af of ik het eerder dan toch bij het verkeerde eind had, toen ik nog een klein beetje gevoel bij haar dacht waar te nemen. Maar nu, ze lijkt wel van steen. Een emotieloze vrouw, die alles en iedereen die haar hindert uit de weg ruimt. Die met geen enkel levend wezen een band heeft. Geen band wil hebben. Want niemand speelt een spel als dit zo goed als iemand die niets te verliezen heeft. Maar heeft ze dat?

Ik denk weer aan de blik die ik – weliswaar kort – in haar ogen zag. Pijn en verdriet. Iets moet haar zo gemaakt hebben. De dood van haar moeder? Niet die van haar broer, toen was ze al te ver heen. Misschien van haar zusje Isra? Ze vertelde dat ze door een inktzwarte nacht was gereisd. Het laatste moment van haar leven. Ook zij is dus dood. Ligt daarin haar zwakte? Haar pijn? Kan dat me misschien helpen haar over te halen deze hele boel af te blazen?

Dat betwijfel ik. Ze is zo hard als staal. Mensenlevens doen haar niets, net zoals ík niets voor haar beteken, behalve de weg naar haar doel. Ze zal me niet sparen en daarom moet ik mijn hoofd erbij houden. Alles hangt van mij af. Of ik het overleef, of Rudi en mijn kinderen het overleven. Of al die mensen daar bij Rotterdam het straks overleven.

Angst overspoelt me ineens. Stel dat het niet lukt? Dat die tanker in de Botlek ontploft en de olieopslag de lucht in gaat. Hoe zou ik verder kunnen leven met het besef dat er zo veel mensen omkwamen door mijn schuld?

Een flinke hobbel in de weg doet me omhoogschieten en mijn achterhoofd slaat met een klap tegen de zijkant van het busje. Door de korte, felle pijn kom ik weer bij mijn positieven. Op deze manier denken heeft geen zin. Ik moet alles op alles zetten om te slagen. Als ik eerst mijn laptop maar weer te pakken kan krijgen.

Het busje stopt ineens. Ik heb het gevoel dat we uren gereden hebben, maar kan nergens controleren of dat zo is. De vrouw naast me komt overeind, schuift de deur open en stapt uit. Ik probeer een glimp op te vangen van de omgeving, maar voordat ik iets zie, is de deur alweer dicht. Ik kijk naar de achterklep van de auto. Kan ik misschien via die kant ontsnappen? De klep openen en er gewoon vandoor rennen, zo hard als ik kan? Maar Rudi dan? Hij is nog steeds buiten westen. Ik kan hem toch niet bij hen achterlaten?

Ik knijp mijn handen tot vuisten. Dit is dus precies de reden waarom ze hem hebben meegenomen. Om mij op mijn plaats te houden. Hier. Bij hen.

De schuifdeur gaat open en de vrouw stapt weer in. Hamal komt achter haar aan, en samen nemen ze plaats op het bankje.

'Waar zijn we?' vraag ik.

'Niet belangrijk,' zegt de vrouw.

Hamal laat zich wat onderuit zakken en legt zijn hoofd tegen het tussenschot alsof hij wil gaan slapen. Het verwart me. 'Maar wat gaan we nu dan doen?' wil ik weten.

'Nu?' zegt ze. 'Nu wachten we.'

'Waarop?'

'Op het juiste tijdstip.'

AMSTERDAM

JULI 2009

Ongeduldig liep ze de kamer op en neer. Hij was te laat. Al meer dan een uur. Hij had beloofd hen vandaag voor het avondeten weer thuis te brengen. Nou kwam hij wel vaker zijn afspraken niet na, eigenlijk nooit, maar het was nog niet eerder gebeurd dat hij meer dan een halfuur te laat was.

Voor het raam bleef ze staan en keek naar beneden, of ze hen misschien al zag aankomen.

Niets.

Ze draaide zich weer om, pakte haar mobiel van de tafel en drukte op de sneltoets van Juda's nummer. Net zoals bij de tien eerdere pogingen om hem aan de lijn te krijgen, schakelde de mobiel ook nu meteen door naar de voicemail. Dit keer bleef ze niet kalm, maar riep boos dat hij Jamil en Isra als de sodemieter thuis moest brengen.

Terwijl ze de mobiel op de bank gooide, sloeg ze haar armen om zich heen. Wat moest ze nou als hij ze helemaal niet meer terugbracht? Hoe vaak hoorde je dat niet? Ouders gescheiden, een van hen is het niet eens met de omgangsregeling en neemt de kinderen op een dag gewoon mee.

Wat een onzin! wees ze zichzelf terecht. Zoiets zou Juda nooit doen.

Toch?

Hij had het nieuws dat ze wilde scheiden nou niet bepaald goed opgenomen. Maar ze had geen andere keus gehad. De bedreiging in de keuken was het laatste signaal geweest dat ze nodig had gehad om tot de beslissing te komen dat ze dit niet meer wilde. Haar kinderen moesten opgroeien in een rustige, stabiele omgeving. Zonder dreiging, zonder vader die hun moeder tegenwerkte en onderuithaalde. En dus had ze gekozen voor haar kinderen, en voor haarzelf.

Juda was woest geworden toen ze hem verteld had dat ze bij hem wegging. Hij had een koffiemok door het beeldscherm van de televisie gegooid, serviesgoed van de tafel geveegd en was vervolgens woedend vertrokken. Pas uren later kwam hij weer thuis en had hij met lieve woordjes geprobeerd het weer goed te maken. Haar over te halen om haar beslissing te herroepen. Zelfs Michael haalde hij erbij.

'Hoe zou hij het vinden als je zijn beste vriend aan de kant zou zetten?' had hij gevraagd.

Het had haar er nog meer van overtuigd dat ze de juiste keus maakte om bij hem weg te gaan. Ruim een halfjaar later was de scheiding een feit en had Juda moeten vertrekken uit hun appartement. Eerder had hij geweigerd te gaan, maar na de uitspraak van de rechter kon hij niet anders meer.

Sinds die dag bleef hij dwarsliggen. Nooit kwam hij afspraken na, alimentatie betaalde hij nauwelijks. Hij overlaadde de kinderen met veel te veel cadeaus die ze niet konden gebruiken en ook niet nodig hadden. En nu had hij hen meegenomen naar Disneyland Parijs. Eerst had ze daar niet mee ingestemd. Ze vond het veel te ver weg, maar toen ze de beteuterde gezichtjes van Jamil en Isra had gezien, was ze overstag gegaan. Het liefst was ze meegegaan, maar het werk in haar eigen bedrijfje stapelde zich op. Ze had gewoonweg geen tijd om er een paar dagen tussenuit te gaan. En dus had ze hen laten gaan.

Ze keek naar de klok. Bijna halfzeven. Dit was gewoon te gek! En waarom nam hij zijn mobiel niet op? Voor de zoveelste keer liep ze naar het raam en staarde naar de straat beneden. Nog steeds niets te zien. Op de overbuurman na, die zijn hond uitliet, maar nooit verder liep dan de boom op de hoek.

Terwijl haar ongerustheid groeide, maakte ze in de keuken een kop koffie en ging ermee op de bank zitten. Misschien was er gewoon iets tussengekomen. Of misschien had hij ze deze laatste avond waarop hij hen bij zich had toch nog mee naar McDonalds genomen. Zo gemakkelijk was hij wel, stond nooit stil bij het feit dat zij zich dan ontzettend ongerust zou maken. Als hij alleen maar even gebeld had.

Na één slokje koffie liep ze weer naar het raam en keek. Zou ze misschien even naar beneden lopen? Maar dan? Daar zag ze nog minder dan hier. Ze wierp een blik op de klok. Vijf over zeven. Al twee uur te laat. Dit was niet goed. Er moest iets gebeurd zijn.

Resoluut pakte ze de telefoon en belde de politie.

-32-

ERGENS IN NEDERLAND

Lange tijd is het stil. Zowel de vrouw – ik kan er maar niet toe komen om haar Imara te noemen – als ik staren zwijgend voor ons uit. Hamal lijkt te slapen en ik vraag me af hoe hij dat in vredesnaam voor elkaar krijgt, met zijn hoofd tegen die harde wand.

Ik kijk opzij naar Rudi, die nog steeds buiten westen is. Hoe lang duurt dit al?

De vrouw lijkt mijn bezorgdheid aan te voelen. Ze werpt een blik op Rudi en zegt: 'Hij zal wel snel wakker worden.'

Ik vraag haar maar niet hoe ze dat kan weten. Ervaring? Zijn dit voor haar dagelijkse dingen? Ik kan merken dat ze getraind is. Zowel in lichamelijk opzicht als in strategisch denken. Het woord soldaat komt in me op, maar dat gaat misschien net iets te ver.

'Wat gaat er nu gebeuren?' vraag ik.

'De volgende stap,' zegt ze, zonder naar me te kijken.

'En die houdt in?'

Ze draait haar hoofd in mijn richting. 'Alles op zijn tijd,' antwoordt ze.

Ik zwijg. Hoe vaak heb ik nou al niet gevraagd wat ze van plan zijn? Heel vaak. Maar ongeduldig wordt ze niet. Ze blijft gewoon ontwijkend antwoorden.

'Je zei dat je broer een goede moslim was,' zeg ik, om de stilte niet weer te laten overheersen. 'Ben jij dat ook?'

Een vage glimlach trekt rond haar lippen. 'Niet belangrijk,' zegt ze.

'Niet belangrijk?' herhaal ik. 'Maar jullie doen toch alles uit naam van Allah?'

'Dat denk je maar.'

'Als het niet zo is, hoor ik graag waarom je dit dan wel doet,' zeg ik. 'Ik wil het begrijpen.'

Ze zwijgt, wendt haar blik weer af en staart naar de andere kant van het busje.

'Ben je een aanhanger van Al-Qa'ida?' dring ik aan.

Stilte.

'IS?'

Stilte.

Dit schiet niet op. Ze laat niets los, maar eigenlijk had ik dat ook niet verwacht. Wat ze echt kwijt wil vertelt ze me wel. Dat blijkt uit het feit dat ze me haar naam heeft gezegd. En die van Hamal.

Dat kan ook betekenen dat ze nu al weet dat je het niet gaat overleven.

Ik schrik van die gedachte en duw hem ver weg. Ik wil er niet aan denken. Als alles gaat zoals ik wil, dan komt het goed.

Ik draai me weer naar de vrouw en vraag: 'Heb je nog meer broers en zussen behalve Rami en Isra?'

Alleen haar ogen bewegen zich mijn kant op. 'Waarom wil je dat weten?'

'Gewoon. Interesse. Ik probeer de tijd te doden.'

'Doe dat dan maar op een andere manier,' zegt ze.

'Zoals?'

Ze kijkt weer van me weg en zwijgt. Maar ik geef niet op en zeg: 'Ze is dood, hè?'

Stilte.

'Je zusje Isra,' ga ik verder.

Stilte.

'Ze leeft niet meer, toch?'

Met een snelle beweging schiet haar linkerhand opzij en klemt zich verbazingwekkend krachtig om mijn keel, vlak onder mijn kin. Ik schrik er zo van, dat ik roerloos blijf zitten en ondertussen wat zuurstof door mijn dichtgeknepen luchtpijp naar binnen probeer te zuigen.

'Niet. Belangrijk,' fluistert ze.

Ze laat me los en meteen grijp ik naar mijn keel, die ter hoogte van mijn tongbeen behoorlijk pijn doet. Blijkbaar heb ik een gevoelige snaar geraakt door haar zusje te noemen, gezien de felheid van haar reactie. Ik schraap mijn keel, die daardoor alleen maar nog pijnlijker aanvoelt, en besluit voorlopig maar even niet meer naar haar familie te vragen. Ik moet het anders aanpakken. Maar hoe? Hoe krijg ik haar zo ver dat ze zich blootgeeft? Dat ze me informatie geeft waarmee ik iets kan?

Naast me zie ik Rudi zich bewegen. Hij tilt zijn hoofd langzaam op en kreunt zacht. Zijn hand gaat naar zijn neus, die zo gezwollen is dat het logisch is dat hij het benauwd heeft. Het zal allemaal veel meer pijn doen dan mijn zere keel. Ik buig me naar hem toe en veeg voorzichtig een plukje haar van zijn voorhoofd.

'M-Mara?' lispelt hij. Het klinkt alsof hij zwaar bezopen is en bijna moet ik lachen.

'Ik ben het,' zeg ik zacht en ik negeer het rauwe, schrijnende gevoel in mijn keel.

'W-wat is er gebeurd?' vraagt Rudi. Zijn hand schuift door naar zijn ene oog dat niet open wil, terwijl hij me door het andere verward aankijkt.

Ik werp een blik achterom, naar de vrouw die zwijgend toekijkt, en zeg dan: 'Je bent buiten westen geweest.'

'Ik heb hoofdpijn,' mompelt hij, niet reagerend op mijn woorden.

Ik glimlach. 'Dat kan ik me voorstellen,' zeg ik, mijn stem nog steeds schor. Ik sta op en hijs hem aan zijn armen wat overeind.

'Auwauw,' gromt hij. 'Voorzichtig! Alles doet me zeer.' Hij opent zijn oog weer en zoekt opnieuw mijn blik. 'Ben ik door een meteoriet geraakt of zo? Jezus, ik voel me alsof ik platgewalst en opgeveegd ben.'

Ik geef geen antwoord, wacht tot hij zich wat gestabiliseerd heeft.

Dan ineens ziet hij de vrouw achter mij. 'Wie is dat?' wil hij weten. En terwijl hij nu om zich heen kijkt: 'Waar zijn we eigenlijk? Dit lijkt wel een bestelbus.'

'Dat is het ook,' zeg ik.

'Wat doen we hier?' Zijn blik blijft weer op de vrouw rusten en schiet vervolgens door naar Hamal. Ik zie hem wit wegtrekken, terwijl al zijn spieren aanspannen. 'Die vent,' fluistert hij. 'Ik weet het weer. We hebben gevochten!'

'Ik weet het,' zeg ik. 'Ze houden jou vast om mij te dwingen te doen wat ze willen.'

Hij staart me aan. 'Maar alles was toch in orde? Je hebt me twee keer een appje gestuurd!' En als ik zwijg: 'Zie je wel, ik wist wel dat het niet goed zat. Dat voelde ik al bij je eerste bericht. De klootzakken.'

'Sst,' zeg ik. 'Maak ze niet kwaad.'

'Hebben ze je pijn gedaan?' vraagt hij.

'Nee,' lieg ik, terwijl ik de neiging om met mijn vingers over mijn keel te strijken onderdruk. 'Ik denk dat ze jou erger onder handen hebben genomen.'

Hij voelt aan zijn neus en vervolgens aan zijn nog steeds gesloten oog. 'Het valt wel mee,' zegt hij stoer, maar ik zie dat elke aanraking hem zeer doet. En dan hebben we het alleen nog maar over zijn gezicht; hoe ziet de rest van zijn lichaam eruit?

Rudi kijkt weer even steels naar de vrouw en buigt dan zijn

hoofd wat naar me toe. 'Gaat het om die lijst?'

'Ook,' zeg ik. 'Maar dat is niet waarom ze me hebben meegenomen.'

'Je moet iets voor ze doen, zei je net. Wat dan?'

Ik geef niet meteen antwoord. Nu Rudi zo naast me zit, komt het besef van de omvang van de problemen waarin ik verkeer in alle hevigheid naar boven. Ik zit diep in de penarie. Heel erg diep en op dit moment zie ik ook geen uitweg meer. Vooral niet nu ze Rudi als pressiemiddel hebben. In zekere zin was dat al eerder zo, maar toch voelde dat anders. Afstandelijker. Nu is er maar een kleine scheidslijn tussen iets fout doen en de afstraffing. Het idee dat ze Rudi pijn doen als ik hun eisen niet inwillig maakt me misselijk. Het is te dichtbij en dat belemmert me in mijn gedachten en bezigheden.

'Ze plannen een aanslag,' fluister ik.

'Een... wat?'

Ik wil hem net toefluisteren wat ik denk dat ze gaan doen, als er een luid gepiep door het busje klinkt. Meteen komt Hamal overeind, trekt zijn mobiel uit zijn zak en beëindigt het geluid. Een alarm. Alles is echt tot op de minuut gepland.

'Genoeg gekletst,' zegt de vrouw. Ze staat op, pakt me bij de arm en duwt me naar de schuifdeur die door Hamal wordt opengedaan.

'Hé!' roept Rudi. 'Wat gaan jullie met haar doen?' Hij staat ook op, maar Hamal duwt hem terug op het bankje. Tot mijn schrik is Rudi blijkbaar niet van plan om zich daarbij neer te leggen. Hij komt weer overeind en met uitgestrekte armen grijpt hij Hamal bij de schouders in een poging hem tegen het tussenschot aan te gooien. Natuurlijk lukt dat niet; Hamal draait zich een kwartslag, rukt in één beweging zijn wapen naar voren en nog voordat ik 'nee!' kan roepen, beukt hij de kolf midden in Rudi's gezicht.

Met een kreet grijpt Rudi naar zijn neus en wankelt achteruit, tot hij met zijn benen tegen het bankje aankomt en erop neervalt. Bloed sijpelt tussen zijn vingers door. Ik hoor hem vloeken, terwijl hij tussendoor naar adem hapt.

Ik ruk me los uit de greep van de vrouw, maar voordat ik Rudi bereikt heb, heeft ze me alweer vastgepakt en trekt ze me achterstevoren het busje uit. 'Laat hem,' zegt ze. 'Wij hebben belangrijkere dingen te doen.'

'Waarom laat je dat toe?' vraag ik haar geschokt.

'Ik laat niets toe. Actie, reactie. Als hij was blijven zitten, had Hamal niet hoeven ingrijpen.'

'Het is zijn eigen schuld, wil je zeggen?'

'Zo kun je het ook omschrijven.' Met een klap sluit ze de schuifdeur van het busje en trekt het portier aan de bijrijderskant open. 'Instappen,' zegt ze.

Even overweeg ik haar een klap te geven en ervandoor te gaan. Zij is niet gewapend en Hamal zit nog in het busje.

Maar Rudi ook.

Ik werp de vrouw een nijdige blik toe en klim dan op de bank. Ze gebaart dat ik moet doorschuiven en komt naast me zitten. De plaats achter het stuur is leeg, maar ik weet dat daar ook iemand van hen heeft gezeten. Waar is die nu? Ik probeer onopvallend door het raam naar buiten te kijken, niet alleen om te zien of daar soms nog iemand staat, maar ook om kijken waar we zijn. Ik zie niet veel. We staan op een verlaten weggetje tussen bomen. Het is nog redelijk donker buiten, maar toch is aan de lucht te zien dat over niet al te lange tijd de zon zal opkomen.

Ik kijk opzij naar de vrouw, maar ze kijkt niet terug, houdt haar blik strak voor zich uit door de voorruit gericht. Dan wordt ineens het portier aan de bestuurderskant opengetrokken en schuift er een man achter het stuur. Hij gunt me geen blik waardig, start de motor en stuurt het busje de grasstrook uit. We rijden onder een snelweg door, passeren een klein woonwijkje, en enkele minuten later draaien we linksaf een verlichte weg op. Ik weet nog steeds niet waar we zijn en hoe ik me ook probeer te concentreren of iets me bekend voorkomt, er is niets dat een belletje bij me doet rinkelen. We vervolgen de weg, langs nog meer huizen en uiteindelijk passeren we een spooremplacement. Roodbruine wagons met zwarte, halfronde kappen overheersen de plek, alsof ze daar zomaar zijn achtergelaten, evenals de tankwagons die een eind verderop staan. Recht voor ons zie ik ineens de twee minaretten van een moskee opdoemen en een kort moment denk ik dat we daarnaartoe gaan. Maar dat is niet zo. We rijden er voorbij, slaan rechts af en gaan vervolgens meteen weer naar links. Ik vraag me af hoe het met Rudi is, achter in het busje. Met al die bochten moet hij zowat alle kanten op zijn gevlogen en na dat pak slaag dat ze hem gegeven hebben, zal dat niet prettig voor hem zijn.

Een verkeersbord flitst voorbij, nog voordat ik goed en wel heb kunnen zien wat erop staat. Kop van Zuid denk ik gelezen te hebben, maar thuisbrengen kan ik dat niet. Pas als de weg een eind verderop naar links afbuigt en vlak voor ons een enorme brug opdoemt, weet ik waar we zijn.

Rotterdam! We zijn vlak bij de haven!

Ik kijk weer opzij naar de vrouw, wil vragen wat we hier doen, maar besef dat dat belachelijk is. Ze willen de opslag en de raffinaderij van Shell Pernis opblazen, met behulp van een enorme olietanker. Maar waarom zouden ze het doelwit zo dicht naderen? Dat is toch niet logisch? Tenzij… Ik voel de adem in mijn keel stokken. Een zelfmoordactie! Dat zal het toch zeker niet zijn? Paniek welt op. Ik wil hier niet zijn. Ik wil niet het slachtoffer worden van een stel terroristen die het geen fuck kan schelen of ze al dan niet doodgaan. Ik wil naar huis, naar Cambridge. Naar mijn moeder. Ver weg van deze hele shitzooi!

Niet in paniek raken!

Ik knijp heel even mijn ogen dicht om mezelf te herpakken en weer rustig te worden. Ik moet kalm blijven. Helder denken. Alsof ik een partijtje schaak speel met Rudi: al mijn zetten strategisch overdenken.

'Zijn jullie met z'n drieën?' vraag ik. Mijn stem klinkt iets hoger dan anders en ik hoop dat het haar niet opvalt. Blijkbaar merkt ze niets, want ze werpt een koele blik opzij.

'Maakt dat wat uit?'

Ik haal mijn schouders op.

'We zijn met meerderen,' zegt ze na een korte stilte.

De man achter het stuur kijkt even kort naar de vrouw, die zijn blik een moment vasthoudt en dan weer door de voorruit naar buiten staart. Het voelt voor mij alsof hij haar waarschuwde. Mocht ze dat niet zeggen? Ik heb toch niet de indruk dat de vrouw bevelen van anderen aanneemt. Sterker nog, tot nu toe heb ik nog altijd het idee dat zij de leiding heeft. Heb ik me daarin vergist?

'Waarom doen jullie dit?' probeer ik weer.

Geen antwoord.

'Alsjeblieft,' zeg ik zacht. 'Ik wil het begrijpen.'

De man achter het stuur werpt een nijdige blik opzij. 'Jij bek houden,' bijt hij me in gebroken Nederlands toe.

'Ik wil alleen weten...' begin ik, maar dat had ik beter niet kunnen zeggen. Zonder verdere aankondiging knalt hij de vuist van zijn rechterhand opzij, midden in mijn gezicht, waardoor mijn hoofd met een klap tegen het tussenschot achter ons slaat. Pijn verspreidt zich achter mijn ogen tot in mijn nek en in een reflex druk ik mijn handen tegen mijn neus. Het busje stopt voor een verkeerslicht en als we stilstaan draait de man zich naar me toe en grijpt me bij mijn haren. Zijn ogen fonkelen van woede, maar net als hij iets wil zeggen, legt de vrouw haar hand op zijn arm.

'Kalm,' zegt ze. 'We hebben haar nodig.'

De diepe keelklanken van het Arabisch dat ze nu praat, klinken rustig en overtuigend en ik besef dat ik toch gelijk had. Zij is de baas. Ze luisteren naar haar. En zij is ook de drijvende kracht achter hun operatie. Als ik deze aanslag wil voorkomen, zal ik háár moeten uitschakelen. En dat lukt me nooit. Ze lijkt op het eerste gezicht dan wel ongewapend, maar ik kan op mijn vingers natellen dat haar handen net zo gevaarlijk zijn als een uzi.

De man gromt nog wat, werpt me een laatste, nogal intimiderende blik toe en pakt dan met beide handen het stuur weer vast.

'Met hem moet je een beetje oppassen,' zegt de vrouw tegen mij. 'Muhsin wil nog weleens orders negeren. Hij is nogal impulsief.'

Ik zwijg, terwijl ik nog even aan mijn neus voel. De ergste pijn is al weer gezakt en er is geen bloed. Het had erger kunnen zijn. Vanuit mijn ooghoek zie ik dat de vrouw haar hand naar me uitstrekt en in een reflex duik ik een stukje opzij. Het houdt haar niet tegen; ze pakt het gouden kruisje vast dat om mijn nek hangt en laat het in haar handpalm rusten.

'Je bent gelovig?' vraagt ze.

Verward door haar vraag weet ik niet wat ik moet antwoorden. 'Ik... ja. Nee. Ik heb dat kruisje van mijn man gekregen. Toen ik eenentwintig werd.' En na een korte stilte: 'Hij leeft niet meer.'

Ze knikt even. 'Maar heeft het ook een religieuze waarde voor je?'

Ik staar haar aan. Zowel Michael als ik waren katholiek. We trouwden ook in een katholieke kerk, met alles erop en eraan. Maar na zijn dood heb ik nooit meer een voet in een kerk gezet. Ik kon het niet opbrengen. De vraag waarom God, als hij bestond, het liefste wat ik had van me had afgenomen, werd nooit beantwoord, en dat had de band tussen Hem en mij voorgoed verbroken.

'Ik ben katholiek gedoopt,' geef ik toe.

Ze reageert niet, lijkt te wachten op het vervolg dat ik haar niet geef.

'Verlies maakt jullie zwak,' zegt ze na een poosje, terwijl ze het kruisje loslaat en weer recht gaat zitten. 'Pijn en verdriet doen jullie twijfelen aan de enige constante in jullie leven. Jullie zweren je geloof af als het allemaal niet loopt zoals jullie willen. Dat is het verschil tussen jullie en ons.'

'Jouw verlies heeft je dus sterker gemaakt, wil je zeggen?' merk ik op.

Haar blik wordt achterdochtig. 'Wat weet jij nou van mijn verlies,' zegt ze.

'Niets. Maar ik weet wel dat de pijn die je met je meedraagt je hele leven beïnvloedt.'

'Wat?' fluistert ze.

Haar ogen worden donker en ik besef dat ik een stap te ver ben gegaan. Hier waren we dus nog niet aan toe. Ik wend mijn blik af, kijk door de voorruit van de auto en zie het verkeerslicht op groen springen. Meteen schiet de auto vooruit, alsof Muhsin zijn woede botviert op het gaspedaal. Hij draait met een grote bocht naar links, waardoor ik bijna tegen de vrouw aan val, en stuift vervolgens rechtdoor een grote kruising over, daarbij al het andere verkeer negerend.

De vrouw wordt woedend en schreeuwt hem iets toe wat ik niet echt kan verstaan, maar wat hem wel kalmer doet rijden. We passeren de Erasmusbrug en rijden rechtdoor. Een paar honderd meter verder neemt hij nog wat meer gas terug. Het is gelukkig nog vroeg; echt veel verkeer is er niet. Dan voel ik hoe de vrouw mijn arm pakt en naar rechts wijst, naar een groot gebouw, met witte bogen en grote ramen. Ik heb geen idee wat het is en kijk haar vragend aan.

'Daar gebeurt alles,' zegt ze. 'Daar zijn ze verantwoordelijk voor het in goede banen leiden van al het scheepvaartverkeer.' Ze kijkt weer naar het gebouw en vervolgt: 'Het Haven Coördinatie Centrum.'

-33-

ROTTERDAMSE HAVEN

Verrast staar ik voor de vrouw langs naar buiten. Nooit geweten dat zo'n belangrijk bedrijf in zo'n onopvallend pand zou zitten.

Muhsin geeft weer gas en stuurt het busje verder de straat door. Een stukje voorbij het gebouw rijdt hij over de stoep heen een parkeerterrein op en stopt de wagen aan het andere eind, waar geen auto's staan, met zijn neus in de richting van het Haven Coördinatie Centrum.

Een vreemde stilte daalt neer als de motor is afgezet. Ik heb geen idee wat ze nu van me verwachten. Wat doen we hier? Uiteindelijk haalt Muhsin zijn mobiel tevoorschijn, en kijkt op het display. Hij wacht duidelijk ergens op, te zien aan het ongeduld waarmee hij het mapje weer dichtklapt.

Opnieuw blijft het stil, maar dan echoot het geluid van een binnenkomend sms'je door de cabine. Meteen kijkt Muhsin weer op het display, opent het bericht en knikt dan opzij naar de vrouw. Zij reikt naast zich, trekt mijn laptop tevoorschijn en legt hem op mijn schoot.

'Jouw beurt,' zegt ze. Ze wijst recht door de voorruit naar het pand van het Haven Coördinatie Centrum en beveelt: 'Ik wil dat je inlogt op hun netwerk.'

Ik staar haar aan. 'Op hun netwerk? Waarom?'

'Niet belangrijk,' zegt ze. 'Gewoon doen wat ik zeg.'

‘Maar ik weet helemaal niet of dat wel kan,’ werp ik tegen.

‘Het kan. Rami zei…’

‘Rami kan wel zoveel gezegd hebben. Het is vast nog beter beveiligd dan voormalig Alcatraz. Om er binnen te komen zal ik hun firewall moeten omzeilen en geloof me, dat is niet zomaar één-twee-drie gebeurd.’

En dat is iets wat ik heel zeker weet. Omdat ik nog altijd eigenhandig dat zero-day leak heb gedicht dat ze ongetwijfeld hiervoor hadden willen gebruiken. Dat Rámi had willen gebruiken en waar zij amper iets vanaf weet. Alleen… het is er niet meer. Maar dat ga ik haar niet vertellen. Als ik het goed heb ingeschat, snapt ze totaal niet wat haar broer allemaal gedaan heeft en dat kan in mijn voordeel werken om te blijven volhouden dat het niet gaat lukken.

Aan de andere kant… als ik wél hun systeem binnendring, is het later voor mij een kwestie van enkele minuten om te doen wat ik wil: een waarschuwing uitsturen als de Maeslantkering zich gaat sluiten. Ik hoef alleen maar een achterdeur open te laten.

‘Verzin er maar wat op,’ zegt de vrouw. ‘Als je maar zorgt dat het binnen een halfuur gebeurd is.’

Zonder te reageren klap ik mijn laptop open en typ mijn wachtwoord in. Ik laat hem zoeken naar een geschikt netwerk in de buurt en al snel heeft hij er een gevonden dat minimaal beveiligd is. Korte tijd later heb ik de toegangscode gekraakt en is de verbinding met internet tot stand gebracht. Vervolgens ga ik op zoek naar een ingang in het netwerk van het Haven Coördinatie Centrum, maar zoals ik al eerder gezien had, is hun firewall optimaal. Daar kom je niet zomaar doorheen.

Denk na!

Ik wrijf over mijn voorhoofd en heel even heb ik spijt van mijn impulsieve actie om dat zero-day leak te dichten.

‘Je hebt nog vijf minuten,’ meldt de vrouw na een poosje.

Ik zie haar stoïcijnse blik en krijg acuut de neiging om mijn laptop op haar kop stuk te slaan. Wat denkt ze wel, om me zo onder druk te zetten. Ik ben geen tovenaar!

'Vier.'

'Hou daarmee op!' bijt ik haar toe. 'Het is al ingewikkeld genoeg zonder dat jullie me opjagen!' Nijdig kijk ik door het portierraampje naar buiten, waar mijn blik op de gevel van een restaurant aan de andere kant van de weg valt. Humphrey's. Bekende keten. Ik denk ineens aan een mail die ik ooit van hen kreeg met een...

Kortingscoupon!

Dat is het! De weg om hun firewall te omzeilen! Een trojan via een e-mail met aangehechte kortingscoupon! Of een andere aanbieding, weet ik veel! In ieder geval iets waarop ze moeten klikken.

'Zo te zien heb je een oplossing gevonden,' klinkt de stem van de vrouw.

'Misschien,' mompel ik, terwijl ik wat vensters sluit en een map open. Ik zoek tussen mijn bestanden tot ik gevonden heb wat ik zocht, en glimlach. Nu eerst het systeem van Humprey's zien binnen te komen.

Dat laatste kost me weinig moeite. Snel doorzoek ik hun bestanden. Uiteindelijk stel ik een e-mail samen, voeg er twee files aan toe en verstuur het via hun eigen server naar alle e-mailadressen van het Haven Coördinatie Centrum.

'Wat heb je gedaan?' vraagt de vrouw achterdochtig. Ze vertrouwt me niet en dat is logisch. Hoe moet zij weten dat ik niet iemand heb ingeseind en van hun plannen heb verteld?

'Ik heb een e-mail verstuurd uit naam van Humphrey's...' Ik knik opzij naar het restaurant, '... met een coupon erbij voor een twee halen, een betalen actie.'

Ze staart me aan.

'Dat twee mensen daar kunnen eten voor de prijs van een,'

leg ik uit. 'Daarvoor moeten ze een coupon downloaden. Er is altijd wel iemand die erop klikt.'

'En dan?'

'Dan hebben ze een trojan binnengehaald. Waardoor ik hun firewall kan omzeilen.' Ik heb het nog niet gezegd of een klein schermpje popt op, waaraan ik kan zien dat er iemand gehapt heeft. 'Ik ben binnen,' zeg ik, nadat ik een paar commando's heb ingetypt en diverse schermen zich voor me openen.

Haar mond vertrekt tot een vage glimlach. 'Heel goed,' zegt ze. 'Verwijder nu deze bestanden uit hun systeem.' Ze gebaart naar Muhsin, die zijn mobiel voor mijn gezicht houdt.

Ik zie een foto van papiertje waarop een vijftal namen van files geschreven staat. Ik kijk opzij naar de vrouw en zeg: 'Je weet toch dat niets helemaal verdwijnt? Dan moet je de harde schijf vernietigen.'

'Het is voldoende dat ze niet meer zichtbaar zijn.'

'Dan kun je ze ook gewoon in de prullenbak mikken,' merk ik op.

Ze werpt me een vernietigende blik toe, waardoor ik meteen weer naar de mobiel kijk die Muhsin me nog steeds voorhoudt.

'Oké dan,' zeg ik. 'Wat jij wilt,' en ik doe wat ze zegt. Ik zoek de files op en verwijder ze van de harde schijf.

'En nu afsluiten,' zegt de vrouw.

'Afsluiten?' vraag ik.

'Uit hun netwerk weg.'

Zonder nog iets te zeggen vliegen mijn vingers al over de toetsen, maar dan denk ik aan mijn eigen plan. Ik ben binnen bij het Haven Coördinatie Centrum. Ik moet zorgen dat ik dat nog een keer kan, zonder weer een trojan te moeten sturen. Dat zou te veel opvallen.

Razendsnel denk ik na. Een achterdeur. In het achterste kwadrant van de firewall. Vlug zoek ik de plek die ik voor ogen heb, en stel mijn toekomstige ingang veilig. Eigenlijk is het geen deur, maar een tunnel, die er voor buitenstaanders gesloten uitziet, maar dat niet is.

'Wat doe je?' klinkt het naast me. Met een snelle beweging legt ze haar hand over mijn typende vingers, waardoor ik gedwongen word te stoppen met wat ik doe.

'Ik moest onze sporen toch wissen?' zeg ik en ik lieg er meteen achteraan: 'Daar ben ik dus mee bezig.'

Ze trekt zwijgend haar hand weer terug, kijkt met een achterdochtige blik toe naar wat ik doe, en het zweet breekt me uit. Ze zal toch niet doorhebben dat ik iets heel anders van plan ben? Maar de rest van de paar minuten die ik nodig heb, laat ze me mijn gang gaan en uiteindelijk kijk ik op.

'Klaar?' vraagt de vrouw.

Ik bevestig met een kort knikje.

De vrouw gebaart naar Muhsin, die meteen daarop een berichtje via zijn mobiel verstuurt. Daarna start hij de motor van het busje en rijdt het parkeerterrein af. Hij stopt weer langs de kant van de weg, niet ver van de ingang van het Haven Coördinatie Centrum, en blijft daar staan.

Ik kijk van hem naar de vrouw en vervolgens naar het coördinatiecentrum. Wat doen we hier nou weer? Wachten we op iemand?

Na amper een minuut zie ik een man uit het gebouw komen. Hij steekt de weg over en komt regelrecht naar het busje toe lopen. Hij stapt via de schuifdeur in het laadgedeelte, waarna meteen een paar klopjes tegen het tussenschot hoorbaar zijn. Muhsin schakelt, geeft gas en rijdt in een rustig tempo weg.

Ik klem mijn handen om mijn dichtgeklapte laptop en vraag me af wat die man daarbinnen bij het Haven Coördinatie Centrum gedaan heeft. En waarom moest ik hier mee naartoe? Ik kijk opzij naar de vrouw en zeg: 'Het verwijderen van die files had ik ook kunnen doen waar jullie me vasthielden, hoor.'

'Daar komen we niet meer terug,' zegt ze, zonder haar blik af te wenden van de weg voor haar.

Ik wacht op meer, maar dat komt niet. 'En daarom moest ik met jullie mee,' zeg ik dus maar. 'En omdat jullie iemand moesten oppikken.' Ik wacht even voordat ik vervolg: 'Wie was dat?'

Ze antwoordt niet. Vanuit mijn ooghoeken zie ik Muhsin opzij kijken, naar mij, waardoor ik gewaarschuwd word om voorzichtig te zijn. De volgende vuistslag kon weleens een stuk harder zijn dan de vorige. Toch wil ik weten wat ze nu van plan zijn. Hebben ze me nog nodig? En zo niet, wat gaan ze dan met me doen? En met Rudi?

Dat is toch wel duidelijk? Ze gaan ons afmaken!

Ik knijp mijn ogen dicht en buig mijn hoofd, terwijl ik probeer mijn eigen gedachten te negeren. Eigenlijk wil ik niet geloven dat ze dat doen, maar mijn verstand zegt me dat de kans wel heel erg groot is.

'Wat is er?' vraagt de vrouw. Ze heeft zich wat voorover gebogen en zoekt mijn blik.

'Ik voel me niet zo lekker,' fluister ik en ik slik een paar keer om de misselijkheid die opwelt te onderdrukken.

Het lijkt haar weinig te doen, maar toch opent ze het dashboardkastje en pakt een papieren zakje. Ze haalt er iets uit dat op een opgerolde cake lijkt en steekt het me toe. 'Eet wat,' zegt ze.

Aarzelend pak ik het aan en neem een hapje van het naar dadels smakende koekje.

In een doodse stilte rijden we de Erasmusbrug over, in de tegenovergestelde richting dan vanwaar we gekomen zijn, en een minuut of tien later stuurt Muhsin het busje de snelweg op. Het is al een stuk lichter dan toen we hierheen reden en de hemel ziet inmiddels felrood door de opkomende zon. Ik voel me ineens doodmoe en bedenk dat ik de afgelopen nacht haast niet geslapen heb. Ik zou zo graag even mijn ogen dichtdoen en uitrusten, maar dat durf ik niet. Niet zolang ik niet weet wat ze verder van plan zijn.

Ineens schrik ik op van een luid gebrom. Ik open mijn ogen en besef dat ik toch in slaap ben gevallen. En dat mijn hoofd op de schouder van de vrouw is gezakt.

Haastig ga ik rechtop zitten, maar de vrouw zegt niets. Ik knipper even met mijn ogen tegen het felle licht voor ons en probeer tot me door te laten dringen waar we zijn. Weer hoor ik een luid gebrom en dan zie ik in het licht van de inmiddels opgekomen zon een enorm vliegtuig opstijgen. Een vliegveld? Maar waar? Mijn blik gaat naar de lange rijen lampen langs landingsbanen. Schiphol. Dit is Schiphol! Heb ik zo lang geslapen?

Muhsin stuurt het busje onder het bord voor lang parkeren door en vervolgt de weg, tot we uiteindelijk het grote terrein oprijden. Hij parkeert niet, stuurt de wagen langs een aantal rijen auto's en stopt uiteindelijk achter een donkerblauwe Toyota Cruiser. De vrouw duwt het portier open en stapt uit, waarna ze zich naar me omdraait en zegt: 'Zitten blijven.'

Ik verroer me niet, kijk toe hoe ze het portier weer dichtgooit. Meteen daarna hoor ik de schuifdeur opengaan. Er klinken stemmen in het Arabisch, maar ze zijn te gedempt om te kunnen verstaan wat er gezegd wordt. Ik klem mijn laptop nog vaster op mijn schoot, als ik een volgend vliegtuig zie opstijgen. Gaan ze het land uit? En ik dan? En Rudi? Laten ze ons hier achter? Dat lijkt me sterk. Ik kan alles verraden en zoals de vrouw al eerder zei, zal ze niet toelaten dat ik hun plannen in de war schop. Voorzichtig kijk ik opzij naar Muhsin, die niets anders doet dan recht voor zich uit door de voorruit staren.

'Gaan we vliegen?' vraag ik.

Hij reageert niet, alsof hij niet beseft dat ik tegen hém praat.

‘Ik heb geen paspoort bij me,’ zeg ik. Onzinnige woorden, dat besef ik best, en weer komt er geen reactie.

‘Misschien is het beter als jullie mij en Rudi…’ begin ik weer, maar dan draait Muhsin zijn hoofd in mijn richting en kijkt me zo woest aan, dat ik de rest van wat ik wilde zeggen acuut inslik. Ik buig mijn hoofd en staar naar mijn laptop. Beter mijn mond maar houden. In ieder geval tegen hem. De stemmen buiten de bus verstommen. Ik waag het om op te kijken en zie via de zijspiegel dat de man die bij het Haven Coördinatie Centrum is ingestapt achter de bus langs loopt. Via de spiegel naast Muhsin zie ik hem weer tevoorschijn komen en naar de Toyota lopen. Ook de vrouw verschijnt nu aan die kant van de bus en trekt het portier open. Het Arabisch waarin ze Muhsin toebijt dat hij moet uitstappen klinkt fel, waardoor ik het idee krijg dat ze boos is.

Muhsin doet direct wat ze zegt en verlaat het busje.

‘Ga met je broer mee,’ zegt ze tegen hem en ze maakt een gebaar naar de Toyota, waarin de andere man inmiddels achter het stuur is gestapt. ‘Jullie hebben nog een uur.’ Vervolgens schuift ze zelf op de plaats waar Muhsin net nog zat en trekt met een klap het portier weer dicht, haar voorhoofd gerimpeld tot een nijdige frons. Ze rijdt het busje een klein stukje achteruit om de Toyota te laten vertrekken en zet dan de motor af.

Zo blijven we enkele minuten zitten. Ik heb geen flauw idee waar we nu weer op wachten en uiteindelijk waag ik het te zeggen: ‘Moet je niet parkeren? We kunnen hier moeilijk midden op de weg blijven staan.’

Ze reageert niet, gunt me geen blik waardig. Ze staart naar haar handen die losjes op het stuur liggen en lijkt diep na te denken.

‘Imara?’ Het is voor het eerst dat ik haar bij haar naam noem.

Ze kijkt opzij, haar ogen donker als de nacht. ‘We gaan zo,’ zegt ze. ‘Het zal niet lang meer duren.’

Ik voel me koud worden. 'Wat niet?' vraag ik.

Geen antwoord.

'Wat niet, Imara?' herhaal ik.

Stilte.

'Jullie aanslag?'

Ze lacht, cynisch. Het klinkt als een kort hikje, voordat ze zonder naar me te kijken haar hoofd schudt.

'Wat dan?' vraag ik. En met een blik op een grote 747 die vlak voor ons opstijgt: 'Gaan jullie het land verlaten voordat het zover is?'

'Waarom zouden we?' reageert ze.

Ik haal mijn schouders op. 'Omdat we hier op Schiphol staan.'

'Niet alles zit zo logisch in elkaar als jij denkt.' Ze kijkt op, door de voorruit, naar de lucht voor ons, waar intussen slechts een paar wolkjes het blauw ontsieren. 'Ik bereid me voor,' zegt ze. 'Tot het moment dat vergelding zijn vlucht zal nemen.'

Haar woorden verwarren me. Wat bedoelt ze? 'Welke vergelding?' vraag ik. 'Gaat het om persoonlijke wraak?'

Ze zegt niets.

'Doe je dit allemaal omdat je...'

'Jij zal nooit begrijpen waarom ik dit doe,' onderbreekt ze me fel en nu kijkt ze me wel aan. 'Jij weet niet wat mij drijft.'

'Vertel het me dan!' roep ik. 'Geloof me, als er iemand is die begrijpt hoe het is om te verliezen wat je dierbaar is, dan ben ik het wel.'

Haar ogen houden me enkele seconden vast, maar dan slaat ze ze weer neer. 'Niemand kan dat begrijpen,' fluistert ze. 'Ik begreep het zelf niet eens. Je staat daar, ziet hen liggen. Zou willen dat je ze kon helpen. Dat je niet ergens anders was toen zij... toen zij...' Ze slikt en vult dan aan: '... hun laatste adem uitbliezen.' Het zijn duidelijk niet de woorden die ze eerst wilde zeggen.

'Ze hebben ze vermoord,' zeg ik zacht. Ik weet niet of dat

werkelijk zo is, maar gezien het feit dat ze er niet tegenin gaat, moet ik het haast wel bij het rechte eind hebben. Even denk ik tranen in haar ogen te zien glinsteren, maar dat kan ook door de zon komen die achter een paar hoge gebouwen vandaan komt en haar stralen nu door de voorruit werpt.

'Haar doden was niet genoeg,' zegt ze. Het is niet meer dan een schor gefluister. 'Nee, ze gingen verder. Veel, veel verder.'

ACHT JAAR EERDER

YUSUFIYAH, AL-MAHMUDIYAH, IRAK

12 MAART 2006

Ze had hen eerder gezien. De vijf soldaten die kwamen aanlopen. Regelmatig kwamen ze langs om hun huis te doorzoeken. Ze vonden nooit iets. Ze wist ook niet wat ze eigenlijk zochten. Haar ouders waren niet arm, maar ook niet rijk. Er was genoeg geld om de kinderen, of eigenlijk alleen de jongens, naar school te laten gaan. De meisjes moesten thuisblijven. Niet omdat haar vader niet wilde dat ze naar school gingen, maar omdat het op straat niet veilig voor hen was.

Zij was nu veertien en jaloers op haar drie broers die wel naar school konden. Als ze thuiskwamen, vroeg ze hen het hemd van het lijf, wilde alles weten wat ze die dag hadden geleerd. Meestal hadden ze 'geen tijd', behalve Rami. Die nam haar altijd mee naar het stroompje vlak achter hun huis, waar hij alles vertelde over school, de lessen, wat hij geleerd had, terwijl ze samen steentjes over het water keilden.

'Isra,' zei hij dan vaak. 'Jij bent veel slimmer dan wij allemaal bij elkaar.'

Ze glimlachte dan en voelde zich trots. Ze aanbad haar broer. Van alle andere broers en zussen hield ze ook, maar Rami was speciaal. Net zoals Imara, haar oudste zus. Zij was zestien en wist veel. Heel veel. Zij beschermde de meisjes ook altijd als die soldaten het huis weer eens binnenkwamen. Eén keer streek een van de mannen met zijn vinger over haar wang. Imara was boos geworden en had zijn hand weggeslagen. Rami was die dag ook thuis geweest en bijna had hij de soldaat met zijn vuist in het gezicht geslagen, maar papa had hem tegengehouden. De soldaat had gelachen en had iets tegen de andere soldaten geroepen die daardoor ook moesten lachen. Daarna waren ze weggegaan. Dat was nu bijna vier weken geleden en tot nu hadden ze zich niet meer laten zien.

Isra had hén wel gezien. Vanuit hun tuin kon ze het Amerikaanse Checkpoint zien, nog geen tweehonderd meter verderop. En daar liepen ze rond. Zes mannen. Eén van hen, de man die haar wang had aangeraakt, keek heel vaak haar richting op als ze bezig was met haar klusjes, of in de moestuin werkte. Dan stak hij zijn duim in de lucht en lachte tegen haar, wat hij ook heel vaak tegen haar moeder deed en dan naar haar wees en 'very good, very good' *riep. Ze was bang voor hem. En ook voor de andere soldaten.*

Ook haar moeder was bang. Bang dat de soldaten 's nachts naar hun huis zouden komen. Vooral nadat zij tegen haar vader en moeder had gezegd dat de soldaten haar steeds vaker opzochten en over het hek dingen tegen haar riepen en vreemde gebaren maakten. Haar moeder had zelfs aan de buurman gevraagd of zij, Isra, niet bij de vrouwen in zijn huis mocht slapen. Daar had de buurman mee ingestemd en vanaf vanavond zou dat gebeuren.

Maar nu kwamen de soldaten opnieuw hun kant uit. Haastig schoot ze naar binnen, de keuken in, waar haar moeder bezig was met het maken van khameeri rotis voor het middageten. Ze hield van khameeri rotis, vooral als ze door Imara waren gemaakt. Maar Imara was er niet; die was naar de markt en zou voorlopig nog niet thuiskomen. Ze wilde net tegen haar moeder zeggen dat de vijf soldaten er weer aankwamen, toen de keuken-

deur werd opengegooid en twee soldaten binnenkwamen. Tegelijkertijd hoorde ze vanuit de gang ander lawaai en zag dat haar vader, haar broertje Mohammed en haar zusje Aisha door de andere twee soldaten waren vastgegrepen. Ze kwamen dit keer niet om het huis te doorzoeken. Dat besefte ze meteen. Ze kwamen voor haar. Ze zag het aan de blikken van de twee mannen in de gang.

Voorzichtig deed ze een stapje opzij om zich achter haar moeder te verschuilen, wat bij een van de mannen – de man die haar had aangeraakt – een grijns ontlokte.

Samen met haar vader, moeder, zusje en broertje werd ze naar de slaapkamer gedreven. Ze zag dat een van de soldaten overal keek, in de woonkamer, de keuken, de badkamer en het toilet. Hij ging zelfs de trap op naar het dak om te kijken of daar niemand was. Toen kwam hij terug naar de slaapkamer, maakte een armgebaar naar een van de andere mannen, die op haar afkwam en haar bij haar arm greep. Ze begon te gillen, maar de soldaat legde zijn hand over haar mond en trok haar achteruit de slaapkamer uit, door de gang, naar de woonkamer. Een tweede soldaat volgde. Ze hoorde hoe de deur van de slaapkamer werd dichtgesmeten en een stem die 'get down, get down now!' *schreeuwde.*

De soldaat duwde haar op de grond, op haar rug. De ander spreidde haar armen en pinde ze met zijn knieën vast. Ze begon weer te gillen, wrong zich in allerlei bochten om los te komen, maar de man die op haar armen geknield lag was te sterk.

De andere soldaat trok haar maillot uit, en liet vervolgens zijn eigen broek tot op zijn enkels zakken. Hij greep zijn geslacht en begon eraan te trekken.

Ze worstelde nog heviger, terwijl de tranen over haar wangen stroomden. Ze begon te smeken om haar los te laten, haar geen pijn te doen. Het hielp niet. De soldaat kroop boven op haar en drong bij haar binnen, wat haar een schreeuw van pijn ontlokte.

Het geluid van een geweersalvo deed haar acuut zwijgen. Ze verstijfde, maar hoewel de twee soldaten even opkeken, gingen ze meteen daarna weer verder. Ze verzette zich nog heviger, schopte om zich heen. De mannen trokken zich er niets van aan en toen de eerste klaar met haar was, ging de volgende op haar liggen en ook hij duwde zijn geslacht met geweld bij haar naar binnen.

Toen ging de deur open en kwam de soldaat binnen die haar over haar wang had geaaid. 'They're all dead,' *zei hij.* 'I killed them all.'

De soldaat die boven op haar lag, kwam overeind en terwijl hij zijn broek ophees liep hij de gang in. Ze keek smekend op naar de man die net was binnengekomen, maar in plaats van haar te helpen, zette hij zijn wapen tegen de muur, knielde neer tussen haar benen en verkrachtte haar ook.

'Come on, come on, hurry up,' *zei de soldaat die nu haar armen met zijn knieën tegen de grond drukte.* 'Hurry up and finish.'

De man die op haar lag, stond op, trok zijn broek omhoog en pakte zijn wapen bij de muur vandaan. De ander greep een kussen van de bank en duwde het over haar gezicht. Ze raakte erdoor in paniek, wilde schreeuwen, maar dat lukte niet. Ze hoorde een klik, stemmen. Ze dacht aan haar vader en moeder. Aan Rami en Imara. Mohammed, Said en Aisha. En toen was er alleen nog maar duisternis.

-34-

AMSTERDAM, SCHIPHOL AIRPORT

'Ze was pas veertien,' fluistert de vrouw na een korte stilte. 'Ze... ze hebben haar...' Ze komt niet meer uit haar woorden en zwijgt, kijkt me niet aan. Haar handen, die eerst rustig op het stuur lagen, omklemmen het nu met een kracht die haar vingers wit maken.

Een intens gevoel van medelijden overspoelt me. 'Dat is vreselijk,' zeg ik zacht. 'En ik begrijp je woede en je wanhoop. Maar daar kun je niet duizenden mensen voor laten sterven.'

Ze kijkt met een ruk opzij. 'Durf me niet te veroordelen,' bijt ze me toe. 'Je weet nog geen fractie van wat jullie westerlingen in mijn land aanrichten! Jullie verdienen niet anders!' De kwetsbaarheid die zojuist bij haar naar boven kwam, is weer verdwenen en haar ogen schieten vuur als ze me aankijkt. 'Bereid jij je maar voor op je laatste stap.'

Ik voel me verschieten. 'W-wat?' stamel ik.

'Dacht je dat je klaar was?' Ze lacht. 'Die tanker en het Haven Coördinatie Centrum waren slechts de helft van het plan. Nu volgt de rest.'

Overdonderd staar ik haar aan. 'De rest?' echo ik.

Ze zwijgt en ik voel een ijzige kou van mijn rug naar mijn armen trekken. Deze hele operatie... hij bestaat uit twee delen. Het is grootser, veel grootser. Als die tanker slechts de helft van hun plan is, wat volgt er dan nog meer? Wat voor rol speelt dat schip dan eigenlijk? En wat willen ze dat ik nog meer voor hen doe?

'Ik weet wat je denkt,' zegt Imara.

Ik reageer niet, vraag me alleen af hoe ik hen kan stoppen. Gewoon niet meewerken? Maar Rudi dan?

'Zorg ervoor dat je geen obstakel wordt dat uit de weg geruimd moet worden, Mara,' waarschuwt ze, waardoor ik besef dat ze inderdaad heel goed doorheeft wat er in me omgaat.

'Dat doe je niet,' zeg ik. 'Je hebt me nodig.'

'Maar hem niet.' Ze maakt geen enkele beweging richting de laadruimte van het busje, maar dat is ook niet nodig. Ik begrijp haar ook wel zonder dat ze dat doet.

Met opeengeklemde tanden kijk ik naar de laptop op mijn schoot en zoek voor de zoveelste keer naar de oorzaak voor de ellende waarin ik nu verkeer.

Moorman.

Als ik niet beter wist zou ik hem de schuld geven van alles. Tegen hem schreeuwen, mijn opgekropte frustraties luchten. Maar hij is dood. Bovendien is hij niet degene die me nu onder druk zet. Die me manipuleert en dreigt me alles af te nemen wat me lief is.

Woede laait ineens op. Zo heftig, dat ik handel voordat ik besef wat ik doe: ik grijp mijn laptop met twee handen beet en sla hem opzij, recht in het gezicht van de vrouw, en met zo'n kracht dat haar hoofd met een misselijkmakende klap tegen het tussenschot knalt.

Geschrokken van mijn eigen impulsieve actie zie ik haar vervolgens voorover op het stuur vallen. Ze beweegt niet meer; haar ogen zijn gesloten. Een straaltje bloed loopt uit haar neus en druppelt op de grond.

O Jezus, heb ik haar vermoord?

Ik krijg niet de tijd om dat te checken. Naast me hoor ik de schuifdeur van het busje opengaan. Hamal! Hij moet de klap gehoord hebben! In een flits zie ik zijn gezicht voor het raampje naast me verschijnen en ook dit keer reageer ik in een reflex. Ik duw het portier met zo veel geweld open, dat het met een knal tegen zijn voorhoofd slaat. Even staart hij me verwonderd aan, waardoor ik onwillekeurig nogmaals het portier hard in zijn gezicht sla, maar dan draaien zijn ogen weg. Meteen daarna zakt hij door zijn knieën en valt opzij tegen de grond.

Mijn hart gaat als een razende tekeer. Wat nu? Wat moet ik doen? Rudi! Eerst naar Rudi!

Haastig stap ik het busje uit, mijn laptop nog steeds in mijn hand geklemd. De schuifdeur staat open en binnen in het busje zit Rudi, op het bankje langs de zijkant. Zijn ene oog is groot en hij staart verbijsterd naar de bewegingloze Hamal.

'Kom op!' roep ik tegen hem. 'Eruit!'

Traag komt hij overeind, alsof hij niet goed weet of opstaan wel verstandig is. 'W-wat heb je gedaan?' vraagt hij.

Ik grijp hem bij zijn arm en trek hem het busje uit. 'Het was niet gepland,' zeg ik. 'Het gebeurde zomaar.'

'Wat gebeurde zomaar?' wil hij weten.

'Dat ik ze een klap verkocht.' Met een woest gebaar schuif ik de deur dicht en vervolg: 'Maar nu moeten we hier eerst weg voordat ze weer bijkomen.'

'Waar is die vrouw?'

'Achter het stuur.'

Hij staart me aan.

'Buiten westen,' zeg ik, terwijl ik haastig Hamals mobiel uit zijn jaszak vis. 'Kom op nou. Jij moet rijden.' Ik trek hem mee achter de bus langs en open het portier aan de bestuurderskant. De vrouw ligt nog steeds met haar hoofd op het stuur. 'Help me even,' zeg ik tegen Rudi, die met open mond staat te kijken naar wat ik allemaal doe. 'Ze moet eruit!'

Hij komt naar voren en samen tillen we de vrouw uit de bus

en leggen haar op de grond. Haar ogen zijn nog steeds gesloten en haar gezicht ziet bleek. Ik voel een vreemd soort wroeging. Dit heb ik niet gewild, maar ze liet me geen keus. Snel leg ik twee vingers in haar hals en zoek naar een hartslag. Die is er, sterk en regelmatig, en ik zucht opgelucht. Ze is in ieder geval niet dood. Al was dat misschien wel beter geweest. Maar in tegenstelling tot Imara ben ik geen moordenaar.

'We moeten naar de politie,' zegt Rudi.

'Natuurlijk moeten we dat!' snauw ik hem toe, terwijl ik tussen de plooien van het zwarte gewaad van de vrouw naar een eventuele mobiel zoek. 'Maar niet zonder harde bewijzen. Wat denk je dat ze doen als we daar aankomen met het verhaal dat een terroristische groepering de haven van Rotterdam wil opblazen?' Ik kijk naar hem, maar wacht niet op zijn antwoord en ga meteen weer verder: 'Ze zullen echt niet meteen het leger erop afsturen, Ruud. Ze gaan ons eerst ondervragen. Ze zullen onderzoeken of we de waarheid spreken, agenten van de digitale recherche in de computers laten kijken wat er te vinden is. Wie weet denken ze wel dat wij er ook mee te maken hebben! Denk aan Moorman die vermoord is terwijl wij vlakbij waren! En terwijl wij daar dan vragen van de politie zitten te beantwoorden, gaan die terroristen hun plan ten uitvoer brengen en wordt er geen donder gedaan om ze tegen te houden. Ik wil eerst de informatie terug die ik bij het Haven Coördinatie Centrum moest wissen. En ook wat die Rami op zijn computer bij de Dutch Broadcasting Group had staan. Om de politie te overtuigen en ze meteen in opperste staat van paraatheid te brengen, moeten we waterdicht bewijs hebben van wat die terroristen van plan zijn.'

'Die tanker opblazen, toch?'

Zonder een mobiel bij de vrouw te hebben gevonden, klim ik het busje in, schuif door naar de bijrijderskant en wenk Rudi ook in te stappen. 'Ik weet het niet,' zeg ik, terwijl ik mijn laptop naast me op de bank leg. 'Er is meer aan de hand. Het is allemaal niet logisch.'

'Wat niet?' Rudi kijkt me bijna wanhopig aan. 'Marrie, ik snap er niets van.'

'Ik ook niet,' zeg ik. Ik wapper met mijn hand. 'Schiet op nou, we moeten hier weg.'

Rudi start de motor en rijdt weg. 'Is dit Schiphol?' vraagt hij, als er voor de zoveelste keer een vliegtuig brullend over ons heen vliegt.

'Ja,' zeg ik. 'Volgens mij is een aantal van hen vertrokken.'

'Het is een hele groep?'

Ik knik. 'Zou heel goed kunnen.'

'Lekker dan,' mompelt Rudi, terwijl hij het busje naar de uitgang van het parkeerterrein stuurt. Als we de slagbomen naderen zegt hij: 'Heb jij het uitrijkaartje?'

Nee dus. Snel open ik het dashboardkastje en zoek tussen de spullen naar het kaartje. Niets. En ook in het vak eronder is het niet te vinden, evenmin als in het bakje onder de asbak.

Verdomme!

Ik kijk door de voorruit naar de slagbomen. 'Rij erdoorheen,' zeg ik.

'Wat?' Rudi werpt me een verbijsterde blik toe.

'Rij erdoorheen!'

'Marrie, ik kan toch niet zomaar...'

'Als je niet wilt worden afgemaakt door een stel terroristen, dan doe je nu wat ik zeg!' schreeuw ik hem toe en ik wijs voor hem langs door zijn raampje. Een stukje verderop is Hamal weer wakker geworden en overeind gekomen. 'Nog even en ook de vrouw komt bij bewustzijn en als dat gebeurt, zijn de rapen gaar!'

Ik hoef niet verder aan te dringen. Rudi trapt het gaspedaal vol in, ramt de slagboom die daardoor meters de lucht in vliegt, en draait met een noodvaart de weg op, richting de A4.

'Waar wil je heen?' vraagt hij, als we de snelweg naderen.

Ja, dat is een goeie. Waar wil ik heen? Waar kúnnen we heen? Niet naar huis. Behalve dat er een bom in Rudi's appartement ligt, zullen ze daar als eerste zoeken zodra ze alles weer gecoördineerd hebben. Of zouden ze dat niet doen? Hebben ze al hun tijd nodig om het laatste deel van hun aanslag voor te bereiden? Ik ben stom geweest. We hadden iets moeten doen zodat ze dat niet meer konden. Hamal en de vrouw moeten opsluiten achter in de bus. Daar hadden ze niets kunnen beginnen.

'Marrie, welke kant moet ik op?' zegt Rudi. Zijn stem klinkt dringend en als ik de verkeersborden zie weet ik waarom. Gaan we terug naar Rotterdam of niet? Wat kan ik daar doen?

Niets.

Het enige wat ik nodig heb om die informatie te achterhalen, is een goede verbinding voor mijn laptop en wat aanvullende apparatuur. En die heb ik hier niet.

Verdomme!

Het schiet door me heen: de Rozengracht! Het appartement waar ze me vasthielden.

Rami's apparatuur.

En een sterke wifi-ontvanger, met een hoog zendvermogen en een goede ontvangstgevoeligheid. Bovendien zullen ze ons daar vast niet zoeken. Welke idioot gaat er nou terug naar de plek waar ze bijna twee dagen opgesloten is geweest?

'Amsterdam,' zeg ik tegen Rudi.

Hij gooit het stuur om en stuift de oprit naar de snelweg op.

Het kost ons vijfentwintig minuten om in het centrum te komen. Ik weet niet precies meer waar het appartement is, maar ik zeg tegen Rudi dat hij het busje vlak bij de moskee moet parkeren. Van daar moet ik het kunnen vinden.

Na even zoeken vindt Rudi een plekje en even later staan we

op het trottoir aan de andere kant van de straat, maar recht tegenover de moskee. Ik probeer me de hoek te herinneren vanwaar ik ernaar keek toen we buitenkwamen, en loop een stukje naar links. Dan draai ik me weer om, met mijn gezicht naar de moskee. Hier moet het ergens zijn. Ik kijk om en volg met mijn ogen de gevel van het gebouw dat daar staat. En dan herinner ik het me weer. De halfronde balkonnetjes onder elkaar, het met een elektronisch rolluik afgesloten bedrijf ernaast… Hier is het. Dit is het appartement!

Met mijn laptop onder mijn arm gebaar ik naar Rudi, die een paar meter verderop staat te wachten en er, te zien aan de uitdrukking op zijn gehavende gezicht, geen snars van begrijpt. Maar hij is niet de enige. Wat weet ík eigenlijk? En wat denk ik te kunnen bereiken met de computers die daarboven staan?

'Hier is het,' zeg ik.

Rudi laat zijn ogen van beneden naar boven over het pand gaan dat ik aanwijs, en kijkt dan naar de deur. 'Hoe wil je binnenkomen?' informeert hij.

'Dat weet ik nog niet,' zeg ik.

We lopen naar de deur en ik rammel aan de knop. Zoals ik al verwachtte is hij dicht en vanaf buiten niet open te maken zonder een sleutel.

'Ik vind toch dat we beter naar de politie kunnen gaan,' zegt Rudi. Hij kijkt links en rechts de Rozengracht af. 'Stel dat ze hier wel naartoe komen? Ze maken ons af, Marrie.'

'Ze komen hier niet,' zeg ik.

'Hoe weet je dat?'

'Omdat ze me dat verteld heeft. Naar dit appartement zouden ze niet meer terugkeren.'

'En jij gelooft een terroriste op haar woord?'

Niet echt. Maar wat moet ik anders? 'We moeten ervan uitgaan dat het zo is.'

'Maar wat wil je gaan doen?'

'De Maeslantkering sluiten,' zeg ik, terwijl ik op alle acht de bellen druk die naast de deur zitten.

'De M... wat?'

Er klinkt een kort gezoem en de deur springt open.

'Marrie...' Rudi pakt me bij mijn arm als ik naar binnen wil stappen. 'Dat is waanzin!'

'Waanzin?' herhaal ik. 'Weet je wat waanzin is, Rudi? Toekijken terwijl duizenden mensen omkomen bij een terreuraanslag!'

Hij zwijgt, lijkt niet goed te weten wat hij daarop moet zeggen.

'Ik zou ook liever meteen naar de politie gaan. Maar daar is geen tijd voor!'

'Je kunt het hun toch laten zien?' Hij knikt naar mijn laptop. 'Alles wat je gevonden hebt?'

'Het staat niet op mijn laptop, Ruud. Ik moet het terughalen op de servers van het Haven Coördinatie Centrum en de Dutch Broadcasting Group. Ik heb bewijzen nodig.' Ik ruk me los en loop naar binnen. Als ik halverwege de eerste trap ben, komt Rudi zwijgend achter me aan.

Boven aan de tweede trap blijf ik staan voor de deur van een appartement. 'Hier is het,' zeg ik.

'Weet je dat zeker?'

Ik knik. 'Honderd procent.'

Rudi kijkt achter zich de trap af en duwt me vervolgens opzij. 'Laat mij maar even.' Hij haalt zijn portefeuille tevoorschijn en vervolgens zijn bankpas. Die steekt hij tussen de deur en de sponning en begint te prutsen.

'Lukt het?' vraag ik na een poosje.

'Nee,' gromt Rudi met een rood hoofd van de inspanning. 'Ik denk dat ze die pokkedeur op slot hebben gedaan en dan kom je er niet...'

Een onverwachte, zachte klik geeft aan dat het slot is opengesprongen en na mij even verwonderd te hebben aangekeken, duwt Rudi de deur voorzichtig verder open.

'Niemand,' zegt hij, nadat hij zijn hoofd om de hoek heeft gestoken en een blik naar binnen heeft geworpen.

'Mooi,' zeg ik. Ik duw hem naar binnen, ga zelf achter hem aan en sluit de deur weer. Zonder verdere uitleg loop ik door het gangetje tot bij de volgende trap en ga naar boven. Rudi volgt me op de voet, maar ik kan merken dat hij het er nog steeds niet mee eens is.

Eenmaal in de kamer met de computers blijf ik staan, denk terug aan de uren dat ik hier vastzat. Strikt genomen is er niet veel veranderd. Ik zit nog steeds vast, kan geen kant op. Het enige verschil is dat ik weg kan gaan wanneer ik wil en dat Rudi nu bij me is. Maar het probleem wordt daar niet mee opgelost.

Ik trek de stoel achteruit, koppel mijn laptop aan een elektriciteitssnoer en kijk gespannen toe of hij nog werkt. Gelukkig is dat het geval en terwijl ik wacht tot de rest van de computers is opgestart, ga ik zitten en trek de map naar me toe die de vrouw me eerder gegeven had. De map met papieren en aantekeningen van haar broer Rami. Misschien heb ik iets over het hoofd gezien en zit hierin een aanwijzing naar het werkelijke doel van de aanslag.

Toch twijfel ik. Die tanker mag dan volgens de vrouw slechts de helft van hun missie zijn, die olieopslag van Shell moet ermee te maken hebben. De foto's die ik zag in die verborgen files bij de Dutch Broadcasting Group zijn duidelijk belangrijk. Het waren documenten van Rami. Waarom zou hij foto's van die opslag bewaren als het voor hen niets méér is dan bijzaak?

'En nu?' vraagt Rudi. Hij staat schuin achter mijn stoel en kijkt naar de computers op de tafel, terwijl hij zenuwachtig van zijn ene op zijn andere voet wipt. Ik word er nerveus van en probeer er niet op te letten, maar dat lukt niet erg. De combinatie van niet weten wat ik precies moet doen met wel weten wat er gebeurt als ik niets doe, zorgt ervoor dat ik me niet goed kan concentreren. Als ik nu maar wist wat ze precies van plan waren. Dan kon ik gericht stappen ondernemen. Nu kan ik er alleen maar naar raden.

Denk na!

Systematisch alles op een rij zetten. Logisch en rationeel denken. Eerst onszelf veilig stellen. Zorgen dat ze ons niet weer te pakken krijgen. Die moskee, die zit me dwars. En dat busje. Dat valt op, daarbuiten. Maar ik wil ook niet dat we zonder vervoer zitten. Hoe moeten we dan wegkomen als het misgaat?

Ik kijk om naar Rudi en zeg: 'Ik wil dat je een andere auto regelt.'

Hij staart me aan. 'Waarom?'

'Dat busje kan opgemerkt worden. Er hoeft er maar eentje te zijn die dat ding herkent en weet van de geplande aanslag, of ze staan hier zo voor de deur.'

'Maar jij zei dat ze hier niet meer zouden terugkomen.'

'Nee, maar dat doen ze wel als iemand ze belt en van dat busje vertelt. Er zit een moskee hiertegenover. Daar hebben ze vast vrienden rondlopen.'

Wonderbaarlijk genoeg knikt Rudi. 'Dat is waar,' zegt hij. 'We moeten van dat ding af.' Hij graait de autosleutel uit zijn broekzak en loopt naar de deur van de kamer, waar hij zich nog even omdraait. 'En jij?' vraagt hij. 'Pas je wel goed op?'

'Niemand weet dat ik hier ben,' zeg ik. 'Ga nou maar. Als je terugkomt kijken we wat we verder kunnen doen.'

'En wat ga jij nu doen?'

Ik richt mijn blik weer op mijn laptop en zeg: 'De Maeslantkering sluiten.'

-35-

AMSTERDAM

Zodra Rudi weg is sta ik op van mijn stoel en loop een paar keer de kamer op en neer. Ik moet eerst eens orde scheppen in de chaos in mijn hoofd. Alles loopt door elkaar en dat is niets voor mij. Ik roep altijd wel dat het Michael was die rationeel dacht, maar zelf kan ik ook niet echt anders. Beroepsdeformatie, zei hij altijd. Ik noemde het antisociaal gedrag. Omgang met mensen is niet mijn sterkste kant. Ik begrijp hen soms gewoon niet, net zoals ik Rudi soms niet begrijp.

Hou je hoofd erbij!

Ja, Rudi loslaten en me concentreren. Eerst alles op een rijtje zetten.

Denk na!

Ik sla mijn armen om me heen en knijp mijn ogen dicht.

Olietanker.

Eerste Petroleumhaven.

Opslag Shell Pernis.

Uitschakelen Automatic Identification System op die tanker.

Rami's probleem met de Vessel Traffic Management Services.

Wat willen ze daarmee?

Niet bekend.

Files verwijderen bij het Haven Coördinatie Centrum.

Wat voor files?

Geen idee.

Denk na!

Schiphol.

Imara's stem.

'Tot het moment dat vergelding zijn vlucht zal nemen.'

Vergelding.

Vlucht.

Vlucht nemen.

Vliegtuigen die opstijgen.

...

O god!

Het is een vliegtuig! Ze gaan een vliegtuig kapen en laten neerstorten! Die tanker is een soort afleidingsmanoeuvre. Door te pretenderen dat ze met die boot iets van plan zijn, zal alle aandacht daarnaar uitgaan. Er zullen veiligheidsprotocollen in werking worden gesteld die alleen maar gericht zijn op de waterwegen. Zoals het sluiten van de Maeslantkering! En ondertussen komt het gevaar vanuit de lucht. Als een soort 9/11. Daarom stonden we op Schiphol. Ze stond te wachten tot dat vliegtuig opsteeg. Welk vliegtuig? Heeft ze dat gezegd?

Ik denk na. Nee. Ze heeft helemaal niets gezegd, behalve die ene cryptische zin. Is het dan wel zeker dat het om een vliegtuig gaat? Dat moet wel. Het kan haast niet anders. Denk aan de foto's, de woorden en opmerkingen van Imara. Ik vraag me nu ineens ook af of ze vermoedens had over mijn plan om de kering te sluiten. Ergens moet ze geweten hebben dat ik het er niet bij zou laten zitten. En op die manier dwarsliggen zou hun alleen maar goed uitkomen. Wat ben ik stom geweest!

Mijn gedachten gaan terug naar alles wat er gebeurd is en wat ze me hebben laten doen. Wat nou als ík hun afleidingsmanoeuvre ben? Ik schud mijn hoofd. Nee, godsonmogelijk. Niemand kon weten dat juist ík door Moorman was ingehuurd om hun netwerk te testen. Bovendien, hoe zit het dan met Rami? Niemand had toch kunnen weten dat hij van die trap zou vallen en zijn nek zou breken? Want daardoor zit ík nu hier.

Of omdat ik weigerde hun te geven wat ze hebben wilden...

Ik staar naar mijn laptop. Dat zou ook nog kunnen. Als ik die lijst gewoon aan hen had gegeven, was Rami me niet komen opzoeken. Maar dan? Had ik ze dan wél gewoon ongestoord hun gang laten gaan? Natuurlijk niet. Hoe je het ook wendt of keert, ik zou sowieso in deze situatie beland zijn. Of inmiddels al morsdood zijn.

Ik huiver en probeer die gedachte te negeren. Het gaat om nu. Wat kan ik doen? De Maeslantkering sluiten heeft dus geen zin.

Toch?

Stel dat ze de tanker wél daar in de haven laten ontploffen? Dat had ik dan kunnen voorkomen door de kering te sluiten.

Ik laat mijn hoofd op mijn armen vallen en sluit mijn ogen. Tranen wellen op als ik besef dat ik nu echt niet meer weet wat ik doen moet. Misschien kan ik beter de hele zooi laten voor wat het is. Ze gewoon hun gang laten gaan. Wie ben ik dat ik de verantwoording moet nemen voor die aanslag? Ik ben niemand. Gewoon helemaal niemand.

Een paar minuten later kom ik weer overeind. Wat bezielt me? Ik heb nog nooit opgegeven! Waarom nu dan wel? Het zou voor hen erg gemakkelijk zijn als ik het er gewoon bij liet zitten. Maar ik ben een hacker. Ik kan het ze heel erg moeilijk maken. En dat ga ik doen ook.

Hoeveel tijd heb ik eigenlijk?

Ik kijk naar het klokje rechtsboven in het scherm. 09:58. Het voelt veel later. Alsof ik de hele ochtend al bezig ben, terwijl dat pas krap een uur is. Alle lijnen staan nu open: naar het Haven Coördinatie Centrum, de Vessel Traffic Management Services en naar het systeem dat de waterkering regelt. Als ik wil, kan ik de volledige besturing van alle drie overnemen, maar daar schiet ik niet veel mee op. Ik weet nog steeds te weinig. Ik weet hun exacte plan niet, ik weet niet wie er allemaal bij betrokken zijn, ik weet niet wanneer ze precies toeslaan. Vandaag? Waarschijnlijk. Ik moet dus opschieten.

Mijn plan is eigenlijk niet echt bijzonder. Tijdens het doorsturen van het virus van Rami naar de tanker, heb ik gezien dat het identificatiesysteem niet rechtstreeks gesaboteerd is, maar via een aangesloten computer. Van daaruit is het virus verspreid en heeft het de mogelijkheid tot het automatisch versturen van geprogrammeerde gegevens geblokkeerd. Maar wat gebeurt er als ik het virus verwijder, de harde schijf van die computer wis en de boel opnieuw opstart? Dat zou voor de vaste gegevens, zoals de naam van het schip en de frequentie van hun berichtenverkeer, niets uitmaken. Wel voor de variabele gegevens.

Het schiet ineens door me heen. Wat nou als er ook terroristen op dat schip zitten? Dat er een hele andere bedoeling achter het uitschakelen van dat identificatiesysteem zit? Tenslotte is hun radar nog steeds in gebruik.

Maar als er een slimmerik op die boot zit die de gegevens verandert, die de lading, de snelheid, de diepgang, noem maar op, aanpast, dan zou er een probleem ontstaan. Dan zouden ze het één kunnen verwachten en het ander krijgen. In dit geval een olietanker.

Ja, én?

Ze zijn daar bij het Haven Coördinatie Centrum natuurlijk niet achterlijk. Ze zien dit van verre aankomen. Ik wrijf over mijn voorhoofd. Het slaat gewoon allemaal nergens op, het is niet logisch. En toch, die boot… Het is maar de helft van hun plan. Dus wél een afleidingsmanoeuvre? Maar dat betekent dat ze me hebben misleid. Waarom?

Goeie vraag. Misschien moet ik die tanker laten rusten. Me richten op de andere helft van hun plan, al heb ik geen flauw idee wat die inhoudt.

Geïrriteerd leun ik achterover. Tot zover dus mijn plan om het identificatiesysteem op de tanker te herstellen. Wat nu?

Denk na!

Het tweede deel van de aanslag heeft dus waarschijnlijk met een vliegtuig te maken. Hoewel ik eerst dacht dat de vrouw daar bij Schiphol wachtte tot het bewuste toestel was opgestegen, denk ik dat nu niet meer. Om twee redenen. Eén: dan zou dat vliegtuig nu inmiddels allang zijn neergestort, tenzij hun doelwit niet de haven van Rotterdam is, en twee: dan had ze niet tegen me gezegd dat ik nog lang niet klaar was. Het klopt niet. Het klopt gewoon niet.

Analyseren. Verzamel data om een compleet beeld te krijgen. De files bij het Haven Coördinatie Centrum. De informatie van Rami bij de Dutch Broadcasting Group. Als ik dat naast elkaar leg, kan ik misschien tot een geheel komen.

Ik buig me weer over mijn laptop en zoek de achterdeur in het netwerk van de Dutch Broadcasting Group. Dat kost me geen enkele moeite en niet veel later heb ik de inmiddels verwijderde mappen van Rami teruggehaald, inclusief de drie e-mails die ik al eerder had opgeduikeld. Vervolgens gebruik ik mijn eigen gecreëerde achterdeur bij het Haven Coördinatie Centrum om de files terug te halen die ik moest verwijderen. Ik open ze een voor een en scan de inhoud die grotendeels in het Arabisch is. Snel schakel ik tussen het ene bestand en het andere, probeer een verband te vinden tussen het weinige wat ik kan lezen en wat ik tot nu toe allemaal gehoord en gezien heb. Mijn aandacht blijft uiteindelijk hangen bij Falcon 50. Een e-mail – in het Engels – over de aankomst en later vertrek van een privéjet vanaf…

Vliegveld Eelde.

Groningen!
Ik voel me verschieten.
Falcon 50.
Het is een vliegtuig!

Snel type ik FALCON 50 in de balk van de zoekmachine en staar vervolgens naar de foto van het vliegtuigje op de pagina van Wikipedia. Ineens begrijp ik een aantal dingen een stuk beter. Dacht ik eerst dat ze een vliegtuig zouden kapen om te laten neerstorten, nu besef ik dat het niet zo is. Het zou ook niet kunnen; de tijdspanne is te kort. Opstijgen op Schiphol, passagiers en bemanning overmeesteren, cockpit openbreken – want sinds elf september zijn de deuren daarvan extra beveiligd – het gezag overnemen, route aanpassen, enzovoorts, het zou niet lukken in de korte reis naar Rotterdam. Daarnaast zouden ze de verkeerstoren moeten omzeilen. Tenzij ze die ook hadden willen hacken.

Nee, in plaats daarvan is het een privéjet. Niemand zal iets vermoeden. Een zakenvlucht. Van Groningen naar Rotterdam. Kan dat? O vast. Al zullen ze Rotterdam Airport waarschijnlijk nooit bereiken. Want wat is gemakkelijker dan tijdens een geplande, vaststaande vlucht, waar niemand verdenkingen over koestert, het vliegtuig te laten neerstorten? Het zal hooguit tijdens de laatste kilometers opvallen. En dat is waarschijnlijk waar die tanker zijn rol gaat spelen. Of blijf ik nu te veel hangen in het oude scenario?

Ik scan nogmaals de mappen en documenten op de computer, vind een map met daarin instructies hoe een formaldehydebom gemaakt kan worden, filmpjes van gewelddadige acties, waaronder een tweetal onthoofdingen, een soort lesmateriaal voor – ik vermoed – djihadisten over hoe om te gaan met biologische wapens en tot slot een e-mail in het Arabisch, verstuurd door ene Ibrahim. Mijn blik valt op de aanhef en verwonderd blijf ik ernaar staren.

Die e-mail is gericht aan de vrouw, aan Imara!

Ik kijk naar de naam van de file. Hij is afkomstig uit een map van Rami. Hoe komt een brief aan Imara in zijn bezit?

Ik vergroot het scherm maximaal en probeer te ontcijferen wat er precies staat. Maar mijn Arabisch is te mager om er ook maar iets van te begrijpen. Verstaan lukt me aardig, maar lezen... Ik zie woorden als Allah, vrouw, droom, en onder aan de pagina het bekende *insha'Allah* en *Al-Ḷahu 'Akbar.* Bij Gods wil en God is groot.

Op de een of andere manier krijg ik het gevoel dat deze e-mail belangrijk is. Waarom weet ik niet. Maar hoe kan ik het beoordelen als ik niet precies weet wat er staat?

Vertaalmachine!

Ik kopieer de tekst, plak hem in Google Translate en kijk vervolgens naar het gebroken Nederlands in het vertaalde gedeelte. Het is bijna net zo onduidelijk als het Arabisch, maar de aanhef spreekt voor zich: Liefste Imara. Een liefdesbrief?

Een geluid, ergens, doet me omkijken naar de deur. Ik zie niets, maar de haartjes op mijn armen gaan rechtovereind staan. Er is iets mis. Iemand in huis? Rudi?

Ik sta op en loop behoedzaam naar de deuropening. Op de drempel blijf ik staan en kijk de gang door. Niets te zien. Ik hoor ook geen geluid meer. Ik wil Rudi's naam noemen, maar hou me in. Als het Rudi zou zijn, zou hij nu de trap op komen, maar dat gebeurt niet.

Zachtjes loop ik door de gang naar de trap en werp een blik naar beneden. Niets. Opgelucht schud ik mijn hoofd. Ik ben gewoon enorm opgefokt door al dat gedoe. Hoofdschuddend wil ik me omdraaien, maar dan hoor ik voetstappen. Niet van één, maar van meerdere personen. En ze doen niet zachtjes meer. Iemand roept iets, de stem is bekend.

Imara!

Ze is hier! Hoe kan dat?

Haastig draai ik me om, weg bij de trap. Op mijn tenen ren ik terug door de gang, naar de kamer en gris mijn laptop van de tafel. Als ze me nu te pakken krijgen, is het over. Het gaat me niet nog een keer lukken om te ontsnappen.

Met mijn laptop tegen me aan geklemd verlaat ik haastig weer de kamer. Niet naar de trap! Ik moet me verstoppen, maar waar? Ik ken dit hele appartement niet, weet alleen waar het toilet is.

Het toilet...

Een volkomen belachelijk idee komt in me op. En of het gaat lukken is ook nog maar de vraag, maar ik moet het proberen. Snel hol ik terug door de gang, duik de hoek om en het toilet in, dat recht tegenover de trap zit. Ik doe de deur niet dicht, maar laat hem op een klein kiertje staan. Het eerste wat ze zullen doen als ze boven komen is doorlopen naar die kamer. Tenminste, dat verwacht ik. Ze willen mij. Ik heb geen idee hoe ze erachter zijn gekomen waar ik ben, maar dat maakt ook niets meer uit. Ik moet hier weg.

Voetstappen op de trap doen me mijn adem inhouden. Als ze om de een of andere reden toch eerst in het toilet gaan kijken, ben ik de pineut. Ik klem mijn laptop nog steviger tegen me aan en knijp van pure angst mijn ogen stijf dicht. De voetstappen worden luider, ik hoor de stem van Imara, gevolgd door een andere stem – van een man – die ik niet kan thuisbrengen. Dan wordt het geluid zachter, ze zijn de gang naar de kamer in! Nu moet ik weg, niet langer wachten, ze zien in één oogopslag dat ik niet ben waar ze me verwachten.

Ik duw de deur van het toilet open, wacht nog heel even, en ren dan zo zacht mogelijk naar de trap. Er is niemand te zien. Links van me hoor ik stemmen in de kamer. Geschreeuw, in het Arabisch, van Imara en van de onbekende man. Ik neem de tijd niet om te luisteren wat ze zeggen, ren de trap af en hol naar de voordeur van het appartement.

In het trappenhuis let ik nergens meer op. Ik moet nu zo snel mogelijk buiten zien te komen. Weg van hier. Weg van háár. En ik weet ook al waarnaartoe: de politie. Wat het me ook gaat kosten, ik kan dit niet alleen oplossen. Niet meer. En met de informatie die nu op mijn laptop staat, kunnen ze niet anders dan me geloven.

Ik duw de buitendeur open en schiet de straat op. Recht in de armen van Hamal.

VIII

AMSTERDAM

MEI 2014

Met een tissue die Eyad haar aanreikte, veegde ze het bloed van haar gezicht. Dat ging niet gemakkelijk; het was al bijna opgedroogd en zat vastgekoekt op haar wangen en kin.

Woedend was ze geweest toen ze vlak na Hamal bijkwam en besefte dat ze een flinke oplawaai in haar gezicht had gekregen. Ze had nooit verwacht dat Mara daar het lef voor zou hebben. En ook niet dat het haar zou lukken er met die buurman van haar en hun busje vandoor te gaan. Blijkbaar had ze haar onderschat. Ernstig onderschat.

Hamal had slechts een blauwe plek op zijn voorhoofd en wat hoofdpijn. Haar neus was licht gezwollen en haar lip gebarsten. Pijn deed het niet. Wat wel pijn deed was het gevoel dat ze gefaald had. Het kon haar niet echt schelen dat Mara was ontkomen. Als hun plan eenmaal was uitgevoerd, hadden ze bereikt wat ze wilden, dan kon zelfs Mara hen niet meer tegenhouden. Maar dat was het nu juist: de laatste stap was nog niet gezet. En voor die stap had ze Mara nodig.

Na een telefoontje met de mobiel van een voorbijganger – die van Hamal was weg, waarschijnlijk meegenomen door Mara – had Eyad hen opgepikt.

'En nu?' vroeg Eyad, terwijl hij de wagen, een onopvallende

Volkswagen Golf, van het parkeerterrein reed.

Ze gaf niet meteen antwoord, was nog steeds woest, vooral omdat de man van wie ze de mobiel hadden gebruikt er maar op was blijven aandringen dat ze de politie moesten bellen. Zijn gezeur had niet lang geduurd; ze had hem snel en vakkundig uit de weg geruimd en achtergelaten tussen twee geparkeerde auto's. Haar geduld was nu op.

'We moeten haar vinden,' zei ze. 'Ze is te belangrijk.'

'Maar hoe weten we waar ze naartoe is?' Eyads Nederlands klonk gebrekkig en een kort moment stoorde ze zich daaraan. 'Straks is ze naar de politie gegaan,' vervolgde hij.

Ze zweeg. Het zou kunnen. Of dat logisch was, kon ze niet inschatten. O, ze had de vrouw genoeg onder druk gezet met haar kinderen, daar niet van. Eén telefoontje naar Ibrahim en de tweeling was verleden tijd. De vraag bleef of dat wat oploste. Ze wist zelf hoe het spel gespeeld werd. Familie maakte je kwetsbaar. Zonder familie kon je harder zijn, omdat er geen dreiging bestond dat ze je met wat je liefhad onder druk zetten. Als haar kinderen haar geen reden meer gaven om mee te werken, dan kon ze doorslaan naar de andere kant.

Zoals met haarzelf gebeurd was.

Dan werd ze gevaarlijk. En de vraag was of ze dat nu, in deze laatste uren voordat hun missie een feit was, kon gebruiken.

'Ze heeft mijn mobiel,' zei Hamal. Hij zat op de achterbank en drukte zijn hand tegen de pijnlijke plek op zijn voorhoofd.

'Geen prioriteit,' beet ze hem toe.

'Ik kan hem...'

'Je had op je hoede moeten zijn,' onderbrak ze hem toonloos. 'Je hebt je laten uitschakelen door een ongetrainde en ongewapende vrouw. Alleen al daarvoor zou ik je moeten executeren.' Amper in staat haar woede onder controle te houden, staarde ze door het raampje naar buiten.

Het bleef even stil, maar toen sprak Hamal toch opnieuw:

‘Als ik een computer heb, kan ik haar opsporen.’

Met een ruk draaide ze haar hoofd in zijn richting. ‘Wat weet jij nou van computers?’

‘Niet veel,’ zei hij. ‘Maar ik weet wel hoe ik mijn iPhone moet traceren.’

Verbluft staarde ze hem aan.

Subhan’Allah. God zij geprezen!

Ze hadden haar!

-36-

AMSTERDAM

Ik ben te geschrokken om te schreeuwen en tegen de tijd dat het me wel zou lukken, heeft Hamal zijn hand al tegen mijn mond gedrukt en trekt hij me achteruit naar een geparkeerde auto. Dit doet hij zo ruw, dat ik struikel en mijn laptop laat vallen, die met een akelige klap op de stenen terechtkomt. Dit keer heb ik geen geluk: het apparaat valt in meerdere stukken uiteen.

Hamal let er niet op. Hij trekt het portier van de wagen open en smijt me op de achterbank. Ik reageer meteen en kruip naar de andere kant om de auto via die zijde weer net zo snel te verlaten, maar Hamal is sneller. Hij duikt achter me aan en grijpt me bij mijn arm, op het moment dat ik het portier openduw.

Nu schreeuw ik wel, terwijl ik tegelijkertijd naar Hamal schop. Het doet hem niets. Hij trekt me terug de auto in en reikt over me heen om het portier weer te sluiten.

Op datzelfde moment stopt er een andere auto vlak naast die van ons. Ik schreeuw nog harder, ondertussen druk bezig om me onder Hamal vandaan te worstelen. Dan ineens grijpen een paar sterke handen Hamal bij zijn arm en sleuren hem over me heen de auto uit. Ik hoor een paar doffe klappen en zie Hamal langzaam in elkaar zakken. Meteen daarna verschijnt Rudi's hoofd in de opening van het portier.

'Kom mee!' roept hij.

Even ben ik te verbaasd om te reageren, maar als Rudi mijn hand pakt en me van de achterbank trekt, kom ik weer bij mijn positieven. Ik stap over Hamal heen en laat me door Rudi in de auto ernaast duwen. Hij gooit het portier achter me dicht, loopt om de auto heen en stapt achter het stuur, op hetzelfde moment dat iemand anders naast me op de achterbank schuift.

Mijn eerste gedachte is dat het Hamal is, of een van de anderen, en in een reflex wil ik opnieuw de auto uit vluchten, maar dan hoor ik mijn naam roepen. Verward draai ik me om naar de man die nu naast me zit en staar hem aan.

Matin!

'W-wat doe jij hier?' vraag ik, niet in staat om iets zinnigers te zeggen.

Op datzelfde moment trapt Rudi het gaspedaal diep in en de auto schiet weg. Door het raampje zie ik een paar mensen voor de moskee die ons nakijken. Ze moeten alles gezien hebben, maar niemand heeft ingegrepen. Het ging waarschijnlijk ook te snel; tussen het moment dat Hamal me naar de auto trok en het wegrijden door Rudi kan nooit langer dan een minuut gezeten hebben.

'Ik kwam je buurman tegen,' zegt Matin. Zijn warme stem, de herkenning, het vertrouwde, het maakt ineens alle emoties in me los en tot mijn eigen verbazing snik ik het uit.

Bezorgd kijkt Rudi over zijn schouder, wil wat zeggen, maar Matin is hem voor. Hij slaat zijn arm om me heen en trekt me tegen zich aan. Het gebaar doet me aan mijn vader denken, wat de tranen nog meer doet stromen.

Na een minuut of vijf heb ik mezelf weer onder controle. Voorzichtig maak ik me los uit Matins armen en kijk naar hem op. 'Jamil en Isra?' vraag ik gespannen.

'Later,' zegt Matin. 'Eerst moeten jullie veilig zijn.'

'Ik wil het nu weten,' dring ik aan.

'Later,' herhaalt hij. 'Er is in ieder geval niets om je zorgen over te maken. Op dit moment ben jij het belangrijkste.'

Ik wil hem net zeggen dat mijn kinderen altijd het belangrijkste voor me zullen zijn, als Rudi luid en opgelucht zucht. 'Pfoeh!' roept hij uitgelaten. 'Ik denk dat we geluk hebben! Volgens mij komen ze niet achter ons aan!' Via de achteruitkijkspiegel zoekt hij mijn blik. 'Dat scheelde niet veel, Marrie. Een paar minuten later en ze hadden je weer te pakken gehad.'

Een ijzige tinteling verspreidt zich over mijn rug en armen als ik besef dat hij gelijk heeft. Wat zou er gebeurd zijn als Rudi en Matin me niet net op tijd uit die auto hadden gehaald? Ik denk aan Imara, de hardheid in haar ogen. Ze had me afgemaakt. Zonder twijfel.

Nee.

Ze had me nog nodig. Dat heeft ze zelf gezegd. Maar dat betekent niet dat ze me niet ongelooflijk veel pijn had kunnen doen om me die laatste stap te laten uitvoeren en me daarna alsnog uit de weg te ruimen.

'Het is maar goed dat ik Rudi tegen het lijf liep,' zegt Matin. 'Ik was bij je appartement aan de deur geweest en toen ik naar beneden liep, kwam ik hem tegen.'

Rudi knikt. 'Nadat ik die bus achter de kerk gedumpt had, moest ik mijn autosleutels hebben,' vertelt hij. 'Ik dacht eerst dat hij een van hén was, maar toen hij zijn naam zei, herinnerde ik me dat je hem weleens genoemd had.'

'Hij dwóng me om mijn naam te zeggen,' verbetert Matin. 'Anders zou hij me weleens...'

'Ja ja,' zegt Rudi. 'Sorry dat ik je bedreigd heb.'

'M-maar wat deed je dan bij mijn appartement?' vraag ik aan Matin. 'Ze hadden je een sms'je gestuurd.'

Matin knikt. 'Waarin stond dat je het te druk had en dat je me nog wel zou terugbellen.' Hij werpt me een van zijn zeldzame glimlachjes toe. 'Behalve het feit dat jij heel goed weet dat ik zelden opneem als je belt, leek het mij onwaarschijnlijk dat drukte jou ervan zou weerhouden om nieuws over Jamil en Isra te krijgen.'

Bijna begin ik weer te huilen. 'Ik voelde me zo slecht, toen ik onze afspraak gemist had,' fluister ik. 'Het was helemaal de bedoeling niet!'

'Dat weet ik,' zegt Matin. 'Ik wist dat er iets mis was. Vooral na die sms. Na overleg met Zahra ben ik uiteindelijk toch maar weer naar je appartement gegaan om meer te weten te komen en toen kwam ik hem dus tegen.'

Rudi steekt zijn hand even op en in zijn spiegel zie ik hem grijnzen. Dan pas valt het me op dat we niet in Rudi's Austin zitten, maar in een veel grotere wagen.

'Van wie is deze auto?' vraag ik onnozel.

'Van mij,' zegt Matin. 'Maar hij weet beter de weg dan ik en kan ons sneller zo ver mogelijk bij de Rozengracht vandaan brengen.'

Ik zwijg. Het maakt me ook eigenlijk niets uit in wiens auto we rijden. Ik denk weer aan Jamil en Isra. Waarom zégt Matin nou niets over hen? Oké, hij wil eerst dat we veilig zijn, maar wil ík dat wel? Natuurlijk niet. Ik wil dat hij me over mijn kinderen vertelt. Ik wil niet wachten. Ik heb al lang genoeg gewacht. Maar net zoals ik weet dat hij nooit zijn telefoon opneemt als ik bel, weet ik ook – hoe nijdig het me ook maakt – dat hij niet eerder iets zal loslaten dan wanneer híj het het juiste moment vindt. En dat is niet nu. Ik slik de opgekropte angst die nog steeds mijn lichaam beheerst weg en kijk naar hem, naar zijn gitzwarte haar, zijn donkere ogen en zijn olijfkleurige huid, en besef dat aandringen geen enkele zin zal hebben. Matin laat zich niet dwingen, daar ben ik na al die jaren inmiddels wel achter. En misschien heeft hij ook wel gelijk. We zijn nog niet veilig. Bovendien ben ik nu veel te geagiteerd. Te opgefokt. Als hij op dit ogenblik over mijn kinderen begint, ben ik waarschijnlijk niet meer in staat om rationeel en nuchter te denken.

Ineengedoken kijk ik uit het raampje en zie de huizen voorbij zoeven. We zijn inmiddels het centrum van Amsterdam uit en rijden nu via de Admiraal de Ruijterweg de Jan van Galenstraat in. Het is niet eens zo heel erg druk; op het klokje op het dashboard zie ik dat het net elf uur geweest is, wat me eigenlijk verbaast. Het lijkt alsof alles wat er gebeurd is veel meer tijd in beslag heeft genomen.

'Waar gaan we naartoe?' vraag ik, als Rudi de wagen de A10 op stuurt en het gaspedaal diep intrapt.

'Nergens,' zegt hij. 'Of eigenlijk wel. Ik breng je nu hoogstpersoonlijk naar de politie.'

'Dat kan niet!' roep ik. 'Alle bewijzen stonden in mijn laptop en die is kapotgevallen!'

Rudi werpt me een boze blik toe via zijn spiegel. 'Het is genoeg geweest, Mara. Nog even en ze maken je af. En ons erbij. Wij zijn geen partij voor een stel terroristen!'

'Maar ze willen een vliegtuig op de olieopslag in Rotterdam laten neerstorten!'

Heel even maakt de auto een kleine slinger, als hij luid: 'Wát?' zegt.

'Een vliegtuig?' herhaalt Matin.

Ik knik. 'Ik was de mappen van Rami aan het doorkijken en toen vond ik een vluchtplan van een straalvliegtuigje.' En tegen Rudi: 'Falcon 50, weet je nog?'

'Dat was toch een codenaam voor iets?'

'Dat was een van de mogelijkheden die we bedacht hadden,' zeg ik. 'Maar je hebt de mail verder niet gelezen.'

'Kon ik ook niet, want toen kwam die gozer binnen.'

'Precies. Ik heb die mails weer teruggehaald en toen zag ik in een bijlage de vluchtgegevens. Vanmiddag stijgt er vanaf vliegveld Eelde een kleine privéjet op, met bestemming Rotterdam.'

'En jij denkt dat het de bedoeling is dat ze die op de olieopslag laten neerstorten?'

Ik aarzel. Of dat echt de bedoeling is, weet ik niet eens zeker. 'Dat denk ik,' zeg ik. 'Waarom hebben ze anders die vluchtgegevens?'

'Je hebt verder niets van een plan gevonden? Een soort draaiboek, zeg maar?'

'Daar kon ik niet meer naar kijken,' meld ik zuur. 'Toen moest ik vluchten omdat zíj eraan kwam.'

Rudi zwijgt. 'Dat is jammer,' zegt hij. 'Als we dat hadden, wisten we precies wat ze van plan waren.'

'Daarom is het ook zo rampzalig dat mijn laptop kapot is,' grom ik. 'Dan had ik verder kunnen kijken.'

'Maar die boot heeft er dus niets mee te maken?'

'Dat weet ik niet. Het lijkt mij dat ze daar in de haven echt niet zomaar in paniek raken vanwege een tanker die zijn gegevens niet doorstuurt. Ik heb het gevoel dat er meer gaat gebeuren.'

'En de Maeslantkering?'

'Niet gesloten, ik vond...'

'De Maeslantkering sluiten?' valt Matin me in de reden. Tot nu toe heeft hij weinig gezegd; hij moet geen snars snappen van wat we allemaal uitkramen en dat is ook duidelijk te zien aan zijn verbijsterde blik.

'Ik heb geen tijd om het uit te leggen,' zeg ik. 'Maar zonder mijn laptop heb ik niets om de politie te overtuigen. Ik moet een andere computer hebben. We moeten dat vliegtuig stoppen.'

'Hoe wil je dat doen?' vraagt Matin.

'Dat weet ik nog niet precies.'

Zowel hij als Rudi zwijgt.

'Hoor je eigenlijk zelf wel wat je zegt?' begint Rudi na een poosje. Hij stuurt de wagen de snelweg af, slaat links af en trapt het gaspedaal weer diep in.

Ik geef geen antwoord. Natuurlijk besef ik zelf heel goed hoe onzinnig het allemaal klinkt. De haven van Rotterdam, inclusief delen van de omliggende steden zijn in gevaar en ik probeer liever zelf de boel op te lossen dan naar de politie te gaan. Wat gebeurt er als ik dat vliegtuig niet kan stoppen? Tot nu toe heb ik nog geen enkel plan kunnen bedenken. Inbreken in de verkeerstoren van Rotterdam Airport lijkt me geen goed idee. Wat zou ik trouwens moeten beginnen? Ik weet geen vluchtnummer, geen exacte vertrek- of aankomsttijd. Volgens mij zou hij rond één uur vanmiddag uit Groningen vertrekken, als ik me goed herinner. Maar dan? Hoe lang is het vliegen naar Rotterdam? Een uur?

'Marrie…' begint Rudi weer. Hij kijkt naar me in zijn spiegel en ik weet wat die blik betekent. En hij heeft gelijk. We moeten naar de politie. Als we ze ervan kunnen overtuigen dat een vliegtuig zich straks op Shell Pernis gaat storten en dat er iets met die tanker gaat gebeuren, dan hebben zij misschien wel manieren om ze beiden te kunnen tegenhouden. Of op zijn minst de werkelijke plannen van die terroristen te achterhalen.

'Oké,' zeg ik. 'We gaan naar de politie. Maar dan wel naar die inspecteur Daaldekker. Alleen aan hem wil ik alles vertellen.'

Een kwartier later parkeert Rudi de auto in de Gerard Doulaan in Amstelveen, vlak voor de deur van het politiebureau. Ik ben er nog nooit binnen geweest en op de een of andere manier jaagt het pand me angst aan. Het is zo heel anders dan het bureau in mijn wijk, dat gevestigd is in een monumentaal pand en daardoor veel vriendelijker aandoet dan dit moderne gebouw.

Matin stelt voor dat hij in de auto blijft wachten en dus lopen Rudi en ik samen naar de ingang. Ik weet dat het noodzakelijk is wat we gaan doen, dat we er nu voor moeten zorgen dat die aanslag voorkomen wordt. Maar als we het korte trapje naar de schuifdeuren op lopen, steekt toch twijfel de kop weer op.

Wat gebeurt er met mijn kinderen?

Ik heb de bewijzen gezien dat ze weten waar ze zijn. Die vrouw hoeft maar één telefoontje te plegen en ze… ze… Ik durf niet verder te denken en blijf acuut op de drempel stilstaan. De schuifdeuren die automatisch opengingen, sluiten zich weer.

'Wat is er?' vraagt Rudi.

'Ik kan het niet,' zeg ik, terwijl ik naar hem opkijk. 'Mijn kinderen, Rudi. Ze zullen hen kwaad doen.'

Hij kijkt me aan, peinzend. 'Ook als hun hele aanslag mislukt? Ik bedoel, dan heeft dat toch geen zin meer?'

'Je kent haar niet, Ruud,' zeg ik zacht. 'Die vrouw zit vol haat. Haar hele familie is uitgemoord. Als ze mij kan straffen voor het mislukken van hun aanslag, dan doet ze dat.' Ik slik, voordat ik vervolg: 'En het enige waarmee ze dat kan doen, zijn mijn kinderen. Niet met mijn eigen dood, of zelfs met die van jou, maar met het liefste wat ik bezit.'

Hij zwijgt, weet niet wat te zeggen.

'Ze zal niet aarzelen, Ruud,' fluister ik.

Naast me duikt Matin ineens op. 'Wat is er?' vraagt hij. 'Waarom gaan jullie niet naar binnen?'

'Die vrouw,' zeg ik aarzelend. 'Ze heeft gedreigd dat ze…'

'Welke vrouw?' onderbreekt Matin me.

'De vrouw achter die terreuraanslag,' zeg ik. 'Zij is het die de boel leidt. En geloof me, ze zal niet rusten tot ze wraak kan nemen als haar plannen worden gedwarsboomd.'

'Naam?'

'Ze zei dat ze Imara heette.'

Matin trekt zijn wenkbrauwen op. 'Imara? Imara Qasim?'

'Haar broer heette Rami, die had in ieder geval die achternaam. Hoezo? Ken je haar?'

'Niet persoonlijk,' zegt Matin. 'Wel van naam. De dood van haar familie is een hot item geweest in Bagdad. Ze werden vermoord door een paar Amerikanen. Er zijn fouten gemaakt in het onderzoek, en er werd gezegd dat de politiecommandant die ter plaatse was een heleboel zaken verzwegen of verdraaid heeft. Net als het hoofd van de pathologische dienst, die cruciale informatie achterhield.'

'Jezus,' fluistert Rudi zacht en ook ik denk hetzelfde. Ergens is het te begrijpen dat ze wraak zoekt. Je hele familie wordt gedood door een stel buitenlanders en degenen op wie je vertrouwt, de politie, laten je in de steek. Geen wonder dat ze vol haat zit.

'In 2009 verdween ze ineens van de radar,' vertelt Matin. 'Er zijn geruchten dat ze getrouwd is met een IS-strijder en zich samen met hem in de strijd gestort heeft. Ik dacht eigenlijk dat het allemaal onzin was, maar als ik dit zo hoor...'

'Dan zijn die verhalen wel degelijk waar,' vul ik aan. 'Maar daar schieten we niets mee op. Hoe voorkom ik dat ze Jamil en Isra kwaad doet?'

Matin staart me aan. 'Jamil en Isra kwaad doet? Hoezo?'

'Daarmee heeft ze gedreigd,' zeg ik.

'En je weet zeker dat ze dat kan?' vraagt Matin.

Ik knik. 'Ze heeft me een foto laten zien. Die is pas genomen, te oordelen aan hun leeftijd.' Terwijl ik dat zeg, voel ik in mijn zak en trek de mobiel van Hamal tevoorschijn. Ik haal hem uit de sluimerstand en zie dan dat er een wachtwoord op zit. Verdomme, dat kan ik nu net niet hebben! Als ik mijn laptop had gehad, had ik die code in tien tellen gekraakt, maar nu...

'Laat maar,' zegt Matin. 'Ik weet waar ze zijn.'

'Wat?' roep ik.

'Daarom wilde ik je spreken. Zahra en ik hebben Jamil en Isra gevonden. In een klein dorp zo'n vijfentwintig kilometer ten noordoosten van Bagdad. We wilden met je overleggen of we ze daar moeten weghalen. Zoals we je al eerder vertelden is dat niet altijd verstandig. Na zoveel jaar een kind terugontvoeren kan nog traumatischer zijn dan de eigenlijke ontvoering.'

Totaal overdonderd staar ik hem aan. Hoewel ik dit sinds de ochtend dat hij me belde gehoopt had, durfde ik het niet te geloven. En nu zegt hij het, zomaar, en dringt het amper tot me door. Ik voel hoe mijn knieën slap worden en Rudi kan me nog net vastpakken, voordat ik onderuitga. Ik adem even diep in en uit en zegt dan: 'Gevonden? Jullie hebben ze echt gevonden?'

Hij knikt. 'Zahra is nog in Bagdad. Ik stuur haar bericht dat de kinderen zo snel mogelijk in veiligheid moeten worden gebracht.' Hij haalt meteen zijn mobiel tevoorschijn. 'Ga naar binnen,' zegt hij. 'Vertel ze alles. Wij zorgen voor Jamil en Isra.'

AMSTERDAM

SEPTEMBER 2010

Voor de zoveelste nacht op rij had ze geen oog dichtgedaan. De e-mail die ze vorige week ontvangen had van Marco, de politieman die haar sinds de ontvoering van Jamil en Isra op de hoogte hield van alle vorderingen – voor zover die er waren – had haar enorm geschokt. Het kwam erop neer dat ze eigenlijk helemaal niets meer konden doen.

Buiten het feit dat het internationale kinderontvoeringsverdrag niet door Irak was ondertekend, zouden de kinderen een jaar na de ontvoering ook niet meer zonder meer bij de andere ouder worden teruggebracht. De reden hiervoor was de veronderstelling dat kinderen zich na een jaar aangepast hebben aan hun nieuwe situatie. Zodoende kon het terughalen voor nog meer psychische problemen zorgen. En Jamil en Isra waren nu veertien maanden weg. Meegenomen naar Irak, door Juda, die nooit van plan was geweest om ze na hun reisje naar Disneyland Parijs weer thuis te brengen. Hij was niet, zoals hij haar gezegd had, een hele week naar het pretpark gegaan, maar een weekend, waarna hij rechtstreeks met hen naar zijn geboorteland was gevlogen. Op het moment dat ik besefte dat er iets mis was en de politie belde, waren zij al vier dagen in Irak. En onvindbaar.

Niet lang na hun ontvoering was ze via via bij het televisieprogramma *Vermist* terechtgekomen. Zij hadden haar geholpen waar ze maar konden, de zaak van Jamil en Isra was op de tv geweest, ze hadden contacten gelegd in Irak, met familie van Juda, daar en hier. Dat laatste had ze zelf ook regelmatig gedaan, maar ook zij wisten niets. Of zeiden dat ze niets wisten. Juda's broer Karim leek oprecht geschokt toen ze hem vertelde dat zijn broer met Jamil en Isra naar Irak was vertrokken. En misschien was dat ook wel zo. Hij en zijn gezin waren niet voor niets daarvandaan gevlucht. Het moest voor hen onvoorstelbaar zijn dat iemand vrijwillig zou terugkeren, zolang er een oorlog woedde waarbij je zelfs als Irakees je leven niet zeker was. Ook hij had geprobeerd contact te zoeken met Juda, maar was daar niet in geslaagd.

Karims vrouw Meryam kwam regelmatig langs en dan praatten ze, over Juda, de kinderen en het leven in Irak. Het liefst hoorde ze die verhalen niet omdat dat haar angst dat Jamil en Isra iets zou overkomen alleen maar groter maakte. Maar aan de andere kant wilde ze alles weten, zodat ze zich een voorstelling kon maken van hoe haar kinderen nu moesten leven. Haar eigen zoekpogingen via internet hadden al die tijd niets opgeleverd, ondanks haar vaardigheden op het gebied van computers, dus alle informatie was welkom en zoog ze op als een spons.

En toen kwam de e-mail van Marco. Al haar hoop werd de bodem ingeslagen op het moment dat ze die las. Alles was geprobeerd, maar ook overleg met de juiste personen in Irak was op niets uitgedraaid. In de islam behoorden de kinderen toch al toe aan de man, hoe kon ze verwachten dat ze daar echt behulpzaam zouden zijn? De enige manier was nu nog – zo vertelde Marco later aan de telefoon – het illegale circuit. Iemand inhuren die hen terughaalde. Maar dat was een suggestie die hij eigenlijk niet mocht doen en die ze, als het erop aankwam, ook niet van hem had. Hij had wel een naam voor haar, die weleens was opgedoken in soortgelijke zaken. Matin el-Idrissi en zijn vrouw Zahra. Het was hun al eens gelukt een kind terug te halen, maar nog vaker was het mislukt. Ze moest zich daar dus ook niet al te veel aan vastklampen, had Marco gezegd. Maar als ze wilde, dan kon hij haar naam aan Matin doorgeven. Hem zelf benaderen had geen zin; hij nam zelden zijn telefoon op. Ze had ja gezegd. Ze wilde hoe dan ook haar kinderen terug en als dat niet langs de legale weg kon, dan maar via de illegale.

Sindsdien wachtte ze. Op het telefoontje van Matin el-Idrissi, de man die haar leven weer compleet kon maken.

-37-

AMSTERDAM

‘Inspecteur Daaldekker is er niet,’ zegt de agent achter de balie, terwijl hij met een schuine blik naar Rudi’s gezwollen, pimpelpaarse gezicht staart. ‘Kan iemand anders u misschien helpen?’

‘Nee!’ roep ik. ‘We moeten echt inspecteur Daaldekker spreken. Het is belangrijk, er staan levens op het spel!’

De agent kijkt me meewarig aan, met een blik die me vertelt dat hij vaker mensen met die mededeling aan zijn balie krijgt. ‘Dan zult u toch echt moeten wachten. En ik weet niet hoe lang het gaat duren.’

‘Kunt u hem niet bellen?’ vraagt Rudi. ‘Het is echt heel belangrijk dat we hem zo snel mogelijk te spreken krijgen.’

Nu glimlacht de agent en wijst vervolgens naar een paar bankjes recht tegenover zijn balie. ‘U kunt daar plaatsnemen. Zodra inspecteur Daaldekker weer terug is, zal ik hem zeggen dat u er bent.’

Ik voel ineens woede oplaaien. Zet ik hiervoor alles op het spel? Mijn kinderen, mijn vrijheid, misschien zelfs mijn leven? Ik plaats met een klap mijn handen op de balie, buig me naar de agent toe en zeg met trillende stem: ‘Luister goed. Over een paar uur stort er in Rotterdam een vliegtuig op de olieopslag van Shell Pernis. Als we niet gauw met inspecteur Daaldekker kunnen praten, kost dat misschien duizenden levens. Wil je dat op je geweten hebben?’

De agent aarzelt, zijn blik schiet van mij naar Rudi en weer terug. De glimlach is van zijn gezicht verdwenen en ik zie dat hij niet goed weet wat hij doen moet.

'Kom op nou, man!' dringt Rudi aan. 'Dit is geen grapje!'

Even nog kijkt de agent hem aan. Dan pakt hij zijn telefoon, toetst een nummer in en nog geen vijf minuten later zitten Rudi en ik in een kaal kamertje zonder ramen, achter een bureau dat helemaal leeg is. De stoel aan de andere kant is nog onbezet en ik hoop dat daar over een paar minuten Daaldekker op zit. Mijn blik valt op de klok aan de muur. Vijf over halftwaalf. De tijd gaat dringen.

'Wat moeten we als ze ons niet geloven, Ruud?' vraag ik zacht.

'Dat zou erg dom van ze zijn,' reageert hij.

'Ja, maar dat doet er niet toe. Als ze denken dat we het verzonnen hebben om bijvoorbeeld de moord op Moorman te verdoezelen, dan zitten we diep in de problemen. Ik heb geen bewijzen en of ze me een computer geven om te laten zien dat we niet liegen betwijfel ik.'

'We kunnen ze het adres geven aan de Rozengracht. Dan gaan ze daar maar kijken.'

Dat is natuurlijk een optie. Er zal genoeg te vinden zijn in die computers van Rami.

Ja, mijn sporen, mijn vingerafdrukken...

Ik wil net tegen Rudi zeggen dat dat ook weleens tégen ons – mij – kan werken, als de deur van het kamertje opengaat en Daaldekker binnenkomt. Vlak achter hem een tweede man, waarschijnlijk een collega van hem. Van der Vlis sluit de rij, maar zij blijft op de drempel staan.

'Mevrouw De Wolff, meneer Keller.' Daaldekker knikt ons toe. Vervolgens kijkt hij naar Rudi en zegt: 'Als u zo vriendelijk zou willen zijn met mijn collega Van der Vlis mee te gaan?'

Zowel Rudi als ik staren hem aan.

'Waarom?' vraagt Rudi.

'Als u wilt dat we uw melding serieus nemen, werkt u gewoon even mee,' zegt Daaldekker, terwijl hij een gebaar maakt naar Van der Vlis. Ze komt het kamertje binnen tot achter de stoel van Rudi en wacht weer.

Rudi is te overdonderd om iets anders te doen dan op te staan. Hij kijkt naar mij en ik zie de vraagtekens in zijn ogen.

'Deze kant uit,' zegt Van der Vlis. Met lichte dwang leidt ze Rudi het kamertje uit, de gang op. Meteen daarna gaat de deur dicht en komt de collega van Daaldekker ook onze kant op. Hij gaat op de stoel aan de andere kant van de tafel zitten, terwijl Daaldekker zich naast mij op die van Rudi laat zakken.

'Vertelt u eens,' begint Daaldekker. 'Wat bedoelde u met "een vliegtuig dat op de haven van Rotterdam stort"?'

Ik kijk van hem naar zijn collega en weet even niets te zeggen. Het feit dat ze Rudi hebben meegenomen heeft me volledig in de war gebracht. Alles wat er de afgelopen dagen gebeurd is, raast door mijn hoofd. Dan besluit ik met het belangrijkste te beginnen. Mijn kinderen. Ik vis de mobiel van Hamal uit mijn zak en schuif hem over de tafel.

'Deze mobiel is van een terrorist,' zeg ik. Mijn stem klinkt schor en ik schraap mijn keel. 'Er staat een foto op van mijn kinderen. Ze zijn niet hier, maar...'

'In Irak,' vult Daaldekker aan. En bij het zien van mijn verbijsterde blik: 'Daar zijn ze in juli 2009 mee naartoe genomen door uw ex-man Juda al-Said.'

'H-hoe weet u dat?' vraag ik geschokt.

'Nadat we u en uw buurman gesproken hadden over de dood van Richard Moorman, zijn we een beetje gaan graven.'

Ik staar hem aan. 'Waarom?'

Daaldekker glimlacht, maar dat is slechts van korte duur. 'Kom nou, mevrouw De Wolff. Het was toch overduidelijk dat er iets niet klopte aan jullie verhaal. Het feit dat u net – en ook nog eens tijdelijk – bij het bedrijf van het slachtoffer in dienst was, en daarnaast op het juiste tijdstip in de buurt van het misdrijf gezien bent, vonden wij net iets te toevallig.'

'Ze hebben me met mijn kinderen gechanteerd!' roep ik, niet wetend wat ik anders moet zeggen. 'Ik ontdekte informatie in het netwerk van de Dutch Broadcasting Group die ik niet had mogen zien. Sindsdien ben ik bedreigd, ontvoerd, geslagen en onder druk gezet via mijn kinderen.'

Er valt een stilte. Daaldekkers blik laat me niet los en dat maakt me nerveus.

'U werd gechanteerd door Richard Moorman?' vraagt hij uiteindelijk.

'Nee,' zeg ik. 'Door een terroriste die het plan heeft een vliegtuig op de haven van Rotterdam te laten neerstorten.'

'Maar wat heeft ons slachtoffer daar dan mee te maken?'

'Weet ik veel!' schreeuw ik nu. 'Toen ik ontdekte dat er iets niet klopte in het netwerk van de Dutch Broadcasting Group, heb ik geprobeerd contact met hem te krijgen. Ik ben zelfs nog naar het bedrijf geweest. Ze zeiden dat hij ziek was, maar ook thuis was hij niet te bereiken.'

'Wat deed u in het Amsterdamse Bos ten tijde van de moord?' vraagt Daaldekkers collega.

Ik kijk hem aan. 'Ik kreeg een sms'je, vanaf zijn mobiel, dat ik moest komen. Dat het over mijn kinderen ging.' Mijn blik schiet naar Daaldekker. 'Mijn kinderen zijn het belangrijkste in mijn leven. Ik móést er wel naartoe.'

'En uw buurman Rudi Keller ging mee.'

'Ja.' Ik werp voor de zoveelste keer een blik op de klok. Tien voor twaalf. Dit schiet niet op. 'Luister,' zeg ik, nadat ik even diep in- en uitgeademd heb. 'Over pakweg een uur stijgt er vanaf vliegveld Eelde een privéjet op met bestemming Rotterdam Airport. Dat vliegtuig heeft echter als doel de olieopslag Shell Pernis. Jullie moeten het tegenhouden!'

Daaldekker krabt zich aan zijn kin. 'Dat zei u ook al tegen de agent bij de balie beneden. Het is wel erg vergezocht, vindt u niet?'

'Vergezocht?' herhaal ik. 'Het kan aan honderden, misschien wel duizenden mensen het leven kosten!'

'Als een vliegtuig op een olieopslag stort, zou dat zomaar kunnen,' zegt Daaldekker. 'Maar laten we eerst nog even teruggaan naar Richard Moorman, voordat we verschillende dingen door elkaar gaan halen. U bent met uw buurman naar het Amsterdamse Bos gegaan omdat hij u dat verzocht.'

Het is geen vraag, eerder een conclusie en ongeduldig knik ik.

'U zei eerder dat u hem daar niet hebt gesproken.'

'Nee, het bericht kwam van iemand anders.'

'Iemand die de mobiel van Moorman in zijn bezit had.'

'Dat weet ik niet.'

Van zowel Daaldekker als zijn collega schieten de wenkbrauwen omhoog.

'U moest eens weten,' zeg ik, 'hoe gemakkelijk het is om uit iemands naam een sms'je te versturen.'

'Een handeling waar u, als hacker, uw hand niet voor omdraait, neem ik aan.'

Ik staar hem aan. Wat bedoelt hij daar nou weer mee?

'U onderzocht het netwerk van de Dutch Broadcasting Group op beveiligingsrisico's,' gaat Daaldekker verder. 'En u vond iets vreemds.'

Weer knik ik.

'Kunt u mij vertellen wat dat was?'

'Een zero-day leak,' zeg ik.

'Sorry?'

Ik zucht diep. 'Op de lijst die ik van Moorman kreeg, vond ik het IP-adres van een server die ik niet kon thuisbrengen. Ik heb gekeken en het bleek de server te zijn van het Havenbedrijf Rotterdam. Een lek in de beveiliging, een zero-day leak, waardoor mensen die kwaad willen, zich toegang tot het netwerk kunnen verschaffen.'

'En waarom zouden mensen dat willen?' vraagt Daaldekkers collega.

'O, dat kan voor van alles zijn,' zeg ik. 'Meestal om de controle over het systeem over te nemen en zo rottigheid uit te halen.' Ik zwijg en buig me naar Daaldekker toe. 'Ik wil u graag alles vertellen over hoe ik tot mijn ontdekking ben gekomen en wat er daarna allemaal gebeurd is, maar echt, u moet nu eerst zorgen dat dat vliegtuig onderschept wordt.' Ik kijk hem recht in zijn ogen, om op die manier te benadrukken dat ik de waarheid spreek.

Daaldekker wendt zijn blik niet af, blijft ook mij strak aankijken.

'U zei dat u ontvoerd was,' zegt hij dan. 'Door de mensen van dat vliegtuig?'

Voor de derde keer knik ik. 'Een van hen werkte bij de Dutch Broadcasting Group als hoofd automatisering.'

In een flits zie ik de uitdrukking op Daaldekkers gezicht veranderen. 'U bedoelt Rami Qasim?'

'Ja!' roep ik, lichtelijk verbaasd. 'Om hem draaide alles in het hele complot. En zijn zus Imara heeft de leiding. Rami Qasim was een genie wat computers betreft. Maar hoe weet u zijn naam?'

'Mijn collega's kwamen bij me toen ze de identiteit achterhaald hadden van een inbreker die in uw trappenhuis van de trap werd geslagen. Omdat ik de zaak van Richard Moorman onderzoek, en deze inbreker, net als u, bij hem in dienst was, waren we ervan overtuigd dat er een connectie moest bestaan.'

'Bent u ook op de Rozengracht geweest?' vraag ik. 'Volgens mij woonde hij daar.'

Daaldekkers blik wordt nu achterdochtig. 'Wat weet u van het appartement aan de Rozengracht?'

'Daar hebben ze me vastgehouden! Daar moest ik het werk van Rami voortzetten en inbreken in allerlei computernetwerken! Bent u daar geweest? Hebt u de computers gevonden?'

'Ik was ernaar onderweg toen ik de oproep kreeg terug naar het bureau te komen, omdat er een man en een vrouw aankondigden dat er een terreuraanslag op de haven van Rotterdam gepleegd zou worden,' zegt Daaldekker ietwat zuur. 'Een paar van mijn collega's zijn er nu naartoe om te kijken of er meer te vinden is over Rami Qasim. Hij woont daar inderdaad, maar verder is er weinig over hem bekend.'

Opgelucht laat ik me tegen de leuning van mijn stoel vallen. Misschien is het toch nog niet te laat. Als ze die spullen daar vinden, moet het voor hun digitale rechercheurs een peulenschil zijn om te achterhalen wat er allemaal gedaan is met die computers. Desnoods wil ik ze daar ook wel mee helpen.

'Maar dat zegt ons nog steeds niet wie Richard Moorman heeft omgebracht,' zegt Daaldekker.

'Zij,' zeg ik. 'Die vrouw. Of althans in haar opdracht.'

'En wie is die vrouw dan?' wil Daaldekkers collega weten.

'Imara Qasim. De zus van Rami.' Ik kijk van hem weer terug naar Daaldekker. 'Zij is de leider. En ze is meedogenloos. Ze maakt iedereen af die in haar weg staat.'

'Maar niet u,' zegt Daaldekker.

'Ze had me nodig,' zeg ik. 'Ze dreigde mijn kinderen te vermoorden als ik niet meewerkte.' Ik tik op de mobiel van Hamal. 'En hierin staat een foto waarmee ze bewees dat ze precies wist waar ze waren.'

Ik staar ineens naar de mobiel. O god, nu weet ik hoe ze wisten dat ik op de Rozengracht was! Het is een iPhone! En hij heeft al die tijd aangestaan! Haastig pak is het ding van de tafel en zet hem uit. Als ze opnieuw Hamals mobiel getraceerd hebben, weten ze dat ik bij de politie zit! En kunnen ze nu al opdracht geven hebben om Jamil en Isra...

Ik durf niet verder te denken, voel alleen een ijzige kou over mijn rug trekken.

'Mevrouw De Wolff?' klinkt Daaldekkers stem.

Met bonkend hart kijk ik op. 'Ze kunnen die iPhone traceren,' zeg ik zacht. 'Als ze dat gedaan hebben, weten ze dat ik hier zit. Mijn kinderen...' Ik slik met moeite een dikke prop weg. Ik denk aan Matin en Zahra. Op hen moet ik vertrouwen. Zahra is in Bagdad. Zij zal ze daar weghalen!

'Mevrouw De Wolff?' klinkt het nogmaals, dit keer de stem van Daaldekkers collega. 'U zegt dat Imara Qasim u nodig had. Dat u het werk van haar broer moest voortzetten. Wat hebt u precies gedaan?'

Woede borrelt langzaam in me omhoog. Al die vragen, wat willen ze nou van me? 'U luistert niet!' schreeuw ik dan. 'Mijn kinderen zijn in levensgevaar! Net als de mensen in de omgeving van de Eerste Petroleumhaven in Rotterdam!' En met overslaande stem: 'In godsnaam, dóé iets!'

Tranen van onmacht stromen ineens over mijn wangen. Dit is dus waar ik al die tijd bang voor was. Ze geloven me niet. En terwijl zij hier zitten en hun stompzinnige vragen op me afvuren, maken ze in Groningen een vliegtuig gereed om dood en verderf te zaaien onder weet ik veel hoeveel mensen. Ze doen niets, helemaal niets. Met mijn hand tegen mijn ogen gedrukt, buig ik mijn hoofd en snik zachtjes.

'We zullen even wat te drinken voor u halen,' zegt Daaldekker. Hij legt even kort zijn hand op mijn arm en staat dan op, om samen met zijn collega het kamertje te verlaten.

De stilte die neerdaalt als ze de deur hebben dichtgedaan, wordt alleen doorbroken door een zacht geruis, wat naar ik vermoed een airco is. Ik richt mijn ogen naar het plafond, terwijl ik de tranen van mijn gezicht veeg en kijk naar het rooster in de hoek. Mijn blik verplaatst zich naar de klok, die nu bijna kwart over twaalf aangeeft. Als dat vliegtuig werkelijk rond één uur vertrekt, hoe laat is hij dan in Rotterdam? En is er dan nog tijd om in te grijpen?

Ik klem mijn ijskoude handen tussen mijn knieën en buig mijn hoofd. Hoe zou het met Rudi gaan? Vragen ze hem ook wat er allemaal gebeurd is? Hebben ze ons daarom uit elkaar gehaald, om onze verhalen te kunnen vergelijken? Het zou me niet eens verbazen.

Mijn gedachten dwalen af naar Matin. Naar Zahra in Irak. Zou ze Jamil en Isra al bij zich hebben? Stel dat het misgaat. Juda is geen gemakkelijke man; hij zal ze zich niet zomaar laten afnemen.

Angst knijpt mijn keel dicht als ik me voorstel wat er allemaal kan gebeuren. Ze zijn nog zo jong. En hoe gaan ze het terugontvoeren ervaren? Straks bezorg ik ze een trauma voor het leven.

Achter me hoor ik de deur weer opengaan, maar ik neem de moeite niet om op te kijken. Wat heeft het allemaal nog voor zin? Ik ben alles kwijt. Mijn kinderen, mijn werk en wie weet mijn vrijheid.

'Mevrouw De Wolff.' Daaldekker zet een beker thee voor me op de tafel en gaat weer naast me zitten. 'Ik heb net mijn collega gesproken die momenteel in het appartement van Rami Qasim aan de Rozengracht is.'

Nu kijk ik wel naar hem op, verrast.

'Het is nagenoeg leeg, op wat grote meubels na.'

'Wát?' zeg ik. 'M-maar ik was er vanmorgen nog!'

'Het is met grote spoed leeggehaald, volgens getuigenverklaringen van omwonenden.'

'En… en de apparatuur?'

'Vernietigd.'

Heel even sluit ik mijn ogen als ik besef wat dat betekent.

'Buurtbewoners hebben ook verteld dat er vroeg in de ochtend een poging tot ontvoering van een vrouw is geweest,' vervolgt Daaldekker. 'U voldoet aan de beschrijving van die vrouw.'

'Ik ben teruggegaan naar dat appartement omdat ik alles wat ik ontdekt had terug wilde halen om aan jullie te laten zien,' zeg ik zacht. 'Maar ik moest ervandoor toen ook zij daarheen kwamen.' En met een blik op de iPhone op tafel: 'Door dat ding wisten ze waar ik was. Een van hen greep me vast toen ik buitenkwam en daardoor is mijn laptop kapotgevallen.'

'Is het mogelijk dat u die informatie nogmaals terughaalt?' vraagt Daaldekker. Zijn collega komt naar voren en zet een laptop voor me op de tafel.

Ik staar naar het apparaat en vervolgens naar Daaldekker. 'U gelooft me?'

'Uw verhaal en dat van Rudi Keller komen bijna volledig overeen. Voor ons zijn er een aantal puzzelstukjes op hun plek gevallen, al kan ik niet zeggen dat we daardoor het vermoeden hebben dat er een aanslag gaat worden gepleegd in de haven van Rotterdam. Maar het is genoeg om het verder te onderzoeken.'

Gejaagd kijk ik naar de klok. 'Als ik gelijk heb, hebt u nog maar drie kwartier om in te grijpen.'

'Als u gelijk hebt,' herhaalt Daaldekker. 'U weet het dus niet zeker?'

Ik denk na, loop razendsnel alles na wat er gebeurd is, wat ik gezien en gelezen heb. 'Negentig procent zeker,' zeg ik. 'Er speelt veel meer dan ik nu kan uitleggen. In ieder geval is er een olietanker die gestopt moet worden. Hij komt uit Koeweit en bereikt rond deze tijd de Nieuwe Waterweg.' Ik schuif mijn stoel wat verder naar de tafel toe en klap de laptop open.

'Een olietanker?' vraagt Daaldekkers collega. 'Het was toch een vliegtuig?'

'Die olietanker is belangrijk,' zeg ik, terwijl mijn vingers over de toetsen van de laptop vliegen. 'Maar ik weet niet precies waarom, dus het is verstandig om hem al tegen te houden voordat hij de waterweg opvaart. Ze willen hem in de Eerste Petroleumhaven hebben, vlak bij het doel van hun aanslag.'

Daaldekker maakt een hoofdbeweging naar zijn collega, die meteen het kamertje verlaat.

Verontrust kijk ik hem na. 'Gaat hem dat lukken?' vraag ik.

'Hij neemt nu direct contact op met het NCTV,' zegt Daaldekker. En bij het zien van mijn vragende blik: 'De dienst Nationaal Coördinator Terrorisme en Veiligheid. Die is verantwoordelijk voor de Nederlandse terrorismebestrijding en kan wegen bewandelen waartoe wij niet bevoegd zijn.'

Ik knik en richt me dan weer op de laptop. Mijn gedachten dwalen voor de miljoenste keer af naar Jamil en Isra, maar ik weet ze weg te duwen. Het is belangrijk dat ik me nu concentreer. Ik weet waar ik zijn moet en wat ik zoek. Ik hoef het alleen tevoorschijn te halen. Schermen openen zich, sluiten weer, rijen met codes en commando's vliegen voorbij. Mijn omgeving vervaagt en het enige wat ik nog zie zijn de codes op het beeldscherm.

Na een poos hoor ik stemmen achter me en dan staat er een man naast mijn stoel die ik niet ken. Ik stop acuut waarmee ik bezig ben en kijk verstoord naar hem op.

'Bastiaan Sanders,' zegt hij, terwijl hij een stoel bijtrekt en naast me komt zitten. 'Ik ben van het Nationaal Crisiscentrum, afdeling cybercrime. Is er iets waarmee ik kan helpen?'

Ik schud mijn hoofd en werp ondertussen weer een blik op de systeemklok van mijn laptop. 12:40. Nog twintig minuten, als het inderdaad één uur is wat ik in dat vluchtschema gelezen heb. Ik krijg het ineens warm. Stel dat ik het verkeerd gezien heb?

Niet aan denken!

'Is die tanker al gestopt?' vraag ik aan Sanders.

'Daar wordt aan gewerkt,' zegt hij, met een gebaar naar de

deur, waar nog een aantal mensen staan die druk met elkaar in overleg zijn. 'Daar hoef je je geen zorgen over te maken.'

Op het moment dat hij dat zegt, ben ik binnen in het netwerk van de Dutch Broadcasting Group en zoek ik haastig naar de – nog steeds – verborgen files van Rami Qasim.

'Hier!' roep ik, terwijl ik de bewuste e-mail en vervolgens het bijgevoegde vluchtschema open. Ik draai de laptop naar Sanders, die er een blik op werpt en vervolgens meteen zijn mobiel tevoorschijn haalt. Ook ik kijk er nog eens naar en zie dan dat ik het fout had. Vertrektijd 12:46.

-38-

Mijn adem stokt.

Hij gaat zo vertrekken!

Vandaar dat Sanders zo haastig ging bellen. Ik kijk naar het schema, zie de aankomsttijd en voel me duizelig worden.

Zestien minuten. De vlucht duurt maar een kwartier. En dat is alle tijd die ze nog hebben als ze niet kunnen verhinderen dat het vliegtuig opstijgt. Is het genoeg om hem in de lucht te onderscheppen? En, heel belangrijk, die aankomsttijd is op Rotterdam Airport. Hoeveel tijdsverschil zit er tussen daar en de olieopslag? Twee minuten? Vier minuten? Of slechts enkele seconden?

Ik voel hoe de nervositeit toeneemt. Ik kijk naar Sanders, die nog steeds met zijn mobiel tegen zijn oor gedrukt op luide toon tegen iemand schreeuwt, en vervolgens weer naar het scherm voor me. Een draaiboek, had Rudi gevraagd. Er moet een schema zijn waarop alles staat. Of zou dat alleen bij Imara bekend zijn? Zij regelt tenslotte alles. Of tenminste, dat denk ik.

Ik verdiep me weer in de mappen van Rami. Voor de zoveelste keer. Ik kom de brief aan Imara weer tegen en sla hem op. Misschien is die nog bruikbaar voor Sanders. Dan valt mijn blik op het IP-adres waarmee alles begonnen is. Ik denk aan Imara, aan wat ze zei over de lijst die ik van Moorman had gekregen. 'Drie. Drie afwijkende IP-adressen waarvan er eentje rechtstreeks naar een server leidt die we liever geheim houden'. Stel nou dat ze daar alles opgeslagen hebben? Ik ben nooit verder gaan kijken. Het eerste afwijkende adres was al voldoende om in deze shit terecht te komen.

Snel werp ik nog een blik op Sanders, die nu met Daaldekker in gesprek is, en richt me dan weer op de laptop. Het kost me niet veel moeite om de twee andere adressen te vinden en een ervan lijkt te wijzen naar het *Deep Web*.

Ik adem even diep in en druk mijn rug tegen de stoelleuning. Mijn ogen scannen het scherm. Waarom heb ik dat niet eerder gezien?

'Is er iets?' vraagt Sanders gespannen, terwijl hij weer naast me komt zitten.

'Ik heb iets over het hoofd gezien,' fluister ik.

'Iets belangrijks?'

'Weet ik niet.'

'Vertel,' zegt Daaldekker, die nu aan de andere kant naast me staat.

'Rami Qasim heeft een tweede browser op zijn computer staan.'

'En?' vraagt Daaldekker. 'Dat is toch niet zo dramatisch?'

'Het is geen gewone browser,' zeg ik. Ik kijk van Daaldekker naar Sanders. 'Het is *Tor*, een portaal naar het Deep Web.'

'Het wat?' wil Daaldekker weten.

'Het Deep Web is een afgeschermd deel van internet waar normale wetten niet gelden. Het kan alleen met een speciale browser bezocht worden,' zegt Sanders in mijn plaats. En dan tegen mij: 'Kun je erop komen?'

'We hebben Tor, dus ja,' zeg ik. Meteen schuif ik weer naar voren op mijn stoel en laat mijn vingers over de toetsen vliegen.

'Er is niet veel tijd meer,' zegt Sanders dringend. 'Het vliegtuig is al opgestegen en we proberen nu de luchtmacht in te zetten om het te onderscheppen, maar de vraag is of dat gaat lukken op zo'n korte termijn.'

'En die tanker?' vraag ik.

'Dat weten we nog niet. De kustwacht is onderweg om poolshoogte te nemen. Ze reageren namelijk niet meer op de oproepen die naar hen worden uitgezonden.'

Ik zwijg, leg me nu alleen nog maar toe op het openen van de websites, en enkele minuten later zien we ze verschijnen. Bij een eerste blik zie ik al dat ik gelijk heb. Hier hebben ze al hun data opgeslagen. De beveiligde mappen waren slechts een fractie van wat er op het Deep Web allemaal te vinden is.

'Tijd om het aan ons over te laten,' zegt Sanders. Hij staat op en hijst me bijna ruw aan mijn arm omhoog, zodat ik wel moet opstaan.

'Maar...' begin ik.

Met lichte dwang duwt Sanders me bij de tafel weg. 'Laat ons ons werk doen.'

'Kom,' zegt Daaldekker, terwijl hij me met zijn hand tegen mijn rug naar de deur van het kamertje duwt. 'Ze weten wat ze doen. Wij lopen alleen maar in de weg.' Hij leidt me tussen een paar mensen door de gang op en opent een stukje verderop de deur van een identiek kamertje. Binnen staat net zo'n tafel, met net zulke stoelen. Op een ervan zit Rudi, met gebogen hoofd, starend naar zijn handen.

'Ruud?' zeg ik verrast.

Hij kijkt op en ik zie de wanhoop in zijn oog (het andere zit nog gedeeltelijk dicht), die langzaam overgaat in opluchting.

'Marrie...' Het klinkt als een lange zucht. Hij staat op, is met drie stappen bij me en trekt me dan stevig tegen zich aan. 'Ik was zo ongerust,' fluistert hij met zijn gezicht in mijn haar.

Zijn armen om me heen doen me goed. Het is vertrouwd, en opnieuw wellen tranen op. Niet alleen omdat ik me eindelijk, sinds dagen, weer veilig voel, maar ook vanwege dat vliegtuig. Ik weet dat ik nog weinig kan doen, dat ik mijn best gedaan heb om te helpen, maar toch voelt het alsof ik gefaald heb. Wat nou als ze niet op tijd zijn? Als dat vliegtuig zich werkelijk in die olieopslag boort? Is dat dan niet mijn schuld? Had ik eerder naar de politie moeten gaan? En het Deep Web. Ik had dat veel eerder moeten zien.

Alsof Rudi mijn stemming aanvoelt, laat hij me los en zoekt mijn blik. 'Wat is er?' vraagt hij.

Ik kijk naar Daaldekker en vervolgens weer naar Rudi. 'Het vliegtuig is al opgestegen,' zeg ik zacht. 'Het is onderweg naar Rotterdam.'

'Ja, en? Ze kunnen het toch wel tegenhouden? Voordat hij daar is...'

'Het is een vlucht van zestien minuten, Ruud.'

Hij staart me aan. 'Wat?' zegt hij. 'Vanuit Groningen?'

Ik geef geen antwoord en dat zegt hem genoeg. Hij haalt zijn hand door zijn haar en mompelt: 'Jezus.'

'Bastiaan Sanders is goed in zijn werk,' probeert Daaldekker ons gerust te stellen. 'Ze hebben wel vaker voor uitdagingen als deze gestaan.'

Nu ben ik het die hém aanstaart.

'Niet alles wat er gebeurt wordt bekendgemaakt,' zegt Daaldekker. 'Achter de schermen speelt zich veel meer af dan je in de kranten leest.'

Ik wil net vragen of er dan al eens eerder een terreuraanslag van dit kaliber is geweest waar niemand iets van weet, als Sanders in de deuropening verschijnt. Zijn gezicht staat verhit, verhitter dan toen hij me de kamer uitstuurde. 'Kom,' zegt hij tegen mij.

Verbouwereerd loop ik naar hem toe, ondertussen een verontruste blik op Rudi en Daaldekker werpend. Waarom is Sanders zo opgefokt? Is het mislukt en stellen ze nu mij aansprakelijk? Ik krijg het benauwd bij dat idee.

'Hebben jullie het vliegtuig onderschept?' vraag ik, terwijl ik me moet inspannen om hem bij te houden met zijn grote stappen.

'Het gaat niet lukken,' zegt Sanders verbeten. 'De tijd is te kort. Het kost de luchtmacht minimaal een kwartier om het vliegtuig te bereiken.'

Zijn woorden slaan bij me in als een bom.

Een kwartier.

Te kort.

Gaat hun plan dan tóch slagen?

'Je moet ons helpen,' gaat Sanders verder. Hij duwt me terug het kamertje in waar ik vijf minuten eerder nog achter de laptop zat.

'Waarmee?' vraag ik.

Hij wijst naar de laptop. 'Je moet het besturingssysteem van dat vliegtuig hacken.'

Ik staar hem aan. 'I-ik... wat?' stamel ik. 'M-maar dat kan ik helemaal niet.'

'Jawel,' zegt hij. 'Als er iemand is die dat kan, ben jij het. Mijn eigen expert bij de dienst kan hier niet op tijd zijn om het te doen. En jij bent de enige met genoeg kennis.'

'Het kan niet!' zeg ik. 'Er is onlangs nog een hele discussie over geweest. Via het ACARS communicatiesysteem kan alleen een bericht verstuurd worden met een aanpassing van het vluchtplan. Maar zodra de piloot merkt dat het vliegtuig van koers verandert, kan hij de besturing gewoon weer overnemen.'

'Dat is wat iedereen verteld wordt,' zegt Sanders. 'Denk je dat wij stilzitten? Na elf september is elke overheid geobsedeerd door aanslagen en dan vooral met vliegtuigen. Wij zijn al langer bezig met een programma dat de besturing van een vliegtuig kan overrulen. Juist voor situaties als deze.'

Zijn woorden moeten even tot me doordringen. 'Dus jullie kunnen van elk vliegtuig in de lucht de besturing overnemen?' vraag ik dan.

'Dat is een beetje kort door de bocht,' zegt hij. 'Zover zijn we nog lang niet. Het programma staat nog in de steigers.'

'Maar wat verwacht u dan van mij?' vraag ik.

'Het is wel degelijk mogelijk om het systeem van een vliegtuig binnen te dringen, alleen daar geven we geen ruchtbaarheid aan. Iedereen die beweert dat het wel kan, wordt teruggefloten. Hoe dan ook, ík krijg het niet voor elkaar om het systeem van dat vliegtuig binnen te dringen. Iemand met meer kennis moet het doen. Iemand zoals jij.'

Hij wijst naar de klok. Ik volg zijn gebaar en zie dat het ongeveer negen minuten voor één is.

'Probeer het,' zegt hij. 'Help ons.'

Ik kijk naar de laptop op tafel. 'Daarmee?'

'Ik had je graag naar onze afdeling cybercrime gebracht waar je van alles tot je beschikking zou hebben, maar daar hebben we geen tijd meer voor!'

'Maar wat doe ik als ik in dat systeem zit? Ik weet helemaal niet hoe ik een vliegtuig moet besturen!'

'Dat hoef je ook niet. Zorg er alleen maar voor dat je binnenkomt, daarna neem ik het van je over.'

Even nog houden onze blikken elkaar vast. Dan laat ik me op de stoel zakken en trek de laptop naar me toe. 'Via welke datalink wordt er gecommuniceerd?' vraag ik.

'VHF,' antwoordt Sanders meteen.

Ik zoek de link en probeer vanaf daar verder te werken. Mijn gedachten gaan terug naar artikelen die ik maanden geleden gelezen heb over het hacken van vliegtuigen met een mobiele telefoon. Daarbij werd gebruikgemaakt van het entertainmentsysteem in het vliegtuig. Ik verwacht niet dat een privéjet zoiets heeft. Of wel?

Ik scan naar frequenties waarop een eventuele datalink berichten verstuurt. Misschien dat ik via die weg in het systeem kan komen. Ik kijk naar de systeemklok. 12:53. Mijn handen trillen.

Concentreer je!

Makkelijk gezegd. Hoe kan ik me concentreren als er zo veel afhangt van wat ik doe? Analyseren! Michaels toverwoord. Alles analyseren en dan stap voor stap verder gaan.

Zweet parelt op mijn voorhoofd. Ik kan het niet. Echt niet. Wat weet ik in godsnaam van vliegtuigsystemen? Ik mag dan een hacker zijn, maar zo'n vliegtuigsysteem is wel even iets anders dan het systeem van een doorsnee bedrijf. Alleen de firewall al; daar is geen doorkomen aan.

PlaneSploit.

Het woord weerkaatst in mijn hoofd. PlaneSploit, een app waarmee je zo ongeveer alles in het systeem van een vliegtuig zou kunnen veranderen wat met de navigatie te maken heeft. Maar PlaneSploit is niet volledig effectief gebleken.

SIMON*!*

Ik verstar. SIMON is de code die Hugo Teso gebruikte om met een mobiele telefoon en PlaneSploit via een nieuw soort surveillance-technologie, het zogenaamde ADS-B, de computer van een vliegtuig te infiltreren. Het vliegtuig moest dan wel op de automatische piloot staan. En ik weet niet of dat in dit geval zo is. Maar misschien kan ik via die weg wél binnenkomen...

12:56.

Ik knijp mijn handen tot vuisten om het trillen te laten stoppen, adem even diep in en ga door met de moeilijkste opdracht die ik ooit heb moeten uitvoeren. Het lijkt allemaal zo onwerkelijk, alsof ik dit niet zelf meemaak. Hoe ben ik hier in vredesnaam in terechtgekomen?

Niet aan denken! Ik blokkeer alle gedachten die me kunnen afleiden – alles wat er gebeurd is, Rudi, mijn kinderen, Imara – en probeer via de VHF-datalink en vervolgens het ADS-B het systeem van het vliegtuig binnen te dringen.

Ik kijk weer naar de klok op mijn scherm. 12:59. Als het goed is, is hij over drie minuten op de plaats van bestemming. Ik werp een blik opzij naar Sanders, die gespannen toekijkt wat ik doe.

13:00.

Gestaag werk ik door. De stilte in het kamertje is inmiddels om te snijden. Ik voel eenieders ogen op me gericht en dat maakt me nog nerveuzer dan ik al ben. Mijn vingers voelen aan als ijspegels, terwijl ik naarstig zoek naar de opening die er volgens Sanders moet zijn, en dan ineens zie ik het. Bijna schiet ik in een nerveuze lach als ik besef hoe simpel het eigenlijk is. 'Ik ben erin!' zeg ik tegen Sanders en ik hoor zelf hoe verwonderd het klinkt.

Zonder antwoord te geven trekt Sanders de laptop naar zich toe, duwt een USB-stick in de aansluiting en voor mijn verbaasde ogen opent zich het volledige instrumentenpaneel van een vliegtuig. Tenminste, daar lijkt het op, maar voor ik iets kan vragen, word ik bij mijn arm gepakt, van mijn stoel gelicht en achteruit getrokken. Sanders' vingers vliegen nu over het toetsenbord en net voordat ik het kamertje uit word geduwd zie ik op de klok aan de muur dat het één uur geweest is.

IX

ROTTERDAM

MEI 2014

Het was de tweede keer dat Hamal haar had laten ontsnappen. Eén keer te veel. Eyad had Hamals slappe lichaam vanaf de straat de auto in getrokken en nog voordat hij goed en wel was bijgekomen, had ze ervoor gezorgd dat hij nooit meer iemand zou laten ontkomen. Met een gebroken nek hadden ze hem achtergelaten tussen de struiken op een parkeerplaats langs de A4.

Alles wat maar mis kon gaan, was misgegaan. En het was allemaal begonnen met Richard Moorman. Ze had naar Rami moeten luisteren en de man al veel eerder moeten uitschakelen. Dan was die hacker, Mara, er ook niet bijgehaald en zouden hun plannen nooit ontdekt zijn.

Mara.

Door haar was Rami dood. En Hamal. Door haar zou hun hele missie weleens op niets kunnen uitdraaien. Alles hing nu af van Ghassan. Ze had hem gebeld en hij had haar verzekerd dat alles klaar stond. Op haar vraag of hij niet eerder kon vertrekken had hij ontkennend geantwoord. Het vluchtplan stond vast, dat kon hij niet meer veranderen. Of alles wel goed ging, had hij gevraagd.

'Natuurlijk,' had ze lichtelijk geërgerd geantwoord.

Maar alles ging niet goed. Ze had tegen die Mara dan wel gezegd dat het schip niet belangrijk was, maar dat was het wel degelijk. Belangrijker dan het vliegtuig op die olieopslag, wat slechts bedoeld was om grote economische schade en volledige ontwrichting van de Nederlandse samenleving te bewerkstelligen. Dat daarbij ook slachtoffers zouden vallen, was een extraatje. Een toegift. Crucialer echter was de formaldehydebom aan boord van de tanker die, vlak nadat het vliegtuig zich op de olieopslag stortte, in de Eerste Petroleumhaven zou moeten ontploffen. Het gifgas dat daarbij zou vrijkomen, zou zich met deze windrichting over minstens half Nederland verspreiden, en enorm veel slachtoffers eisen, zelfs na jaren nog. Maar die bom kon ze nu niet meer activeren. Omdat niemand de code kon invoeren. Rami had dat moeten doen, en toen hij er niet meer was Mara. Nu ook zij weg was, was er geen enkele manier meer om dat deel van hun plan uit te voeren. Het had haar nijdig gemaakt, maar algauw had ze het losgelaten. Het vliegtuig. Dat was er nog en als het een beetje meezat, zou dat genoeg schade aanrichten en slachtoffers eisen om iedereen hier ervan te doordringen dat de djihad ook hun veilige landje had bereikt.

Het was jammer dat ze nu niet meer konden kijken waar Mara zich bevond. Met het ombrengen van Hamal hadden ze die mogelijkheid ook verspeeld. Jammer, maar het had waarschijnlijk toch weinig uitgemaakt. Haar instinct zei haar dat Mara niet meer op de vlucht was, maar hulp was gaan zoeken. Ze had nog net gezien dat Matin el-Idrissi bij haar en die buurman in de auto zat, toen ze na het horen van het kapotvallen van Mara's laptop naar buiten kwam en hen van de Rozengracht zag wegrijden.

Matin el-Idrissi. Hoeveel problemen had die *shi'a,* die sjiiet, al niet veroorzaakt? Te veel. Niet alleen hier, maar ook in haar thuisland. Sinds hij in Nederland was gaan wonen, jaren geleden alweer, had hij al tientallen kinderen teruggehaald. Het werd tijd dat hij uit de weg werd geruimd. Maar dat was van latere zorg. Als ze terug was in Irak zou ze maatregelen nemen om voorgoed met hem af te rekenen.

Ze richtte haar blik naar het noorden. De wind achter haar vanuit de Eemhaven, deed haar zwarte *abayah* opbollen. Ze voelde hoe Eyad vanuit de auto naar haar keek en ze wist dat hij zich niet prettig voelde. Ze stonden te dicht bij de olieopslag. De inslag kon weleens van dien aard zijn dat ook zij, hier boven op het viaduct, zouden worden weggevaagd als een blaadje boven een kampvuur. Het kon haar niet schelen. Ze moest weten of het vliegtuig, vol met springstoffen, de haven zou bereiken.

In de verte nam ze een kleine stip waar. Dat moest hem zijn. Precies op tijd. Ghassan was een perfecte strijder, je kon alles aan hem overlaten, vervulde zijn opdrachten vol overgave. Jammer dat ze hem straks moesten missen. Haar ogen volgden de stip die steeds groter werd en onbewogen keek ze toe hoe het kleine straalvliegtuigje de daling inzette en recht op de olieopslag Shell Pernis afvloog.

-39-

AMSTERDAM

Met opgetrokken knieën zit ik op de bank en kijk naar de beelden op de televisie, waarin het kleine vliegtuigje vlak voor de olieopslag Shell Pernis opzij zwenkt, terug de lucht in schiet en zes, zeven seconden later neerstort op de watersystemen van de Hoogheemraadschap van Delfland en daar een enorme ontploffing teweegbrengt. Alle televisiezenders blijven het filmpje, gemaakt door een oplettende havenmedewerker, uitzenden. Speculaties over wat er gebeurd is, zijn niet van de lucht. De een veronderstelt dat de piloot onwel werd, de ander dat het een ontevreden personeelslid van Shell was. Ook de hypothese dat het een terreuraanslag was, is veelvuldig geopperd, maar wordt door de overheid ten stelligste tegengesproken.

Maar ik weet beter. Echter op straffe van een aanklacht met rechtsvervolging hebben ze mij en Rudi gedwongen om te zwijgen. Eigenlijk interesseert dat me niets. Het enige waar ik mee zit, zijn de achttien slachtoffers die gevallen zijn bij de inslag op het watersysteem. Het voelt alsof ik gefaald heb, alhoewel iedereen, en dan voornamelijk Rudi, Daaldekker en ook Sanders, zegt dat ik een veel grotere ramp heb voorkomen door op tijd de computer van het vliegtuigje binnen te dringen. Daardoor heb ik voor de juiste personen de mogelijkheid geschapen om te kunnen ingrijpen. Het zal wel. Mijn gevoel zegt in elk geval iets heel anders. Vooral ook omdat alles in de bureaucratische doofpot lijkt te worden gestopt. Toen ik vroeg naar de USB-stick die Sanders gebruikte om dat bedieningspaneel van het vliegtuig op te roepen, werd me gezegd dat ik dat verkeerd had gezien. De stick had hij inderdaad gebruikt, zeiden ze, maar alleen om *malware* in de computer te laden. Het beeld van het bedieningspaneel zou er nooit geweest zijn.

Tuurlijk niet.

Ik weet wanneer ik moet zwijgen. En ik weet ook dat ik niet gek ben. Ik heb gezien wat ik heb gezien. Ik vermoed dan ook dat het programma waarover Sanders sprak weleens in een heel ver gevorderd stadium kan zijn en dat mijn opmerkingen erover helemaal niet zo kort door de bocht waren als Sanders me wilde doen geloven. Ze kunnen de besturing van vliegtuigen overnemen, al is het maar tijdelijk, daarvan ben ik overtuigd. En het is dat tijdelijke dat er naar mijn mening voor gezorgd heeft dat het toestel uiteindelijk toch nog neerstortte. Als ze de volledige besturing onbeperkt hadden kunnen overnemen, hadden ze het wel in zee gedumpt. Dat ze over niet al te lange tijd het programma geperfectioneerd zullen hebben, is iets wat vaststaat. En dat ze niet willen dat het bekend wordt en alles wat ik eventueel openbaar zou maken ten stelligste zullen ontkennen, kan ik ergens wel begrijpen, al snap ik niet dat de hele terreuraanslag onder de pet gehouden moet worden. Is het om angst, om massahysterie, te voorkomen? Om de bevolking zoet te houden en te pretenderen dat de djihad een ver-van-mijn-bedshow is?

Zelfs over wat er met de tanker gebeurd is hebben ze een gefingeerde oorzaak de wereld in geholpen. Motorstoring in combinatie met een algeheel defect in het Automatic Identification System. Dat laatste is geen leugen; dat heb ik zelf veroorzaakt, maar de motorstoring hebben ze verzonnen om het stilliggen vlak voor de Maeslantkering te verklaren. Want hoe moesten ze verantwoorden dat een enorme tanker, die ruim driehonderdduizend liter ruwe olie vervoert, bijna de haven kon invaren met aan boord een gifgasbom die de bevolking van heel zuidelijk Nederland volledig zou hebben kunnen uitroeien of tenminste ernstig ziek gemaakt zou kunnen hebben? Het schip was maar de helft van hun plan, had Imara gezegd. Nu begrijp ik pas waarom: het waren er twee. Twee bijna gelijktijdige aanslagen, waarvan er eentje niet alleen slachtoffers gemaakt zou hebben, maar ook de hele Nederlandse samenleving had lamgelegd. En daarnaast een die over meerdere jaren dood en verderf zou hebben gezaaid. Maar die wetenschap beantwoordt niet de vragen waarmee ik nog zit. Het is duidelijk dat de laatste stap die Imara door mij wilde laten uitvoeren die bom betrof. Hij moest door middel van een op afstand ingevoerde code tot ontploffen worden gebracht en ik denk dat alleen Rami en ik ertoe in staat waren om dat te doen. En daardoor is het mislukt. Net zoals het vliegtuig zich niet in de olieopslag geboord heeft, waardoor de andere helft van de enorme ramp is afgewend.

Behalve voor die achttien mensen.

'Wil je nog thee?' klinkt Rudi's stem. Zijn oog is inmiddels weer open en de blauwe en beurse plekken beginnen weg te trekken. Maar toch voel ik me af en toe nog schuldig dat hij door mij bij de hele toestand betrokken raakte.

Ik kijk naar hem en schud mijn hoofd. Mijn blik valt op mijn nieuwe mobiel die op de tafel ligt. Ik heb daarmee een bericht gestuurd naar Matin, omdat hij mijn telefoontjes niet beantwoordde en ik vermoedde dat hij het nummer niet herkende. Sinds hij weg is – is het echt pas vier dagen geleden? – heb ik hem niet meer gesproken. Ik weet niet of mijn kinderen veilig zijn. Of ze hen bij Juda hebben kunnen weghalen. Niets, ik weet helemaal niets.

Rudi staat op en pakt twee wijnglazen uit zijn kast. Nadat

we bij het politiebureau weg mochten, ben ik met hem meegegaan naar zijn appartement. Daarvóór al hadden een paar mannetjes van de een of andere speciale dienst de bom die nog in mijn eigen appartement lag weggehaald. Ze hadden hem in mijn werkkamer gevonden, weggestopt tussen twee oude computers die ik niet meer gebruikte. Het ding was zwaar genoeg geweest om het halve huizenblok weg te vagen.

Ook Egbert is weer thuis. Hij zal worden aangeklaagd voor ongeoorloofd gebruik van geweld en misschien dood door schuld. Waarschijnlijk komt hij er met een voorwaardelijke straf vanaf en dat hoop ik van harte. Door zijn actie kwamen mijn verhaal en dat van Daaldekker via de Rozengracht bij elkaar. Zonder die link was het waarschijnlijk allemaal heel anders verlopen.

'Wijntje dan maar?' vraagt Rudi.

Ik knik en net als hij een van de glazen volschenkt, klinkt er een roffel op de deur van zijn appartement. Even kijken we elkaar aan en voor een kort moment schiet angst door me heen. Imara is nog niet gepakt. Evenals Hamal en de man die bij haar was toen ze het appartement aan de Rozengracht doorzocht. Als ze wraak willen, weten ze waar we wonen. En al zoeken ze doorlopend naar haar en rijdt er van tijd tot tijd een politiewagen door de straat – een maatregel die Daaldekker noodzakelijk vond – de vrouw weet hoe ze onzichtbaar moet zijn. Ze is een strijdster in hart en nieren, gedreven door haat en dat zal ze blijven tot haar dood, die ze zelf waarschijnlijk niet eens vreest. En alleen dat laatste al maakt haar tot een gevaarlijke vrouw.

'Niet opendoen, Ruud,' fluister ik.

Hij kijkt naar me, maar schudt dan langzaam zijn hoofd. 'Jawel Marrie, dat doe ik wel. Als we toegeven aan onze angst, dan hebben zij op voorhand al gewonnen.' En met die woorden loopt hij de gang in.

Met gemengde gevoelens kijk ik hem na. Hij heeft gelijk. Ik

moet mijn angst niet laten overheersen. Dan heb ik geen leven meer. Waarschijnlijk is Imara allang weer terug naar Irak. Ineens schiet me de brief te binnen, die ik in de computer van Rami vond, maar die inmiddels vast ergens op de afdeling terrorismebestrijding van de politie ligt, waar hij letter voor letter wordt uitgeplozen. De paar woorden eruit die ik begrepen heb, hadden me een weemoedig gevoel gegeven, hoe kort ook. En al weet ik niet wat er verder precies in die brief stond, of waar hij over ging, het moet belangrijk geweest zijn voor de ontvanger. Imara.

Ik hoor hoe Rudi de deur opentrekt, gevolgd door een stilte en dan een stem die ik uit duizenden herken.

Matin!

Ik spring overeind en ren de gang in. Matin staat op de drempel en als hij mij ziet, zie ik de uitdrukking in zijn ogen veranderen.

Compassie, gevolgd door zelfverwijt.

Hij schudt zijn hoofd.

Ik voel de grond onder me vandaan slaan en het is Rudi die me overeind houdt.

'Het spijt me,' zegt Matin zacht. 'We waren te laat.'

Ik staar hem aan. 'Te laat?' fluister ik schor. 'Wat betekent dat?'

Zwijgend beantwoordt hij mijn blik, voordat hij vervolgt: 'Juda moet op de een of andere manier zijn ingelicht dat Zahra met twee van onze medewerkers onderweg was vanuit Bagdad.' Hij slikt. 'Hij heeft hen meegenomen. We weten niet waar naartoe.'

Het is alsof de wereld om me heen in een wazige, bulderende sneeuwstorm verandert. Zo dichtbij! Ze waren zó dichtbij! Het had zo weinig gescheeld of ik had ze weer in mijn armen kunnen sluiten. Ik voel tranen opwellen en knijp mijn ogen dicht. Rudi wil me tegen zich aan trekken, maar ik wil het niet. Hij moet me niet aanraken. Niet nu. Alleen zijn. Dat is wat ik wil. Gewoon helemaal alleen zijn.

Ik ruk me los uit Rudi's greep en ren het trappenhuis in, naar beneden. De buitendeur staat open, zoals zo vaak, maar dit keer let ik er niet op. Ik stuif de straat op, wil alleen maar weg, weg van hier. Tranen lopen over mijn wangen. Ik laat ze stromen en half verblind ren ik de weg over. Een auto kan me nog net ontwijken en rijdt toeterend achter me langs. Het kan me niet schelen.

Op de hoek ben ik al buiten adem, waarschijnlijk door het vele snikken dat ik doe, en gedwongen naar adem happend blijf ik stilstaan. Boven me slaat de klok van de Willem de Zwijgerkerk vier uur en nadat ik omhoog heb gekeken, dwaalt mijn vertroebelde blik naar de grote houten deuren. De lelijke glazen deuren die later voor het portiek geplaatst zijn, staan open, als een woordloze uitnodiging. Zonder erbij na te denken loop ik door het ijzeren hek het pad op en ga naar binnen. Het is er stil. De kerk is volledig verlaten en langzaam beweeg ik me door het pad naar voren.

Halverwege schuif ik op een stoel in een van de rijen en kijk naar het orgel, hoog boven het preekgestoelte en automatisch gaat mijn hand naar het kruisje om mijn nek. Ik denk ineens aan Imara, aan haar woorden nadat ze me gevraagd had of ik geloofde. *Verlies maakt jullie zwak. Door pijn en verdriet twijfelen jullie aan de enige constante in het leven.*

Ik buig mijn hoofd en terwijl de tranen op mijn knieën druppen besef ik dat ze gelijk had. Na Michaels dood heb ik alles losgelaten. Omdat het in mijn leven niet was gelopen zoals ik wilde. En nu? Nu ben ik alles kwijt. Alles waar ik om gaf.

Dat is niet waar. Je hebt Rudi.

Ik sluit mijn ogen. De kou in de kerk doet mijn lichaam huiveren, maar vanbinnen voedt zijn naam me met een ongekende warmte.

Je houdt van hem.

Het heeft geen zin om dat te ontkennen. Alleen het fluisteren van zijn naam bezorgt me al maagkriebels.

Jaag hem niet bij je vandaan, Mara. Michael is verleden tijd. Rudi houdt van je. En jij houdt van hem. Word niet zoals Imara, levend in een verleden dat nooit toekomst zal worden.

De gedachte aan Imara doet me naar adem happen. Ja, er zijn verschillen tussen haar en mij. Want mijn pijn en verdriet hebben geen wraaklustig mens van me gemaakt. En hoewel ik Matin verwijt dat hij mijn kinderen niet meteen, zodra hij wist waar ze waren, bij Juda heeft weggehaald, ik zal hem niet haten. Ik ga vechten. Voor mijn kinderen. Want hoe lang het ook duurt, en waar ik ze ook vandaan moet halen, ik zál ze thuiskrijgen.

Resoluut sta ik op, veeg de tranen van mijn wangen en loop dan langzaam terug door het gangpad.

Als ik de hal van de kerk inloop, voel ik het. Ik ben niet alleen. Ik kijk op en zie haar bij de glazen buitendeuren staan, roerloos, in haar lange zwarte jas, hoofddoek losjes om haar haren gedrapeerd.

Imara!

Angst raast ineens door me heen en omdat ik niet weet wat ik anders moet doen, doe ik voorzichtig een paar stapjes achteruit. Ik werp een blik over mijn schouder, maar er is niemand die me zou kunnen helpen. Hoe zou ik dat ook kunnen verwachten? De kerk was leeg toen ik binnenkwam. En zij is de enige die na mij is binnengekomen.

'Ze staken haar in brand,' zegt ze ineens toonloos. Nog steeds beweegt ze niet. Haar donkere ogen zijn constant op me gericht.

'W-wat?' vraag ik.

'Toen ze klaar waren met mijn zusje en hun sporen van de verkrachting wilden uitwissen.' De herinnering weerspiegelt in haar ogen, als ze verder gaat: 'Ze gooiden een olielamp over haar leeg en staken haar aan als een fakkel. En niet alleen de sporen op Isra wilden ze vernietigen, ook hun andere sporen. Ze zochten alle patroonhulzen bij elkaar en zetten de propaantank in de keuken open, in de hoop dat het hele huis de lucht in zou gaan. Maar dat gebeurde niet.' Nog steeds kijkt ze me recht aan. 'De politie deed niets. Majoor Waheed Dulaimi was verantwoordelijk voor het onderzoek, maar dekte zichzelf in. En ook de directeur van het forensisch laboratorium in Bagdad, Muhammad Aziz, verzweeg de helft van wat hij vond. Bang voor de Amerikanen. Of omgekocht. Zij en hun gezinnen hebben inmiddels al geboet voor hun daden.'

'Je hebt hen vermoord?' vraag ik.

Een kort, scheef knikje is het antwoord. 'Mijn broer Said bestuurde de auto die Dulaimi's huis vernietigde en zelf heb ik afgerekend met Muhammad Aziz en zijn gezin.'

Verbijsterd staar ik haar aan.

'De soldaten zijn uiteindelijk ook gepakt,' gaat ze verder. 'Door de Amerikanen zelf. Alle schuld werd op een van hen geschoven. Weet je wat hij ter verdediging aanvoerde?'

Ik zeg niets, wacht alleen op het vervolg.

'*I wanted her to feel the pain of our dead soldiers*,' zegt ze bitter.

Even sluit ik mijn ogen bij het horen van die woorden. Het doet me ineens begrijpen waar haar haat vandaan komt. Het is niet alleen de moord op haar familie geweest, maar ook de manier waarop. Een manier die te verschrikkelijk voor woorden is en die haar zo diep gekwetst heeft, dat haat de enige manier was om haar pijn draaglijk te maken.

'Dat spijt me,' zeg ik zacht. 'Wat jou en je familie is aangedaan gaat alle voorstellingsvermogen te boven.' Ik pauzeer even en vervolg dan voorzichtig: 'Maar ik begrijp niet waarom je ons daarvoor moet straffen. Dit is Nederland. Wij hebben nooit deelgenomen aan missies in Irak.'

'O nee?' Haar blik is koud en hard als staal. 'Jullie zijn allemaal hetzelfde. Jullie hebben mijn land verwoest. Amerikanen, Engelsen. Westerlingen! Er is geen onderscheid. Jullie allemaal hebben mijn land verwoest en noemden het democratie.' Ze snoof. 'Democratie is niets meer dan valse beloftes.'

Ik weet opnieuw niets te zeggen, probeer alleen een manier te vinden waarop ik hier weg kan. Hoe rustig zij daar ook staat, ik weet dat achter die façade van kalmte haar woede groeit en dat haar dat met de minuut onvoorspelbaarder maakt.

'Jullie regering stak haar kop in het zand,' zegt ze. 'Politieke steun, zeiden ze, maar ondertussen vlogen jullie F-16's in ons luchtruim en liepen jullie commando's rond op ons grondgebied.'

'Nee,' pareer ik. 'Een onafhankelijk onderzoek heeft aangetoond dat er geen bewijs is voor een actieve militaire bijdrage aan de inval in Irak.'

Ze lacht, cynisch en kort. 'Geen bewijs wil nog niet zeggen dat het ook niet gebeurd is. Er waren zogenaamd ook geen bewijzen voor de verkrachting van Isra en de moord op mijn familie.'

Touché.

Ik denk aan Sanders en aan hoe hij en zijn mensen de waarheid verdraaien tot feiten die de Nederlandse bevolking het liefst wil horen. Het is allemaal niet zo zwart-wit als we denken. Het grijze gebied ertussen is vaak nog gruwelijker dan we ooit zullen beseffen.

'En nu?' vraag ik.

Ze glimlacht, maar ik ontdek er geen vreugde in. 'Als het aan Rami had gelegen, hadden we je die eerste dag al uitgeschakeld.'

'Net als Moorman.'

'Moorman maakte de fout jou in te huren. Hij wist dat je goed in je werk was. Hij wilde de beste om zijn netwerk te testen, omdat hij steeds sterker het gevoel kreeg dat er iets niet klopte, dat iemand zijn bedrijf als dekmantel gebruikte. Zijn vermoeden dat het hoofd van de automatisering daar een cruciale rol in speelde was terecht, hij kon het alleen niet bewijzen. Daar had hij jou voor nodig. Ik had naar Rami moeten luisteren en eerder moeten ingrijpen.'

'Maar dat deed je niet,' beredeneer ik. 'In plaats daarvan ontvoerde je Moorman en liet je hem vermoorden in het Amsterdamse Bos, terwijl jij en ik elkaar daar op nog geen honderd meter afstand op vrijwel hetzelfde moment ontmoetten. Om ons duidelijk te maken dat jullie het meenden? Dat jullie het ons heel moeilijk konden maken?'

Haar korte hoofdbeweging lijkt mijn woorden te bevestigen.

'Maar waarom werkten jullie via het netwerk van de Dutch Broadcasting Group?' wil ik weten. 'Ik bedoel, er zijn ontelbaar veel andere bedrijven die jullie veel meer voordeel opgeleverd zouden hebben.'

'Televisie,' zegt ze. 'Rami zou ervoor zorgen dat via een live-uitzending de vernietiging van de olieopslag inclusief de ontploffing van de tanker en alles wat dat veroorzaakte, door heel Nederland werd gezien. Het zou de chaos en hysterie hebben vervolmaakt.' Ze ademt even diep in. 'Maar door jou ging dat niet door.'

Ik negeer haar laatste zin en vraag: 'Waarom moest ik het identificatiesysteem op die tanker uitschakelen? Was het niet veel slimmer geweest om dat schip stilletjes de haven binnen te laten varen?'

'Natuurlijk,' zegt ze. 'Maar niet alles is zo simpel als jij denkt. Toen jij om tien uur hun identificatiesysteem uitschakelde, plaatste iemand van ons tegelijkertijd de bom diep tussen de cilinderkoppen in de machinekamer. We konden niet riskeren dat iemand hem daar ontdekte. Door jouw actie lieten we de bemanning, en dan vooral de technici en elektriciens, al zijn aandacht op iets anders richten, namelijk het kapotte systeem. Het schip kon ondertussen gewoon doorvaren. En zodra ze bij

Europoort waren, zouden onze mensen het schip overnemen.'

Om ze daarna onder dwang door te laten varen naar de Botlek, waar alles samen zou komen.

'Die bom...' concludeer ik. 'Het was de bedoeling dat ík die liet ontploffen, hè? Dat was de laatste stap.'

Ze knikt kort. 'Ik heb je onderschat. Dat was mijn grootste fout.'

'Waarom heb je mij niet... vermoord?' Ik krijg het woord amper over mijn lippen, omdat ik niet weet wat ze nog van plan is.

'Jouw dochter, mijn zusje... Isra.' Ze lacht weer even cynisch. 'Een zwak moment. Rami had gelijk. Soms ben ik te soft.'

Soft? Bijna wil ik zeggen dat we allebei dan toch echt een andere definitie hebben van dat woord, maar ik durf het niet. Bang voor wat ze gaat doen. 'Als alles was gegaan zoals je gepland had... dan had je me niet laten gaan.' Het is geen vraag, maar iets wat ik al veel eerder besefte.

'Nee,' zegt ze. 'Dan had ik je geëlimineerd.' Het klinkt zo koud en onverschillig, dat de haartjes op mijn armen rechtovereind gaan staan.

Ze laat me niet gaan. Ze laat me echt niet gaan. Niet weer.

'En nu?' vraag ik nogmaals, zacht.

'Nu niets. Ik ga terug naar mijn land om me bij mijn man te voegen. Er zullen nieuwe plannen gemaakt worden. Denk niet dat jullie nu veilig zijn.'

'Ibrahim,' zeg ik.

Haar ogen boren zich in die van mij, vragend.

'Ik heb een brief gezien van hem. Aan jou.'

Ze zwijgt, neemt me alleen peilend op.

'Maar ik weet niet precies wat erin stond,' ga ik snel verder 'Ik zag alleen de aanhef en de ondertekening. Mijn Arabisch is niet zo goed dat ik alles kon begrijpen.'

'Ik heb de brief gelezen,' zegt ze. 'Het was de mooiste die ik ooit zal ontvangen.'

Nu ben ik het die haar vragend aankijkt.

'Ibrahim schreef me dat de belangrijkste personen die verantwoordelijk waren voor de dood van mijn familie zijn omgebracht.'

De belangrijkste personen die verantwoordelijk waren?

'De soldaten? In Amerika?'

Ze zwijgt, geeft op geen enkele manier blijk van de juistheid van mijn conclusie.

Ook ik weet niets meer te zeggen. We kijken elkaar alleen maar aan, secondelang. Dan ademt ze even diep in en doet een klein stapje achteruit.

'Kinderen,' zegt ze. 'Die horen bij hun moeder.'

Ik zie haar blik en vraag me af of ze nu aan haar eigen familie denkt. Aan haar zusjes en broers, haar vader. Haar moeder. Maar in de uitdrukking in haar ogen kan ik niets anders vinden dan de peilloze diepte als altijd.

'Zorg dat je hen vindt, Mara,' vervolgt ze zacht. 'Geef niet op.'

Ik wil iets zeggen, maar kom niet uit mijn woorden, en schrik dan op van het geluid van een deur die achter me opengaat. Met een ruk kijk ik om, de kerkruimte in, en zie aan de andere kant een man binnenkomen – de dominee? – die verrast blijft staan als hij mij ziet. Ik richt mijn blik weer op Imara, of eigenlijk op de lege plek waar ze zojuist nog stond. Ik kijk om me heen, maar ze lijkt volledig opgelost in het niets. Weg. Verdwenen zoals ze gekomen is: geruisloos. Het enige wat ik hoor is haar stem in mijn hoofd: geef niet op, Mara!

Ik moet iets wegslikken als ik opkijk naar de kerkdeuren waardoor ze zojuist moet zijn verdwenen. Opgeven? Nooit. Ik zal net zo lang zoeken tot ik Jamil en Isra gevonden heb. Het kan me niet schelen hoe lang het duurt, maar er komt een dag dat ze weer bij mij zijn.

Thuis.

VERANTWOORDING EN DANKWOORD

Op 12 maart 2006 drongen vijf Amerikaanse soldaten, even buiten Mahmudiya in het dorpje Yusufiyah, het huis van de familie Qasim Hamza binnen. De veertienjarige Abeer werd door drie van hen verkracht en vermoord, haar ouders en zusje van zeven werden direct doodgeschoten. Om hun daden te verbergen, overgoten ze Abeer met olie en staken haar in brand. Daarna zetten ze de gaskraan in de keuken open om zo een explosie tot stand te brengen die het huis en de slachtoffers zou vernietigen. Dit laatste liep mis. Pas na lange tijd werden de soldaten door de Amerikaanse overheid gearresteerd en in eigen land in staat van beschuldiging gesteld en voor de rechter gebracht. Onderlinge afspraken tussen de soldaten zorgden ervoor dat slechts één van hen de schuld op zich nam – Steven Dale Green – die als excuus voor de verkrachting en moord op Abeer aandroeg: '*I wanted her to feel the pain of our dead soldiers*'. Na gedegen onderzoek werden echter alle vijf soldaten in staat van beschuldiging gesteld – Green als burger, de andere vier voor de krijgsraad. Er zijn geen bewijzen dat de Iraakse politie en/of het hoofd van het forensisch laboratorium zijn omgekocht.

Twee jongens uit het gezin Qasim Hamza – Muhammad en Ahmad – waren ten tijde van de moord op school en overleefden het misdrijf. Om mijn verhaal te kunnen vertellen, heb ik naast die twee broers een extra overlevende gecreëerd, de zus Imara. Uit respect voor de nabestaanden heb ik alle betrokkenen een fictieve naam gegeven.

In april 2013 beweerde de Spaanse beveiligingsexpert Hugo Teso dat hij de besturing van een vliegtuig kon overnemen via een app op een Androidtelefoon. Hij gaf er een virtuele demonstratie van op een hackersconferentie in Amsterdam. Volgens piloot Teso draaien veel boordcomputers van vliegtuigen op oude software, waardoor het overnemen van systemen relatief simpel zou zijn door misbruik te maken van het onbeveiligde communicatiesysteem dat wordt ingezet bij informatie-uitwisseling tussen verkeerstorens en vliegtuigen. Dat maakt het mogelijk om in te breken in het computersysteem van een toestel en daar 'nieuwe' vluchtdata in te stoppen. Met een smartphone zou het op die manier mogelijk zijn – zonder dat de bemanning het merkt – de besturing van een toestel dat op de automatische piloot vliegt over te nemen. De test werd uitgevoerd met een Samsung Galaxy smartphone en de speciale app, PlaneSploit. Nader onderzoek wees echter uit dat de kans op overname van de besturing van een vliegtuig miniem was, omdat de piloot elke aanpassing in het systeem zou opmerken en derhalve de besturing direct weer zou overnemen.

Het deel in mijn verhaal waarin gesteld wordt dat er een programma ontwikkeld zou zijn dat daarop inspeelt en de besturing van een vliegtuig voor langere tijd zou kunnen overnemen, is zuiver fictief en ontsproten aan mijn eigen fantasie.

Mijn dank gaat uit naar Henk-Jan van SECWATCH, die mij heeft laten deelnemen aan zijn werkzaamheden als ethisch hacker en de tijd heeft genomen mij alles over zijn werk te vertellen en te laten zien hoe het in zijn werk gaat. Daarnaast heeft hij de vele vragen die ik had beantwoord en de stukken in *Verbroken* die specifiek over zijn werk gaan voor mij doorgenomen en beoordeeld op authenticiteit. Mochten er fouten zitten in de beschrijvingen betreffende het hacken, dan zijn die geheel aan mij als auteur te wijten.

Ook dit keer is Puck Vermeulen weer van grote waarde geweest voor het uiteindelijke resultaat van *Verbroken*. Haar frisse kijk en haar humor hebben opnieuw zijn vruchten afgeworpen, evenals natuurlijk haar strenge oordeel en commentaar ('kleuren en zeuren').

Willy de Groot heeft wederom veel tijd gestoken in het proeflezen van *Verbroken*. Haar op- en aanmerkingen zijn voor mij enorm waardevol.

Jan de Groot heeft mij weer geholpen met politiezaken, waar ik hem zoals altijd erg dankbaar voor ben.

Voor de vertalingen naar het Arabisch ben ik Anne-Marie Dewachter dank verschuldigd. Ik kon met al mijn vragen bij haar terecht, in welke taal dan ook.

Dank ook aan mijn vader, die opnieuw een ernstige fout in het verhaal wist te voorkomen. Zonder hem zou er iets heel erg verkeerd zijn gegaan.

Lydia Nijman heeft weer een megaklus geklaard met de redactie van *Verbroken*. Het was weer fijn om met haar samen te werken.

Na het lezen van *Verbroken* hebben Lieneke Verrest en Leni Lagerberg nog een paar 'missertjes' weten aan te stippen, waarvoor mijn dank.

En natuurlijk *all my love* voor de Crime Compagnie, Ilse, Sanneke, Mariella en Manon. Dank voor jullie geduld.

Vrij spel – Linda Jansma

Als haar vader een zeventienjarige jongen doodschiet, komt Emma's leven in gevaar

Op een mistige ochtend in oktober schiet de vader van Emma, politieagent Nick Overmars, een zeventienjarige jongen dood. Volgens hem was de jongen gewapend, maar het wapen wordt niet gevonden. Bovendien blijkt dat Nick nog een andere, heel persoonlijke reden had om te schieten. Al snel merkt Emma wat voor impact de schietpartij heeft als vrienden van de jongen op wraak zinnen en haar leven tot een hel maken...

'De lezer voelt dan ook meteen mee met het slachtoffer en haar familie. Het maakt van *Vrij Spel* van Linda Jansma een enerverende thriller, die maar moeilijk is weg te leggen.' Gijs Korevaar, *Algemeen Dagblad*

Tweestrijd – Linda Jansma

Hanna's wereldje is perfect. Voor de buitenwereld althans, want al vanaf het begin van haar huwelijk met de knappe gynaecoloog Axel Kolman wordt haar leven beheerst door intimidatie, bedreigingen en geweld. Als Sonja, rechercheur bij de Utrechtse politie, tegenover haar komt wonen, raken hun levens ongewild met elkaar verstrengeld. Dit zet een kettingreactie in werking, die niet meer te stoppen is...

'*Tweestrijd* is ijzersterk.' *Viva*

'Hevige emoties rechtstreeks overgebracht om de lezer te laten 'deelnemen' in huiselijk geweld. Wanhoop, woede, sterk opgeschreven, met een zowel heroïsch als tragisch einde.' *de Volkskrant*

'Vakwerk. Linda Jansma kan zich niet alleen meten met de grote thrillerschrijfsters van het moment, ze is zelfs beter.' **** Vrouwenthrillers

Kwetsbaar – Linda Jansma

Vroeg of laat wordt de rekening voor oude fouten alsnog gepresenteerd. Zo ook bij Janine, de mooie en ambitieuze eigenaresse van Club Mercury. Wanneer haar grote liefde voor de deur van de succesvolle dansgelegenheid wordt vermoord, stort haar wereld in. Wie wilde hem dood? Is haar leven en dat van haar dochter ook in gevaar?

'Razend spannend en ontroerend tegelijk' ***** *Telegraaf Vrouw*

'De wilde geschiedenis van de hoofdpersoon Janine – van hoer tot eigenaar van een hippe dansclub – klopt genadeloos op de deur van haar villa. Janine moet alle zeilen bijzetten om het leven van zichzelf en haar puberdochter te redden. IJzingwekkend.' **** *Algemeen Dagblad*

'Nu nog de verfilming!' ***** Vrouwenthrillers